*Über dieses Buch* Dieser Briefwechsel, vermutete Friderike Zweig, werde von »manchen Leuten als ein Beitrag zur modernen Literatur, als ein Zeitdokument, anderen vielleicht als ein Roman in Briefform, die Geschichte einer geistig beflügelten Liebesfreundschaft und Ehe gewertet werden, dies insbesondere, weil die impulsiven Briefe der Frau zunächst im Vordergrund stehen«. Die Briefe Stefan Zweigs an sie aus den ersten Jahren ihrer Beziehung 1912–1916 sind verlorengegangen, ebenso die Briefe aus den Jahren 1938 und 1939, der Zeit ihrer Scheidung und Stefans Verheiratung mit Lotte Altmann. Dessen ungeachtet erscheint dieser Band sehr weitgehend geschlossen, denn Friderike Zweig geht auf jeden Punkt der Briefe ihres Lebensgefährten und späteren Gatten Stefan Zweig ein, gibt Rat, fragt, ermutigt, nimmt auf jede erdenkliche Weise teil an seinem Leben und an seiner Arbeit, richtet ihn vor allem aber in den Zeiten seiner schweren Depressionen auf oder versucht es zumindest. Sie reagiert, sie antwortet immer – auch wenn der Briefwechsel formal von ihr begonnen wurde. Er stellt sowohl eine Dokumentation als auch eine Lebens- und Freundschaftsgeschichte in Form von Briefen dar, von ihr vorgelegt zum besseren Verständnis seiner Persönlichkeit und seines Wirkens.

*Die Autoren* Friderike Zweig, geb. Burger, wurde am 4. 12. 1882 in Wien geboren. Als sie Stefan Zweig 1912 näher kennenlernte, war sie mit Felix von Winternitz verheiratet; diese Ehe wurde 1913 geschieden. Die Eheschließung mit Stefan Zweig erfolgte erst 1920, nachdem eine Wiederverheiratung nach österreichischem Gesetz möglich geworden war. Nach ihrer Scheidung von Stefan Zweig 1938 emigrierte die Schriftstellerin und Übersetzerin nach Frankreich, 1941 in die USA, wo sie 1971 in New York gestorben ist. – Stefan Zweig wurde am 28. November 1881 in Wien geboren, lebte von 1919 bis 1935 in Salzburg, emigrierte von dort nach England und 1940 nach Brasilien. Früh als Übersetzer Verlaines, Baudelaires und vor allem Verhaerens hervorgetreten, veröffentlichte er 1901 seine ersten Gedichte unter dem Titel ›Silberne Saiten‹. Sein episches Werk machte ihn ebenso berühmt wie seine historischen Miniaturen und die biographischen Arbeiten. 1944 erschienen seine Erinnerungen, das von einer vergangenen Zeit erzählende Werk ›Die Welt von Gestern‹. Im Februar 1942 schied er in Petrópolis, Brasilien, freiwillig aus dem Leben. Im Fischer Taschenbuch Verlag sind von Stefan Zweig ferner erschienen: ›Sternstunden der Menscheit‹ (Bd. 595), ›Die Welt von Gestern‹ (Bd. 1152), ›Schachnovelle‹ (Bd. 1522), ›Ungeduld des Herzens‹ (Bd. 1679), ›Maria Stuart‹ (Bd. 1714), ›Magellan‹ (Bd. 1830), ›Joseph Fouché‹ (Bd. 1915), ›Verwirrung der Gefühle‹ (Bd. 2129), ›Balzac. Eine Biographie‹ (Bd. 2183), ›Marie Antoinette‹ (Bd. 2220), ›Die Hochzeit von Lyon‹ (Bd. 2281), ›Der Kampf mit dem Dämon‹ (Bd. 2282), ›Europäisches Erbe‹ (Bd. 2284), ›Menschen und Schicksale‹ (Bd. 2285), ›Länder, Städte, Landschaften‹ (Bd. 2286), Zeit und Welt‹ (Bd. 2287), ›Das Geheimnis des künstlerischen Schaffens‹ (Bd. 2288), ›Drei Meister‹ (Bd. 2289), ›Drei Dichter ihres Lebens‹ (Bd. 2290), ›Begegnungen mit Büchern‹ (Bd. 2292), ›Ben Jonsons »Volpone«‹ (Bd. 2293), ›Castellio gegen Calvin oder Ein Gewissen gegen die Gewalt‹ (Bd. 2295), ›Die Heilung durch den Geist‹ (Bd. 2300), ›Briefe an Freunde‹ (Bd. 5362), ›Phantastische Nacht‹ (Bd. 5703), ›Rausch der Verwandlung‹ (Bd. 5874).

Friderike Zweig
Stefan Zweig

# Unrast der Liebe

## Ihr Leben und ihre Zeit im Spiegel ihres Briefwechsels

Fischer Taschenbuch Verlag

11.–13. Tausend: Dezember 1985

Veröffentlicht im Fischer Taschenbuch Verlag GmbH,
Frankfurt am Main, April 1984

Lizenzausgabe mit freundlicher Genehmigung
des Scherz Verlages, Bern und München

Von den Rechtsnachfolgern Stefan und Friderike Zweig
autorisierte Ausgabe,
zusammengestellt und mit einem Anhang versehen von Dr. Petra Eisele
unter Zugrundelegung des Bandes ›Ein Briefwechsel 1912–1942‹
Umschlaggestaltung: Jan Buchholz/Reni Hinsch
Gesamtherstellung: Clausen & Bosse, Leck
Printed in Germany
1280-ISBN-3-596-25366-7

# Inhalt

Dadurch, daß jeder Brief sich immer an
einen Einzelnen wendet, an einen bestimmten,
dem Gefühl gegenwärtigen Menschen, wurde
er unwillkürlich zum Doppelbildnis des Sprechenden.
Unbewußt antwortete die Stimme des Angesprochenen,
und dieses Fluidum von Gemeinsamkeit strahlte
eine Vertrautheit aus, die offen war und intim
zugleich, beredt und verschwiegen, vertraulich
und verbergend in einem. Manche Dinge
vermochten überhaupt nur in diesem
unbeschreiblichen Tonfall ausgesprochen
zu werden, den die Rede zu zweien hat ...

STEFAN ZWEIG

# Vorwort

Die hier veröffentlichte Korrespondenz wird von manchen Lesern als ein Beitrag zur modernen Literatur, als ein Zeitdokument, von anderen vielleicht als ein Roman in Briefform, die Geschichte einer geistig beflügelten Liebesfreundschaft und Ehe gewertet werden, dies insbesondere, weil die impulsiven Briefe der Frau zunächst im Vordergrund stehen. Bedauerlicherweise sind Stefan Zweigs Briefe aus den Jahren des Beginnes (1912–1916) teils gestohlen, teils mit jenen von 1938 und 1939 auf der Flucht durch Frankreich der Vernichtung anheimgefallen. Wenn eine sehr große Anzahl von Briefen erhalten blieb, so danke ich dies meinen teuren, nun dahingegangenen Freundinnen Magda Grasmayer und Josefine Junger, deren Treue kein geringes Wagnis darstellte. Der Umstand aber, daß sie gesammelt vorlagen, rührt von der Gepflogenheit her, derzufolge die Empfänger sie jeweils von ihren Reisen heimbrachten und sie aufbewahrten. Angesichts der Weltweite der Ausgangspunkte und einer Zeitspanne von dreißig Jahren sind wenig Lücken vorhanden. In den Geschehnissen treten sie ein, wenn gemeinsame Reisen und wenig unterbrochenes Zusammensein keinen Anlaß zum Schreiben gaben. Auswahl und Auslassungen erfolgten im Hinblick auf Wiederholungen (sofern diese nicht symptomatisch wichtig erschienen) und im Hinblick auf Familiäres und dem Leser Fernliegendes. Keinerlei Änderungen wurden vorgenommen. Leser, die in dem autobiographischen Buch *Die Welt von Gestern* das Persönliche zugunsten der Begegnung mit Zeit und Mensch zurückgestellt fanden, doch auch jene, die die von mir verfaßte Biographie *Stefan Zweig, Gefährte meines Lebens* kennen, werden in den Briefen Ergänzungen finden. Die Briefe lassen Folgerungen zu, sowohl persönlicher als werktechnischer Art, die auch im allgemeinen Sinn wertvoll sein mögen. Daß Schaffen und geistige Mitwelt in Erscheinung treten und große Gestalten sozusagen aus- und eingehen, wird vielen Lesern willkommen sein. Wenn ich mich zur Veröffentlichung entschloß und nicht zurückscheute, als Gefährte und Zeuge eines Lebens, das selbst in entfernten Welten durch Werk und Gesinnung so vielen bedeutsam war, Vertrauliches zu entschleiern, geschah das eben im Hinblick darauf, daß meine eigenen

Einwände zurückzustellen waren. Ich glaube zuversichtlich, daß Stefan Zweigs »Glück und Ende«, geschaut im warmen Licht unmittelbaren Erlebnisses, hier zutage tretend als Auseinandersetzung einer ungemein zarten Natur im grausamen Gegenspiel mit einer oft teuflischen Zeit, zur Klärung, ja zur Verklärung seines Menschenbildes und Schicksales beitragen werden.

Zu den Briefen der Jahre 1912–1917 sei folgendes vermerkt: In diesem ersten Teil der Korrespondenz wird nur das Echo des männlichen Partners, nicht er selbst hörbar, mit Ausnahme zweier Gedichte. Es sind hier nur die Frauenbriefe vorhanden. Sie sprechen zu einem noch ganz der eigenen Freiheit Zugewandten, der im Anfang vor der Gefahr warnt, sich ihm anzuschließen, weil er »der Unrast voll«, wie es in einem seiner Gedichte heißt, fürchtet, einer empfindsamen Freundschaft nicht fähig zu sein. Dennoch fühlt er sich, der Wahlverwandtschaft immer mehr bewußt, stärker und stärker hingezogen. Von der ersten Begegnung an sendet er Brief auf Brief von überall und über alles, beichtend und berichtend, und will auch an der Freundin mütterlichen und fraulichen Welt vollen Anteil haben. Fühlt er die neuen, ihm ungewohnten Bande schon als Bindung, sucht er in Reisen Lockerung; doch die Briefe beweisen wieder das Hingezogensein. Seine Partnerin kennenzulernen, in eigenen Lebensbezirken und dem begonnenen Schaffen, die Art dieser alles überdauernden Freundschaft zu verstehen, dies ermöglichen nun diese Briefe der Hingabe – und Selbstbehauptung.

*Friderike Maria Zweig-von Winternitz*

*[Gars am Kamp] 25. Juli [1912]*

Lieber Herr Stefan Zweig,
vielleicht bedürfte es nicht der Erklärung, weshalb es mir leicht fällt, das zu tun, was die Leute »unschicklich« nennen. Weshalb es mir sonst nicht ungeheuerlich erscheint, das gehört nicht hierher: Ich war gestern für einen halben Tag und eine Nacht in Wien, kam aus meiner sanften Landschaft, aus meiner Mühle, wo Wald und Wasser um mich sind und keine Stadtkultur. – Und da geschah solch ein lieber Zufall. – Ich habe Sie vor ein paar Jahren an einem Sommerabend beim Stelzer, wo Girardi Abschied nahm, gesehen. Jemand sagte: das ist der Stefan Zweig. Ich hatte eben eine Novelle von Ihnen gelesen, und Sonette las ich (ob ich sie damals schon kannte, weiß ich nicht), deren Klang mir nachlief. Es war ein hübscher Abend damals. Sie saßen, glaube ich, mit Freunden, und es war oder schien eine Begeisterung unter ihnen. Es war damals so eine Art Wendezeit in meinem Leben. Spät abends fuhren wir dann in einem schönen raschen Wagen nach Wien. – Und gestern saßen Sie im Riedhof neben mir, und ein Bekannter brachte mir die *Hymnen an das Leben.* Ich las sie heute zum Räderrollen, als ich frühmorgens wieder in meine Sommerheimat fuhr. Draußen lagen die Felder in der freudigsten Sonne. Und da schien es mir nicht unnatürlich, Ihnen einen Gruß zu senden. Die Hymnen sind so schön! Einige kannte ich. »Das Wort« liebe ich sehr. Ich las es mir schon aus dem Insel-Almanach mehrmals laut vor. Und als ich gestern neben Ihnen war, fiel mir ein: Es ist nicht einerlei, ob man sein Leben lang Peladan und Strindberg oder Shaw – oder ob man Verhaeren übersetzt. Sage mir, wen Du übersetzt und ich sage Dir, wer Du bist. Und wie Du übersetzt wohl auch. »Nachdichtungen«, das ist das Herrliche!

Ich dichte auch. Vielleicht haben Sie in den vergangenen Tagen etwas von mir gelesen, oder darüber weggeschaut. Sendete Ihnen gerne einmal etwas zum Gruß aus meiner liebsten Welt.

Warum sind Sie in der Stadt? Man sollte fast nie in der Stadt sein. Bei mir hier ist es so schön. Hätten Sie es doch auch so wundervoll.

Ich weiß Ihre Adresse von jemandem, der mir einmal etwas von Ihrer Veranda erzählte, als er meine Weihnachtsbücherliste sah, auf der der *Tersites* stand. Ich glaube, Sie werden niemandem über diesen dummen Brief etwas zu sagen haben. Ich schreibe auch nicht, damit Sie mir etwas erwidern, obwohl es mich *freute.* Und wenn Sie irgend Lust hätten dazu – schreiben Sie an Maria von W., postl. Rosenburg am Kamp.

Viele Grüße!

*Mannigfallmühle bei Gars, 30. Juli 1912*

Verehrter Herr Doktor,
das war so schön, gestern Ihren Brief in den Händen zu halten und dann Ihre Worte zu lesen, die ganz das waren, was ich leise erhoffte.

Ich werde Sie morgen vormittag anrufen, weil auch ich gerne Ihre Stimme hörte. Auch will ich ohne Scheu Ihren Wunsch erfüllen und die Anonymität fallen lassen. Ich glaube, daß Sie das Banale schwer begreifen, aber vielleicht verstehen Sie, warum ich nicht meinen ganzen Namen sagte, ehe ich Sie hörte. Aber stillen Sie bitte Ihre Neugier, falls sich eine regen sollte, bei mir selbst. Ich glaube, ich kann Ihnen auf alles antworten. Ich empfinde Ihre Güte.

Von zwei Seltsamkeiten muß ich Ihnen noch sagen. Jene Nacht, nach dem Abendessen im Riedhof, schlief ich seit vielen Jahren wieder in der Stadt und zwar wenige Häuser weit von Ihnen, in Ihrer Gasse. Und dann: ein Freund von uns (der bei uns wohnte) hatte Samstag und Sonntag Besuch von Autoleuten, die bei uns ausruhten und an unserem schönen Ufer badeten. Wiewohl ich kaum glaube, daß ein Zusammenhang besteht, mußte ich doch die Möglichkeit ausdenken, daß Sie aus diesem grauen Auto hätten aussteigen können, und ich wie vor einem Wunder gestanden wäre, vor einem sehr lieben Wunder.

Ob ich mich trauen werde, Ihnen ein Zeichen zum Erkennen zu geben? Unter vielen Menschen kaum. In Ihren Augen ist ja so viel Schönheit, Sie sehen alles mit jenem »sinnenden Leuchten«. Ich wage nicht vor Ihnen zu bestehen.

Viel warmen Dank von Ihrer *Friderike Maria von Winternitz*

Sie wollen sicher wissen, ob Frau vor meinem Namen steht: Ja.

*Mannigfallmühle, 7. August [1912]*

Verehrter Herr Doktor,
das war gestern so, als ob sehr holde Blumen auf mich herabgefallen wären. Wie ganz gut und lieb Sie doch sein müssen! Mein Brief muß Ihnen Dank bringen für all das Viele! – Sie sprechen von meiner Zurückhaltung, und mir ist doch, als stünde mein Empfinden nur in leichten Schleiern vor Ihnen. Stellen Sie es bitte nicht neben das der Gewandten, die reichere Worte finden und »dennoch« fremd zu tun geschickter sind. Nein, Sie taten es ja nicht! – Ich halte Sie heute deshalb mit diesen Worten auf, weil ich Sie fragen will, ob Sie vielleicht irgendwie durch München kommen. Ich dürfte in zirka vier Wochen für we-

nige Tage dort sein. Ich soll dort einen arg Kranken, Karl Borromäus Heinrich, den Sie vielleicht aus seinen Werken kennen, besuchen. Ich bin mit der Stadt ein wenig verbunden, und es wäre schön, Sie dort zu finden!

Ist's nicht merkwürdig, daß Erich Störk, mit dem ich seit dreizehn Jahren befreundet bin, den ich oft sehe, Samstag zum ersten Male Ihren lieben Namen so nennt, daß ich erkenne, daß Sie einander gut kennen. Es war im Zusammenhang mit seines Buben Art zu sprechen, und es freute mich so sehr, daß Sie mit dem Kleinen, der seit einigen Wochen bei mir lebt, gut waren. Nochmals vielen Dank!

Verehrungsvolle und herzliche Grüße von

*Friderike Maria von Winternitz*

*Mannigfallmühle, 29. August [1912]*

Verehrter Herr Doktor,
nun sind Sie wieder da!

Nun muß ich Ihnen etwas erzählen. Ich habe *Tersites* gelesen, und als der Rausch des ersten warmen Genusses verflogen war, blieb ein Widerstreit in mir zurück. Nun war mir, als dürfte ich selbst nicht nach Ihrer Zeit greifen. Ob meine ehrfürchtige Selbstlosigkeit gesiegt hätte, weiß ich nicht, da Sie selbst den Streit entschieden haben. Es war freundlich von Ihnen, meinem Mut nachzuhelfen. Nun habe ich rasch und ein wenig bange Altes und Neues ausgewählt. Es sind Verse darunter, die noch niemand las, anderes ist schon zum Druck angenommen. Eine Novelle und ein kürzlich geschriebener Roman erscheinen mir doch zu zeitraubend. Ich schicke dies, wenn es »erschienen« ist.

Sind Sie Mittwoch und Donnerstag der nächsten Woche in Wien? Ich möchte Sie gerne anrufen.

Nun wünsche ich noch herzlich, daß sich die Proben nicht lästig gestalten und sende Ihnen viele Grüße aus meinem leuchtenden Garten. Ihre *Maria Friderike v. Winternitz*

Nach kurzer Erwägung:

*Döbling, Freitag, 6. September 1912*

Sie werden nun an der Sicherheit, die Sie in mir vermuten, irre geworden sein. Aber es ist dies: ich bin oft ganz in mir festgehalten, und ich kann nicht voraussehen, ob das kommt, bleibt oder schwindet. Und wenn ich auch leise hoffe, daß es bei Ihnen weichen könnte, so fürchte ich doch auch wieder, daß dies und allerlei Unzulänglichkeiten meiner Person, Sie den Verlust einer Stunde, die mir leuchtend erscheint, beklagen lassen könnten. Ich komme sehr gerne zu Ihnen, weil es für mich schön ist und Ihnen nur so viel Ungestörtheit nimmt, als Sie selbst wünschen und ganz in der Zuversicht, daß Sie es nicht fremd empfinden, daß ich nicht Komödie spiele und es als »unschicklich« verwerfe. Ich hätte Sie gerne zu mir geladen, aber es erschien mir dreist, besonders da ich Sie in noch nicht wohnliche Räume zu bitten hätte. Ich dachte auch an einen Spaziergang in die Natur – aber dies ist vielleicht nicht im Rahmen Ihrer Gewohnheiten.

Morgen, um 6 Uhr also, halte ich grüßend Ihre liebe Hand.

Ihre *Maria Friderike von W.*

*12. Oktober [1912]*

Mein verehrter Herr Doktor,
danken darf ich Ihnen doch auch in Ihre hastigen Stunden, sehr danken für Ihr Sprechen und für das Gedicht, das mir wohl Ihrer Worte wegen so viel ist, auch weil es mich wieder ganz in diese nächtlich berauschende Luft des Romanes versetzte.

*»Und Bücher lassen sich wie Blumen lieben,*
*um ihren Duft, der lang zurückgeblieben.«*

(Ich las das kürzlich bei Eulenberg.) Diesen Duft trägt das schöne Gedicht auch.

Ich möchte zwischen 5. und 25. November acht bis vierzehn Tage in Berlin-Hamburg und vielleicht zwei Tage davon am Meer sein, und vorläufig steht nichts dagegen, dies wie immer zu kombinieren.

Noch vielen Dank für alles und viele Grüße, lieber, verehrter Herr Doktor, von Ihrer *Friderike Maria von Wint.*

*14. Oktober 1912*

Lieber Herr Doktor,
eben bescherte man mir nach mehrjähriger Unterbrechung die leise erhoffte, aber dennoch unerwartete Aufforderung, für das *Hamburger Fremdenblatt* über die nächste Erstaufführung des Burgtheaters zu schreiben.

Dies liebe kleine Wunder mußte Ihnen rasch sagen, Ihre ergebene *F. M. W.*

*Samstag [15. Okt. 1912]*

Mein verehrter Herr Doktor,
bitte kommen Sie Montag! Ich bin so froh, Sie erwarten zu dürfen.

Ihre sehr ergebene *Maria Friderike v. W.*

*16. Oktober [1912],*
*10 Uhr abends*

Mein verehrter Herr Doktor,
es wogt noch in mir von der Freude, die Sie mir bereitet haben – und ich habe auch schon den ersten Teil in mich hineingetrunken. Jetzt will ich schlafen gehen – und hab all dies Schöne in mir, und morgen ist ein Tag, wo ich weiterlesen kann.

Dank, so vielen Dank für den Vers!

Richter sagen Sie? Empfände ich es so, fühlte ich eine Krone zu schwer auf meinem Haupt. Wie wagte ich es denn!

Vom Schönen erzählen dürfen, ist nicht Richteramt.

In inniger Verehrung grüßt Sie herzlich, Ihre ergebene

*Friderike Maria W.*

*Oktober 1912*

Es wäre doch Feigheit, wenn ich Ihnen den kleinen Roman nicht zeigen wollte, da Sie so gut waren, nach ihm zu fragen. Mir mißfällt er jetzt, weil er zu mondän ist, um je für viele Wert zu gewinnen. Vielleicht könnte mir größere Befriedigung über eine Arbeit die Angst vor der Veröffentlichung nehmen. Es ist nicht die Befürchtung, daß man fälschlich Bekenntnisse vermuten könnte, aber es steigert sich bei der nun nahenden Publizierung ein Gefühl, das ich nur durch die Gewohnheit und am Ende nicht ohne Schaden verlieren werde. Nun mußte ich auch über das nachdenken, was Sie über die Kinder sagten, die später lesen, was man geschrieben.

Ich habe den Mut, Ihnen eine dumme kleine Sache als Geschenk hinzulegen. Es ist mein erster Schritt in die Literatur. Ich glaube wirklich, lesen kann man es nicht. Ich war damals noch sehr klein.

Verzeihen Sie, daß ich den Abend (über den ich nicht halbe Worte sagen will) wortkarg war, durch eine Sorge um mein Kind, die nun zum Glück auf das Normale gesunken ist.

Mit vielen Grüßen Ihre *Friderike M. Winternitz*

*November 1912*

Verehrter Herr Doktor,
ist mir nun dieses Liegenmüssen auferlegt, damit ich mich einige Tage freuen kann, Sie wiederzusehen, oder geht mir dies am Ende, falls Sie schon wegfahren, verloren? –

Waren Sie böse, daß ich Sie in jenem Feuilleton des *Fremdenblattes* besungen habe? – Ich hätte Sie vielleicht fragen sollen, wollte Sie aber nicht belästigen – und hatte so sehr Lust dazu.

Nach Deutschland will ich, wenn mich nichts sehr Wichtiges hindert, ungefähr am 15. November fahren. Hoffentlich sehe ich Sie in Hamburg? Vorher will ich nach Berlin.

Herzlichen Gruß schickt Ihnen Ihre ergebene

*Friderike Maria Wint.*

Diese schlechten Verse fielen mir Mittwoch abend quasi unter dem Namen Burgtheater und Pietät ein:

*Sie dienen nicht dem Dichterwort,*
*So will mir's scheinen.*
*Es ist als ob sie immer nur*
*Sich selber meinen.*
*Sie holen sich sehr tief hervor*
*Und stimmt das Bild nicht mit dem Dichterwillen,*
*So klingt das kaum an unser Ohr.*
*Denn Worte kann man spurlos töten*
*Und schreitet tänzelnd weg,*
*Stimmt rasch ein neues Lied*
*Mit Bratsche und sehr schrillen Flöten.*
*Und hinter all dem ist ein Ton –*
*Verzittert und verirrt,*
*Eh' er ein Tönen ward,*
*Und Baustein zu des Dichters Thron.*
*Die Geste aber blieb geschlossen,*
*Der Faltenwurf ließ die gewandten Glieder sehen,*
*»Die Rolle schien wie angegossen«.*

*Grand Hotel Vier Jahreszeiten,* *Hamburg, 22. Nov. 1912*
*Am Alster Bassin*
Schönen Dank für Ihren Gruß. Ich fürchtete schon, Sie mißverstanden zu haben. Ich beneide die, die Sie (bei dem Vortrag) morgen sprechen hören. Mir geht es eigentlich schlecht. Ich mußte gestern bei Michael Kramer »heulen« und heute, jetzt eben, bin ich nach *Gabriel Schillings Flucht* auch nicht ganz ruhig.

Kann ich Ihnen etwa beim *Hamburger Fremdenblatt* etwas richten – oder kennen Sie die Herren?

Ich freue mich auf Dienstag – aber bitte binden Sie sich nicht unbedingt.

Herzlich *Fri Maria W.*

Stefan Zweig hatte dem Dramaturgen des Hamburger Schauspielhauses, wo *Das Haus am Meer* am darauffolgenden Tag in Szene ging, aufgetragen, mich zu den dortigen Aufführungen zu begleiten. Er bat mich, bei seinem Vortrag nicht anwesend zu sein, weil meine Anwesenheit ihn befangen machen würde, den Tag nach der Aufführung mit ihm zu verbringen und die Rückreise zusammen anzutreten, wenn das »mit Haus und Pflichten« vereinbar wäre.

*Hamburg, 23. Nov. 1912*

Mein verehrter Herr Doktor,
Sie häufen so viel Glück in meinem Herzen!

Ich bin mit Freude bereit, mit Ihnen zurück zu reisen. (Ich möchte Freitag, spätestens Samstag in Wien sein.)

Es soll alles so sein, wie Sie es wünschen, und litte ich auch. Mein Haus? Es ist wirklich das meine, ich bin darin ganz frei und niemand kreuzt mit Neugier oder Mißfallen meinen Weg. Ich nähre mich selbst und bin seit langem ganz unabhängig. Dies müssen Sie wissen! Geben kann ich nichts in meiner hilflosen Schüchternheit, Ihnen gegenüber. –

Auch ich schlief gestern nacht nicht vor zwei Uhr. Hätte ich doch einige Augenblicke mit Ihnen auf die Alster schauen können. – Ich halte meinen Atem an, um Ihnen nicht mehr zu sein, als Sie es wünschen. Das aber möchte aus tiefster Seele, aus ganzem Sein

*Friderike Maria W.*

*Wien, 6. Dez. 1912*

Fast wäre ich gestern dennoch in Deiner Nähe gewesen. Ich hatte mich nur leider nicht besonnen, daß man ganz leicht aus einem solchen Wunsch Wahrheit machen kann, wenn man ihn nur heiß genug wünscht.

Ich bin über mich selbst erstaunt, viel zu beseligt, um an mir Kritik zu üben. Ich weiß nur, daß wie unter dem Blick einer sehr heißen Sonne vieles unheimlich rasch reifte, wovon ich bisher nur wußte, wie altkluge Kinder, die vielleicht dümmer bleiben als andere, weil sie sich den Nimbus geben, alles zu wissen, in ihrer selbstverdorbenen Unschuld.

Ich sehe Dich so warm vor mir, mit all meiner zärtlichen Ehrfurcht, die ich für Dich habe. Wie immer Du all dies verstehst, fürchte nichts von mir. Glück oder Leid, das von Dir kommen mag, beiden bin ich selig erschlossen. Du brauchst mich nicht zu schonen. Ich bin stark.

Vielen Dank für die Karte. – Eben lese ich in der Presse über München. Oh, warum konnte ich nicht dabei sein. *Fri Maria*

*Wien, XIX, Kreindlgasse 19, 19. Dezember 1912*

Lieber,
in Eile: Kommen Sie Samstag, wenn Sie gerne kommen und nicht – weil jetzt Weihnachten vor der Türe ist – gehetzt sind. Ich fühle nichts Unfreundliches. Ich selbst hatte einige böse Tage (von außen), so daß ich wahrlich auch nicht nett gewesen sein mag. Fühlen Sie doch bitte sicherlich keine Vorwürfe. *F. M.*

*6. Jänner 1913*

Einen Augenblick dachte ich selbst anzurufen, aber ich hätte die Hemmung nicht gebrochen, die ich selbst auch empfinde. Mißtrauen habe ich nicht, weil ich allzu viel Glauben als dreist empfände. So ist mir immer alles wieder unverhofft, wie Wunder sind.

Wenn Du *Das geistliche Jahr* von Droste-Hülshoff besitzest, so such darin »Am Palmsonntag«. Auch »Am Neujahrstag« ist so schön. Ich rette mich manchmal zu diesen Gebeten. Ich trage all die Zeit sehr schwer an meiner Pflicht. Ich glaube, ich werde vor Freude weinen, wenn ich in der Bahn sein werde.

Wirst Du kommen?

Morgen sehe ich wohl Dein liebes Gesicht! Verzeih', daß ich in diesen Worten nicht kühl geblieben bin. Und Du, Lieber, vergißt und vergibst es wohl Deiner *Fri. Maria*

*Bozen, Hotel Greif, den 17. Jänner 1913,*
*½9 Uhr abends.*

Lieber,
Wir sind sehr gut gefahren. Deine Befürchtung, daß möglicherweise die Heizung einfrieren würde, war sehr begründet. Ich hatte jedoch einen Diener aus dem Eisenbahnministerium (wo zwei meiner Brüder in Amt und Würden sind) am Bahnhof, und der installierte uns glänzend. Die Fahrt durch die verschneiten Berge war wunderschön. Der Semmering war fast taghell im Mondschein, und obwohl ich doch endlich wieder hätte schlafen können, vermochte ich es nicht, all die Schönheit draußen ahnend. Ich ließ mein großes Mädel wach, um ihr den Zauber zu zeigen, und sie genoß ihn wie ein Märchen. Das Pustertal empfing uns beim Erwachen in einer Sonnenhelle, von der man immer wieder neu entzückt ist, so sehr vergißt man sie in der Stadt. – Für mich war die Nacht sehr schön. Wenn ich die Augen schloß, träumte ich meine letzte Fahrt und empfand wieder das schmerzlich Unaufhaltsame der Räder, die einem Ende zutrieben. Ich horchte auf einen lieben Atem – den leisen der Kinder verschlang das Räderrollen. Bozen hüllte uns mit einer lauen Luft ein, die abends feucht wurde. Das Hotel ist gemütlich, aber nicht komfortabel. Muß an die beiden deutschen Hotels denken. – Daß ich nun fort bin, kommt mir wieder so unwirklich vor. Was mich denn eigentlich so trieb und mir die Möglichkeiten des Wegkönnens, des Wegsollens so dienstbar machte?

Morgen will ich auf den Ritten. Er ist nur eine Stunde weit. – Deine schönen Bücher werden mir die Einsamkeit da oben verringern. Vielen Dank auch für den Brief! Die Bibel habe ich mit. Ich betrachte sie nicht als mein Eigentum, weil sie mir lieber ist, wenn sie noch Dir gehört, und weil ich seit Kindheit her irgendwie schmerzhaft Geschenke annehme. – Das ist sicher sehr philiströs, wie so manches, das abzuschütteln ich noch nicht frei genug bin, vielleicht niemals sein werde.

In Lenau las ich schöne Stellen. Ich wußte dies alles nicht aus den Schulbiographien. Mußte viel nachdenken darüber. Glaubst Du, daß Sofie, wenn sie von seiner Krankheit gewußt hätte, ihn weniger begehrt hätte? Ich glaube, daß es ihr eine Seligkeit mehr bedeutet hätte, sich ihm hinzugeben und für ihn zu leiden. Und ich glaube auch, daß er das Recht gehabt hätte, dies scheinbare Opfer anzunehmen. Ein Lenau und seinesgleichen gewiß. Ich habe in letzter Zeit einiges über Rassenhygiene gelesen. Sollte es wirklich ein Ziel sein, gesunde – Tiere aus den Menschen zu züchten, da doch Wunderbares so oft aus einem Körper ward, der den Rassenhygienikern zufolge nie hätte werden dürfen.

– Nun bin ich schon so schläfrig. Sie waren doch einigermaßen ermüdend, diese letzten Stunden in Wien, mit dem Abschied von meiner Mutter und anderen, deren Treue mich rührt und die ich nicht in gleicher Weise (aber vielleicht manchmal besser) zurückgeben kann. Ermüdend doch auch Fahrt und Installation, aber belohnt durch die Fröhlichkeit der beiden Kinder. Auch das Kleine war vergnügt und wohl, wie seit Wochen nicht.

Verzeih, daß ich Dich mit meinen Angelegenheiten so lange aufhalte. Ich wollte, ich könnte erzählen, statt zu schreiben. Wie schön sind doch diese alten Häuser hier. Selbst nach Lübeck schön. Innigsten Gruß von Deiner *Fri Maria*

*Bozen, 18. Jänner 1913*
*¾10 Uhr abends*

Lieber,
nun habe ich den Brief vom Deutsch-Österreichischen Verlag. Er entwickelt eine Beredtsamkeit, daß ich meine, er könnte sich seine Bücher ganz gut selbst schreiben. Ich kann ihm nicht unrecht geben. Gesellschaftsromane (und als solcher aufgefaßt zu werden, bietet der meine Anlaß) – sind auch mir meistens widerwärtig. Indes erhielt ich von Dr. Wengraf die Aufforderung, den Roman dem Westermann Verlag einzureichen.

Ich komme eben von Oberbozen. Meine Wangen brennen von Bergsonne und Bergluft. Dort oben ist es wirklich schön. Ich war mit allerlei Argumenten bewaffnet, ehe Schlern, Rosengarten, Latemar, Presanella mich im Abendglühen aus ihren Schneehüllen überwältigend ansahen. Diese Luft ist wie das köstlichste, reinste Wasser, das man in tiefem Durst schlürft. Das Wort von der Heiligkeit der Berge verliert dort oben alle Phrasenhaftigkeit. Ich meine, immer könnte ich dies Entzücken gar nicht brauchen, das mich dort fast gegen meinen Willen erfaßt hat. Trotz des Schnees, der oben liegt, singen die Vögel im Wald, wie im Frühling, und die Palmkätzchen schlagen an die Fenster der elektrischen Zahnradbahn, die einen hinaufführt. Manchmal hört man durch die Klarheit der Stille die Bozener Kirchglocken heraufklingen. – Ich habe eine kleine Privatwohnung gemietet. – Arbeiten kann man da gut. Brand Buys (der Komponist) wohnt in der Nähe und Hans von Hoffensthal in Maria Himmelfahrt, wo der Bozener Adel seine Kastelle hat – uralte Häuser, die innen prachtvoll sein sollen, in Architektur und Hausrat. Kein Fremder darf sich dort ansiedeln, und alle Bewohner haben sich gegen die Einrichtung der Bahn gesträubt, die sie in ihrer Abgeschiedenheit stört.

Ich las bei meinem einsamen Tee »aus der Werkstatt des Lyrikers« und dachte, daß Du diese Worte gehört hast. Aber zu alldem dachte ich mir noch: »Nur nimm sie wieder aus der Städte Schuld, Wo ihnen alles stumpf ist und verworren –«

Ich glaube, Rilke sagte es so ähnlich.

Ich konnte eben noch den lustigen Kindern Gute Nacht sagen, die ich Montag mittag in die Bergluft hinaufbringe. Dann ging ich ins Kaffeehaus, Zeitung lesen. Als ich eben in der Frankfurter Zeitung ein Feuilleton über Romain Rolland lese, tritt ein Dienstmann ein und übergibt mir ein unbeschriebenes Kuvert mit der Karte, die ich beilege, weil sie Dir vielleicht Spaß machen wird. Ich weise ihn zurück, aber er legt die Sache hin und verschwindet. Ich ließ das Kuvert liegen, aber schließlich war ich doch neugierig – und dann hätte es ja auch die Kellnerin gelesen. Ich habe keine Ahnung, wer dieser Torero ist, der mich zu kennen glaubt. Man sieht hier allerlei solche Leute, denen man den Torero und solche Briefchen zumuten kann. Aber ich öffnete den Brief, als längst die halbe Stunde vorüber war. Oh José, du verlorenes Paradies!

Meine Adresse ist ab Montag Oberbozen, Dependance Holzner. (4mal im Tag Post.) Aber ich verspreche Dir nicht, 4mal im Tag zu schreiben.

Viele Grüße ins Tiefland von Deiner *Fr. Maria*

*Oberbozen, Mittwoch, 9 Uhr abends [Januar 1913]*

Deine Karte (vom Semmering) hat mich sehr froh gemacht. Es tut nicht wohl, das zu genießen, was andere entbehren, denen man Genuß wünscht. Ich wollte, Du hättest heute auch solch einen schönen Tag gehabt, wie er über uns geleuchtet hat. Licht und Luft, man trinkt sich hier die Brust voll davon, und es will nicht finster werden in diesen Vollmondnächten. So groß habe ich den Mond noch nie gesehen, und schon um 6 Uhr ist er wie ein Zauber aus den Bäumen in den blauen Himmel hinaufgeflogen, in dem noch die Sterne ganz blaß waren. Jetzt liegt der Rosengarten und der Schlern ganz hell da, kaum umflort von silbernen, verwehten Wolken. Ich habe die Berge ringsum für die Kinder, die nicht müde werden, meine dummen Märchen zu hören, mit König Laurin und anderen Bergkönigen bevölkert, und nun tanzt der Reigen um mich und rührt mich mit einem Zauber an und läßt mich erst aus seinem Bann, wenn die Sonne ganz laut wird. Dann ist es so warm, daß wir ohne Überkleider gehen und daß es mir wohl tut, wenn im Wald mein Skistock an einen Ast streift und kühler Schnee auf mich herunterregnet.

Ein schöner schwarzer Stier wird mehrmals am Tage vorbei geführt, Ochsen vor Holzschlitten ziehen vorüber und die dazu passenden Bauern. – Nun sende ich Dir einmal einige Aufnahmen, die ich hier gemacht habe. Vielleicht bekommst Du auch eine, auf der Du mich mit den Skiern siehst, wie Du Dirs einmal gewünscht hast. Mein Stück schreibe ich jetzt ab und schicke es gerne. Aber eigentlich kann ich gar nichts senden, oder doch nur in die Kochgasse, denn ich weiß ja nicht, *wo* Du wohnst. Ich fühle Dich nur auf einem Berg, sehe Dich in Deinem lieben, gelben Pelz, den ich manchmal hier suche. – Nun ist plötzlich die garstige Flamme des Neides in mir aufgekommen, daß andere Dich sehen. Mich sieht niemand, und mein Fischblut freut sich dessen.

Herzlichst Deine *Maria*

*Obermais, Jänner 1913*

Lieber,
nun habe ich schon fast alle Deine Bücher ausgelesen. – Von Romain Rolland habe ich bisher vier Bände gelesen. Ich hätte so gern das, was Du darüber schreibst. Ich finde die psychologische Präzision meist vollkommen. Diese Grausamkeit des Blickes erschreckt mich oft. Aber Christoph ist mir bisher noch nicht lieb geworden. Ça me répugne, wenn er Fußtritte austeilt und Lärm schlägt. – Und dann »il n'est pas intelligent«. Mir ist diese Begabung als Phänomen immer zu sehr physiologisch, als daß ich sie um ihrer selbst willen bewunderte, was immer mir auch ihre Früchte bedeuten. – Ich vergöttere die Begabung, die der Mensch selbst ist, die er durch und durch ist. Und solch ein Mensch, solch ein Gott (denn was ist Gott anderes) darf alles, weil er immer er selbst ist.

Maria-Schnee heißt der Ort, wo ich bin. – »Maria Himmelfahrt«, dort ist es schöner. Ich war gestern wieder drüben. Ich weiß nicht, ob ich Dir schon erzählte: Hoffensthal hat einen Roman darüber geschrieben. – Er selbst geht manchmal hier herum, und er könnte mich fast vertreiben. Er hat denselben hellen Pelzrock wie Du, und das kann ich ihm nicht verzeihen. – Wer weiß, ob ich sonst nicht mit ihm bekanntgeworden wäre. Er und ich sind stundenweit die einzigen Menschen, die sich verstünden. Er hat mich mit seinen hellen Kinderaugen in seinem messerscharfen, schönen Gesicht sehr erstaunt angeschaut. Ich hätte ihm einen Gruß zu bestellen. Aber ist es nicht eigentlich herrlich, so an einander vorüberzugehen in dieser weiten, weißen Einsamkeit. Es zu können!

In Maria Himmelfahrt wird der Ritten auf einmal wie ein Park mit uralten Edelbäumen. Wie eine Terrasse ist das, die die Natur zur Aussicht auf die Marmolata gebaut hat, die ganz weit rückwärts ihre graziösen Zacken reckt. Tief im Tal sieht man, hört man manchmal einen Schuß, oder ein Rollen, wie eine Lawine. Vielleicht ist es der Zug, der nach Wien fährt, der Dir vielleicht am Weg nach Baden begegnet, wohin Du einen Sonntagsausflug machst. Meine Gedanken wollen immer fort, und ich will Dir doch von Maria Himmelfahrt erzählen. Da stehen also etwa ein Dutzend großer, wetterfester Herrenhäuser mit Galerien ringsum. Die Läden sind alle geschlossen. Nur die Kirche steht offen, und ich gehe gerne hinein, um mich zu wärmen, und weil ich Landkirchen liebe. – Das Weihwasser ist gefroren, und auch die Heiligen an den Wänden scheinen zu frieren. Besonders eine bleiche Frau à la Tiepolo. Aber mir wird hier wärmer. Gestern war es schon dämmerig. Das ewige Licht in der roten Schale funkelte wie ein Rubin oder wie ein Blutstropfen. Es stört mich immer in den Kirchen, daß es so flackert, so irr ist. Das ewige Licht sollte unwandelbar stehen, aber es flackert, obwohl es niemals erlischt. Dann gehe ich wieder draußen zwischen den »Grafenhäusern« herum. Die Sonnenuhren, um welche Heilige in den Farben des Filippo Lippi gemalt sind, warfen keine Schatten mehr. Die Presanella lag noch in rosigem Dunst. Guten Morgen, Lieber! *Fri.*

*6. 2. 1913*

Meine nächsten Grüße kommen aus Meran, wohin ich in den nächsten Tagen fahre, um dann dort bald mein Quartier aufzuschlagen. Ich freue mich schon darauf, den Ort kennen zu lernen, den Du so liebst.

Ob ich bald wieder viel schreiben werde, weiß ich nicht. Meine Feder ist hier zu ungebärdig, wie ich selbst. Das »Lamm« ist weit fort, ich spüre es nicht mehr. Vielleicht ist es an Deinem Kamin geblieben, und Du kraulst ein wenig seine Wolle, während Du liest. Oder vielleicht verlief es sich hier in den Bergen.

Ich küsse leise Deine Stirne *M.*

*Meran, 13. Februar 1913*

Ich glaubte, daß ich Dir jetzt lange nicht schreiben würde. Wenn Du »irgend einer« bist, wie Du sagst, wem sollte ich da schreiben. »Irgend einer« bekommt keine Briefe von mir. Ich schreibe dem Lieben, dem Guten, dem Wahren – findet ihn mein Brief nicht, vermag er ihn nicht zu wecken, dann lese »Irgend einer« diesen Brief nicht. Lieber, ich will Dich nicht gut, aber ich will Dich »Du«. Für Dich, »Du« stürbe ich, heute – ich weiß nicht, was später kommt. Ich glaube an »ewige Liebe«, wie an Gott, Christus, Beethoven, Rembrandt, die Schönheit der Meraner Landschaft und an – Dich. Aber ich weiß nicht, was kommt. »Irgend einer« ist mir gleichgültig wie Monsieur Tel et Tel. – Nun möge »Irgend einer« weiter lesen oder nicht.

Gestern bin ich in Schloß Labers gewesen, bin treppauf, treppab gegangen, mit dem Lift durch das alte Gemäuer gefahren, habe durch die Fenster geschaut auf das Bild, das Du oft gesehen hast, gleich morgens, wenn Du die Augen aufgeschlagen hast. Und ich träumte mich mit Dir in eines der vielen Zimmer, die ich ansah, um vielleicht in dem gewesen zu sein, das Du bewohnt hast zu einer Zeit, wo Du noch ganz fern in meinem Leben warst. Der Wall gegen die Stadt ist von Blumen voll, die nach Fresien duften, doch kaum hat man sie, ist der Duft vergangen. Ich freilich kann ihn noch fühlen. Gott hat mir das geschenkt, daß mir nichts verloren geht.

Deine *F. M.*

*18. Februar 1913*

Nun weiß ich nicht, ob und wo mein Brief Dich erreicht, aber ich muß Dir danken. Und dann muß ich Dir auch sagen, wie ich mich freue, daß Du bei Deinem großen Freunde sein wirst. Ich bin vor einigen Tagen in einen Buchladen gegangen, an einem Tage, da ich sehr wünschte, Dir näher zu sein, und bestellte mir *Rembrandt.* Mir ist über Rembrandt vieles bekannt, und ich habe mich ziemlich tief in seine Werke hineingeschaut. Dies Buch war für mich wundervoll. Und dann auch Deine Worte darin zu spüren. Lieber, Lieber, arbeite, schreibe, und ich kann nie arm werden – und viele andere werden an Dir reich sein, von denen Du es nicht weißt, wie von mir.

Was Du über Hilfe an meinen Büchern sagst, hat mich nur ganz froh gemacht. Ich bitte Dich auch nicht, es zu überwinden. Ich hab' erkennen gelernt, daß es an sich ganz gleichgültig ist, ob das äußere Leben ein wenig leichter ist oder nicht. Man schafft sich da immer selbst sein Maß an Glück und Leid. Es ist so viel Mimik, was man nach außen tut und was einem von außen kommt, wenn man innerlich fest ist. Und meine Arbeit? Ich muß sie schon seit meiner Kindheit tun, aber da ich ihrer bewußt geworden bin, empfinde ich sie als Schleuse, die Ströme zurückhält, die sonst ins Leben stürzen müßten, die mir mißfielen, die mich selber überschwemmen würden. Aber ich fühle es jetzt so, als könnte ich, wenn es Dir lieb wäre, ganz verstummen, wenn auch Du es warst, der sie (die Arbeit) mir neu geweckt hat.

Ich habe jetzt leichte Tage. Dem Kind geht es viel besser. Heute hat es Geburtstag, das bringt viele Erinnerungen, die aber nichts Schmerzliches haben. Es ist mir nur das Glück geblieben, für das ich dem Neid der Götter nichts schuldig geblieben bin. – Ich habe ihr einen neuen schönen Wagen gekauft, darin sie wirklich wie eine kleine Prinzessin aussieht. Und mit all ihrem neuen Spielzeug freut sie sich auch so. Ich habe es ihr schon gestern gegeben, weil gestern auch für mich so ein guter Tag war und ich gerne vielen Menschen Freude gemacht hätte. Von Wien bekam sie einen kleinen Hund, der bei ihr schlafen mußte. Sie hat noch eine andere Liebe, die bei ihr schlafen muß – das Arme, den Termophor auf dem kleinen Magen. Den hat sie sehr gerne, weil er ihr wohl tut, und abends vor dem Einschlafen fragt sie uns oft: »Ist ›er‹ bei mir?«

Alix sagt auch oft drollige Dinge.: »Muschi (sie sagen immer so zu mir), wer sind der Sonne ihre Kinder?« Sie weiß schon genau, was ich sagen werde, will es aber immer gerne hören. »Die Sterne.« Sie strahlt: »Und wer ist dem Wind seine Frau?« Ich war ein bißchen verlegen, da ich den Mond schon mit der Sonne verheiratet hatte und die Erde die Großmutter war. Ich hätte den Wind irgendwie als Freund einrangieren können. Ich sagte: »Der Wind ist nur ein Onkel, ohne Frau.« »Aber wo wohnt er denn?« »Nirgends, das ist es ja eben, deshalb ist er ja der Wind, der immer herumsaust.« Das erscheint ihr ein wenig suspekt, und sie schweigt. – So baut sich das Leben auf. Ich lese ihr manchmal aus der Bibel vor, aus Deiner Bibel, gewöhnlich wenn sie ißt, und zur Belohnung, wenn sie dabei rasch und hübsch ißt. – Ich habe Dir das alles erzählt, weil Du mich mit den Worten, daß Du an den Kindern Anteil nimmst, beglückt hast.

Dafür und auch für die Dramen will ich Dir sehr danken. Ich begann *Helenas Heimkehr*, obwohl ich jetzt in *Dans la maison* schwelge. Daß ein Mann das empfinden kann: »Jetzt bin ich endlich von mir selbst gerettet. Und darf vergessen, einen Leib zu haben.« Dank Dir! Das ist wunderbar! Wie verstehe ich Deine Bewunderung und schließe Dich mit ein.

Viel, viel Frohes auf die Reise ins Weite, Deine *M.*

*27. 2., nachts [1913]*

Du Lieber,
Über Deinen Brief, Liebster, kann ich Dir nichts sagen. Worte sind zu laut, als daß ich mit ihnen, selbst in dieser stillen Nachtstunde antworten könnte.

Ich sandte Dir Früchte, an die auf der gemeinsamen Fahrt genossenen erinnernd. Jetzt breitest Du wohl schon die Flügel. Ich wünsche Dir alle guten Winde. Ja, ich finde auch in dieses ferne Land. Ich will meinen Gedanken Samtschuhe geben, daß sie Dir nicht zu laut werden, und ich wollte, sie könnten Dich manchmal ganz nahe zu meinem Herzen holen.

Wann wir uns wiedersehen? Ich käme im April zurück, wenn ich Dich da schon nahe wüßte. Ich fürchte mich ein wenig vor der Rückkehr und werde alles leichter tragen, wenn Du schon in Wien oder Baden bist, selbst wenn ich Dich nicht sehen würde. – Ich las *Helenas Heimkehr* zu Ende. Mir war, als müsse zum Schlusse der Dichter sich selbst von Helena losringen und gegen sie – ungerecht sein. Sollte sie Zeus nicht verstanden haben? Ich muß jetzt gerade an die Analogie mit *Wotans Abschied* denken, obwohl ich nicht ganz weiß weshalb. Gestern las ich *Das Kloster*. Don Marc, Aljoscha-Oliver: ich liebe diese sanften Männer so sehr. Aber Jean Christopher wird auch immer wundervoller, doch den fürchte ich schon ein wenig. Er ist mir kein Bruder mehr.

Die Worte gingen mit mir und kommen jetzt wieder:

*O Du Sanfter, Inniger, Du Trauter,*
*Wie ich immer, und selbst in aufschäumender Qual*
*Dich doch so unendlich lieb haben muß!*
*Du lehrst mich erst das? Vertrauen,*
*Eine endlose Güte läßt Du mich schauen,*
*Die heiligsten Stimmen läßt Du mich hören.*

So heißt es ja, nicht wahr? Wie schön ist das!

Mit meinem Roman, der ziemlich umfangreich ist, werde ich in zwei oder drei Wochen – ich fürchte mich fast, mich von ihm zu trennen – zu Ende sein. Lieber, nun fließen alle meine Gedanken in den heißen Wunsch, daß Du froh vielen Freuden entgegenfährst.

Ich bin ganz Deine *Fr. M.*

*Meran, 7. März 1913*

Lieber,
wie so oft schon, wenn Nachricht von Dir kam, war der Tag irgend schon helle, als wäre schon Sonne vorausgelaufen. Wie nötig hatte ich sie gestern!

Kaum wage ich es, Dir zu schreiben, und tue es nur, weil ich hoffe, daß die wunderbare Lebendigkeit, die Dich umgibt, diesen Tropfen Trübnis gleich wieder wegsaugen wird. Du siehst: kaum kann ich schreiben, meine Hand zittert noch von vieler Angst. Lieber, denke Dir, mein Kleines war in Lebensgefahr. Der Zustand ist noch ernst, aber gestern wendete es sich des Morgens zum Bessern, und seither blieb es so. Sie spielt wieder, und heute lächelte sie schon ein paarmal und küßte mich auch. Es war eine Lungenentzündung, die allerdings nur einen Tag dauerte, aber das Fieber ging nicht gleich weg und erschöpfte sie so, daß das Herzerl, das arme kleine, rasend arbeitete, und – oh, ich kann Dirs nicht beschreiben ...

Aber sieh, Lieber, in diesen Tagen haben sich meine Kräfte verdoppelt, verhundertfacht. Ich dachte mit Hochdruck, um alles zu ersinnen, was dem Kinde helfen könnte. Ich verlor niemals die Ruhe, trotzdem ich keinen Augenblick die Gefahr vergaß, die die größte in meinem Leben war. Du ahnst nicht, was das für ein Kind ist! In ihrer größten Qual, wissend und geduldig, und wie um Vergebung bittend, und nie ohne ihren kleinen Ehrgeiz, ihren Anstand zu bewahren, in ihrer ärgsten Hinfälligkeit! An ihrer Haltung kann sich jeder Held ein Beispiel nehmen. Sie ist voller Güte und Dankbarkeit. Man sagt, um viel zu sagen, das Kind sei ja der Mutter Fleisch und Blut. Wie wenig ist Fleisch und Blut gegen ein Kind, das man so tief lieben muß! Aber sieh, als ich mich in diesen Nächten zu einem wandelnden Bett für das Kind machte und mit ihm stundenlang auf- und abwandelnd zur Balkontüre kommend die Sterne draußen am Himmel sah, die ich anflehte – da mußte ich durch alle die Not hindurch an Dich, Liebster, denken. Mir kam der schon so oft erbrachte Einfall, die Sterne da oben leuchten auch Dir, der Du jetzt wohl durch die Straßen von Paris und – wie ich richtig hoffte – leicht beschwingt wandelst und mir irgendwann darüber ein Wort sagen wirst. Schon Deine Karten waren so gut!

Mir steht jetzt ein guter Arzt zur Seite, ein schlichter, menschlicher, der auch ehrlich Anteil nimmt und im Kranken kein wissenschaftliches Spielzeug sieht. Den mir von Wien empfohlenen schüttelte ich bei dem ersten Unsinn, den er sagte, ab, denn der hätte sicher versagt. Der jetzige ist ein Meraner, kein geckenhafter Badearzt. Wenn er, wie gestern, in der Nacht kommt, ist mir wirklich, als träte ein Engel zu mir. – Aus Wien scheint niemand zu kommen vor Ostern. Aber es ist vielleicht gut so. »Laß dies Herz alleine haben seine Wonne, seine Pein.« Mehr als meine Kraft, einen guten Arzt und meine Liebe zu Dir brauche ich auch in diesen Nöten nicht.

Verzeihe, wenn ich dumm schreibe, konfus meine ich. Ich hatte schon lange weder Schlaf, noch rechte Luft. Dieser Brief ist meine erste Rast. Neben mir schläft Suse friedlich.

Es ist gut, seine eigene Kraft zu fühlen, aber ich fürchte mich vor Ohnmacht wie vor dem ärgsten, was es zu fürchten gibt. Glaub mir, daß Du Dich jetzt und immer auf Reisen (fremde Städte sind ja auch irgendwie Natur) erlöst fühlst, das ist auch, daß Du Deine Kraft fühlst. Ich fühlte sie auch durch die »Kruste« immer so glücklich bei Dir. Ich verstehe, daß Du Dich dadurch so »gehörnt« empfindest. Aber ich verstehe doch nur ganz dies von allem Ernstlichen Gefeit-sein, wenn man schon durch ein Feuer gegangen ist. Dann stählen einen nur, die nachher kommen.

Schreib mir, Lieber, trotzdem ich Dir sagte, was mir Deine Nachrichten sind, *nur*, wenn Du ganz Lust dazu hast. Ich weiß Dich froh: das tut auch gut.

Heut' kann ich Dir nicht viel Sonne schicken, obwohl mir's nach diesen gefährlichen Tagen heute lichter erscheint. So kann ich Dir doch auch von diesem Licht schicken, wenn es auch nur ein innerliches ist.

Sei weiterhin froh in Deiner schönen Stadt!

Deine treue *Friderike Maria*

*Wie die Schwalbe ...*

*Wie die Schwalbe mit silberner Schwinge*
*Über die schläfernden Wasser blitzt,*
*Und in ihr Blinken zitternde Ringe*
*Mit dem dürstenden Schnabel ritzt,*
*Fließende Spuren, die nicht verwunden,*
*Leise nur rühren, leise erschüttern –*
*Ach, so neigen und nahen sich*
*In meine einsam dunkelnden Stunden*
*Stille Gedanken, Du Ferne, an Dich.*
*Zart umgoldet von heimlicher Glut,*
*Schwalben der Sehnsucht, mir Tröstung zu bringen,*
*Streifen sie scheu mit zaghaften Schwingen*
*An mein Herz, das stilldunkel ruht.*
*Selig fühl' ich sie nieder sich senken,*
*Lust und Wehmut durchschauern mich,*
*Und ich zitt're in süßem Gedenken,*
*Liebste, an Dich ...*

*Meran, 12. März [1913]*

Du Guter,
fühllos Du? Womit kann man denn ins Herz der Dinge schauen? Daß Du mir Deine Wärme läßt, wie danke ich es Dir! Mir ist ja viel, viel Güte zuteil geworden. – Aber wie arm war das gegen das, was mir Deine Güte gibt. Fast wage ich es Dir nicht zu sagen, wie ich, die ich mich ganz verschlossen glaubte, Dir aufgetan bin. Hör' es nicht, Lieber, es könnte Dir Rücksichten einflößen, und ich will keine. Und fast ist es mir jetzt, wo die schwarze Hand, die über dem Kind geschwebt, so grausam an meinen Nerven gerissen hat, als könnte es mir wie dem alten Bannert in den *Webern* ergehen, der nicht mehr essen konnte, als er vor der vollen Schüssel saß. Ich muß Glück in ganz kleinen Dosen genießen. Ich fürchte mich nicht davor. »Il est inhumain d'étouffer une partie de soi-même.« Ja, ich empfinde selbst die Fülle, die in meinem Leben ist und die durch Dich durchsonnt ist. Das Leben, das Dir und meiner lieben Pflicht geweiht, für die Kinder geweiht, ist sehr schön! Und ich kann es noch behalten. Die Besuche, die ich für die Ostertage bekommen werde, werden nicht ganz dicht an mich herankommen, nicht bei mir wohnen. Ich brauche mein Mädchenleben – wenn ich dies gute, liebe Wort so mißbrauchen darf – nicht aufzugeben. Siehst Du,

Lieber, so egoistisch bin ich. Aber meines Egoismus bewußt, tut es fast wohl, in Leid und Qual allein zu stehen. Wie allein, Lieber, magst Du daran ermessen, daß man fast irritiert war, daß ich allzu alarmierende Nachrichten gegeben habe, weil ja rasche Besserung folgte. Als die beiden Ärzte nach dem Konsilium mit mir allein waren, sagte der uralte Doktor, den man mir als Konsilarius empfohlen hatte: »Gnädige Frau, wenn Sie das Kind davonbringen, haben Sie ein Wunder vollbracht.« Glaub' nicht, daß es ein Frevel ist, aber ich fühlte mich zu jedem Wunder bereit, und jetzt ist schon ein rosiger Schein auf den Wangen des Kindes zu sehen. Optimismus aus der Entfernung ist ja verzeihlich, und Leugnen der Gefahr, Beruhigenwollen. Aber der, der kämpft bis zum Sieg oder bis zur Niederlage, die mir Gott ersparte, der muß der Wahrheit ins Auge schauen, muß den Feind kennen.

Ich habe das Wort GOTT ausgesprochen, und Du gehst in Anarchistenversammlungen? Was geschieht eigentlich dort? Verliest man Offerte von Bombenfabrikanten und dergleichen? Du ahnst nicht, wie dumm ich bin. Und Romain Rolland, ist er so herrlich wie sein Werk? Ich lese jetzt *Les Amies*. WAS steht NICHT in diesen Büchern? Wird er *noch* etwas sagen können?

Ich bitte erzähle mir von Dir. Ich bade ja in dem Gedanken, daß Du froh bist, und bin es auch so sehr. Und nichts, nichts ist unwichtig. Dir fliegt die Welt zu, mir nur ein kleiner selbstischer Winkel, über den hinaus meine Träume gehen und mein Gefühl für Dich.

Ich bin Deine *F. M.*

*Ein Paar Verse ...*

*Ein paar Verse zum Erwachen,*
*Liebste, nimm in Deinen Tag!*
*Eine Frohe froh zu machen,*
*Sei, was sie entschulden mag.*

*Daß sie sich so ernst bemühen,*
*Und so voll gemessen sind,*
*Statt zu flammen, statt zu glühen,*
*Statt zu flackern wie ein Wind,*

*Statt Dich brennend zu umfangen,*
*Bis Du, Liebe, Herz und Hand,*
*Stirn und Lippen, Brust und Wangen*
*Loderst in beseeltem Brand.*

*Palmsonntag [1913]*

Eben bekam ich Deine Karte, Lieber. Ja, ich freue mich, wie Du Dirs dachtest und vielleicht noch mehr. Ich bedauere es nur, so trübe Briefe geschrieben zu haben. – Dank für das angekündigte Buch. Zur Zeit, als ich zur Staatsprüfung lernte, begegnete mir diese Dichterin, aber ich behielt sie nicht zwischen all dem Lernstaub. Innige Grüße und viele gute Wünsche für immer neue Freude. *F. M.*

*Ostern 1913*

Oh, Lieber – was hast Du mit dem *wunderschönen* Buch in mir angerichtet!

Zwar las und lese ich es, da alles in mir bebt vor dem plötzlich so klaren Blick, den ich nach rückwärts tun mußte – und in meine Zukunft frage. Vielleicht hätte es mir zu anderer Zeit nur sehr wohl getan (wenn ich noch allein gewesen wäre). Jetzt sind nämlich meine Besuche da. Es ist mir in diesen drei Tagen mehr klar geworden als in sieben Jahren ... Freiheit, Alleinsein, das Recht auf die Kinder, dies fiel mir jetzt zu, ohne Kampf, ohne ein Wort darüber. Viele Tage und Stunden haben, ohne daß ich es wußte, daran gearbeitet, verwirrte Maschen zu lösen. Jetzt werde ich auch leichter zurückkehren können, denn nichts zwingt mich mehr, und ich werde, da meine Konflikte geschlichtet, mit Ruhe das tun, was für die Kinder das Richtige ist. Noch fühle ich nicht den großen Atem der Freiheit. Ist es, weil ich ihn nun gar nicht mehr ersehnte und mich in alles bescheiden wollte, für das Glück, das mir durch Dich geworden ist? Das Glück, das unverwirklichte Heimat ist, und das nicht mehr zu wünschen wagt! Lieber, bald schreibe ich Dir wieder froh, leicht und neu.

*»De chaque jour tombé mon épaule legère:*
*L'aile pousse et me tourne à ma nouvelle sphère.«*

Sei froh in diesen Tagen, wo einmal Blut aus Menschenliebe floß und Auferstehen war. Ich bin Deine treue *Fr. M.*

*An Friderike Maria von Winternitz*
*Neuhäuselgut, Obermais, Meran (Tirol)*

Von einem gemeinsamen Déjeuner grüßen:
*Emile Verhaeren* *Stefan Zweig* *Romain Rolland*
*R. M. Rilke* *L. Bazalgette*

*26. März 1913*

Lieber,

ich dankte Dir wohl schon für Deine letzte Nachricht mit den vielen, mir so lieben Namen. Ist das nicht sonderbar, ich weiß Dich nicht mehr recht in Paris. Ich adressiere den Brief dahin, bin aber nicht gewiß, ob er Dich trifft.

Ich bin wieder allein und kann wieder lesen und arbeiten. Auch sonst ist alles schon geklärt und entschieden.

Eben las ich etwas Schönes in Flauberts Briefen: »Zuweilen, an meinen großen Sonntagen, erliege ich einem Glanz, einer Begeisterung, die mich am ganzen Körper erschauern läßt, einem Seelenzustand, der dem Leben so überlegen scheint, daß der Ruhm einem bedeutungslos und selbst das Glück überflüssig wird.« Und derselbe Mensch sagt: »Ich habe mich in eine unsinnige Gefühlsgymnastik gestürzt. Ich habe Gefallen daran gefunden, meine Sinne zu bekämpfen und mein Herz zu quälen. Ich habe die menschlichen Wonnen, die sich mir darboten, von mir gewiesen. Mich selber leidenschaftlich befehdend, entwurzelte ich den Menschen in mir mit beiden Händen voller Kraft und Stolz. Aus dem Baum mit dem grün schimmernden Laub wollte ich eine nackte Säule machen, um ganz oben auf einem Altar – ich weiß nicht welche heilige Flamme zu entzünden.«

Wie seltsam: solch ein Mensch ist der Held meines Romanes.

Meiner kleinen Suse geht es insofern gut, als sie recht glücklich und vergnügt ist. Mit dem Gewicht geht es langsam vorwärts. Der Doktor kommt noch jeden Tag, obwohl es nicht nötig ist. Aber ich weiß nicht, wie ich es anstellen soll, um ihn nicht zu kränken, weil ich ihm so sehr zu Dank verpflichtet bin, und täte es vielleicht doppelt, weil ein wenig Sympathie für mich dabei ist. Er untersucht das Kind nicht mehr, sitzt nur bei mir und plaudert sehr lange in seiner Tiroler Art, und sieht dabei so glücklich aus, daß ich mir roh vorkomme, wollte ich ihn stören. Aber das Kind fühlt sich immer noch als Patient, wenn er kommt.

Lieber, sag' mir, wo Du bist. Mir ist, als wäre etwas anders um Dich, oder in Dir. – Wüßte ich Dich nur froh!

Deine *F. M.*

P. S. Die Gedichte der Marc. Valmore lese ich immer wieder und mir ist, als wäre es ein Frevel, wenn ich sie übersetzen wollte. Und sie sah auf denselben Garten wie Du?

*Dr. Stefan Zweig*
*15, rue de Beaujolais,*
*Hôtel Beaujolais, Paris*

*31. März 1913*

Lieber,
nun schreibe ich Dir nicht wie früher vor Tagesanbruch, denn ich wache erst am Morgen auf, nach herrlichem Schlaf, fühle Glück in allen Gliedern. Freilich wird das anders werden, wenn ich nicht zu aller Freude hier die gute Ruhe haben werde, Dich auch so froh zu wissen. Kannst Du nicht ein wenig versuchen, es zu behalten? Wien nur so als Übergang zu betrachten, nur so weit als Du es brauchst, um das Schöne eben, wie Du sagst, als Fest zu empfinden. Obwohl ich meine, daß Du das Schöne aus dem Schönen steigern könntest. Jetzt kommt der Sommer. Viele von den »Leuten« sind ja dann weg, die einem die Landschaft verstellen. Und dann der Herbst, wie sehr wirst Du ihn hier in Meran genießen! Wie freue ich mich, Dir von meinen liebsten Wegen zu erzählen! Gestern war ich in Saltaus in Passeier. In einem Schleier von jungem Birkenblühen lag der Wald, in dem weißer Krokus blüht, diese rührendste aller Frühlingsblumen, und dazu rauschte die weiß-schäumende, frühlingsstarke Passer. Über den grünen Gipfeln leuchten noch die Berge blendend weiß vom letzten Schnee in den blauen, durchsonnten Himmel. Lieber, Du wirst Dich hier in jedem Baum, in den Konturen der Berge, in den einsamen Biegungen der Wege, in allen Auen wiederfinden, denn ich habe hier nichts Schönes gesehen, ohne Dich darin zu fühlen und zu grüßen. Der Traum, auch hier zu sein im Herbst, trägt nicht den Stachel der Unmöglichkeit. Auch Rolland wäre mir hier in dieser Landschaft kein Fremder. Jean Christoph, dessen letzten Band ich hier genieße, war all die Zeit bei mir, wie ein lebendiger Mensch. Ich las auch jetzt *Die Erniedrigten und Beleidigten* und bin Dir auch dafür dankbar, daß Du dieses Buch lieb hast. Wie stark doch das Menschliche in Dostojewski ist, daß man die prunkvollen, reichen Sätze, die einen bei anderen oft berauschen wie seltene Musik – bei ihm ganz entbehren kann. Diese herrliche Güte, die in ihm ist, die nicht von der Schwächlichkeit der Sensitiven kommt, sondern von Männlichkeit, von Stärke, die sich am Schwachen fühlen will, am Kinde selbst. Das ist so unendlich schön! Und diese Art des Erzählens, die aus dem Geschehen immer die Seele hervorholt und doch keine Psychologie treibt.

Gerne erzähle ich Dir von den Kindern. Wir sind sehr glücklich miteinander. Suse ist froh mit der Sonne, die sich einige Tage verborgen hatte. Als sie sie wiedersah, sagte sie: »Mir scheinlich die Sonne, da gfreud ich mich.« Wenn sie so etwas Süß-dummes sagt, muß man ganz ernst bleiben, sonst verdirbt man es sich mit ihr. Das ist überhaupt das Wichtigste, daß man sie ernst nimmt. Alix ist nett, so braun! Man hat mir ein Blockhaus zur Miete für den Herbst angetragen, irgendwo bei Labers. Den Kindern so eine schöne Heimat zu geben, wäre verlokkend. – Ich habe nun vor, am 21. von hier wegzufahren und am Semmering die Reise zu unterbrechen. Wie schön wäre es, Dich wiederzusehen, ehe mir innerlich der Staub von Wien anfliegt.

Genieße noch die gute Zeit, von der zu hören mir liebste Freude sein wird.

Deine *Fr.*

*Wien, XIX., Kreindlgasse, 4. Mai 1913*

Lieber,
es ist schon spät, aber ich muß mich doch hinsetzen und Dir schreiben, obwohl ich Dir eigentlich nichts anderes zu sagen habe, als dieses. Oder noch das, was mich gestern den ganzen frierenden Tag (oh, meine Südsonne!) lang beschäftigt hat.

Du sagtest mir am Telefon, Du hättest eine Unannehmlichkeit gehabt. Kann ich Dir nicht helfen? Lieber, was immer es wäre – ich mag gar nicht all die Dinge und Möglichkeiten nennen – ich könnte Dir irgendwie helfen. Du ahnst nicht, wie stark ich in meiner Schwäche bin. Dabei glaube nicht, daß ich von Dir wann immer Hilfe erwarte. Sei mir nicht böse, daß ich Dir das sage. Ich kämpfe ja um manches, verschweige Dir die Gründe, weil ich Dir dann vielleicht in einem allzu guten Licht erschiene und Dir nur deshalb »Böses« über mich verschweigen darf, wenn Du mein Bestes nicht weißt. Aber, weißt Du, mein Lieber, was immer ist: ich fürchte mich wenig vor dem Leben. In den meisten Menschen ist in der Abwehr, sich ganz in Gefühle zu verlieren, irgendein Sichbewahrenwollen. Wie wunderbar aber empfinde ich das Sichverlieren und dann das Neugeborensein! Herrlich, das zu erleben, was die Moleküle in ihrer Jahrtausendwanderung erfahren.

Diese Tage seit meiner Rückkehr sind schön. Ich ahnte nicht, wie lieb mich die Menschen behalten haben.

Lieber, ich lese ein schönes Buch: *Der Idiot.* Ich lese es mit Glut. Erinnerst Du Dich an die Bäuerin Maria und die Kinder? »Durch die Kinder wird die Seele geheilt.«

Kann ich nicht auch ein schwärmerischer Student sein, der Dich sprechen hört?

Du rufst mich an? Ich freue mich darauf.

Deine *Fri*

*Sonntag nachts [1913]*

Heute abend, Lieber, sah ich Dich in der Prinz-Eugen-Straße. Du gingst so leicht mit einem Buch in der Hand in den noch hellen Abend. Ich weiß nicht, was das war, aber in meine Augen drängten sich Tränen, Dich so plötzlich zu sehen.

Lieber, ich gehe wie verklärt umher, seitdem ich zurückgekommen bin, und ich schäme mich auch gar nicht der bösen Ausgelassenheit, die Du entfesselt hast. – Ich muß und will für Dich gut sein und bleiben.

Ich küsse Deine Schläfen und Deine Augen *Fri*

*Juni 1913*

Aus Dostojewski:

»Denn alles ist wie ein Ozean, alles fließt und berührt sich.«

»Wenn Du bußfertig bist, so liebst Du; liebst Du aber, so bist Du schon Gottes Kind.«

»Die Liebe ist ein so unschätzbarer Schatz, daß Du mit ihr die ganze Welt kaufen kannst und nicht nur Deine, sondern auch fremde Sünden auskaufst. So gehe hin in Frieden und fürchte Dich nicht.«

Ich las die Petzold Gedichte: geradezu erschütternd. Wenn ich Dir sage, wie ich solche Vorstellungen empfinde, wirst Du manches verstehen, was Du vielleicht klein in mir empfindest. Du, der Du, Dostojewski als einen Hohen anerkennst, mußt es verstehen. Ich habe immer in meinem tiefsten Inneren das Gefühl gehabt, daß einem nichts gehört, daß einem nichts zukommt, als das Notwendigste. Ich weiß heute ganz klar, wie ich zu diesem Bewußtsein kam. Vieles in Dostojewski hat mich zu dieser Klarheit geführt, und jetzt, da Du Dich mit seinem Gottbegriff befaßt, wird Dir alles gegenwärtig sein. Er hat immer darum gekämpft »das Erdenbrot um des Himmelsbrotes wegen zu verachten«. Und gerade ihm hatte die Natur doppelte Sinne gegeben, das Erdenbrot zu lieben. Nur der, der sich stündlich überwindet, der in jeder Stunde tausend Brände in seinem Herzen löschen muß, nur dessen Seele kann, wie immer auch sein Leben sei, hingebungsvoll, groß und fruchtbar sein, und nur so eine Seele ermißt das ganze Elend und das ganze Glück der Welt.

Die, Lieber, werden immer irren, die Gott hinter den Wolken suchen. Es ist ja bequemer, ihn wesenlos anzubeten, als die Wahrheit anzunehmen, daß man ihn in jeder Kreatur verletzen kann.

Die Sehnsucht, die Menschen zu befreien, mich selbst zu befreien zu einem höheren Leben, ist eigentlich mein glühendster Impuls gewesen.

Lieber, Du hast mich aus der dünnen Luft geholt, weil Du auch dem Menschen – und nicht dem geheimen Willen in mir allein gut warst. Du bist der einzige wirklich selbstlose Mensch, der mir begegnet ist. – Vergiß es niemals, Lieber, daß ich weiß, wer Du bist. Vergiß es hauptsächlich nicht, wenn Du glaubst, Unrecht zu tun. Sag Dir's nicht immer wieder, daß der tägliche Mensch in Dir verloren ist. Warte es nur ab! Man *darf* nichts verloren geben.

Ich mußte Dir das heute erzählen, weil ich mich wieder an all das klar erinnerte, als ich über Dostojewski und Gott nachdachte. Ein Mensch, wie er gemartert, mußte ein Dämon und ein Engel sein – aber es muß auch ganz anarktische Momente in seinem Leben gegeben haben (Stawrogin). Es ist mir oft, als würde sich sein Werk so gigantisch türmen, um eine einzige Frage bis zu Gott hinauf zu sein, zu Gott, den er mehr als die oft schlaue Bibel in seinem Werk erschöpfte, wenn man Unendliches je erschöpfen kann. Wundervoll schmerzlich ist mir auch die ekstatische Hilfsbedürftigkeit, die aus seinen Menschen schreit, dieses Liebesbedürfnis – und das Packendste ist für mich der Stolz, die Abwehr gegen das Nehmen.

Wenn man bedenkt, was ihm auch das Volk war, begreift man die Ungeheuerlichkeit seines künstlerischen Willens und sieht durch ihn – im Größten – den Künstler verdeutlicht, den Sinn aller Kunst als verwirklichte Religion, in welcher Begeisterung Gebet ist: »und sei immer ein Weiser und Begeisternder«.

Lieber, ich möchte noch stundenlang mit Dir sprechen. Begreifst Du, daß ich es nicht ertragen kann, wenn man mich daran hindert?

Dein *L...*

*Juni 1913*

Stefan, Lieber,

nun habe ich eben das letzte Wort Deiner Novelle eingetrunken. Mir ist es wieder so gewesen, als lese ich sie mit tausend Augen und mit meiner ganzen Seele. Du, der Schluß, von der Stelle an, wo er nachts nach Hause kommt und zu dem Kinde geht, ist schön, daß es einen ganz andächtig machen muß. Auch schön, wie der Brief an die Schwester sich in den Frühling verflüchtigt und auflöst. Der Anfang, der zweite Teil des Anfanges, ist vielleicht nicht ganz lebendig genug. Dein jetziges Tempo würde diese Schwüle vor dem Kampf besser bewältigen. Aber sieh, um des wundervollen Schlusses willen (wie einzig, daß er sich den Tod holt an geliebten Lippen!) darfst Du die Novelle nicht in Deiner Lade lassen und verraucht sein in den Jahren, die jetzt schon seit der Veröffentlichung hingegangen sind.

Hab Dank für – Dich!

Deine *Fri*

*[Juni 1913]*

Lieber,

ich bin sehr froh. Ich weiß heute, daß ich einmal etwas werde schaffen können, das Dir Freude geben wird, und mir ist in diesem Wissen nicht mehr bang um den Sinn meines Lebens.

Morgen fahre ich nach Baden. Nächste Woche fahre ich nach Dürnstein und lade Dich ein, mit mir zu fahren. Ich sehne mich nach diesem dort so breiten, sich langsam hinwälzenden Strom und nach den versponnenen und versonnenen Bauten – den Klosterhöfen und Gärten und dem abseitigen, unwirklichen Leben, den Handschriften und Bibeln, den einfältigen, gemalten Heiligenbüchern in Melk.

Innigst, Deine *Fr. M.*

*Herrn Dr. Stefan Zweig,*
*Hotel Hochschneeberg bei Puchberg, N.-Österreich*

*Juni 1913*

Du Lieber, wie staunte ich, als ich schon gestern abend, spät von Baden zurückgekehrt, Deine kleine Novelle fand. Klein – das Wort scheint nicht zu passen, es sind so viele Flammen in ihr, die über allen Raum hinausschlagen. Der Titel ist schön, es ist das traumhafte, nächtliche, unheimliche und irgendwie verbrecherische des Mondes, dies Zerrinnen am Tage (das so sehr wirkt am Schlusse) darin eingefangen. Und nun muß ich Dir etwas sagen. Weißt Du es selbst, daß Du, wenn auch überall dieser Brand zu spüren ist in Deiner Arbeit – daß Du niemals mit ihm so tief ins Herz der Leidenschaft geleuchtet hast wie in dieser Novelle, aus der man wie aus einem gewaltsamen und dennoch erhebenden Traum erwacht. Dieser Mensch, dessen Äußeres in all seiner Absonderlichkeit doch so deutlich vor einem steht oder kauert, der mir wie eine Ungestalt auf einem Bild der alten Holländer erscheint – welche Größe – keine ethische, denn er verzeiht ja nicht ihrer Verlorenheit, nur ihrem Körper, und er weiß und hofft, daß sie, nur sie, ihm die Schuld von der Seele nehmen kann – dies Anklammern an sein Opfer, es hat etwas vom Mörder, der immer wieder zum Mordplatz zurück muß, diese Erlösung durch die Nähe, dies nicht Loskönnen, in dem mehr Ewigkeit und Treue ist als in allen nächtlichen Schwüren der Welt. Und dieser Ekel vor dem Geld, der sie physisch schüttelt! So reißend diese Leidenschaften sind – und das ist das Wunderbare – sie sind nicht tierisch, sie flammen aus dem Menschen, wo seine Verletzlichkeit am heiligsten ist. Dies sieht Dein Auge, wie bewundere ich Dich!

»Die Straße, sie war nur Nacht und Himmel«, so ähnlich heißt es – wie er aus dem Hause tritt. Du hast wieder, aber wieder ganz andere, Worte und Bilder, die einen tief verstricken und mitführen bis in die Weite Deiner wirklichen Träume. Manchmal durchreißen die Flammen flackernd die Ränder, es sind nicht die Rundungen da, nicht dies ebenmäßige Weiterschwellen der Sätze, vielleicht häufen sich im Anfang die Bilder über die Straßen zu sehr in gleicher Art – aber ich mußte an die Niedergasse in Hamburg denken, an dies Wiederkehren derselben Gassen und Eindrücke. – Ich möchte noch viel sagen. Ich werde eben gestört.

Wenn Du mir nichts anderes schreibst oder sagst, so wäre ich Freitag vormittag bei Dir.

In Eile vielen Dank und alle Innigkeit *Fr. Maria*

Indischer Spruch

Zwischen Weinen, Lust und Lachen
Sind wir willenlos gestellt,
Träumend meinen wir zu wachen,
Doch der Traum ist Wahn, nicht Welt.

Bloß ein Spiel der stummen Dinge
Mühen wir uns, Sinn zu sein,
Aber Schlaf mit schwarzem Ringe
Schließt den Traum des Träumens ein

Zwischen ihm, dem wir entstammen.
Und dem Schlaf, der uns erharrt
Zuckt in sinnlos wilden Flammen
Unser Schein von Gegenwart.

Stefan Zweig

Wien, Herbst 1913

*Herrn Dr. Stefan Zweig*
*Meran-Obermais, Süd-Tirol*
*Schloß Labers*

*Baden, 21. Oktober 1913*

Lieber Guter, Du wolltest wissen, wie es um mich steht. Es war einfach dies, ich fürchtete mich ohne Dich wie ein Kind im Dunkeln, dem das Dunkel schon wirklich böse war, nicht nur ein Schreckgespenst. Ich wußte ja, daß Du führest, aber ich hatte immer nur Freude darüber. Wie sehr kostete ich doch die Fröhlichkeit aus Deinen Pariser Briefen. Aber als Du dann einmal durchs Telefon »Samstag« sagtest, da erwachte das selbstische Ich, durch einen Stich mitten in sein schlechtes, undankbares Herz. Aber ich muß zu meiner Entschuldigung sagen, ich dachte, Du führest auf viel längere Zeit fort.

Ich würde Dir dies nicht erzählen, Du sollst durch mich auch nicht im Leisesten in allem, was Dir wohl tut, Dich gebunden oder nur annähernd unfrei fühlen – ich sagte Dir dies alles nicht, wenn diese egoistischen Gefühle, diese tödliche Angst, Deine Stimme nicht zu hören, nicht der Mitfreude gewichen wären. Du magst Dir vorstellen, wie sie

Deine Karte aus Franzensfeste erhöhte. Ich sehe hier oft die Züge im Dunkeln wie goldene Würmer in die Nacht hinauseilen, ich kenne schon ihre Gattung am Geräusch. Auch den Deinen hörte und erkannte ich schon, ehe ich ihn sah. Und dann, es war ein ziemlich langer Zug, war plötzlich seine Lokomotive wie in glühenden Dampf getaucht und türmte sich wie ein Feuerroß ... und so entschwand sie mir. Die kleinen goldenen Striche der Fenster – eines war das Deine – ich sah sie bis in meinen Schlaf. Lieber, das darfst Du nicht sentimental nennen. Ich koste mein Gefühl aus, das ist es. – Der Morgen und Vormittag waren dann sehr schön. Ich wußte jedes Bild, das jetzt Dein Blick umfängt. Und ich täuschte mich ja nicht, Deine Freude war unbändig. Ich sah Dich ankommen, den wohlbekannten Weg fahren, sah die Kreuzung, wo es nur zwei Minuten zu meinem Hause ist vom Wege nach Labers, das ich niemals sah ohne Dein Bild. Wohne ich denn nicht mehr dort? Doch! Nur daß ich nicht mehr warte, denn Du bist ja gekommen, fährst den Berg hinauf in Dein Schloß.

Lieber, so bin ich denn wieder bei Dir! Ich hoffe, Du hast alles so gefunden, wie Du es erwartet hast und womöglich noch schöner. – Verzeih, daß ich so viel von mir sprach.

Sei froh und selig in der Sonne, die jetzt doppelt leuchtet, Deiner

*M.*

Eben kam Deine Karte. Vielen Dank.

*An die Agentur des Norddeutschen Lloyd*
*für Herrn Dr. Stefan Zweig,*
*Passagier auf Barbarossa, Genua, Italien*

*2. November [1913]*

Lieber Stefan,
Dank für die Karte mit der guten Nachricht. Ich bin wieder froh und ruhig. Allerlei hat mir Freude gemacht und Deine Nachricht allem voran. Ich hatte eine hübsche Nacht: das Fräulein hatte Ausgang, und da blieb ich bei den Kindern. Es war so wundervoll, ihren kleinen, lieben, guten Atem zu hören. Fräulein hatte sich immer beklagt, Suse schrie, träumte wild. Ich wollte das beobachten. Aber sie schlief von halb acht Uhr bis sechs Uhr früh wunderbar ruhig. Dann verlangte sie allerdings stürmisch, zu mir zu kommen. Als ich endlich nachgab, bekam ich einen noch tränensalzigen Kuß und ein »Meine süße Mutter« (ihre Erfindung).

Lieber, ich habe von meinem Schwiegervater etwas sehr Liebes von Dir gehört. Er sagte bei dieser Gelegenheit von Dir: »Er muß wirklich ein edler Mensch sein«, wofür ich den alten Herrn – ich tat es bisher noch nie – gerne ein bißchen umarmt hätte.

Ich lese gar nichts. Ich war bisher nicht ruhig genug. Außer Verse. Eine Stelle aus dem Verlainebuch möchte ich Dir in Erinnerung bringen: »Or devant l'attitude régulière de l'âme, les gestes irrégulières du corps doivent-ils compter, surtout du corps qui va se traînant dans tant de misères?«

Sonntag nachmittag habe ich mit Emmi W. unzählige Verlaine- und Verhaeren-Gedichte gelesen und wieder neue Schönheiten entdeckt. Sie findet wie so viele, daß Deine Nachdichtungen schöner seien als das Original, aber manches in »Les Blés mouvants« ist fast unübertrefflich. »Le Ménétrier« ist wundervoll. Ich schwätze von Schönheit, und vor Dir liegt sie wohl in tausend Farben. Laß sie Dir gut sein, Lieber! Auch sie hat ihr Fest, wenn Du in ihr bist.

Herzlich, Deine *M.*

*Herrn Dr. Stefan Zweig*
*Palermo, Villa Igiea, Sizilien*

*Baden bei Wien, Mozartgasse*
*4. November 1913*

Mein Lieber,
nun bist Du schon tief im Süden! Glückliches Papier, es zieht denselben Weg wie Du. Ich sehe Dich in dem Garten Deiner Villa hoch über dem Meer, das noch viel, viel blauer ist als mein Briefpapier.

Ich wagte und wage auch heute noch keinen langen Brief, aus Furcht, mich wieder in meine Gefühlserlebnisse zu verlieren. Es kamen neue, erschütternde hinzu.

Ich wäre schon froh, Nachricht über den guten und schönen Verlauf Deiner Fahrt zu haben. Und hoffentlich teilst Du Goethes Entzücken über Palermo.

Mit der Arbeit geht es gut vorwärts. Ich sende Dir eine Gedichtprobe. – Ich bin Dir dankbar für diese Arbeit. Freilich weiß ich nicht, ob sie gut ist. Die Originalsprache ist alles eher als hübsch. Die Tatsächlichkeiten, von denen das Buch handelt, erlauben keine freie Übersetzung, und eine Anfängerin bin ich obendrein.

An Verhaeren schrieb ich, hoffentlich ist er nicht böse über meine freie Art zu schreiben und mein mäßiges Französisch. Es kann sich eben jetzt, so lange die Kinder klein sind, in mir nichts vervollkommnen. Es fehlt an Zeit und Ruhe.

Lebwohl, Lieber, schreib mir Dein Entzücken. Ich brauche Deine Freude. Innigst, Deine *Fri*

*Signor Dr. Stefan Zweig*
*p. Adr. Thomas Cook & Son*
*Roma, Piazza di Spagna*

*Baden, 19. November 1913*

Lieber, Lieber,
Dein Brief war mir so köstlich – aber nicht überraschend. Ich weiß es ja und zweifle nie daran, daß das Wunder des Schaffens in Dir wohnt. Ja, in der Einsamkeit das klingen hören, was man erlebt, sich selbst hören – das ist ja das Geheimnis, das süßeste vielleicht, das es gibt. Und hab tausend Dank, daß Du mir um diese Stunden sagtest. Du ahnst nicht, wie froh mich das überdies gemacht hat. Lieber, vielen Dank auch für das Meer von Honig. Alix will Dir selbst schreiben. Zu schön, an Orangenblüten, Sonne und Bienen, und an Dich zu denken. Er ist so weich und gut, der Honig. – Die Kinder schlecken mit Wonne. Ihre kleinen Zungen ahnen vielleicht das Wunder, das ihn da tief unten im Süden hervorgebracht hat.

Gestern war ich in Wien ... bei meiner Mutter. Es waren alle möglichen Gräfinnen und Fürstinnen da, mit ihren Söhnen, auch eine Enkelin des Kaisers, mit dem typischen Habsburgerkopf. Der Vortrag war sehr lebendig. – Viele Bekannte, die mich Seltengewordene wie ein Wundertierchen behandelten – nach dem Souper mit Freunden endeten wir Jüngeren in einer Bar ...

Zu Hause fand ich Deinen Honig, die lustigen Kinder, die Arbeit, und bin sehr froh. Und Du, Lieber? Ist Dir Rom schön? Ich wollte, Du wärest noch sehr froh und Deine Freude verschmelze mit allem Schönen, das Deinem Blick begegnet. Wie ich mich auf Dich freue, ich kann's nicht schildern! – An Verlaine habe ich nur mehr dreißig Seiten, die Argot-Couplets, die ich nicht machen kann, und die zwei bösen, die Du mir zu übersetzen versprachst ...

Hab noch innigen Dank für Alles!
Ich bin Deine *Fri*

Anschrift auf linierten Zeilen: vielen Dank *Alix und Suse*

*Herrn Dr. Stefan Zweig*
*Wien VIII, Kochgasse 8*

*Baden bei Wien, 6. Dezember 1913*

Du schreibst mir heute, ich sollte mich in Dir sicherer fühlen. Du einzig Lieber, ahnst Du denn nicht, wie ich mich mit übermenschlicher Kraft – *über* Deinem Leben halte, daß ich nicht eindringen darf in Dich – weil ich Dich zu sehr liebe. Ich möchte Dich auf den Knien bitten, daß Du es verstehen mögest, daß ich es nicht wage – Deiner sicher zu sein. Dies wäre das Paradies. Ich schaudere vor Glück, wenn ich daran denke. Es ist Feigheit, Liebster. Ich stürbe daran, Dich zu verlieren, wenn ich nicht wie der Bergmann, der, ehe er in die Grube fährt, an schlagende Wetter denkend, täglich seine Seele Gott befehlen würde. Ich habe Dir letzte Dinge gesagt, damit Du Dein Gefühl gar nicht an dem meinen mißt, und froh und frei sein sollst. Denn Du bist mir doch so viel, daß mir alles so viel ist, was Du mir je gibst. Und ich will alle Kraft daran setzen, mein Gefühl so rein zu machen, daß Du mir nur geben – nie nehmen kannst.

Sei leise und innig umarmt von Deiner *Fri*

*Baden, Weihnachten 1913*

Lieber,
es ist gut, heute einen Menschen um mich zu haben, der bei Dir zu Hause und Dir treu ist. Das gibt etwas Warmes. Die Landschaft und die gewohnten Dinge im Hause umheimelten mich wohl auch, und sehr tut es das Anschauen Deiner entzückenden, viel zu kostbaren Geschenke. Ich war jetzt wegen Deines Zimmers.

Ich danke Dir noch aus innigstem Herzen für die Kinder und mich, auch für Josefs gute Hilfe.

Lebwohl, komm' bald. Die Luft ist herrlich, die Gegend verschneit.

Es küßt Dich Dein Lamm.

Du kannst ohne weitere Ansage bei mir speisen. Das Haus wird gut bestellt sein. Anderen Besuchen sage ich wegen der kranken Alix ab.

*Wien, 18. März 1914*

Lieber,
ein paar Häuser von Dir bin ich und werde auch heute da übernachten, da der alte Herr mit den Kindern hinausgefahren ist. Verzeih, daß ich

noch deine Zeit in Anspruch nehme, aber ich fürchte, ich werde Dich nicht mehr allein sprechen und will Dir, muß Dir noch einiges sagen, ehe Du reist. Will Dir sagen, daß Du nicht glauben sollst, ich sei traurig. Bin ich's manchmal, so sind es meine Nerven – nicht ich. Ich bin immer Dein Lamm, das mit Dir froh sein will. Hab' auch keine Sorge, daß Du mich in Kämpfen zurückläßt. Ich eilte mich mit meinen Angelegenheiten, um sie in Ordnung zu bringen ehe Du reist. Alles ist jetzt in Ordnung und auch die Geldsache ist gerichtet. – Ich will, daß Du niemals eine Mahnung spürst. Bleib nur frei und kühl, wie Du Dir zu sein dünkst. Ich glaube an Dich – aber ich will nichts von Dir. Ich habe mich jetzt frei gemacht, weil ich reiner vor Dir und vor mir selbst sein will und weil es ein Wunsch von Dir war. Es war der erste, den Du geäußert hast, und ich wartete schon lange auf einen. Aber denke nicht, daß es nicht in der Entwicklung der Dinge stand. Du hast mir nur den Kampf und den Entschluß erleichtert. Dafür danke ich Dir, was immer auch kommen mag.

Lebwohl Brüderchen und bleib gut, Deinem *Lamm*

*[März 1914]*

Lieber,

eben habe ich Deinen Brief bekommen und antworte Dir gleich. Nun habe ich schon, worauf ich mich durch alle Angst der Trennung so unbändig freute: Deine zufriedenen Briefe. Ich hasse Wien dafür, daß es Dir nicht Dein eigentliches klares Wesen läßt, wie es mir so glückhaft aus Deinen Briefen aus der Ferne entgegenstrahlt. – Ich wollte, ich würde es einmal nahe spüren, obwohl ja Deine Briefe so gut sind, so lebendig und so sehr *Du*, Lieber!

Mir geht es nicht schlecht. Ich schlafe oder schlief doch in den vergangenen Nächten – meine Nerven waren ruhiger. Gestern bekam ich die endgültigen Papiere zur Unterschrift.

Ich gebe Dir alle innigen Grüße aus frohem Herzen, weil es Dich froh weiß, Deine *Friderike*

*Baden, 1. April 1914*

Lieber,

ich schreibe Dir an meinem schönsten Fenster, ganz angestrahlt von der heute schon sehr warmen Sonne, in der ein Maiwind ist. – Lieber, ich bin so froh – glücklich – ich scheue mich nicht das Wort hinzuschreiben, ich bin froh bis in die Fingerspitzen. In der Früh ganz zeitig, nach gutem Schlaf, sah ich die Häher und kleinen Falken sich auf ihrem Lieblingsbaum im Nachbargarten in der ersten Sonne wiegen und dann auffliegen, so leicht wie mein Herz. Und ich sandte sie Dir alle, diese leichten starken Vögel aus klarster Morgenluft, daß sie Dir meine Grüße brächten.

Deinen Brief traf ich gestern Nachmittag an, als ich von Wien kam. Dein Brief war mir die Krönung meiner Freiheitsfreude. Ob ich nach Paris komme, weiß ich heute noch nicht mit vollster Sicherheit zu sagen. – Ich bin jetzt so froh und leicht, daß ich es vielleicht genösse wie nie zuvor.

Victor Fleischer rief mich an, mit dem ich dann eine Stunde beisammen war. Ich bin froh, daß er Dein Freund ist, er ist ein tieflieber Mensch. Bitte schreib ihm bald, er ist zu spaßig, wenn er sagt: »Sie überschätzen mein Interesse für Dr. Zweig«, und dann mit zehn Ohren hinhört, was ich von Dir sage. Lieber, er riß mir aus der Buchhändlerzeitung die Ankündigung meines Buches mit Deinem Geleitwort heraus.

Dank Dir für das viele, viel zu gute, das Du über mich sagtest. Ich kann Dir nicht besser danken, Liebster, als daß ich Dir verspreche, daß ich das kleine gute Feuer in mir niemals entweihen werde und vielleicht wird es einmal größer und rechtfertigt Deine Güte für meine Arbeit. Jetzt kann Dir nur mein Herz danken, Lieber. *F. M.*

*Baden, 9. April 1914*

Du Lieber,
ich bin voll Seligkeit trotz körperlicher Schmerzen und vielleicht doppelt froh, weil ich die Erkenntnis gewonnen habe, daß sie mit innerem Glück und Unglück nichts zu tun haben. In Deinem Brief ist eine Stelle, die ich küssen möchte, die wo Du schreibst, Du möchtest im Grase liegen und summen wie eine Biene. Liebster, ich höre Dich summen und alle Sphärenklänge sind ein Tingeltangelkitsch gegen diese süße Melodie. Mag es – am Dienstag findest Du einen Brief oder ein Telegramm, das Dich bittet, mir für Donnerstag ein Zimmer zu bestellen – oder Dir sagt, daß ich doch nicht wohl genug bin für die lange Fahrt. Aber vorläufig hoffe ich noch.

Daß ich auch nur in Gedanken an Deiner »teils« gebundenen Existenz rütteln könnte, das glaube nicht. Ich gehöre Dir hundert-tausend Meter über der Erde.

Meine Novelle *Weißer Krokus* habe ich gestern fertig diktiert. Ich wage noch nicht, sie Dir zu zeigen. Danke Dir noch sehr für die gute Auswahl der Bücher.

Ich bin sehr froh, daß Du Rilke oft sprichst. Er ist mir sehr viel.

Nun gebe ich Dir noch viele gute Wünsche für Deine Landfahrten, und wenn Du ein Osterlamm siehst, denk an das Deine, das sehr glücklich ist. Ich küsse Dich innigst *Fr. M.*

*11. April [1914]*

Mein lieber Guter,
Ich sah Dich heute vor mir gehen, in Deiner raschen Art, und dabei, wie unter immer neuen Gedanken zögernd, Deinen Kopf ein wenig vorgeneigt, so nah wie nie zuvor, wenn Du mir fern warst. Ich verstehe in diesen Tagen, daß man Menschen beschwören kann. Ich verstehe das kleine Mädchen von Lourdes und Jeanne d'Arc – alles Übernatürliche begreife ich. Oft ist mir's schon, als trennte mich eine leise Wand nur vom Wunder.

Es ist schön draußen, der Ahorn blüht. Ich freue mich so sehr, durch den vielen Frühling zu fahren, doch ohne Kinder spürt man den Frühling nicht ganz so stark. Ich bin froh, daß ich die meinen auf ihrer Blumenwiese zurücklasse, auf der sie sich täglich neue Wunder entdekken.

Ich telegrafiere nur, falls ich nicht komme. Bist Du verhindert, zur Bahn zu kommen, fahre ich zu Deinem Hotel und erfrage dort die Adresse des meinen ...

Ich umarme Dich *F. M.*

*16. April [1914]*

Lieber,
es macht mich so zufrieden, daß meine Freude zu Dir hinübergelaufen ist. In mir ist auch noch viel von ihr, aber ich muß sie ein wenig gegen körperliche Schmerzen verteidigen.

Was mir Deine Briefe sind, Lieber!! Ich lese sie immer wieder mit so starker Freude. Fast bedauere ich, sie zu verlieren, wenn ich nach Paris komme. Oder willst Du sie mir, falls wir uns dort nicht oft sehen, doch lassen? Vielleicht kommt Dir gerade in der letzten Woche noch Arbeitslust, die möchte ich Dir nicht stören. Ich wäre so froh, wenn wieder etwas so schönes Reiches aus Dir blühte, wie die Novelle vom

Schneeberg und Dein Dostojewski. Mir sind das einzige Erinnerungen. – Ich verstehe, daß sie Dir der Frühling unlebendig macht – die Kunst im allgemeinen. Aber was Du arbeitest, ist ja nicht ein neben der Natur, ist ihre klangvollste und blühendste Ausdeutung, eine Natur, die nur begnadete Augen und jene Phantasie des Herzens aufzudecken vermag, wie Du sie besitzest. Du selbst, Lieber, weißt nicht, welche Deiner Fehler unfruchtbar sind, glaube ich. Wärest Du dessen sicher, Du müßtest sie bekämpfen, wenn das ginge, daß Du mit ihnen nicht zugleich gute Wurzeln ausreißt. Große Menschen dürfen Fehler haben. – Die guten Maschinen verarbeiten gleich ihren Abfall. Sie brauchen aber viel Feuerung, viel Kräfte. Ihr Durst schon ist Fruchtbarkeit.

Lieber, Guter, sei froh und hell auch ein wenig für Deine

*Fri*

*[April 1914]*

Lieber, Guter,
oh, ich könnte mich schlagen! – Aber sieh, ich ahnte nicht, daß Dich meine Schmerzen von einem Vergnügen abhalten könnten, ich bin solche Sorge nicht mehr gewöhnt. – Du Guter, Guter, Guter! – Aber ich hatte nur die Wahl, aufrichtig zu schreiben oder gar nicht. Ich habe keine Schmerzen mehr, bin nur matt von der schlechten Kost. – In wenigen Tagen bin ich wieder ganz frisch, wie ich wieder Kräftiges essen darf. Ich verspreche Dir, daß ich nicht nach Paris komme, wenn ich mich nicht kräftig genug fühle. Morgen aber telegrafiere ich, daß ich Donnerstag komme ... Ich kann nicht vor Donnerstagabend in Paris sein, weil ich Mittwoch beim Notar in St. Pölten sein muß. Ich will dann in St. Pölten in den Fernzug einsteigen.

Ich wäre nur schon glücklich, wenn ich wüßte, daß Dich mein gestriger Brief veranlaßt hat, Deine Osterreise nicht zu unterlassen.

Lieber, Schuster & Löffler benehmen sich fortgesetzt reizend. Sie sandten mir so viele Deckel zur Auswahl, daß ich nur schwer wählen konnte. Der alte Herr ist selig. Er las das Buch wieder und weinte neuerlich am Schluß vor Rührung, und meine Novelle hält er für meine beste. Ich bin froh, daß er durch mich froh ist. Er spricht viel über meine Reise.

Viele Küsse vom *Lamm*

*[April 1914]*

Lieber,
Dein Brief gestern, als Du aus dem Kirchengesang wieder in die Stadt erwachtest, war mir lieb. – Lieber, wenn Du den Brief hast, bin ich dann abends in Paris. Heute muß ich mir noch allerlei richten, werde aber doch aussehen wie eine Motte, weil ich in den letzten Tagen mich um nichts kümmern konnte. Aber Du schaust schon darüber hinweg, nicht wahr? Über meine Freude sag ich Dir nichts. Ich glaube meine Krankheit war da, um sie niederzuhalten und nach innen glühen zu lassen. Auf Wiedersehen und noch viele Küsse aus der Ferne von Deinem *Lamm*

*Hôtel Beaujolais*
*Vue sur les Jardins de Port-Royal*
*15, rue de Beaujolais*

*April 1914*

Lieber,
erst jetzt um 4 Uhr komme ich nach Hause, und finde Deinen Brief. Hoffentlich hast Du bald gute Nachricht von Deiner Freundin ...

Augenblicklich bin ich halbtot vom Probieren und Einkaufen. Abends gehe ich ins Hotel zurück und hinterlasse, wo Du mich treffen magst. Lieber, ich habe Dir den Schmetterling gebracht, der Dir gefiel.

Herzlichst, Deine *Friderike*

Wenige Tage später traten wir die Rückreise nach Wien gemeinsam an.

*Tobelbad bei Graz, 25. Juni 1914*

Liebling, lieber, guter,
die erste leichte Stunde nütze ich, Dir zu schreiben. Ich bin so froh, daß meine Müdigkeit, diese oft schwere Wolke, immer durchsichtiger wird. Ich weiß, daß ich noch Rückfälle haben werde, aber die Angst, es säße etwas Ununterbrochenes auf mir, ist doch geschwunden. Es ist mir so arg, daß ich nicht leistungsfähig bin wie früher, jetzt, wo ich im Täglichen allein stehe – und doppelt nötig hätte, meine Kraft schadlos gebrauchen zu können. Ich besitze sie ja noch, das fühle ich. Ich bin auch ganz herausgeschleudert aus meiner Arbeitsruhe innerlich und äußerlich. Das Leben nimmt mich so sehr. Einer Frau bieten sich im-

mer Aufgaben, und wie Du im neuen Gegenüber der Natur Kunst als spielerisch empfindest, so erscheint mir's lachhaft, mich zur Arbeit zu setzen, wenn es Kinderzärtlichkeit zu bergen gälte, in einer verwaisten Wirtschaft einzugreifen, lieben Menschen nahe zu sein und ihre Unruhe zu glätten. Gestern habe ich eine liebe Karte von Strunz bekommen. Wenn es ihm irgendwo besonders gefällt, schickt er mir einen Gruß. Der allerdings kennt mich nur durch meine Arbeit. Hier ist mein Buch von Hand zu Hand gegangen, und die Leute an den Nebentischen reden über mich, ohne mich zu kennen. – Jetzt will ich Dir noch viel auf Deinen Brief zur Antwort sagen. Fürchte nicht, daß ich Deine kleinen Nervositäten nicht ertragen werde und vergleiche *nichts* mit Paris. Daran wollen wir doch beide nicht mehr denken. Aber, Lieber, erwarte auch von mir jetzt nicht wieder anderes. Vielleicht auch findest Du mich nicht so hingebungsvoll, daß ich die Landschaft nur als Rahmen liebe. Sei mir aber nicht böse, Lieber, wenn ich mich nicht nur auf Dich und die Landschaft, sondern auf Dich und Ruhe freue. Ich bin auch gar nicht in Angst, daß Du Dein Einsamseinwollen mit mir, die ich selbst oft entrückt und wortkarg bin, so sehr empfinden wirst. Lieber, ich rede da und zittere insgeheim, ob alles klappen wird. Ich werde täglich Gott bitten, mich in die Gelegenheit zu versetzen, Deinen »Bedrückungen« ausgesetzt zu sein. – Eines aber *erwarte* ich doch von Dir, mein Brüderchen. Mit *mir* mußt Du arbeiten. Ich bin nicht stolz, wenn ich Dich entzöge, *vielen* einen Genuß zu bereiten, denn bei *Dir* ist das nicht wie bei mir in Frage zu stellen. – Die Stunden, wo ich bei Dir saß, während Deine Feder wie der Wind über die Blätter strich, die werde ich ebensowenig vergessen wie unsere Nächte.

Lieber, ich küsse Dich leise, Deine *F.*

*Kuranstalt und Sanatorium*
*Tobelbad bei Graz [1914]*

Lieber,
die allgemeine Mobilisierung, von der ich eben höre, erschreckt mich tödlich. – Sei gut zu mir. In solchen Zeiten muß man fühlen, was man einander ist, mehr als sonst. Ich bin in Angst um Felix, um alle Menschen. Es ist furchtbar, hier ohnmächtig zu sitzen.

In Liebe Deine *Fri*

*Monsieur Stefan Zweig*
*Coq-sur-Mer, Ostende*
*Hôtel Bellevue*

*[1914]*

Lieber,
wenn ich nicht irre, habe ich Dir gestern einen dummen, aufgeregten Brief geschrieben. – Kein Wunder, da hier alle Leute aufgeregt sind, die Patienten und Ärzte. – Ich hasse alles »Gschaftelhubertum«, das sich so unendlich breit macht, weil Krieg ist, statt besonnen zu sein und gütiger zu werden. Jeder Schmock feiert jetzt Orgien und kommt sich wichtig vor, weil etwas Böses geschieht oder doch immerhin riskiert wird. Dabei ist keiner innerlich ergriffen. Du bist es wohl. Ich bin es so sehr, obwohl sich, das bekenne ich Dir, kein patriotisches Gefühl, sondern nur ein menschliches in mir rührt. Ich würde heucheln, würde ich ein Gefühl für *einen Teil nur* der Menschen selbst zu solcher Stunde äußern. Ich fühle für alle und *kann* es nicht lokalisieren.

Ich schicke Dir zwei Zeitungsausschnitte über die Aufnahme der Nachricht in Wien und Berlin. Die letzte Nachricht war das Gerücht einer Revolution in Serbien.

Lebwohl Brüderchen. *Fri*

*Tobelbad [Juli 1914]*

Lieber Stefan,
jetzt glaube ich fast, daß Du meine Briefe nicht bekommen hast. Das Telegramm lautete »Lecop, Hôtel Bellevue« (statt Le Coq). Ja, Lieber, ich habe all die Tage Herzklopfen. Es ist eine so schreckliche Zeit, wenn Gefahr über so viel tausend Herzen schwebt, und es widert einen an, die Menschen so gleichgültig zu finden. – Hier sind dreißig Personen abgereist und viele vom Personal. Es heißt, daß eine Beruhigung trotz der Mobilisierung eingetreten sei, nach Depeschen aus Wien.

Lieber, Du hast mich namenlos erschreckt mit Deiner Äußerung, unsere Reise stünde in Frage. Du würdest Dich ja nur wieder über die Gleichgültigkeit der Leute ärgern, wenn Du näher wärest. Ich bin nicht gerne hier. – Würde es Dir ernst sein, nicht zu reisen, so telegrafiere es mir gleich.

Stell Dir vor, daß gestern trotz der Kriegserklärung unter den Klängen des Prinz-Eugen- und Rakoczy-Marsches ein Tanzkränzchen abgehalten wurde und eine zwar entzückende Pester Soubrette, deren

Mann einberufen wurde, mit tränennassem Taschentuch in der Hand – Tango tanzte.

Mich würde es nicht enttäuschen, wenn wir irgendwo im Inland uns treffen würden und blieben. Ich möchte Dich und gute Luft, wenn ich mich auch auf alles so freute, wie Du es ausgemalt hast. *F.*

*Herrn Dr. Stefan Zweig*
*Wien VIII, Kochgasse 8*

*[Juli 1914]*

Jeder Tag, jede Stunde fast, bringt jetzt Veränderung. Dein Telegramm traf mich auf dem Weg nach Graz, wohin ich fuhr, um mit Alix Felix abzuholen. Er fährt nachts weiter nach Görz, trägt eine Uniform, in der er 86 Kilo wiegt, und ist sehr vergnügt. Er sagt, in Wien sei gar nichts los. In Graz aber war eine Bewegung in den Straßen, die einen mit fortriß. Alles jubelte und sang dem durchziehenden Militär zu.

Und Du? Ja, es hielt Dich nicht in der Fremde. Ich bin auch ruhiger, Dich nahe zu wissen; wer weiß, ob Du in nächster Zeit leicht gereist wärest. Hast Du schon ein Bild, wann wir reisen? Klärt sich nicht bald alles?

Mein Liebling, ich bin trotz des gefährlichen Anlasses des Krieges froh, Dich nahe zu wissen. *Fri*

*Tobelbad, 1. August [1914]*

Lieber,
ich bin zu traurig, um auf die Schärfe Deines Briefes zu reagieren. Glaubst Du im Ernst, daß ich spazierenfahren wollte, wenn Menschen bluten? Ich hoffte nur immer, daß es nicht dazu kommen würde. Wie würde ich vieles ertragen haben, wenn mein Optimismus mir nicht immer geholfen hätte.

Hier ist eine Influenza – d. h. eine Angina-Epidemie unter den wenigen Zurückbleibenden ausgebrochen. – Es ist schrecklich hier zu sein, weil selbst die Apotheke versagt.

Bleib doch gut in so trauriger Zeit.

Alle Nachrichten kommen hier verspätet. Daher wußte ich auch manches noch nicht, wenn ich Dir, wie Du meinst, leichtfertig schrieb. Ich weiß mit meiner grausamen Vorstellungskraft jetzt alle Greuel – auch daß Du an mir zweifeln kannst in solcher Zeit . . .

Wollte Gott, ich wüßte, wohin ich soll. Von Felix bin ich ohne Nachricht. *Fri*

*Graz–Baden, 4. August [1914]*

Auf der Fahrt. Bin heute zwischen halb zehn und zehn fast sicher in Wien, Café Eiles, und warte oder telefoniere Dir oder hinterlasse dort Brief, ob ich Dich noch heute sehen kann.

Herzlichst *Fri*

*Baden, August 1914*

Mein lieber Stefan,
vielen Dank für die Unterbringung des Gedichtes. Ich freute mich auch über Deinen Brief.

Über Deine Einberufung bin ich vorläufig ganz beruhigt. Es sind vom hiesigen Corps nur die ersten Landstürmer bis 37 einberufen.

Ich küsse Dein liebes Rastelbindergesicht und bin Deine treue *Fri*

*[1914]*

Lieber,
bevor der Schlaf meine Lider noch schwerer macht, will ich Dir noch Gute Nacht sagen. Ich tue es jeden Abend mit den Lippen auf Deiner Uhr – (eine Nacht nur lag sie beim Uhrmacher und meine Hand war ganz vereinsamt).

Meine Tage sind gut jetzt. Ich schäme mich fast, es zu sagen. Aber wie ich mir jetzt den Tag mit guten Wichtigkeiten ausfülle, so tun es wohl auch viele andere. Ich kann alles leisten, was mein Leben braucht, mit geringer Hilfe von außen, ohne irgendeine Beschäftigung aufgeben zu müssen. Ich habe heute 14 Seiten an dem nun begonnenen Roman geschrieben. Ich habe es immer gefühlt, ich brauche nur ungehinderte Selbständigkeit, um anständig leben zu können, brauche nur die Ruhe in meinen Entschließungen und den inneren Frieden, um ich selbst zu sein – und nicht ein nervenschwankes Geschöpf, auf das schon jeder leichtschmerzliche Eindruck wie ein böses Hagelwetter stürzt.

Ich gehe umher in meinem Haus und fühle nun besser Deine Gegenwart darin, da Du es mir durch Deine Nähe lieber gemacht. Wer weiß, ich hätte vielleicht das Glück dieser verschütteten Tage nicht ertragen, da mich schon Deine Besuche so hell und froh machen! Die Nächte freilich sind einsam und ich frage mich, warum es mir so beschieden ist. *F.*

*Baden bei Wien, 24. Oktober [1914]*

Deine Güte, Lieber, strahlt durch Deine Freunde auf mich aus. Denke nur, Fräulein Eugenie schrieb mir gestern wieder ihr Bedauern, daß wir so weit voneinander seien – und damit wir uns sprachlich näher gerückt seien, wenn wir auf Briefe angewiesen sind, trägt sie mir das Du an. – Für all das hab ich Dir zu danken.

Mein Lieber, Du, ich komme wieder um ½8 Uhr nach Wien. Ich bin allerdings zu Nachtdiensten in der Bezirkshauptmannschaft vorgemerkt, glaube aber nicht, daß ich diese Woche schon gebraucht werde. Ich war schon einmal im Spital und habe den Soldaten eine glücklich aufgesparte Flasche Champagner gebracht, die freudig aufgenommen wurde. Sie werden nur von Berufspflegerinnen gepflegt. In den ersten Tagen ist abscheulicherweise ganz Baden zu ihnen hineingelaufen, und selbst in der Nacht, wenn sie ankommen, werden sie von tausend Leuten begafft. Die armen Kerle machen sich recht lustig darüber.

Gestern mittag hatte ich den alten Herrn da und erfuhr allerlei, worüber die Zeitungen schweigen.

Samstag kommt über einen Tag Felix aus Marburg. – Da es nicht unmöglich ist, daß seine Batterie nach Norden rückt, ist mir's lieb, daß ihn die Kinder sehen und auch ich, ohne daß ich nach M. fahren muß. Lieber, ich danke jede Stunde Gott, daß Du mir nahe bist, und will alles, was ich Gutes tun kann, verdoppeln, verhundertfachen dafür.

Leb wohl, Lieber, innigst Dein *Lamm*

*Baden, 25. Oktober [1914]*

Mein lieber Guter,
tausend Dank, daß Du gestern wieder herausgekommen bist. Du ahnst nicht, wie glücklich Du mich damit gemacht hast.

Ich habe den alten Herrn bitten lassen, heute herauszukommen und auch er hat mir gesagt, daß man nur auf jeden zehnten Mann rechnet bei den neuen Assentierungen. – Er meint, man könne es sich richten, zum Sanitätskorps zu kommen. Auf die Gefahr hin, Dich mit diesen Dingen zu langweilen, frag ich Dich, ob ich das Anerbieten einer

Dame, deren Bruder im Kriegsministerium ist, annehmen soll, die mich auffordert, mich an sie zu wenden, falls ich Wünsche hätte. Ich möchte mich, wenn Du davon Gebrauch machen willst, überzeugen, ob der Bruder, dessen Rang ich nicht kenne, in Wien ist, und sie ersuchen, Dir eine Unterredung mit ihm zu verschaffen, aus der Du zumindest die Mittel und Wege erführest, wie Du Dir Deine eventuellen Dienstleistungen selbst wählen könntest. – *Ich* bin jetzt gar nicht besorgt und hoffe das Beste für meinen guten, geliebten Lämmerhirten.

Ich küsse Dich ganz sanft, Dein *»Schaflamm«*

Lieber, Guter,

Frl. Schr. sagte mir jetzt, sie sende sofort einen Offiziersburschen nach Traiskirchen. Der betreffende Oberleutnant gibt ihr dann morgen bis 8 Uhr Antwort (eine hochstehende militärische Persönlichkeit hat alles zugesagt, falls die Fächer genügen). Der Oberleutnant sagte, man nähme Dich *mit offenen Armen* auf, wäre sehr froh, so einen Menschen unter sich zu haben. Du wärest ein Fund für die Burscherln. Übrigens scheinst Du dort riesig gefallen zu haben, mein liebes Brüderchen.

Also ich ruf Dich morgen an, so bald ich etwas erfahre.

Herzlichst, Dein *Lamm*

*30. Dezember 1914*

Lieber,

zum letzten Tag im Jahr einen Gruß. Ich muß mit Gewalt wegdenken von jedem sentimentalen Rückblick. Ich will Dir jetzt in Gedanken einen Kuß geben und einen heißen Wunsch einschließen: Dir mögen nicht versorgte Stunden, nicht Kränkung um Freunde im kommenden Jahr Deinen Frohmut verdüstern. Mein guter Liebling, ich wünsche Dir alles Glück, das Du ehrlich genießen kannst. Und vor vielen andern Wünschen noch: gute Arbeit. Du verstandest es nicht, als ich sagte, das könne auch mir helfen. Du bist manchmal so weit – in Deiner Arbeit aber halte ich Dich immer an meinem Herzen. – Deine Arbeit wölbt goldene Brücken von Dir in mein Herz. Es ist ein Heim in den Wolken und doch in Deinem Herzen – in Deinem ungetreuen, getreuen Herzen. Es ist nicht jene literarische Anbetung, die Du nicht magst (ich bin weniger kritiklos als Du glaubst). Dein Gedicht »Der Krüppel« fand ich beinahe schlecht. – Nein, es ist etwas von einer gemeinsamen Heimat, in der wir uns Treue halten wollen für alle Zeiten. Der Krieg hat uns nicht verändert. Wir haben immer gleich gefühlt in Menschenliebe und Gerechtigkeit.

Der Krieg nahm seinen Fortgang. In Baden, wo ich während meiner Pflegedienste (Typhus usw.) mir eine Infektion zugezogen hatte, war nun ein Hauptkommando stationiert, wodurch dort der Aufenthalt und das Hin- und Herreisen von und nach Wien für unabsehbare Zeit äußerst erschwert war. Nicht zuletzt um das Zusammensein meiner Kinder mit ihrem Großvater zu erleichtern und Stefan und meiner Mutter nahe zu sein, nahm ich zunächst provisorischen Aufenthalt in Wien, wo Stefan Zweig nun im Kriegsarchiv Militärdienst leistete und dort an der literarischen Zeitschrift *Das Donauland* mitarbeitete und wo eine große Anzahl österreichischer Schriftsteller wie Franz Karl Ginzkey, Franz Th. Csokor, Paul Stefan, Alfred Polgar und wenige Monate auch Rainer Maria Rilke in der Wiener Stiftskaserne seine Kameraden waren. Zum ersten Male seit der Schulzeit konnte er nicht mehr frei über seine Zeit verfügen, und es fiel ihm schwer, seine eigene Arbeit fortzuführen. Meist wünschte er, daß ich bei ihm säße und ihn dabei festhielte; verlor aber manchmal völlig die Lust durchzuhalten.

*8. März 1915*
*Langegasse, Wien*

Lieber,
Dank für Deine traurige Nachricht – denn leider weiß ich nicht mit Sicherheit, ob ich morgen zwischen 4 und 7 Uhr werde kommen können. Josef entfleucht immer, ohne von Dir Auftrag zu erhalten, als ob das immer schon fix wäre, was Du schreibst und ohne Belang, was ich zu erwidern hätte. Aber ich weiß, Du erteilst Deine Aufträge morgens in Eile. Bitte, arbeite auch ohne mich. Es schmerzt mich mehr als Du ahnst, wenn es Dir unwichtig ist. An äußerer Ruhe fehlt es Dir nicht, wenn Du nur recht willst. Ich wäre so froh gewesen, hätte ich ein Stück Dostojewski fertig gesehen. Es schadet auch Deinem Gedicht, das Flehentliche und Warme kühlt sich darin ab, wenn Du Dich nicht mehr hinein versenkst. Mein liebes Kind, Du, vergnüge Dich, aber der Tag ist trotz des Archives noch lange, wenn Du nie vergißt, daß es – und nur dies – Frevel ist, wenn Du flau arbeitest. – Sei mir nicht böse, daß ich so aufrichtig schreibe. Ich hab Dich lieb und küß Dich und will Dich gut *Fri*

*Wien, März 1915*

Ist's nicht seltsam, daß ich mich jetzt hinsetze, Dir zu schreiben, wo ich gestern, beklommen wie ein Schulmädchen, kaum habe zu Dir sprechen können, weil Dein waches Bild so jäh in der dunkeln Gasse aufgetaucht ist. So nahe wohnst Du – und doch – wie ist mir alles Märchen, was mir begegnet.

Ob ich jetzt so zu Dir sprechen soll, ob Du es jetzt spüren kannst ... Liebster, Du, ich weiß, wie Nerven an ihren Enden blutig gerissen sein können von stündlichem Anrennen an irgendeine Haft. Nur liebte ich Dich so groß, daß Du zwischen Deine Nervenenden und die Welt einen Stacheldraht von Beherrschung legen könntest. Oh, wenn es wahr war, daß Du gestern arbeiten gingst! Du eiltest so. Obzwar, ich will's glauben, daß Du mehr zur Arbeit eilst, wenn Du sie gut in Dir spürst, als zu Frauen. Aber Du warst irgendwie verlegen, wie ich auch. Warum sind wir es? Ist's das Leben, das wir fremd von einander mit anderen Menschen führen, das da plötzlich wie Verdacht (nicht Mißtrauen oder Mißgönnung) oder besser Vermutung, zwischen uns ist. – Könnt ich Dir schildern, wie ich das Andere in meinem Leben einschätze und wie Du mir doch einzig bleibst. Ich sehe jetzt Deine Schwächen und hasse sie manchmal, weil Du glaubst, mit Aufrichtigkeit sie schon legitimiert zu sehen, das heißt, ich wende mich nicht ab davor, im Gegenteil, ich wüßte sie wie etwas zu Behütendes, zu Pflegendes zu achten – doch ist dies »sich's auf die leichte Schulter schlagen«, mir – Frau – und schwache noch dazu –: feminin. Liebling, Guter, sei mir nicht böse! Ich bewundere ja so himmelhoch so vieles in Dir, ich knie vor manchem in Deinem Wesen, das vielleicht unwiederholbar ist, ein einzig leuchtendes Menschenkristall ist in Dir. Wer weiß, wie es noch herausbrechen wird aus Schlacke, ein wunderbares Licht! Könnt ich Dir jetzt Arbeitsruhe schaffen. Diese herrliche Arbeit, die Du vorhast, oh machtest Du doch den Anfang, wer weiß ob sie nicht so stark wird in Dir, daß sie alles besiegt. Das gibt es. Vielleicht bricht durch die Worte des Anfangs das Feuer in Dir aus. Ich bitte Dich, *versuch* alles. Bitte, bitte, glaub nur nicht, daß ich nicht das Opfer brächte, Dich nicht zu sehen, wenn Du Dich abschließen willst. Steife Dich nicht gegen das Mögliche, selbst gegen das Wunder darf man nicht mißtrauisch sein. Du, der Freie, darfst nicht verknöchert sein in diesem »Es geht nicht«, »Hier im Inland kann ich nicht« usw. Bleib drei, vier Tage zu Hause, nach einem Sonntag – oder irgendwo in einem Zimmer, und melde Dich krank. Spürst Du nicht, wie der Ge-

winn dieser Tage tausendmal den Betrug rechtfertigen würde? Versuch nur einmal nach dem Amt irgendwo hinauszufahren, nach Rodaun etwa, und setz Dich dort zwischen zwei guten Lokalen – Stelzer und Roten Stadel – hin und versuch zu arbeiten, nütz den Abend, übernachte draußen, da hast Du schon viele Stunden. – Wenn das einmal gelungen wäre, gelänge es dann oft. Wie immer, versuche es! Mein Lieber Du, ich gebe Dir alle meine Grüße und bin Dir tausendmal gut.
Deine *F. M.*

Einige Wochen später gelang es, Stefan der Arbeit zurückzugewinnen. Wir verbrachten einige Tage im Gebirge.

*Juni 1915*

Lieber lieber Lieber,
mir geht es gut und ich danke Dir noch von ganzem Herzen. Manchmal bin ich ganz ergriffen über das Glück dieser Tage. Hoffentlich behältst Du sie auch lieb. Die Kinder fand ich sehr wohl, auch den alten Herrn voll Freundlichkeit. Man hatte sich sehr lieb um die Kinder gekümmert. Erich z. B. war vor seinem Spital bei ihnen. Heute wieder da, in der Meinung, ich wäre noch fort, und hat mir sehr viel über den Gstettenhof erzählt. – Sonst habe ich auch gute Nachrichten, mit Ausnahme von Ernst Lissauer.

Hoffentlich war Dein Einzug erfreulich, Post, usw. L. schreibt mir, seine Frau sei ihm davon und Psychiater sagen, sie sei von Wahnsinn befallen.

Freitag abend werde ich vielleicht Victor Fleischer bei mir sehen.

Jedenfalls möchte ich Dich aber noch in den nächsten Tagen anrufen, weil Du mir natürlich sehr, sehr abgehst und ich Deine Stimme hören will ... Nimm noch allen Dank, Lieber, Guter, von Deiner *F. M.*

*[1915]*

Mein liebster Liebling,
nun muß ich noch die Zeit nützen und Dir schreiben, nächste Woche bist Du dann entrückt. Ich glaube, es ist lange her, daß ich Dir einen wirklichen Brief geschrieben habe. Auch will ich Dir sagen, daß Du nicht glauben sollst, mir wären Deine Zärtlichkeiten nicht lieb gewesen, gestern, weil ich sie leise abwies: das Haus gegenüber schien mit hundert Augen auf mich zu schauen. – Du willst mich anders? – Laß

mich wie ich bin, rüttle nicht an meiner Art. – Vielleicht, mein Liebling – wäre Dir dieses Gefühl in mir genommen – würde Dich ab und zu ein wenig frieren, ab und zu Deine Hand, wenn Dir je einen Augenblick schwindelt, vergeblich nach einem kurzen Halt tasten und vielleicht würde es Deine Arbeit spüren.

»Sei bald wieder in mir«, schriebst Du mir aus einem glühenden Arbeitsrausch. Mein liebstes Wort aus Deinen Briefen.

Laß mich nichts von Menschen wissen, die nicht in meine und auch nicht in Deine *schöne Welt* gehören. *Laß uns einmal wie zwei Dichter leben.*

Ich verspreche Dir, selbstloser zu werden um Deiner kleinen Vergnügungen willen. Es beleidigt mich nur, ihnen nahe zu kommen. – Ich bin dankbar, daß Du jetzt Ruhe haben kannst, daß ich sie um Dich habe.

Ich küsse Dich leise, Dein *Lamm*

*Sanatorium in Parsch*
*bei Salzburg*

*18. August [1915]*
*Regen auf Lampions,*
*Verkohltes Feuerwerk,*
*Festtafel, Angst vor Festreden*

Mein Lieber, Du,
wenn einmal jemand, der Dir lieb ist, lange krank ist, mußt Du mir erlauben, zu ihm zu gehen. Nun glaub ich schon selbst daran, daß da eine Kraft in mir wach wird. – Hier ist eine Dame, die schon ehe ich kam, auf ihr Zimmer verbannt war, nur Milch zu sich nehmen darf, und die an mehreren Übeln leidet, wo die Behandlung des einen die des anderen ausschließt. Die Damen, die sie noch kannten, wie sie unter den anderen Gästen lebte, erzählten mir von ihr und man sprach zu ihr von mir, und so bin ich gestern zu ihr gegangen. Inmitten des ewig geschäftigen Kurlebens ein Stück stilles, abgeschiedenes Krankendasein. Eine prächtige Frau, jedes Wort ihres Leidens vermeidend. Aber ehe ich gekommen war, hatte sie heftig geweint, wie mir diese gute, weise, liebe alte Frau Franzos sagte. Und denk Dir, Lieber, Dein sonst so langweiliges Schaf wird da gesprächig. Alle lustigen Dinge, die es vorbringen kann, fallen ihm ein. Die Kranke wird mitgerissen und strahlt vor Fröhlichkeit. Vor der Türe dann fällt mir vor Dankbarkeit die Dame, die ihre Verzweiflungsausbrüche erlebt hat, um den Hals.

Ich weiß nun, was es ist, Lieber. Ich war gar nicht so sehr heiter, aber wenn ich bei einem Kranken bin, bemächtigen sich meiner seltsame innere Aufregungen, die mich ganz verändern und die mir gleichsam spürhaft die Bedürfnisse des armen Menschen eingeben. Nachher bin ich wie nach einem Erlebnis.

Ja, und Du läßt mir durch Josef sagen, Du diktiertest, wenn Du krank auf dem Sofa liegst. Mein Lieber, wie geht es Dir jetzt, wo Du mehr Freiheit hast? Säh ich doch für einen Augenblick Dein liebes Antlitz.

Sei innigst gegrüßt, Lieber, von Deiner *Fri*

Eben kommt Dein guter Brief. Vielen Dank. Ich bin so froh, daß Du froh scheinst.

*Sanatorium Parsch bei Salzburg [August 1915]*

Lieber Stefan,
danke für Deinen Brief. Nein, unruhig ist es gar nicht in mir. Ich kann es sogar aushalten und dabei arbeiten, wenn nebenan Gassenhauer gedroschen werden und Gevatterinnen stundenlang über Toiletten und Nachthemdfaçons schwätzen. Und vergnügt bin ich trotz der Bakterien. Ewig werden sie ja nicht bei mir bleiben, warum sollen gerade sie treu bleiben. Das neue Mittel hat sehr geholfen. Ich glaube, augenblicklich bin ich wieder ganz gesund. – Ich wollte noch am Wege, etwa in Gmunden verweilen. Hier ist es nämlich sehr feucht. Deshalb will ich nicht nutzlos so viel Geld ausgeben.

Lieber, ich sehe Dich wann Du willst, ab Dienstag. Ich erwarte Deinen Ruf und melde mich selbst nicht, damit Du Ruhe hast.

Herzlichst *F. M.*

*Sanatorium Parsch bei Salzburg*

*August 1915*

Lieber,
nun geht mein Aufenthalt hier zu Ende. Es war eine gute Zeit trotz Regens, viel und immer Regen. – Einige Leute hier werden mich vermissen, das ist mir leid. Ich weiß, daß jetzt manche einsame alte Frau allein an ihrem Tische sitzen wird und vielleicht vier, fünf Tränen um ihren Sohn im Feld mehr weinen wird. Dies Sanatoriumleben, ich muß

es beschreiben. Wie plötzlich Menschen auftauchen, die wochenlang auf ihrem Zimmer lebten, sich für drei Stunden ans Klavier setzen und spielen, daß man sich wundert, daß die Welt nicht davon spricht. Und dann, wie man einige nur von ferne sieht, wie durch den Schleier ihrer Krankheit, in einer Liegehalle, und eines Tages fährt dann ein Auto vor, und auf einem Tragsessel wird etwas über die Stiegen getragen und dann wie verstaut, und verschwindet wieder in ein fremdes Leben, man weiß nicht, ob gesünder oder hoffnungsloser. Dann die kleinen Intrigen der Hysterischen. Vieles noch.

*[August 1915]*

Lieber,
aus dieser Zeit wird eine Stunde des gestrigen Tages vielleicht bestimmend auf viele, viele meines Lebens sein, eine herrliche Stunde bei Hofrat Lammasch. Ich kann noch nicht schreiben darüber, es lebt noch mit ungeteiltem Wissen in mir. Ich bringe Dir auch Schriften mit und vieles, was Dir mehr als wissenswert sein wird, und wie für Dich gesagt war. Könntest Du doch zu ihm! (Es hat ihn beglückt, daß ich Rolland kenne.) ...

Jetzt wird eben wieder so himmlisch schwerste, schönste Musik gespielt. Hörtest Du's doch. Ich habe keinen Brief von Dir heute. Denk Dir, ich Wahnsinnige dachte: Vielleicht kommt er selbst!

Lebwohl Guter, sei leise umarmt von Deinem *Lamm*

*[August 1915]*

Lieber,
meinen Gruß vom Königssee wirst Du wohl später bekommen als den österreichischen Brief. – Berchtesgaden hat alles vom Reiz des österreichischen Gebirges und ist doch schon ganz deutsch-münchnerisch in der Bauart. Elegante Menschen gibt es dort, fast nur Reichsdeutsche, alles ist lebendiger, die Bahnen, der Schiffsverkehr, alles im Gedränge auch korrekt. Der See ist von berückender Schönheit. Der Tag war strahlend. Sonne auf Gletscherschnee. Nun wollte ich Dir erzählen, warum ich geblieben bin. Ich wollte noch ein paar Tage gutes Wetter, das ich kommen spürte. Vom Sanatorium zog ich in aller Freundschaft weg, weil ich mit meiner kleinen Kur zu Ende war. Hier im Gasthof habe ich ein gutes Zimmer um 2 Kronen im Tag.

Morgen sende ich Dir ein Feuilleton, das ich gestern, kaum dem Sanatorium entronnen und glücklich über des Doktors letzte Diagnose, in einem Zug hinunterschreiben konnte.

Nun gute Nacht, Lieber. Ich darf nicht daran denken, daß ich jetzt vielleicht, wäre ich gefahren, schon Dein gutes, liebes Gesichtel vor mir gehabt hätte. Ich küsse Dich Dein *Lamm*

*Gasthof Hinterleitner, Parsch bei Salzburg [August 1915]*

Lieber,
ich habe Deinen freundlichen Brief gestern immer wieder gelesen. Ich vergaß Dir zu sagen, daß ich mich auf Dein Essay freue. Auch auf etwas anderes muß ich erwidern, mein lieber Mensch. Du. Ich gebe nur zu, daß ich irritiert war, aber nicht *irritabel*. Niemand hielt mich für das letztere, als ein gewisser Unsentimentaler, der meinte, seine von Natur aus seidenweiche Haut, dem Krieg zuliebe in die eines Rhinozerosses verwandeln zu müssen. Nun sag nicht, daß Du oder man »Gott sei Dank« nicht aus seiner Haut fahren könne. Wenn Wilson jetzt »Gott sei Dank« nicht aus seiner Haut fahren kann, kommt Krieg mit Amerika und vielleicht wäre überhaupt keiner gekommen, wenn die Menschen aus ihrer Haut fahren könnten. Ich will mich bestreben, immer aus meiner Haut zu fahren, wenn ich damit helfen kann. Ist denn die eigene Haut so wichtig? Freilich lieb ich die Deine, wie sie auch sei, und will nicht, daß Du vor mir Toilette machst. – Du sagst, Nachsicht sei mein Lebensfehler. Ich bin im Grunde sehr strenge. Ich weiß aber immer, was den Menschen entschuldigt – und wie viel Gründe gab es doch, Deine Launen, die ja immer außen liegen, begreiflich zu finden und dann wieder doppelt glücklich mit Deiner Ausgeglichenheit zu sein, die immer ja auch anzeigt, daß es gut um Dich steht. An Deine Theorie, daß Du neckst, wenn es Dir sehr gut geht, glaub ich nicht.

Ich fühle so sehr die Schönheit draußen, abends kommen singende Menschen von den Bergen, alles ist selig, daß die Regenzeit vorüber. Wie eine Erleuchtung für mein Gefühl an das Leben war mir gestern die Lektüre dieses einzigen Hebbelgedichtes:

*Schaudernd dacht ich und fuhr*
*auf und schloß mich ans Leben,*
*drängte in glühendem Erleben*
*kühn mich an Gott und Natur.*

*Oft noch berühre du mich*
*Tod, wenn ich in mir zerrinne,*
*bis ich mich wieder gewinne*
*durch den Gedanken an dich!*

Sei für alles bedankt und tausendmal gegrüßt *Fri*

*Parsch, 30. Aug. 15*

Lieber,
Daß Du im Walde schreibst, spürte ich froh für Dich und mich. Wie gut, daß Du mir die Briefauswahl zugedacht hast.

Ich danke Dir, Lieber, daß Du mir mit Deinen Briefen den Aufenthalt hier verschönt und jede trübe Stunde erleichtert, ja erhellt hast. – Ich hoffe Dich Donnerstag anrufen zu können. Es ist jetzt drei Jahre her, in wenigen Tagen, da sehnte ich mich auch schon nach Wien, Dich zu sehen. Innigst Deine treue *F. M.*

Das Jahr 1916 zeitigte fast keine Trennungen. Sowohl in diesem Jahr als auch in dem folgenden bewohnten wir von Frühling bis Spätherbst in Kalksburg, bei Rodaun, zwei Pavillons in ein und demselben Garten. Nach seinen Dienststunden im Kriegsarchiv arbeitete Stefan an seinem Drama *Jeremias* – ein hohes Lied des Friedens, mitten im Kriege. Als es vollendet war, legte er die umfangreiche, kunstvoll gebundene Handschrift, die Seite für Seite von ihm fehlerlos geschrieben war, in meine Hände. Auf der ersten Seite war ein Sonett eingetragen, eine Widmung an mich. Es begann mit folgendem Vers:

*Als rings im Land die Waffen starrten*
*Und Feuer unsre Welt verheerte,*
*Was war da mein, ein kleiner Garten*
*Und Du darin, Geliebte und Gefährte.*

Jeremias ging durch die Zensur und wurde in Zürich zur Aufführung vorbereitet. Dies ließ den Plan reifen, für kurze Zeit in die Schweiz zu reisen. Im Dezember 1917 fuhren wir nach Zürich und besuchten auch Romain Rolland am Genfersee. Das Hochgefühl, das der Aufenthalt in einem kriegsfreien Lande erzeugte, machte Stefan die Rückkehr nach Ablauf des Urlaubes vom Kriegsarchiv unendlich schwer. Ich reiste allein nach Wien und erreichte beim Chef der *Neuen Freien Presse*, wo er seit seiner Gymnasialzeit Mitarbeiter war, um den Preis, daß er sich bereitfinden würde, allmonatlich ein Feuilleton zu schreiben, seine Enthebung vom Militärdienst. Meine Mitteilung wurde mit folgendem Telegramm beantwortet:

*Zürich 27/12 [1916]*

Werde mit Neuer Presse abschließen, bleibe jedenfalls und erwarte Dich bald *Zweig*

Ein zweites folgte:

Verbleibe hier bis Eintreffen Entscheidung bewilligt, abhole Dich Buchs, sobald Ankunft weiß *Zweig*

Zugleich ging folgender Brief ab:

*Stefan Zweig, Zürich, Hotel Schwert [Dezember 1916]*

Liebe,

vielen Dank für Deine gute Nachricht. Ich freue mich sehr über die Verlängerung und hoffe nur, Du kommst bald. Suse nimmst Du doch wohl mit: sie wird sich hier sehr wohl fühlen. Alles nähere erfahre ich wohl telegrafisch und brieflich von Dir. Ich will jetzt bald mit eigener Arbeit beginnen: bis jetzt ging alles hin in Aufsätzen, Übersetzungen, Warten und Schauen.

Noch eines: wenn Du das *richtige* Manuskript kennst, so bringe mir den Dostojewski mit. Er ist in einer blauen Karton-Mappe, wo jedes Kapitel einzeln in einem Umschlag mit Motto ist und die Entwürfe dazu noch beiliegen. Aber nur wenn es Dir ganz leicht fällt. Dann könnte ich diese Arbeit hier gut und definitiv fertigstellen.

Frau Albert geht es leider *sehr* schlecht. Die Operation wird kaum zu vermeiden sein und ist lebensgefährlich. Ich habe hier viele Menschen kennen gelernt, zu viele fast. Maler, Dichter, alles mögliche. Ein Porträt von mir wird jetzt gemacht. Auch für Dich ist viel zu tun. Die Übersetzung eines Buches, die Dir den Aufenthalt ganz decken wird, ist so viel wie sicher. Und würde Dir eine gute Beschäftigung sein.

Allen Dank für Deine Mühe. Hoffentlich gelingt es! Aber ich bin mit allem zufrieden. Und ich bin guten Mutes, es scheint sich alles zum Guten zu wenden. Unsere Valuta hat hier mächtige Sprünge nach oben gemacht, die Krone steht schon über 50. Herzlichst Dein *Stefan*

Stefan hatte mich und meine Tochter Suse an der Grenze abgeholt, und wir fuhren zu deren Erholung für wenige Wochen nach dem Engadin, waren dann wieder einige Zeit im historischen Hotel Schwert in Zürich, während Suse in einem Kinderheim hauste. Wir zogen dann bald nach Rüschlikon, in das in der Höhe, den See überschauende Hotel Belvoir, das unser Standquartier wurde, wo wir mehrere Tage Romain Rolland zu Gaste hatten. Auch Hermann Hesse besuchte uns und später Frans Masereel, aus Genf kommend. Und viele andere. Im Juni besuchte Stefan den Schweizer Schriftsteller Carl Seelig in Luzern und fuhr dann weiter nach Wengen.

*Pilatus-Kulm [Poststempel 6. 7. 18]*

Liebe F.
in einem Zuge herauf (aber nicht im Eisenbahnzug) erfreuen wir uns besten Wohlseins und eines guten Menüs. Viele Grüße von meiner treuen Braut Virginia Brissago und Deinem

*Stefan Zweig*

In herzlichem Gedenken Ihr *Carl Seelig*

*[Wengernalp, Poststempel 8. 7. 18]*

L. F.
Pilatus war sehr schön, ich bin doch ein famoser Tourist. Heute herrliche Fahrt über den Brünig nach Interlaken, von da weiter nach Wengen. Von der Hofrätin keine Spur. Aber ich bin ihr dankbar. Es ist so unglaublich schön – auch ein göttlicher Tag – wie man es nur in Träumen sieht. Um 2 Uhr angekommen, hielt ich eine Viertelstunde Umschau, dann – von meiner gestrigen Leistung getrieben und begeistert – ging ich *glatt* in vier Stunden über Wengernalp, Scheidegg bis Eigergletscher. Es war so schön, wie es sich gar nicht sagen läßt. Jetzt auf dem Rückweg, 6 Uhr raste ich in Wengernalp und hoffe um 7 Uhr wieder in Wengen zu sein, nachdem ich hier 3 belegte Brote gegessen habe. Der alte Narr in mir wacht sofort auf, wie ich allein bin – glücklicherweise war die Narrheit eine ergiebige. Morgen fahre ich nach Interlaken, bin Mittwoch mit dem letzten Zug in Rüschlikon, hoffentlich von Dir erwartet. Oh Du mußt unbedingt hierher! Herzlichst *Stefan*

*Wengen, 8. VII. 18*

L. F.
trotz der fehlenden Frau Hofrat bin ich hier einen guten Tag geblieben und ginge gar nicht weg, müßte ich nicht zurück, so überirdisch schön ist es hier. Eine Klarheit der Luft wie in St. Moritz. Wunderbare Alpenblumen und Spaziergänge ohne Ende. Ich gehe zu Fuß bis Lauterbrunnen hinab und fahre dann weiter, ich kann mir im Wandern gar nicht genug tun. Der alte Adam in mir regt sich wieder. Aber er grüßt Frau Eva. Herzlichst *Stefan*

*Spiez, 9. VII. 18*

Liebe F.
ich habe so unerhört viel Glück. A.) mit dem Wetter, das einfach phantastisch ist. B.) mit den Besuchen. Daß ich Frau Hofrat nicht traf, brachte mir jene unvergeßliche Tour nach Eigergletscher und am nächsten Tag den Niederstieg nach Lauterbrunnen. Daß hier Cassirers für einen Tag fort sind, gab mir ein wundervolles Bad im warmen See und einen stillen Abend. Mittwoch abend bin ich zu Hause! Denke Dir, in Salzburg sind furchtbare Überschwemmungen, die Bahn verkehrt streckenweise nicht. Herzlichst Dein *Stefan*

Nach langem Kampf mit den österreichischen Paßbehörden gelang es auch, meine Tochter Lix in die Schweiz zu bringen. Unser Kinderfräulein, langjähriges Familienfaktotum, erhielt jedoch nicht die Schweizer Aufenthaltsbewilligung. Ich engagierte eine andere Hilfe und brachte die Kinder in Weesen bei Amden, im Gebirge, unweit von Rüschlikon, unter und fuhr in den Sommermonaten zwischen den beiden Orten häufig hin und her. Die hier folgenden undatierten Briefe wurden von Stefan im Juli und August geschrieben. Die meisten aus dieser Zeit sind nicht erhalten.

*[1918]*

Liebe,
ich kann Dir nicht so viel und gut erzählen wie Du mir. Denn ich weiß nichts. Seit einigen Tagen habe ich gar keine Post aus Österreich, nach Zürich gehe ich nicht. Von Freunden sah ich nur Ehrenstein, der gestern mit Fräulein Bergner abends hier war und die beide Deine Abwesenheit auf das äußerste bedauerten. Sonst nur Ruhe, Arbeit, Briefe.

Ich freue mich, daß es Dir gut geht. Daß Du Dich gesund fühlst. Aber ich habe ein Recht, von Dir drei Kilo mehr zu verlangen, wenn Du nicht von mir geärgert wirst! Bitte pflege Dich gut. Die letzten Tage waren abnorme, eine Hitze wie sie seit neun Jahren in der Schweiz nicht bekannt war – vielleicht daher Deine Appetitlosigkeit. Oder sollte es der mangelnde Hauptmann sein? An mich zu denken wage ich nicht.

Morgen soll Paul Stefan kommen. Das kostet Dich wohl einen Brief von mir. Und einen Besuch. Denn ich wollte Sonntag zu Dir. Aber das bleibt für eine andere Woche. Erst muß das Stück fertig sein und das dauert vermutlich noch vierzehn Tage, inzwischen bist Du ja hier.

Seltsam wie schlecht ich Dir schreiben kann. Meine Unmitteilsamkeit schlägt sich nach innen. Ich spreche eigentlich nur mit unserem Nachbarn Herrn d'Obry ab und zu ein paar Worte, lese viel und fühle mich wohl, so zugesperrt zu sein. In mir ist jetzt die Spannung der ganzen Welt: dieser Monat bis Ende August muß über Krieg oder Untergang entscheiden, jede Minute ist jetzt vollgepreßt mit Schicksal. Und doch unser eigenes irgendwie dadurch bestimmt. Wer atmosphärisch fühlt, steht unter diesem grauenhaften Druck – jetzt oder nie müßte man mit seinem Wort etwas versuchen. Aber wo? Aber wie?

Laß es Dir gut gehen, Liebe! Verzeihe, daß ich so schlecht schreibe! Es ist jetzt alles so dumpf in der Luft! Bald wird's hoffentlich rein und klar. Grüß mir die Kinder! Herzlichst, Dein *Stefan*

*[1918]*

Liebe,
ich schreibe Dir jetzt immer morgens, knapp vor dem Postboten, um wenn etwas für Dich kommt, es noch rasch mitschicken zu können. Gekommen ist Dein Romanmanuskript, das man eventuell hier einreichen könnte, vielleicht Episoden daraus. Ferner ist ein Waschzettel für zwei Kinderkleider da. Soll ich die holen?

Die Hitze ist jetzt geradezu phantastisch. Ich rühre mich nicht von Rüschlikon – auch der Grippe wegen, die in Zürich noch immer haust. Nur gestern abend bei Faesi, wir ruderten dann Mitternacht über den See und das war herrlich.

Meine Liebe, Gute, ich kann so schlecht in Briefen erzählen jetzt. Ich habe zu viel die Feder in der Hand. Ich kann Papier nicht mehr sehen. Gestern habe ich das Feuilleton abgeschlossen, jetzt muß ich am Stück arbeiten, denn morgen kommt Paul Stefan und quält mich wahrscheinlich wegen Donauland. Viel werde ich mich nicht hetzen lassen. Freitag ist eine Vorstellung »Alt-Wien«, offenbar von Dr. Bach veranstaltet, der sich aber bei mir nicht gezeigt hat. Ich werde, wenn irgendwie möglich, nicht hingehen, mich langweilt der Anblick dieser Collone zu sehr und ich komme über die Erbitterung nicht hinweg, daß tausende und abertausende Franken auf derlei kleine Späße verwendet werden, indes bei uns eine Bevölkerung hungert und darbt. Dieses Kunstschiebertum ist mir widerlich bis in die tiefste Seele.

Von Rolland habe ich Nachricht, auch er weiß nicht, was eigentlich die Affaire Guilbeaux bedeutet. Er ist wie ich überzeugt von seiner Anständigkeit jusqu'à la preuve du contraire. Er scheint sich sehr damit zu befassen. Immer ist R. noch der einzige Mensch, von dem ich wirkliche Briefe bekomme. Von Wien kein Ton, ich habe wirklich das Gefühl, alles sei dort in sich erstarrt.

Ich sollte Dir noch einen politischen Vortrag halten. Ich glaube *es steht gut*, sehr gut. Mein Optimismus wird recht behalten. Die Deutschen sind nachgiebiger geworden und das einzige, was die jetzt rapid um sich greifende Stimmung hätte hemmen können, die Offensive, die ist *gründlich* stecken geblieben. Jetzt dürfte die Militärpartei drüben bald ihr letztes Lied gesungen haben. Es müßte wieder in letzter Stunde eine phänomenale Dummheit geschehen, um die Einigung zu verhindern, aber ich wiederhole Dir, alles spricht in diesem Augenblick dagegen.

Leb wohl, ich habe noch zwanzig Seiten Arbeit und Briefe zu schreiben. Herzlichst Dein *Stefan*

Grüß mir die Kinder, pflege Dich gut und komme mit einem Plus von 5 Kilo.

*[1918]*

Liebe,
ich habe Dir heute schon einmal geschrieben und bin vom Schreiben todmüde, aber Dein Brief muß doch beantwortet sein um der Aufrichtigkeit willen. Es soll zwischen uns nichts verschwiegen sein. Deine letzten Briefe waren so lieb und warm und schön – aber sie taten mir weh. Ich will dir offen sagen warum.

Sie sind Anklagen gegen mich, ohne daß Du es weißt. Ich hatte das Gefühl, Du lebtest oben Deinen Kindern, der Freiheit, tätest ein wenig

Arbeit dazwischen. Und Du schreibst, Du seist angenagelt an der Maschine, es sei vorbei mit dem Spazierengehen. Und wie muß ich mich fühlen: als der böse Vogt, der Dich an die Arbeit peitscht, der aus seinem Geiz und Geldwahn Dir Ruhe stiehlt.

Ich weiß mich frei von Schuld eigentlich. Ich habe Dich gewarnt, Dich gebeten, das Buch durchzusehen, ob die Übersetzung brauchbar sei. Aber doch, so frei ich mich fühle, es verdirbt mir die Freude, Dich oben zu wissen. Ich habe keine Freude mehr daran, nur *Gewissensnot*. Und dabei quälst Du Dich! Aber ich sagte Dir es ja: *der Sinn des Opfers ist zerstört, sobald man es als Opfer empfindet.*

Ich bin vielleicht von Deinem Mißtrauen schon angesteckt, ich sehe inmitten Deiner wundervollen Briefe nur diese Stellen, aber sie verstören mir den Tag. – Ich bitte und beschwöre Dich um unserer guten Freundschaft: *laß die Maschine sofort stehen*. Fräulein Henning soll alles schreiben, Du korrigierst, ich revidiere. Diese Arbeit ist mir ein Glück, wenn ich weiß, daß Du nicht mehr an der Maschine sitzt. Ich verspreche Dir dafür, 300 Francs vom Honorar mit leichtfertigen Mädchen zu vergeuden, sobald ich Zeit habe.

Du schreibe Dein Stück! Es verstört mir das bißchen Freude, das ich noch habe: am Rand des Tages an Dich froh denken zu können und mir vorzureden, Du habest es gut. Es macht mich melancholisch, weil ich die Schuld in mir erkenne, Dich verstört zu haben. *Bitte, wenn Du mich lieb hast,* laß sofort die Maschine, schreib nichts als Dein Stück. Wenn Du nicht nachgibst in diesem, *bin ich böse, ernstlich böse.* Herzlichst

*Stefan*

Kannst Du aus der Phantasie eine Besprechung von Reinharts *Garten des Paradieses* für das Donauland schreiben?

*[1918]*

Liebe,
ich schreibe Dir, obwohl ich mich zur Faulheit sehr veranlagt fühle, weil die Luft so schön warm auf einen drückt, daß man am liebsten die Beine von sich strecken und nur den Rauch seiner ... oh Pardon, das wollte ich nicht verraten. Nun, ich habe jetzt keine Virginia in der Hand, sondern als Ersatz den Federstiel! Zu erzählen gibt es nichts. Seit es so heiß ist, gehe ich nicht einmal zur Post, lese allerhand Bücher – auch erotische Memoiren, die mir unser guter d'Obry aus seinem Schrank geliehen hat, aus der französischen Revolution, dann

Zeitungen, die letzteren aber ohne Lust und Liebe. Die Revision meines Stückes mit roter Tinte ist beendet. Jetzt tritt es in das letzte Stadium der Reinschrift. Ich bin darüber nicht ganz im klaren. Es hat so gar nichts mit dem Expressionismus und der Modernität zu tun, scheint mir in nichts neu und sonderbar, aber klar im Menschlichen und irgendwie rund. Ich freue mich jetzt, gut daran zu arbeiten. Ist es fertig, belohne ich mich mit einem Besuch bei Dir, aber das wird wohl noch gut vierzehn Tage dauern. Ein oder das andere Feuilleton für die Presse hängt noch schwer über mir – ich wollte es heute eigentlich schreiben. Vielleicht kommt die Energie mit der Abendkühle. Denn wirklich daran probe ich meine Kraft, an diesem Gefasel, das ich mit halbem Willen gebe. Über Rousseau stand in dem einen Buche, daß er nur gut war, wenn er mit Gefühl schrieb. Und bei der N. Fr. Presse habe ich ein Gegengefühl: ich denke zu sehr an die Leser.

Morgen gehe ich zu Faesi abends. Sonst gute Einsamkeit. Zürich ist mir ein unlieber Gedanke. Es ist so schön, jetzt am heißen Abend, in seinem lila Schleier eingewickelt und mit rosa Wolken über den Hügeln, daß ich am Tag es nicht besehen mag. Ich freue mich mit Dir an Deinen Wiesen! Laß es Dir gut gehen, Liebste! Ruh Dich aus von unseren psychologischen und pädagogischen Diskussionen, laß es Dir wohl und leicht sein. Grüß mir die Kinder. Herzlichst Dein *Stefzi*

*[1918]*

Liebe Fri,
ich sende Dir den Aufsatz, möge er Dir gefallen. Seltsam: Fräulein Widmann, die Nachbarin und eine andere junge Dame waren heute da, Dir einen Blumenstrauß zu überbringen. Sie wollen ihn Dir nachsenden. Warum? Wieso? Ich habe keine Ahnung. – Heute spreche ich Dr. Bach, der mir meine Äußerungen über die Propaganda verziehen hat. Er erzählte mir, daß die Wiener Reichspost jüngst eine Attacke gegen den *Jeremias* gemacht habe, der jetzt als »das« Stück in gewissen Kreisen gelte. Tant mieux.

Von Rolland ein wunderbarer Brief. Guilbeaux droht mit dem Hungerstreik, falls man ihn nicht endlich klar beschuldigt. Das Ganze ist eine Art Präventivhaft.

Jetzt noch viele Grüße! Ich kann nicht vernünftig schreiben. Erst muß alle Arbeit einmal von mir sein. Den rechten Taufnamen für das Stück habe ich noch immer nicht. »Der große Schatten« wäre gut, aber gerade Duhamels Stück, das in einer Szene Ähnlichkeit hat, heißt: *Dans l'ombre des Statues*. Ich werde schon etwas finden. Laß es Dir gut gehen, Liebe. Und lebe wohl. Ich hoffe, Ende der Woche Dich zu besuchen. Herzlichst Dein *Stefzi*

*[1918]*

Auf der Post

Dank für Deinen lieben Anruf. Ich war wie immer am Telefon etwas konfus, sei nicht böse. Sekretärin kann ich erst brauchen, wenn das Stück fertig ist, was ich bei glühendster Arbeit bis zum Ende des Monats erhoffe. Dann wird alles leichter und klarer sein, vielleicht kann ich dann auch auf zwei Tage nach Amden kommen. Aber dieser Stein muß erst abgewälzt sein, und mir tun schon Hirn und Hände vom Wälzen weh. Ich habe übrigens nicht viel geändert, nur konzentriert.

Aus Wien fast gar keine Briefe. – Es geht mir durch die Arbeit gut – leben tue ich gar nicht mehr. Vielleicht wird das nach Dostojewski besser. Ich sehne mich ja so nach Sorglosigkeit – eine kurze Frist nur, aber doch Freiheit. Rousseau arbeite ich erst, sobald das Stück fertig ist. Hoffentlich kommen bald wieder Blätter. Ich freue mich schon *sehr* auf Dich. *Stefan*

*[1918]*

Liebe,

ich danke Dir für Deinen lieben Brief...

Gestern rief mich Frau Hofrat aus Wengen an. Sie ist fast der einzige Mensch von allen »Freunden«, die auch an einen denken, wenn sie nichts wollen. (Felix Braun natürlich auch.) Aber jetzt, wo die Post Wochen braucht, ich wichtige Erledigungen wegen meines Stückes erwarte, bekomme ich nichts als Bitten, ich möchte Bücher rezensieren. Ich sehe manchmal darin eine Mißachtung und muß mich hüten, in Menschenhaß zu geraten.

Liebe, sei mir nicht böse. Ich bin jetzt so geladen mit einer namenlosen Erbitterung gegen die Zeit: *niemals war es so sinnlos wie jetzt*, daß die Schlächterei andauert. Die deutsche Niederlage war gut, um dort die Macht Ludendorffs zu brechen, aber es herrscht jetzt in Amerika ein Jubel ohnegleichen. Sie haben Blut geleckt. Und jetzt wollen *sie* den Sieg, den die Deutschen noch vor zwei Wochen wollten, den großen entscheidenden Sieg mit dem Gegner auf den Knien. Wirklich, wir sind alle Verbrecher, die jetzt schweigen, und vielleicht wird es nötig sein zu reden... Ich glaube, für uns kommt jetzt die Entscheidung. Für jeden Einzelnen!

Du hast Pech mit Deinen Sachen wie gewöhnlich. Gerade jetzt dauert die Post nach Österreich wieder 3 Wochen und noch länger. Es gibt keine rechte Verbindung mehr. Dazu Sturz des Ministeriums, Sturz der Valuta, Verwirrung und Sinnlosigkeit.

Wann sehen wir uns? Paul Stefan fährt glaube ich Samstag. Du hörst noch Näheres zuvor. Ich war seit Tagen nicht in Zürich. Ich mag nicht. Und dann: es ist nicht ungefährlich.

Wie Du Dich irrst, daß ich die Zeit zur Heiterkeit nütze! Ich bin ganz gefüllt mit dem Gefühl der Welt – ich habe zu nichts Lust. Und arbeite wie ein Sträfling. Nächster Tage will ich mit Paul Stefan ein paar Gläser Wein trinken – er empfiehlt mir das Mittel sehr. Es soll in Wien jetzt sehr verbreitet sein, trotz der Teuernis, als einzige Schwebe über dem Abgrund.

Herzlichst Du Liebe, die Du Flügel hast in Dir, und den Kindern!
Dein *Stefan*

Ich hoffe Suse geht es besser.

*[1918]*

Liebe F.
ich habe zwanzig der neuen Seiten Rousseau mit schwerer Mühe korrigiert, d. h. fast ganz umgeschrieben. Die Vielzahl der notwendigen Korrekturen zwang mich, Einsicht zu nehmen in die noch hier liegenden fünfzig Seiten, die Du bereits korrigiert hast. – Bitte sag mir was ich tun soll? Dir das Buch und Arbeit hinaufschicken? Wenn ich selbst das Ganze durchackern soll, brauche ich 8 Tage ganz allein dafür. Und habe ein Feuilleton zu schreiben, wollte den Dostojewski machen, weil Kippenberg in 8 Tagen kommt und ich Gelegenheit gehabt hätte, ihm das Manuskript mitzugeben. Ich weiß nicht mehr wo aus und ein vor Arbeit, sonst hätte ich alles auf mich genommen...

Bitte schreib bald, wie es Euch geht, ob und wann Du kommst. Es ist notwendig, Deine Dispositionen zu kennen, um die meinen treffen zu können und den verfluchten Rousseau zu erledigen. Hoffentlich findest Du in Deinem Zwiespalt, den ich voll und ganz begreife, eine mögliche Lösung, die nicht Deine Nerven verbraucht und Dich endlich zu einer Ruhe kommen läßt. Viele Grüße Dein *Stefan*

*Nachschrift:* Abends! Ich habe noch dreißig Seiten durchgeackert und hoffe bei dringender Arbeit übermorgen das ganze zu erledigen. Deinen Teil revidiere ich später. Laß Dich also nicht beunruhigen ... – Es ist nur eine bittere Pille für mich, weil ich gerade jetzt durch die Hitze irgendwie nicht die ganze Kraft der Arbeit habe und mich schon so sehr nach einer Pause sehne. Ach, die Knechtschaft des Feuilletons, all diese Plackereien, die mich von meiner *wirklichen*, einer dichterischen Arbeit seit Monaten ablenken: ich bin nur aus diesem Grunde so verhetzt, so ungerecht und verärgert: meine ganze Sehnsucht wäre, wieder einmal so still in mir selbst, so gesammelt zu sein, daß ich ein Gedicht schreiben könnte. Aber das kommt wohl nie mehr. Und dabei politisch eine Unendlichkeit des Grauens vor einem, endlos, weglos und am Ende die Katastrophe! Entsetzlich diese Tage!

Bitte schreibe mir auf jeden Fall die Adresse der Sekretärin: ich muß einige rein manuelle Sachen machen lassen, die 7 Kopien des Stückes, einiges im zweiten Exemplar Dostojewski nachkorrigieren lassen. Es kommt ja jetzt so furchtbar viel zusammen, weil ich Kippenberg Manuskripte mitgeben will, die ich per Post nicht senden konnte, und den Rousseau beschleunigen muß. Ich will auch Dr. Rieger schreiben, der mir vielleicht hilft.

*[1918]*

L. F.

... Die Sache Guilbeaux scheint ungefährlich (moralisch) für ihn. Er ist beschuldigt, die »Revolution in Rußland« gefördert zu haben. Wer hat das nicht? Alle Staatsmänner der Entente – und schließlich ist das mehr als ein Jahr seitdem. Ich glaube, es war eine französische Intrige. Debrit geht mächtig für ihn los. Hoffentlich können wir alle etwas für ihn tun.

Ich informiere Dich, sobald ich mehr weiß.

Hier ist es still. Ich plaudere ein wenig mit dem hübschen Mädchen, der Gymnasiastin aus La Chaux-de-Fonds, wo – seliges Schweizerland ohne Gefühle – wo die jungen Burschen und Mädchen gemeinsam studieren. Ich wäre unter solchen Umständen jedes Jahr durchgefallen. In Zürich habe ich alles ausgerichtet und besorgt. Mein Artikel über die Wiener Ausstellung ist post festum endlich erschienen.

Hoffentlich geht es Dir gut. Ich freue mich auf Deine Nachrichten. Herzlichst den Kindern und Dir Dein *Stefan*

*[13. 8. 1918]*

Liebe,
nur die gute Nachricht, daß G. Montag entlassen worden ist; wie wir vermuteten, ist die Sache haltlos in sich zusammengebrochen. Ich freue mich sehr.

Im Berl. Tagblatt war ein *sublimes* Feuilleton von Leonhard. So klug, so klar, so menschlich heiter und überlegen; ich war in drei Geschäften, es Dir zu kaufen, leider vergebens, die Blumen habe ich besorgt. Herzlichst *Stefan*

Anfang September kehrte ich wieder nach Rüschlikon zurück, während meine Töchter unter dem Schutz einer jungen Zürcherin bei einer Familie in Zürich wohnten und dort eine ausgezeichnete Schule besuchten. Da Fräulein Schinz in Nyon am Genfersee einen Onkel hatte, der dort Schulvorstand war, beschlossen wir jedoch später, die kleine Gesellschaft dorthin zu versetzen, damit die Kinder einige Zeit Gelegenheit hätten, Französisch zu lernen.

Ein kurzer Aufenthalt in der italienischen Schweiz, die Teilnahme an einem Kongreß in Bern und Aufenthalte in Nyon gaben noch Gelegenheit, einige Briefe zu wechseln. Auch schalte ich hier zwei Briefe von Stefans Mutter ein.

*[1919]*

Liebe F.
Du bist mir doch nicht böse, wenn ich Dir schreibe, daß ich eine *unendliche* Freude hatte, bei meiner Rückkehr Dich nicht vorzufinden. Der Tag in den Bergen war so ohne Wiederkehr schön und ich war glücklich, Dich in seliger Landschaft zu wissen. Bitte, laß Dir *nichts* abgehen, spare nicht, das beste, was uns bleibt, sind Erinnerungen und nicht Banknoten. Iß gut, mache Ausflüge, sorge Dich nicht, bleib solange Dein Herz froh ist. In Österreich wird alles täglich besser, die Züge verkehren noch immer, aber spärlich, doch ist der reguläre Zustand ganz nah. Bitte laß Dich von Freund Rieger bestärken und bestärke ihn im sorglosen Atmen und sei innigst gegrüßt von Deinem getreuen *Stefzi*

*[1919]*

L. F.

das ist ein seltsam guter Zufall, daß wir einander immer entgegentelefonieren. Nur scheinst Du mir etwas enttäuscht, daß ich hier raste. Nun, Liebe, es ist sehr still da, ich bin in meiner Arbeit, bei meiner Post, bin ruhig, weil ich in jedem Fall zur Hand bin, und freue mich, endlich wieder einmal ruhig zu sein. Im Zimmer ist es, wie man in Berlin sagt, »pudelwarm«, Babettli legt mir außerdem (als wüßte sie, daß mir etwas fehlt) jeden Abend eine Wärmflasche in das Bett. – Kurz, Liebe, es wäre töricht von mir, jetzt willkürlich diesen der Arbeit und Sammlung förderlichen Zustand abzubrechen. Ich hoffe, Dir bald einiges vom Rollandbuche zur Kopie schicken zu können.

Die Ehescheidungsreform ist von den Christlichsozialen gewaltsam vertagt worden, aber nicht erledigt. Ich habe inzwischen meiner Mutter schriftlich Mitteilung von meiner Absicht gemacht, auch Alfred hat mit ihr darüber gesprochen. Du hast, scheint es, ein wenig von mir angezogen und abgefärbt und siehst auch gerne schwärzlich. Ich bin nicht so schlecht wie Du meinst. Und habe Dich sehr lieb, auch wenn ich ein paar Wochen mit mir und meiner Arbeit allein bleibe.

Bitte vergiß nicht, Rolland morgen zu telegrafieren. Auch solltest Du ihm eigentlich Dein Buch widmen. Wir haben keinem Menschen mehr zu danken in dieser Zeit als ihm.

Auf die Freunde freue ich mich sehr. Aber ich fürchte jetzt, die Arbeit zu unterbrechen. Ich möchte sie am liebsten in einem Zuge wesentlich zu Ende tun. Ich fürchte Dostojewskis Schicksal.

Leb wohl, Liebe, grüß die Kinder! Ganz Dein *Stefzi*

Vor Mitte März vom Genfersee fortzugehen, wäre unverzeihlich. Jetzt ist für die Kinder jeder Tag Gewinn und für uns alle. Wer weiß, was unser wartet. – Rieger grüßt Dich vielmals. Wir haben einen großen Spaziergang gemacht.

*[1919]*

Liebe F.

ich erhalte eben beifolgenden Brief von meiner Mutter, aus dem Du siehst, daß ich, ohne Dir ein Wort zu sagen, ganz in Deinem Sinne gehandelt habe und daß ihrerseits, wie ich vermutete, keine Schwierigkeit vorliegt. Freilich habe ich heute die bittere Salzburger Pille auch senden müssen, es ist jetzt mit den Heimlichkeiten genug.

Ich sehe nun nichts dagegen, daß Du meiner Mutter einen längeren Brief schreibst, wie Du immer wünschtest (datiere ihn nur Rüschlikon und sei nicht dümmer als Du sonst bist). Selbstverständlich tue es nur, wenn Du Neigung dazu hast. Und vermenge es nicht mit Deinem Geldwahn. Der Präliminarfrieden wird noch im März geschlossen. Das ist für mich das Signal zur Heimkehr. Und dann kommt hoffentlich der andere Friede, der innere. Herzlichst Dein *Stefzi*

Grüße les enfants. Est-ce qu'ils parlent déjà un peu? Du weißt die Adresse Wien, Garnisonsgasse 10.

*Wien, den 23. I. 19*

Mein geliebter Steferl!
Der Inhalt Deines I. Briefes hat mich sehr überrascht, wiewohl ich schon früher von vertrauenswerter Seite von einem bestehenden intimen Freundschaftsverhältnis hörte. Nun sehe ich mich der Tatsache gegenübergestellt. Ich hoffe, daß Du als gereifter, ernster Mann diesen wichtigen Schritt wohl überlegt hast und eine würdige Wahl getroffen. So viel wir vernommen, steht die betreffende Dame auf erheblicher Geisteshöhe, auch sanfter Gemütsart, was Deinem Charakter nur zugute kommen kann. Du weißt, mein teures Kind, wie ich mit ganzer Seele an Euch, meine teuren Kinder hänge, und Eure Zukunft meine stete Sorge war, deshalb wirst Du begreifen, wie nahe mir Dein Entschluß geht, so viele Fragen reif werden, für die der Raum des Briefes nicht Platz findet. Das müssen wir schon auf's Mündliche aufsparen. Der sehnlichste Wunsch einer Tochter ist nun in Erfüllung gegangen, deshalb begrüßen wir Deine Erwählte im Vorhinein als solche und freue mich innig, sie an mein mütterliches Herz zu ziehen. Möge Dir die Zukunft jenes Glück bescheren, das wir für Dich, mein geliebter Sohn, erflehen. Grüße mir bestens Deine l. Braut, die persönlich kennen zu lernen mich sehr freuen wird. Für die uns übersandte herrliche Schokolade vielmals dankend, Deine Dich innig liebende *Mama*

*Februar 1919*

Liebste Frau Friderike!

Ihr so liebes Schreiben hat mich tief bewegt, umsomehr als die damit ausgedrückten Gefühle mit den meinen übereinstimmen. Kann ich auch nicht an Ihre herrliche Feder heranreichen, so doch rückhaltlos sagen, daß mich Stefans Entschluß, einen häuslichen Herd zu gründen, aufs Höchste beglückte. War es doch unser steter, leider bisher unerfüllter Wunsch nach einer Tochter, so ist die endliche Aussicht nach einer solchen, die wir als hohes Glück begrüßen, es umsomehr, als der Erhalt Ihres Schreibens so viel Gemüt, Zartgefühl, und was mir als Mutter am meisten willkommen ist, rührende Fürsorge für meinen geliebten Stefan bekundet. Das bietet Gewähr, an Ihrer Seite jenes Eheglück zu finden, welches liebevolle Eltern für ihre Kinder erflehen können.

Stefan bedarf auch einer ganz außergewöhnlich zarten Behandlung, deren Notwendigkeit Sie als kluge Frau wohl erkannt haben werden. Sein Herz ist gut, seine Denkungsweise eine edle. Die letzten Jahre haben ihm, wie allen Menschen, mehr oder weniger arg mitgespielt, ihn aus dem Gleichgewicht gebracht. Ganz außer Zweifel ist es aber von dem Umstande zu erwarten, daß einmal in Ruhe u. Behaglichkeit einer geordneten Häuslichkeit sich das Gleichgewicht herstellen wird.

Ich kann den Moment nicht erwarten, Ihre persönliche Bekanntschaft zu machen und Sie, meine teure Friderike zu umarmen und Ihnen eine liebevolle Mutter zu sein. Von meinem Moritz folgen die herzlichsten Grüße, nicht weniger innig von Ihrer Sie schon liebenden *Ida Zweig*

*[Rüschlikon, 1919]*

Liebe Fritzi,

vielen Dank für Deinen Brief an meine Mutter, der sie sehr freuen wird. Eine bittere Pille wird ihr Salzburg sein. Alfred schreibt mir, die Eltern hätten uns eine große Wohnung in ihrem Hause zudenken wollen. Aber Wien ist ja unmöglich für mich. Ich hoffe, auch das wird zu überwinden sein.

In Wien scheint es übel zuzugehen. A. schreibt mir, daß gestern in seinem Hause bei Dr. Schenk eingebrochen worden sei und ihm seine ganzen zahnärztlichen Goldsachen gestohlen wurden. Ich bin wirklich schon ganz ungeduldig, trotz alledem wieder einmal in Ordnung und zu meinen Sachen zu kommen, 6–8 Wochen im ganzen sind für uns noch in der Fremde zu bestehen, die ich täglich mehr als solche empfinde, obwohl es mir im Belvoir ganz ausgezeichnet geht.

Sei nicht böse, wenn ich Dir rate, jetzt in N. bei den Kindern zu bleiben. Ich lebe still und hochzufrieden, es wäre Wahnsinn für Dich, jetzt die weite Reise zu wagen, ich komme ja in absehbarer Zeit. Du weißt, daß ich nach solchen kleinen Trennungen immer viel besser bin, lassen wir einander die Freude, uns auf uns zu freuen...

Nun leb wohl, sorg Dich nicht um mich, es geht alles in bester Ordnung. Herzlichst Dein *Stefan*

Grüß die Kinder

*[Rüschlikon, 1919]*

Liebe Fritzi,
mir war es sehr leid, daß Du so in Erregung geraten bist, aber es wird allmählich immer mehr, was auf Dich fällt, und Du tust Unrecht, auch Kleines so schwer zu nehmen. Hoffentlich haben die interessanten Begegnungen in Bern Dich abgelenkt.

Die beiliegende Karte Deiner Schwägerin wird auch nicht angetan sein, Dich zu erfreuen. Aber vielleicht bestärkt sie meine Anregung, jetzt möglichst bald die Zelte in Nyon abzubrechen! Man darf jetzt sich nicht noch mehr auseinanderhalten, als es die Zeit verlangt, und zwölf Stunden Distanz sind eben doch zu viel. Wir werden viel Laufereien mit den Paßbesorgungen, Erlaubnis für das Fräulein, Übersiedlung, Einpacken haben. Ich möchte meine Arbeit noch vorwärts bringen. Das Fräulein kann Dir in Zürich bei vielem behilflich sein und Du mußt jetzt Deine Kräfte schonen. Eben weil sich gar nichts vorausbestimmen läßt, man auf Plötzliches angewiesen ist, jeder Tag Verzögerungen in der Korrespondenz bedeutsam sein kann, zeigt sich meine Voraussicht als richtig, in dieser katastrophalen Zeit beisammen in oder bei Zürich zu bleiben, das große Gepäck jede Stunde abfahrtbereit, so daß man Plötzlichem gegenüber seine Entschlüsse plötzlich fassen kann. Geht es nicht anders, so mußt Du eben mit Rieger allein vorausreisen, ich werde gewiß nicht Dich mit Aufträgen und Verantwortungen belasten. Ich vermag unmöglich alles auf Tag und Stunde zu berechnen. Die entsetzliche Kälte kann ja nicht andauern, der Winter wird in ein paar Tagen wohl schon überstanden sein; nimm den Entschluß nicht allzu schwer, es wird sich schon alles geben. Wir kämpfen ja jetzt den großen Kampf um den großen Frieden, jeder in seiner Weise, aber im letzten doch einer für den anderen. Überlege alles in Ruhe, nimm Kleinigkeiten nicht schwer, denke immer daran, daß dies die letzte und schwerste Zeit ist, die wir bald überstanden haben werden. Herzlichst Dein *Stefan*

Grüß Fräulein Schinz und die Kinder.

Stefan hatte nun große Ungeduld ergriffen, nach Österreich zurückzukehren, wo noch chaotische Zustände und beinahe Hungersnot herrschten. In der Voraussicht, daß mein Wiener Faktotum beim Einzug und Auspacken unentbehrlich sein würde, hatten wir die Schweizer Gouvernante nach Salzburg mitgenommen. Zu fünfen – unser Freund Rieger reiste mit uns – fuhren wir in Waggons mit scheibenlosen Fenstern und kamen nachts in Salzburg an. Da wir in Wien und nicht im Kronland Salzburg zuständig waren und jedes Kronland wegen der Ernährungsverhältnisse sich Zuzüglern versperrte, mußten wir uns die Aufenthaltsbewilligung erkämpfen, was für mich größere Schwierigkeiten bedeutete, da ich noch nicht Stefans Namen trug und nicht, wie er, mich auf den Hausbesitz stützen konnte. Im Hotel zunächst gesichert, erkrankte jedoch die junge Schweizerin an einer Blinddarmreizung. Der Hotelarzt, Schweizergeld witternd (Franken bedeuteten ein Vermögen gegenüber der österreichischen Krone), ließ sie in meiner Abwesenheit in seine Wohnung transportieren und bestand darauf, sie zu operieren. Es gelang, sie in vertrauenswürdige ärztliche Aufsicht zu bringen und sie dann nach Zürich zurückzuschicken. Stefan war indessen nach Wien gefahren.

*Wels, 29. März 19*

Liebe F.
ich schreibe Dir noch aus der Bahn. Ich bin gefahren, weil Sonntag kein Zug geht und ich erst Dienstag zu meinen Sachen gekommen wäre und inzwischen explodiert vor Ungeduld. Mir ist es viel leichter, noch einmal nach Salzburg zu fahren, sobald ich das *Aller*dringlichste in Wien geordnet habe, vielleicht schon nächste Woche, wo schon mehr Züge gehen.

Zu den Angelegenheiten nur dies: 1) Spare nicht am Essen. 2) Nimm Dir jemand zu Hilfe, falls L. unbrauchbar bleibt. 3) Nimm einen Advokaten, falls die Sache schief zu gehen scheint. 4) Die Koffer deponiere unter Versicherung bei einem Spediteur. 5) Bestelle alles, was wir vereinbarten. Das Haus soll wenigstens in gutem Zustand und jederzeit bewohnbar sein. Wir können uns entweder selbst daran freuen, oder es besser verkaufen oder vermieten. Bitte telephoniere sofort, wenn Du mich brauchst. Den ärgsten Fall, daß Du nicht bleiben darfst, will ich gar nicht ins Auge fassen: wir werden uns schon verteidigen, eventuell will ich es öffentlich. Solltest Du aber fort *müssen*, so bleibt nichts übrig als Wien. Wir werden dort unser Möglichstes tun, um das Salzburger Haus zu erobern.

Auf der Fahrt geht alles gut. Ein schauerlicher Anblick war Attnang, wo die Leute brüllend wie eine Stierherde in die Restauration stürmten und sich buchstäblich würgten, um ein paar Fetzen Blutwurst. Ein schauerlicher Anblick und vielverheißend für Wien.

Liebe, sei nicht böse, daß ich nach Wien fuhr. Aber Du weißt, daß ich seit einer Woche unterwegs bin und nicht mehr weiter kann vor Ungeduld, daß ich hier tatsächlich *unendlich* viel *Unaufschiebbares* zu tun habe. Ich weiß, wie stark Du bist, Du wirst Dir schon durchhelfen, spare nicht, aber vor allem ordne alles so, daß Du dann ohne Sorge um die Kinder bist. Wenn sie nur zu essen haben, das ist das einzig wichtige – Erziehung, seelische Behandlung, Lernen, das sind Nebensachen. Das einzig Wichtige ist *in Ordnung kommen*, in irgend eine, was für eine ist gleichgültig, ob sie ein bißchen besser oder schlechter ist. Nur Ordnung muß es sein. Herzlichst Dein *Stefan*

*[Wien, April 1919]*

L. F.
ich schreibe Dir durch Lisi ein paar Zeilen. Die Post ist entsetzlich, das Telefon ebenso. – Bis dato noch keinen Strich für Rolland. Briefe aufgearbeitet, Bücher für 1200 Kronen verkauft, Besorgungen und Sorgen, dazwischen von früh bis nachts das Telefon. Aber ich bin heiter und gelassen, die Hofrätin erkannte mich gar nicht mehr. Zuhause werde ich gefüttert und verwöhnt. Meine Eltern erwarten Dich in herzlichster Weise, Du wirst eine ganze Reihe von Möbeln bekommen, Vorhänge, Wäsche, Service, meine gute Mutter ist wirklich rührend, mein Vater sehr alt und geistig sehr zurück. – Sonst ist alles übertrieben von Wien, freilich sehr teuer, aber trotz der Nachbarschaft des Bolschewismus recht vergnügt. Jeremias soll jetzt im Mai gespielt werden, ich habe wenig Neigung dazu, auch zum Vortrag nicht.

Sag mir, wann Du kommst. Ob Du bei mir wohnen willst. Ob ich Dir Geld senden soll. Und ob Du bald kommst. Sorg Dich nicht zu viel um die Kinder, es wird ihnen auch ohne Dich gut gehen. Und wir müssen trachten, in Ordnung zu kommen. Die gute Frau Mandl möchte auf Erholungsurlaub (also nicht auf meine Kosten) gerne zu uns kommen, es wäre mir unschätzbar, wenn diese tüchtige Frau dort

das Archiv einrichten könnte und die Rolland-Dostojewski Sache zu Ende führen. Liebe, denk Dir aus, wie herrlich das für Stefan Pascha wäre. Nur diese ersten Monate sind ja wichtig, den Karren aufzuzäumen, dann läuft er von selbst. Und sie ist eine prächtige Hausfrau. Ich glaube, Du bist ein wenig dagegen. – Für das Packen bei mir werde ich die alten Trabanten Josef und Frau Mandl einspannen, so daß Du ganz entlastet bist. Bei meinen Eltern fand ich einen Schatz: eine uralte eiserne Reisekiste meines italienischen Großvaters, das was ich für meine Manuskripte erträumte. Seit 20 Jahren steht sie am Boden und ich ahnte es nicht. Auch bares Geld erhalte ich etwa 20 bis 30, was doch die notwendigsten Kosten deckt. So geht alles ordentlich und leidlich, falls der Kommunismus nicht schon übermorgen da ist. Komme also so bald als möglich, wir freuen uns alle sehr auf Dich.
Herzlichst Dein *Stefzi*

Eßt so viel ihr könnt!
Telegrafiere, daß ich Dich abhole.

Nach kurzem Aufenthalt in Wien kehrten wir nun nach Salzburg zurück und begannen unseren etwa fünfundzwanzigjährigen Aufenthalt am Kapuzinerberg.

*Wien, 2. Mai 1919, Garnisonsgasse 10*

Liebste Fritzi!
Erst heute erhielten wir Eure Karte vom 29. April, die uns die erfreuliche Kunde Eurer glücklich erfolgten Ankunft brachte. Wir waren und sind in Gedanken stets mit Euch und das große Interesse, das damit verbunden ist, läßt bitten uns bekannt zu geben, ob der Möbelwagen und der Inhalt in vollem Maße und guter Kondition angelangt sind. Es tritt nun eine schwierige und umständliche Arbeit an Sie heran, weiß ich ja aus eigener Erfahrung was eine Übersiedlung heißen will, gar unter solch komplizierten Umständen, wie sie bei Euch stattfindet.

Der gestrige, so gefürchtete 1. Mai ist hier in aller Ruhe verlaufen, wohl auch dem Umstand zu danken, daß neuerlich abscheuliches Wetter eingetreten ist, zu größeren Straßenansammlungen nichts weniger als einladend.

Erfreuen Sie uns bald mit guten Nachrichten und seien Sie herzlichst gegrüßt von Ihrem – wie ich es wünsche – baldigen *Papa*

*[Salzburg] 6 / VI. 19*

Lieber,
hoffentlich hast Du nicht zu harte Zeiten. Hoffentlich ist das doch jetzt der letzte Kampf. Bleib lieber so ruhig als Du kannst und schwäche Dich nicht, mit unnötigen Angstgeistern Dich herumzuschlagen. Die Wirklichkeit ist schon hart genug. Aber, Liebling, rede Dir nicht ein, Du hättest nicht mehr in Dir als andere, sie zu überwinden. Vergiß nicht die unzerstörbare Welt, deren Sohn Du bist. Ich las wieder im *Tersites*. Ich könnte weinen, daß Du gestrichen hast. Kein Wort, um das mir nicht leid wäre! ...

Grüße innig Deine lieben Eltern und Alfred, dem ich auch alles Gute wünsche. Ich umarme Dich herzlich und bin Dein *Mumu*

*26. IX. 19 Wien*

Liebe Fritzi,
nach endloser Fahrt im Dunkel um halb 12 Uhr zuhause. Die Reise ist mit Handgepäck für eine Frau absolut unmöglich, am wenigsten in der stockfinsteren dritten Klasse. Die Plage ist in keinem Verhältnis. Ich bin heute noch ganz müde davon. – Heute beginne ich die tausend Gänge. Ich gehe jetzt in das Ministerium. Herzlichst Dein *Stefan*

Schreibe mir jedenfalls noch die genaue Adresse Deiner Mutter. Ich habe die Hausnummer vergessen.

*26. IX. 19 Wien*

Liebe Fritzi,
ich war heute im Ministerium, ließ mir den (unerledigten) Akt suchen, verlangte Zutritt zum Referenten – mich begrüßt freundschaftlich Trentini. Natürlich wie alle auf Urlaub gewesen, keine Ahnung vom Akt – verzweifelt, vor acht Tagen hätte er es glatt erledigt. Heute muß er wegen des neuen Erlasses es pro forma zu »Erhebungen« nach Salzburg zurücksenden. Verspricht es noch *heute und dringend* zu tun.

Im Volkstheater war ich noch nicht, heute. Die Stadt sehr erfreulich, gut gepflegt, alles zu haben, Würste in den Auslagen, Chocolade etc., nur sehr teuer. Von Untergang keine Spur. Bei uns alles wie immer. Herzlichst *Stefan*

*[Wien, 27.] IX. 19*

L. F.
Hier ist es recht schön, nur ich total unnötig, die Premiere Jeremias ist erst am 9. Oktober, nachdem sie noch rasch auf den 4. Okt. eine Sudermann Premiere geschoben haben. Ich gehe vorläufig zu keiner Probe, mir ist die ganze Sache verekelt durch diese ewige Hinausschieberei. Ich erlebe es doch nie, daß irgend eine Sache bei mir rein und glatt geht. Ich freue mich, daß im Haus alles vorwärts kommt und wollte, ich wäre wieder zurück, phantasierte gestern mit Buschbeck über Salzburg gut gemeinschaftlich. Mit Grüßen *Stefan*

*Salzburg, 28. September 19*

Lieber Stefan,
nun bist Du hoffentlich wieder ausgeruht von der Fahrt und hast Deine lieben Eltern und Alfred gesund und nicht allzu deprimiert angetroffen.

Hier ist goldene Stille, sommerwarm und klar. Anbei Postbericht. Die Wiener Friedensgesellschaft erinnert Dich an das überflüssige Versprechen, das Du angeblich im Frühling gabst, ihnen den Reinertrag des Jeremias zuzuwenden, was ich Dir entschieden abrate, da die Gesellschaft nichts leistet. Sende allenfalls eine kleinere Summe. Ich kann mir doch nicht denken, daß Du das Reinerträgnis en bloc versprochen hast. – Du weißt, wie nahe Dir ein großer Verbrauch geht und wie ungern Du Feuilletons schreibst und wie viel wichtiger Hilfe von Mensch zu Mensch ist als an Vereine.

D'Obry frägt, ob Du nach Paris Botschaft hättest, er fährt Montag dahin und nach Belgien weiter. Die Arbeiten im Hause werden Mitte nächster Woche fertig sein.

Viele Grüße den Eltern und Alfred, Dir alles Gute, mein Lieber, wenig Strapazen und etwas fürs Herz Deine *Friderike*

Hast Du den Brief Rollands erhalten, den ich Dir nachsandte?

*Wien 2/X. 19*

Liebe Fritzi,
vielen Dank für Deine lieben Nachrichten. – Ich kann Dir heute nicht ausführlich schreiben, das ganze Haus ist devastiert von Tapezierern, ich finde nirgends eine Stelle zum Schreiben. Jeremias ist ein ungeheurer Humbug, sie haben heute Donnerstag noch keine einzige Probe auf der Bühne gehabt, weil sie den Sudermann verschoben und in einer Woche soll Premiere sein. Beim alten Herrn war ich gestern. Herzlich *St.*

*[Wien] 2. X. 19*

L. F.
ich schreibe noch eine zweite Karte. Eben höre ich, daß der Sonntagsverkehr auf den Bahnen eingestellt wird, ich fahre also bestimmt Samstag den 12. früh, um keinen Tag zu verlieren, obwohl ich noch abends vorher in der Grillparzer Gesellschaft lese. Heute versäumte ich leider Deinen Anruf: ich freue mich, daß Deine Plage ein Ende hat und wir dann im Wesentlichen ruhig in Salzburg leben können. Wegen unserer Sache hätte ich gar nicht den alten Herrn bemüht: wenn man mir nicht zubilligt, was man 80000 Leuten innerhalb 4 Wochen zugebilligt hat, so werde ich die Sache publik machen und die Herrschaften werden etwas erleben. Ich habe gar keine Lust, in dieser Welt der Packeleien mir etwas von Obrigkeiten gefallen zu lassen. Mir war es um Beschleunigung zu tun.

Im Volkstheater alles widerlich, sie wollen das Stück in der nächsten Woche nur einmal spielen. Dabei waren die Sitze zur Premiere nach einer halben Stunde ausverkauft. Ach, wie mich der Ekel vor dem Geschäftlichen würgt, und dabei muß man jetzt kopfüber hinein in diesen entsetzlichen Zeiten. Die *Drei Meister*-Korrekturen, die zweifellos doppelt kommen, hätte ich gern in einem Abzug gehabt, bitte schicke sie mir doch wie alles Wichtige hierher nach, es kommt da auf einen Tag nicht an und ich will doch ein so wichtiges Buch sehen, ehe es erscheint, das ist doch keine Neuauflage wie Tersites. Herzlichst *Stefan*

*[München, Okt. 1919]*

L. F.
glücklich angelangt, fahre in drei Stunden weiter, bummle herum, schreibe Dir im Café ... München ist mir antipathisch – dabei alles sehr teuer hier für uns. Eine Tafel Chocolade 6 Mark, im Café die Preise noch höher als bei uns in Kronen, also alles das Vierfache. – Laß es Dir gut gehen, ich tue das Gleiche, freue mich der großen Ordnung und Reinlichkeit des äußerlichen Anblicks und bin neugierig auf den inneren Einblick. Grüße an die Kinder! Dein encore fidèle *Stefan*

Achète, je te prie, des cadeaux de Noël, pour moi peut-être des chaussures.

P. S.
Meine Reiselektüre ist das Kursbuch des deutschen Reiches, das ich stundenlang studiere. Du weißt, an mir ging ein Hotelportier verloren.

*Leipzig, 20. Oktober 19*

Liebe Fritzi,
in aller Eile Bericht. Fahrt von München III. Klasse natürlich schlaflos, aber doch Sitzplätze. Ankunft 5 Uhr morgens, ich fand Quartier nur in einem erbärmlichen Hotel, aber man muß auch damit froh sein. Dann bei Kippenberg. Wir sprachen nicht von dem Hauptgeschäft, das heben wir uns für heute abend im engsten Kreise auf. Aber sonst glänzendes Einvernehmen. Er übernimmt den *Zwang*, Jeremias wird nach Weihnachten in den gewünschten 7000 Exemplaren gedruckt (also damit im Ganzen 20000). *Frühe Kränze* Neuauflage, wegen *Komödianten* verhandeln wir noch. Verlaine wird auch gemacht. Der Verlag geht fabelhaft, muß alles neu- und nachdrucken. Mit K. verstehe ich mich sehr gut. Er ist ein großzügiger Mensch ...

Wir speisten dann herrlich zu Tisch. K. zahlte für uns beide 50 Mark, was 250 Kronen entspricht. Du siehst, wir leben noch im Schlaraffenland.

In Berlin werde ich Sonntag lesen (Matinée im Theater »Die Tribüne«) in Hamburg Mittwoch, in Kiel Samstag und Sonntag. Ich bin also reichlich versorgt, auch Mark bringe ich Dir mit (hoffentlich). Vielleicht können wir uns in München Rendez-vous geben.

So jetzt ist das Geschäftliche erledigt. Ich habe viel schon gespürt, vor allem den unendlichen Abscheu, den Deutschland vor der gegenwärtigen Regiererei hat. Die Leute, besonders in Bayern, verlangen offen die Monarchie – nicht feig wie bei uns, sondern im Coupé wird jedes solche Wort allgemein bejubelt. Dabei ist Fülle in allen Dingen, die Läden biegen sich vor Waren, alle Leckerbissen – freilich phantastisch teuer – sind zu haben, die Arbeiter rauchen eine Zigarre zu einer Mark hinter der anderen. Auch hier hängt ein verborgener Bankrott am Himmel. Bitte kauf alles, von der Lederhose bis zum Kinderschirm – es ist alles spottbillig gegen hier. Tu es rasch, damit Du dann frei bist und Deiner eigenen Arbeit Dich ungestört hingeben kannst.

Grüße die Kinder! Herzlichst Dein unausgeschlafener *Stefzi*

P. S. Ich muß noch die ganzen Dostojewskikorrekturen lesen!

*[Leipzig, 20. Okt. 1919]*

L. F.

ich fürchte, es ist mir eine Dummheit passiert: in den Korrekturen zu Dostojewski vermisse ich Übergänge und fürchte, daß im Manuskript ein Absatz »Realismus und Phantastik« vergessen wurde. Bitte sieh im anderen Mcpt. nach, ob er dort enthalten und telegrafiere es mir eventuell, wenn ja nach Hamburg. Es ist entsetzlich, Korrektur eines solchen Werkes, wo ich wie nie Übersicht brauche, auf der Reise lesen zu müssen: es lastet schon ein Fluch darauf. Ich hoffe, daß es mir gelingt, den Satz in den Fahnen aufhalten zu lassen, bis ich wieder in Salzburg zurück bin und endlich das Ganze sehe. Ich bin heute Abend mit Kippenberg, er scheint noch Bedenken zu haben. Verzeih, daß ich so geschäftsreisend bin, ich habe wieder den ganzen Tag zu tun und nicht eine Minute geschlafen. Herzlichst *Stefzi*

*20/X. 19 Leipzig*

L. F.

ein so bewegter Tag, daß ich ihn auch in einem Brief nicht erzählen könnte, beginnend, daß mir in der Baracke, wo ich wohne, morgens die Stiefel verschwanden, die ich dem (betrunkenen) Hausknecht gegeben hatte. Die Polizei mengte sich ein, in dieser Sekunde fanden sich »durch Zufall« die Stiefel in einem Nachbarzimmer. Dann Konferenzen in dem Hauptgeschäft. Es ist alles so viel wie abgemacht bis auf die

finanziellen Einzelheiten und Details, aber jedenfalls ist es um unendlich viel besser mit K. zu arbeiten als mit anderen Verlegern. Daß meine Bücher nicht gut genug gingen, war nur meine Schuld: jetzt wird sofort inseriert etc. etc. Man muß in einem solchen Riesenbetrieb an sich erinnern, denn er denkt nicht für einen (tu das Gleiche bei S. F.). Ich hoffe, bei meiner Rückkehr von Kiel den fertigen Vertrag zu unterschreiben, auch Verlaine wird aufgenommen. – Ich lese Sonntag in Berlin, Mittwoch Hamburg, Sonntag Kiel. Dann fahre ich zurück.
Herzlichst *Stefan*

*Leipzig 22/X. 19*

L. F.
endlich Mittwoch mittag komme ich dazu, Dir zu schreiben, zwei Stunden vor der Weiterfahrt nach Berlin. Ich hatte unendlich viel mit Kippenberg zu besprechen, war mittags und abends bei ihm. Die große Sache ist so gut wie gesichert. Die fünfzehn ersten Bände fixiert. Die Hauptzüge stimmen schon. Es wird eine schöne Sache – freilich werden die ersten Bände bestenfalls Weihnachten 1920 parat sein, so lange dauert alles. Tersites ist noch gar nicht gedruckt, die Frühen Kränze und Desbordes werden erst gesetzt, die Schwierigkeiten sind unabsehbar. Jeremias ist nicht so gut verkauft, es fanden sich noch 3000 Ex., weil Kippenberg nicht mehr nach Österreich liefert ohne Garantien. Die Angst vor dem österr. Bankrott ist allgemein und, so sehr michs trifft, ich kann ihm nicht ganz Unrecht geben.

Allgemeiner Eindruck Deutschland: Anziehung und Abstoßung verstärkter als je. Bewundernswert die Arbeit: bei der Insel arbeiten *alle* von 8 Uhr bis 8 Uhr abends und arbeiten *fabelhaft*. Ich werde Dir viel erzählen können davon. Andererseits die Überhebung maßlos, die Unzufriedenheit gegen die Regierung unbeschreiblich – ich habe keinen Menschen bisher gesprochen, der nicht offen eine Monarchie oder eine Diktatur ersehnt – der Judenhaß zur Raserei gesteigert (auf jedem Klosett, an jedem Tisch Pamphlete, in der Eisenbahn kein anderes Gespräch), der Franzosenhaß ebenso. Zu kaufen alles. Die Geschäfte gehen über von Lebensmitteln – wie im Feenland. Ähnliches habe ich nie in der Schweiz gesehen. Alles also herrlich, nur rasend teuer, besonders für uns. Ich zahlte heute mittag in einem kleinen Gasthaus 10 Mark für eine Fleischspeise, 2 Mark für Beilage, 2 für Mehlspeise, also 14 Mark als Minimum, was 75 Kronen bedeutet. Ebenso alles andere. In der Baracke, wo ich wohne, für ein Schandloch 6 Mark, also 35 Kronen.

Dabei speiste ich hier sonst immer als K's Gast. Was ich in Hamburg und Berlin brauchen werde, wo ich wegen Telefons und Besuchen in guten Hotels wohnen muß, will ich nicht umrechnen. Ich mache ja jetzt die Bibliotheca mundi (so heißt das Kind unserer Laune) und die trägt dann so viel auf ihrem Rücken, daß ich Dich nächstens mitnehmen kann (falls Du brav bist). Kippenberg möchte Dich sehr gerne kennen lernen. Es sind wirklich ausgezeichnete Menschen.

In Hamburg wohne ich im Palasthotel von Montag bis Freitag, dann Kiel, bis Montag oder Dienstag wieder Leipzig und von dort wahrscheinlich gleich weiter nach Salzburg. Eventuell könnten wir uns in München treffen, falls Du Lust hast, ich würde 5. oder 6. November dort sein. – Briefe und Telegramme fand ich von Dir nicht vor. Ich bin gar nicht müde, sondern selten frisch, obwohl ich doch wenig schlafe und ganz gespannt denken muß, um nichts zu vergessen. Meine Post *nicht* zu sehen, war mir eine Wollust. Ich fühle mich dann wunderbar unbelastet.

Heute abend also Berlin. Weiß Gott ob und wo ich Unterkunft finde! Ich versuche es jedenfalls mit dem Fürstenhof. Ich lese wahrscheinlich Sonntag vormittag in der »Tribüne«, obwohl der Leiter, wie ich lese, zurückgetreten ist.

Alles Gute Euch allen und viele Grüße Deines *Stefzi*

*23/X, Salzburg, Freitag [1919]*

Mein liebes Stefferl,
erst jetzt Freitag, 5 Uhr, habe ich seit Deinem Telegramm von der Leipziger Ankunft Brief und Karte von Montag aus Leipzig bekommen. Mir scheint ich habe Dich doch noch recht lieb, denn ich bin schon mit ganz blödem Kopf herumgegangen und konnte, gegen meine sonstige Gewohnheit hier, nichts mehr arbeiten, so unruhig war ich. Von Leipzig bis Salzburg soll ein Brief von Montag bis Freitag dauern! Verstehst Du das? Sofort habe ich das Manuskript in der roten Mappe nachgesehen und schreibe Dir die dort enthaltenen Kapitel: Einklang, Antlitz, Architektur und Leidenschaft. Überschrift die Grenzen, Menschen Dostojewskis, Gottesqual, Sinn seines Schicksals. – Hoffentlich konntest Du den Satz noch aufhalten lassen, bis Du Klarheit hast. In allen Deinen Dostojewski Manuskripten und in Deinem Geschriebenen (seltsam wie mich diese geschriebenen Manuskripte, wo überall Deine Gedanken in allen Ecken und Rändern und in allen

Tinten u. Bleistiftfarben herumfliegen, immer berühren, so wie Briefe aus ersten Tagen) habe ich fast gar keine Kapiteleinteilung gefunden. Ich erinnere mich aber auch dieses Titels und bilde mir ein, ihn abgeschrieben zu haben. Es wäre mir schrecklich, wenn ich es übersehen hätte.

Ich warte natürlich gespannt auf den Bericht mit Prof. K. Freue mich natürlich sehr über die starken Neuauflagen. Aus Wien höre ich von Besuchern von späteren Aufführungen, wie groß immer der Beifall bei Jeremias ist. Morgen bin ich in der Eheangelegenheit bei der Polizei vorgeladen. Du kannst Dir denken, wie gern ich hingehe. Diese Bürophobie dürfte jedermann verständlich sein. Diese Sache könnte jetzt schon endlich so oder so zur Ruhe kommen...

Ich wüßte natürlich gerne, was Du in Berlin und Kiel liest und überhaupt alles, bis auf Frauensachen. Bis Du nach Hause kommst, hast Du alles vergessen. Ich hätte Dir noch viel zu erzählen. Dir nach München entgegenzufahren, freute mich riesig. Leonhard dürfte da wohl am Walchensee sein. – Suse ist über die dunkle Treppe gefallen. Nun leb wohl *F.*

*23/10, Berlin [1919]*

Liebe Fr.,
ich bin hier in Berlin glücklich angelangt, fand endlich Wohnung in einem alten Hotel »Westend«... Morgen habe ich Konferenz mit dem Rechtsanwalt wegen Jeremias, muß ins Lessingtheater und Deutsche Theater. Hier werden die großen Distanzen einem zur Qual, wenn man sich nicht ganz mit den Bahnen auskennt. Sonst ist hier alles angenehm, absolut keine Veränderungen gegen den Frieden (außer in den Preisen). Es geht mir gut, mache Dir keine Sorgen um mich! Jetzt tun mir eigentlich die Vorträge leid, mit denen ich meine Zeit garniert habe. – Es war mir leid, noch nichts von Dir zu hören, außer Telegrammen. Viele herzliche Grüße Euch allen *Stefzi*

Ich schreibe immer alles beim Essen und sendete Dir lieber etwas von der Speisekarte als diese schnellabgebratenen Postkarten.

*[Berlin] Samstag [1919]*

L. F.

... Der Vortrag ist seit Tagen ohne weitere Ankündigung ausverkauft – hätte ich ihn statt bei der Tribüne um 200 Mark aus Liebenswürdigkeit, im Konzertbureau Sachs gehalten, das mir seinerzeit Angebote machte, so hätte ich 1500–2000 Mark verdienen können. Aber ich mag das Konzertreisen nicht, bin froh über den engeren Kreis. Ich sehe viel Menschen, treffe auf der Straße überall Bekannte aus aller Welt, man ist eben doch hier in einem Zentrum. Ich glaube, daß ich jedes Jahr jetzt wieder 8–14 Tage werde herkommen, um dann entsetzt zu fliehen, denn die Menschheit ist mir höchst widerwärtig, aber es tut doch wieder einmal wohl, Fülle und Erlebnis in jeder Stunde zu haben. Nach Hamburg kann ich erst Montag früh fahren, kann frühestens Mittwoch, wahrscheinlich erst Donnerstag in München sein, wo ich Dich gerne treffen würde. Herzlichst *Stefzi*

*Berlin, 26/X [1919]*

Liebe Fri,

der Vortrag über Rolland war ein großer Erfolg, es mußten unzählige Personen weggeschickt werden, so daß mich die Leute bitten, mit doppeltem Honorar nächsten Sonntag nochmals zu lesen, was ich aber nicht tue (das ist konzertsängerhaft). Auch bat mich darauf das Staatstheater (früher königl. Schauspielhaus) um eine eigene Matinée – ich muß das noch besprechen und trachte jetzt, Kiel abzusagen, um vielleicht doch den Jeremias zu placieren ... Morgen fahre ich nach Hamburg. Dich bitte ich ganz unbesorgt zu sein, ich habe seit ich fort bin außer Deinem Angsttelegramm noch keine Zeile von zu Hause und bin ganz sorglos. Vergiß nicht, daß die Postverbindungen jetzt ganz unmögliche sind. Ich denke aber Mittwoch nächster Woche in München zu sein und grüße Dich inzwischen auf das herzlichste als Dein *St.*

*Kapuzinerberg, Salzburg 27/X, 19*

Lieber Stefan,

heute schleierte schon ein paar Stunden Schnee herab. Die Bäume sind dabei noch nicht gelb geworden. Gestern war ich mit dem Gärtner im Nonntal draußen, habe einen Pfirsich-, einen Weichsel- und einen Marillenbaum gekauft, damit wir uns doch auch um unseren Grund und Boden verdient machen. Mir zur Freude auch Blumenstauden. Ich möchte ein wildes Durcheinander an Buntheit wachsen lassen, wie ich es in den Abbildungen englischer Schloßgärten gesehen habe. Auch lege ich eine Chrysanthemenzucht an und 15 neue Ribisel- und Stachelbeerstauden, für die der Boden sehr günstig ist, setze ich jetzt auch mit dem Gärtner ein. – Ein Brief ist für Dich gekommen, der Dich freuen wird. Paul Morisse, der Herausgeber des Mercure de France und der Cahiers idéalistes, der Deine Adresse von Bazalgette hat und Dir schon mehrmals schrieb, versichert Dich seiner Freundschaft und möchte gerne mit seiner jungen zweiten Frau (die erste starb 1915 in Wien) nach Deutschland etwa zu Kurt Wolff, um die Direktion ausländischer Herausgaben zu übernehmen. Er scheint es in Frankreich nicht sehr angenehm zu finden. Heute habe ich die halbe Cressida durchkorrigiert. Ich finde den Anfang allzu wörtlich übersetzt, habe einiges geändert. Es gibt jeden Tag etwas, was mich von der Ordnung Deiner Schriften abhält. Heute kam eine seltsame Kritik über mich in der Abendpost von einem Dr. B. A., der keine Ahnung von mir hat, aber manches hat mich, weil anfangs mit Voreingenommenheit angepackt, besonders gefreut. Ich lebe ganz einsam und fühle mich im Hause riesig wohl ... – Lieber, wie viel erlebst Du jetzt wohl wieder! Ich werde so öde werden und so ganz in meiner Traumwelt leben, wenn ich immer zu Hause gelassen werde.

Nimm Dir von der Insel Felix Brauns Novalis mit, der mir unendlich nahe kommt. Er sandte ihn mir heute. Und dieses Buch über das Leben der Heiligen.

*Montag [Berlin 1919]*

Liebe F.
ich fahre in einer Stunde nach Hamburg. Kiel möchte ich los werden, da hier das Staatstheater sich für Jeremias interessiert und meine Gegenwart die Entscheidung sehr fördern könnte. Ich fahre also vielleicht noch einmal her. Der große Erfolg der Rolland-Vorlesung beginnt sich in den Zeitungen zu spiegeln, der Vorwärts, Börsencourier bringen große Artikel darüber. B. T. kommt wohl morgen nach. Max Reinhardt ließ mir sagen, er hätte mich erwartet, und ich möchte bei meiner Rückkehr bei ihm speisen, auch Theodor Wolff lud mich ein, dafür habe ich Rathenau, Cassirer noch gar nicht gesehen. Ich beginne großzügig zu werden und mir Autos zu nehmen, man kann in Berlin diese

Distanzen nicht anders bewältigen. In Hamburg hoffe ich Nachricht von Dir zu finden, auch dort werde ich vermutlich im Wirbel leben, so wie hier. Herzlich *Stefzi*

*Hamburg [1919]*

Liebe F.
der Vortrag war sehr schön und glänzend besucht und auch wirksam, so sehr man doch unwillkürlich bei manchen den Widerstand gegen die Ideen spürt. Frau Dehmel war auch da. Freunde erzählten mir, daß, wie ich im Vortrag sagte, Rolland habe sich an Verhaeren und Hauptmann gewandt, die ablehnten, sie halblaut sagte »Gott sei Dank«! Meine Freunde sind reizend zu mir, von einer rührenden Zartheit... Das Interessante darf ich ja nicht erzählen, also nochmals: ich bin Mittwoch oder Donnerstag Hotel Leinfelder, wenn Du auch kommst, bestelle Dir ein Zimmer voraus. Wir können einander ja nicht verfehlen. Herzlichst *Stefan*

*Palast Hotel, Hamburg 29/X [1919]*

Liebe,
ich komme endlich dazu, Dir zu schreiben, wozu auch ein anständiges Hotel beiträgt. Ich sehe reuig ein, daß auf Reisen alles Sparen Verschwendung bester Nervenkraft ist. Also zunächst: ich habe meine Pläne geändert, die Kieler vor ein Ultimatum gestellt: Vorlesung Freitag oder Absage, weil ich Montag in Berlin sein muß. Es ist soviel noch zu besprechen, das Staatstheater interessiert sich für Jeremias. Wir wollen auch jetzt eine neue Bühnenfassung drucken lassen, auch eine Matinée im Staatstheater will besprochen sein. Der wirklich sensationelle Erfolg meiner Vorlesung hat eine gewisse Bewegung in alle Kreise gebracht – auch Reinhardt ließ mich für Montag zu Tisch bitten, ich gehe aber nicht. Es ist zu viel zu erledigen. Ich sehe, daß ich mit einer Reise nach Deutschland mir mehr richte als mit hundert Briefen, dabei sich auch das Materielle siebenfach einbringt. Ich müßte nur mehr Mut zu mir selber haben – leider habe ich ihn nicht und werde auch zu wenig aus mir herausgestoßen. Ich könnte auch hier im Schauspielhaus, wo alles für mich ist, den Jeremias leicht durchsetzen – was hemmend ist, daß ich kein gestrichenes Exempl. habe. Aus allem sehe ich, daß ich mein Leben stärker auf Beweglichkeit, auf Ersparnis von Kraft und nicht von Geld stellen muß. Ich kann, wenn ich nicht ewig der Sklave

meiner Korrespondenz und meiner Unterordnung bin, gewiß mehr wirken als bisher.

... Ich bin neugierig, Salzburg zu sehen, innerlich habe ich es ganz vergessen: wenn ich auf einer Reise bin, fällt alle Bindung plötzlich ab, ich fühle mich ganz unbeschwerlich, zusammenhanglos und frei. Du kannst das nicht so fühlen, die Du Dich allein immer auch zugleich als verlassen oder als nicht ganz fühlst. Wie mächtig und rein und ohne jede seelische Untreue diese Empfindung in mir ist: Du möchtest mich vielleicht nicht darum beneiden (sie gehört auch nicht zu einer Frau) aber es ist etwas darin, das einen wunderbar aufhebt und belebt. Ganze vergangene Jahre kommen mit einmal zurück; es ist nichts abgetan, alles noch voll Beginn und Verlockung.

Leb wohl, grüß alle vom *Stefzi*

*Mittwoch*

Lieber,

Hier haben wir schon Schnee, die Landschaft ist einzig, besonders da alle Bäume noch dicht belaubt vom Schnee beladen sind, allerdings meine Pflanzungen vielleicht gefährdet. Du wirst glücklich sein, dies morgens vor Deinen Fenstern zu erleben: die Schneebäume im blauen Himmel, dahinter die Berge wie Gletscher, dazu die wohnliche Wärme im Haus. Ich habe gestern aus Freude an der Luft in der Holzsägeveranda unten gesägt und gespalten – es war eine Wonne. Und Suse und Lisi haben bis in die Dunkelheit fanatisch von der Hängemattestelle bis zum Tor heruntergerodelt. – Meine Arbeit geht gut, allerdings spür ich oft bei jedem Wort den Kampf, nicht ans Licht zu wollen, was bis zur körperlichen Schmerzhaftigkeit sich steigert, die erst im großen Elan verloren geht.

Ich hoffe es geht Dir weiterhin gut. Ich tue viel – aber doch *en dépit de.* Aber ich werde das schon besser lernen. Herzlichst Deine

*Friderike*

Im Dezember 1919 telegrafierte uns das Ministerium des Innern die Erteilung des Ehedispens. Stefan fuhr nun im Jänner nach Wien, um im Wiener Rathaus unsere Ehe zu vollziehen. Mich dabei zu vertreten, hatte ich unseren Freund Felix Braun gewählt. Stefans Mutter war nebst den Trauzeugen anwesend, und er und sie telefonierten mir nach Vollzug nach Salzburg ihre Glückwünsche. Dies ist der erste Brief von Friderike Maria *Zweig* an ihren nun angetrauten Gatten.

*Salzburg, 30/I 1920*

Mein Lieber,

Wie hast Du die Hochzeitsnacht verbracht? Steffi, jetzt fällt mir ein, daß ich vielleicht einen bräutlichen Brief an die Eltern hätte schreiben sollen. Aber ich kann nicht, das siehst Du doch wohl ein. Ich spüre so gar keine Veränderung. Das ist so, weil Du mir meine Sentimentalität abgewöhnt hast. Wäre sie eingeschaltet, schriebe ich Dir einen Brief, den Du Dir einrahmen könntest. Es schwebt mir so dunkel vor, was ich Dir darin sagen würde – aber wie gesagt, es ist nichts damit, und meine Gebete, mein Liebling, bete ich auch wenn Du bei mir bist.

Gestern war Fräulein v. Lammasch da, um Dir für den Artikel im Berliner Tageblatt zu danken. Sie brachte mir ein allerdings schlechtes Bild des Verehrten. Der Brief, daß Du zu ihm kommen sollst, war eben diktiert worden, ehe er starb.

Leonhard hat mir den Artikel über mich im Berliner Tageblatt gesandt. – Nun etwas Erfreuliches für Dich: Thomas Mann sandte Dir, da er von Eliasberg von Deiner Sammlung erfuhr, »als eine Gelegenheit Dir seine Achtung zu bezeugen«, die Handschrift einer Novelle »Die Hungernden« aus der Sammlung *Der kleine Herr Friedemann*. Die Handschrift ist sehr rein, doch auch recht persönlich, mit Verbesserungen. Ich freute mich sehr für Dich ...

Die Zugsperre ist recht ärgerlich. So sehr ich Dich Deiner Mutter gönne, ich wäre glücklich, Dich wieder hier zu haben. – Ich habe viel in Deinen Briefen getan. Riesige Stöße schon ausgeweidet. Mühe macht es, die Briefe von Freunden mit Verlagsaufschriften von geschäftlichen zu trennen. Da heißt es immer alles lesen, denn sonst kommen Berge zusammen und wieder keine Ordnung. Dir würde ja ein Blick zur Sonderung genügen. Sehr lästig sind mir beim Ordnen die Frauenbriefe aus der Zeit, wo ich dachte, daß neben mir nicht so viel anderes Raum hatte, andererseits sind Briefe dabei, die Dich in den Augen der biederen Frau M. als Don Juan erscheinen ließen. Es ist also unmöglich, daß Du ihr die Korrespondenz zur Durchsicht gibst. Du hast selbst vergessen, was für und wie viel unmögliche Briefe darunter sind. Aber mit der Zeit kommt schon gute Ordnung in alles. Auch in die Bibliothek.

Grüß die Eltern herzlich. Bei meinem alten Mutterl wirst Du es recht verfallen gefunden haben. Alles was schön im Hause war, haben ihre 6 Kinder weggetragen, aber hoffentlich hast Du etwas von ihrer sanften, einfachen Güte verspürt, die mir so heilig an ihr ist. Besonders die Einfachheit. Ich möchte Dich bitten, daß Du mir nichts von dem nimmst, was davon auch in mir sein könnte.

Hoffentlich bist Du, mein Liebling, mit allem Geschäftlichen zurecht gekommen, hast Dich nicht zu sehr abgemüht, sondern auch ein bißchen vergnügt. Aus Deiner Korrespondenz entnehme ich, daß Du nach Berlin fährst. Das ist mir ganz neu. Jetzt glaube ich, Dir alles geschrieben zu haben, was so der Tag mit sich brachte. Es küßt Dich *Mumu*

*Wien, 12. April 1920*

Lieber,
mein Brief kommt vielleicht knapp vor mir. Ich sah so viel Menschen, daß ich noch nicht zum Atmen kam, was allerdings in der bleiernen Staubluft hier ohnedies nicht zu empfehlen ist ... Es ist unglaublich verändert hier, seit dem Winter. Wer sagt, daß die Stadt verloren ist, hat keine Augen im Kopf. Alles blüht hier neu auf – allerdings im Glanze eines internationalen Lebeweltunterganges. Die Frauen sind so hell und duftig und schön, gehen knapp über das Knie gekleidet, so daß mit einem Schlag Mode ist, daß so und so viel tausend Frauen um 10 Jahre jünger werden. Aber sie sehen alle so aus, als wären auch sie nur für gesunde Valuta zu erschwingen. Ich begegnete Abend-Pärchen in elegantester Aufmachung, laut singend, offenbar mit Räuschen à 200 Kronen. Siebzehnjährige Mädchen haben jetzt 1500 Kr. Gehalt. Bei einigen Bekannten sind die Dienstmädchen mitsamt Säuglingen. Viele Familien warten monatelang auf Dienstboten und auf freie Wohnungen.

Stefferl, den Eltern geht es gut. Dein Vater und meine Mutter haben intime Freundschaft geschlossen. Papa will oft auf ein Plauscherl kommen. Von den Freunden erzähle ich Dir mündlich, Gutes und Arges. Kind, liebes, seien wir froh, daß wir dem Wahnsinn hier fern sind. Du brauchst einen halben Tag, nur um Dich zu wundern. Dein *Mumu*

*[Okt. 1920]*

Lieber – und –
zwar noch ganz benommen von dem zärtlichen Abschied, den Du von mir genommen hast, muß ich Dir doch diesen Eilbrief senden. Masereel schreibt schon von Berlin und wird am 21. Okt. in München sein ... Dann Verlaine Einleitungskorrektur, die ich sofort neugierig las. Ich war sehr erstaunt über Dein völliges Aburteilen des Menschen Ver-

laine, was nicht gerade einladend ist. Aber als Stil, Prägnanz, Niveau des Ausdrucks ganz unerhört gekonnt. Ich bin schon sehr neugierig über den Aufsatz über Thomas Mann, über den ich kein geistiges Bild habe.

Grüß innig die Eltern. Sei lieb und gut zu ihnen. *Mumu*

*[Okt. 1920]*

Mein liebes Stefferl,
ob Dich diese Briefe halbwegs zur Zeit erreichen? Von Dir nur die Münchner Karte. Da ich noch nicht im Caféhaus war, konnte ich noch nicht in den Zeitungen nach Kritiken forschen.

E. A. Reinhart, Dreimasken-Verlag, schreibt um Autorisation einer Rollandübersetzung. Was mich einzig in diesem Brief freut, ist, daß er Eliasberg zitiert, der Deinen Dostojewski für das Beste hält, was über ihn geschrieben wurde. – Bin neugierig, was für Eindrücke Du von Deutschland hast. Die Wahlen hier gingen geräuschlos vorbei. Mich hat irgend ein Grünschnabel, der wohl auch zum erstenmal gewählt hat, im Wahllokal ausgelacht, daß Du Deine Freude daran gehabt hättest. Ich ging nämlich geradewegs auf die »Urne«, eine alte geschlitzte Schachtel zu, als mir bedeutet wurde, ich müsse hinter einer Art spanischen Wand erst meinen Zettel feierlich in ein Couvert stecken und es dann einem dort sitzenden Mummelgreis in die Hand geben, der es dann, glaube ich, angeschaut hat. Vielleicht hat er nur sehen wollen, ob ich nicht ein Toilettenpapier hineingesteckt habe.

Madeleine Rolland schrieb mir wegen einer Freundin in Ungarn, sie und R. R. sind noch mit dem Vater in Lugano.

Suse grüßt und küßt den »Papscha«, wie sie sich ausdrückt. Bleib lieb Deinem *Mumu*

*Salzburg, Okt. 20*

Mein Lieber,
jeder Tag ist restlos voll Beschäftigung. In wenigen Tagen werde ich sagen können, daß ich das große Haus mit allen seinen Zimmern und in den Zimmern die Kästen, Laden und Schachteln darin in schönster Ordnung und tadelloser Sauberkeit haben werde. Die Holzvorräte sind auch zerkleinert ins Haus geschafft. – Alles wäre also gut, wenn Deine besorgte Karte und ihr Anlaß nicht wären. Ich telefonierte gleich

nach Wien, bekam nach fünf Minuten Antwort, sprach Mama, die sehr ruhig und fast heiter war. Der arme Papa wurde – ob er fiel, weiß ich nicht – von einem Wachmann nach Hause gebracht. Mama meint, es sei, wie sie sich ausdrückt »ein kleines Schlagerl« gewesen, das ihn gestreift habe. Ich glaube das nicht, da mir das Stubenmädchen sagte, Papa sei wie sonst, spreche, gehe herum, sei nur etwas schwach. Auch Mama sagte, es ginge wieder gut. Du mußt wissen, mein Liebes, bei alten, kränklichen Leuten macht man solche Sachen jahrelang mit. Mit meinem Vater war es ebenso, nur wußte es außer meinem Bruder Arnold und mir niemand so genau. Ich hütete mich, meiner Mutter und Schwester von Gefahr zu sprechen. Es hätte Papa und den anderen nicht geholfen. Die einzige Konsequenz ist, gegen so einen armen Gefährdeten noch so gut zu sein, als man sein kann, ihn nicht aufzuregen. Mit Deinem raschen Kommen wäre in so einem Fall nicht geholfen, im Gegenteil. Du würdest ihn nur erschrecken, und besänftigend wirkst Du nicht auf den armen Papa. Schreib ihm von Deinen Erfolgen, das wird ihn erfreuen und erfrischen. – Auf mich brauchst Du mit dem Münchner Aufenthalt nicht Rücksicht zu nehmen. – Solltest Du zu unruhig sein, oder ruhiger sein, wenn ich als Zwischenglied in Salzburg bin, so telegrafiere es mir. Freilich hatte ich mich schon gefreut, aber Deine möglichste Heiterkeit und Zufriedenheit mit mir ist mir wichtiger ... Ich genösse München nicht, wüßte ich Dich unruhig. – Soll ich Dir Jouves Rollandbuch nach München bringen? Es ist sehr schön, aber erfreulicherweise ganz anders als das Deine, kunstloser und begrenzter – schon deshalb, weil nur im Krieg (spielend) und fast nur aus Gesprächen (Eckermannartig) und Zitaten bestehend, mit hübschen Milieubemerkungen und einer heißen Begeisterung, die sich vergeblich bemüht, sich sachlich zu dämpfen. Eine Spur zu viel eigene Wichtigkeit und zu wenig den anderen Menschen, die R. R. nahestehen, gegönnt ... –

Ein langer Brief von Professor Freud kam. Er bewundert Balzac und Dickens, ist aber mit Dostojewski gar nicht einverstanden, bei aller Anerkennung des Aufbaus. Für ihn ist es todsicher, daß D. kein Epileptiker war (angeblich seien die alle geistig dement) sondern ein typischer Hysteriker.

Gestern war Felix Braun 2–3 Stunden da. Ich freute mich sehr. Von Frans kam ein neues Buch. Wieder ein ähnliches Thema, die langgesuchte Frau, die nach erfülltem Wunsch verstoßen ist. Wieder manches meisterhaft, aber in der ganzen Wirkung, im kinohaften Fortgang der Geschichte (Historie sans Paroles) zu schleppend im Vortrag.

Das Feuilleton über das Tagebuch eines halbwüchsigen Mädchens ist schon erschienen. Natürlich mit Deinem Namen am Schluß. Über so ein Buch in der Presse – das wird wieder ein Feiertag für das Kaiviertel gewesen sein! Mein Lieber, ich wäre so froh, wenn Du jetzt überhaupt *alle* solchen Sachen ließest und wenn Du auch tagelang scheinbar nichts tust und Dich nur auf *Deine eigene* Arbeit besinnen würdest, nichts mehr *über* schriebest.

Es ist an der Zeit, wenn es auch etwas lange zum Reifen braucht. Ich bitte Dich, lasse jetzt das Biographieren und lebe Dir selbst, horche auf Dich selbst, mein Liebster.

Ich umarme Dich, sei nicht unruhig, es ist jetzt kein Anlaß mehr und behalte lieb Dein *Mumu*

*Wien IX, Berggasse 19, 19. Oktober 1920*

Sehr verehrter Herr Doktor
Hier endlich zu erster Ruhe gekommen, besinne ich mich der Pflicht, Ihnen für das schöne Buch zu danken, das ich vorgefunden und noch im Gedränge der ersten zwei Wochen gelesen. Mit außerordentlichem Genuß gelesen, sonst brauchte ich Ihnen ja überhaupt nicht darüber zu schreiben. Die Vollkommenheit der Einfühlung im Verein mit der Meisterschaft des sprachlichen Ausdrucks hinterlassen einen Eindruck von seltener Befriedigung. Ganz besonders haben mich die Häufungen und Steigerungen interessiert, mit denen sich Ihr Satz an das intimste Wesen des Beschriebenen immer näher herantastet. Es ist wie die Symbolhäufung im Traum, die das Verhüllte immer deutlicher durchschimmern läßt.

Wenn ich Ihre Darstellung mit einem ganz besonders strengen Maßstab messen dürfte, würde ich sagen: die Bewältigung von Balzac und Dickens ist restlos gelungen. Aber das war nicht zu schwer, es sind einfache geradlinige Typen. Aber mit dem vertrackten Russen konnte es nicht so befriedigend abgehen. Da verspürt man Lücken und zurückgelassene Rätsel. Gestatten Sie mir einiges Material hierzu vorzubringen, wie es sich meiner Laienhaftigkeit zur Verfügung stellt. Auch mag der Psychopatholog, dem Dostojewski nun einmal verfallen bleibt, hier einigen Vorsprung haben.

Ich glaube, Sie hätten Dostojewski nicht bei seiner angeblichen Epilepsie lassen sollen. Es ist sehr unwahrscheinlich, daß er ein Epileptiker war. Die Epilepsie ist eine organische Hirnaffektion außerhalb der seelischen Konstitution und in der Regel mit Herabsetzung und Vereinfachung der seelischen Leistung verbunden. Es ist nur ein einziges Beispiel vom Vorkommen dieser Krankheit bei einem geistig hochstehenden Menschen bekannt, und dies betrifft einen Riesen des Intellekts, über dessen Gefühlsleben wenig bekannt ist (Helmholtz). Alle anderen Großen, denen man die Epilepsie nachgesagt hat, waren reine Hysteriker. (Der Phantast Lombroso verstand noch nicht die Differentialdiagnose zu machen.) Diese Unterscheidung ist aber keine medizinische Pedanterie, sondern etwas ganz Wesentliches. Die Hysterie stammt aus der seelischen Konstitution selbst, ist ein Ausdruck derselben organischen Urkraft, die sich in der genialen Künstlerschaft entfaltet. Sie ist aber auch ein Anzeichen eines besonders starken und ungelösten Konflikts, der zwischen diesen Uranlagen wütet und das Seelenleben später in zwei Lager zerreißt. Ich denke, der ganze D. hätte über seiner Hysterie aufgebaut werden können.

So überwältigend groß auch der Faktor der konstitutionellen Veranlagung bei einer Hysterie wie die Dostojewskis sein mag, so ist es doch interessant, daß der andere Faktor, auf den unsere Theorie Wert legt, auch in diesem Fall nachweisbar ist. Irgendwo in einer Biographie Dostojewskis wurde mir eine Stelle gezeigt, welche das spätere Leiden des Mannes mit einer unter sehr ernsthaften Umständen erfolgten Bestrafung des Knaben durch den Vater – mir schwebt das Wort: tragisch vor, ob mit Recht? – in Verbindung bringt. Aus »Diskretion« ist natürlich nicht gesagt, um was es sich handelte. Sie werden es leichter haben, diese Stelle wiederzufinden, als ich. Diese Kindheitsszene – dem Autor der »Ersten Erlebnisse« muß ich es nicht erst wahrscheinlich machen – war es, die der späteren Szene vor der Hinrichtung die traumatische Kraft verlieh, sich als Anfall zu wiederholen, und das ganze Leben Dostojewskis wird von der zweifachen Einstellung zur Vater-Czar-Autorität, der wollüstig masochistischen Unterwerfung und der empörerischen Auflehnung dagegen beherrscht. Der Masochismus schließt das Schuldgefühl, das zur »Erlösung« drängt, in sich ein.

Was Sie mit Vermeidung des Kunstwortes »Dualismus« nennen, heißt bei uns »Ambivalenz«. Diese Gefühlsambivalenz ist auch ein Erbstück aus dem Seelenleben der Primitiven, im russischen Volk aber weit besser erhalten und eher bewußtseinsfähig geblieben als anderwärts, wie ich es erst vor wenigen Jahren in der ausführlichen Krankengeschichte eines echt russischen Patienten darstellen konnte. Diese starke Ambivalenzanlage mag im Verein mit dem Kindheitstrauma die ungewöhnliche Heftigkeit der hysterischen Erkrankung mitbestimmt haben. Sehr deutlich ambivalent sind auch die nicht neurotischen Russen, ebenso wie die Gestalten Dostojewskis in fast allen Romanen.

Fast alle Eigentümlichkeiten seiner Dichtung, von denen Ihnen kaum eine entgangen ist, sind auf seine für uns abnorme, für den Russen gewöhnlichere Seelenanlage, eigentlich richtiger: Sexualkonstitution zurückzuführen, was im einzelnen sehr schön zu zeigen wäre. Alles Quälende und Befremdende in erster Linie. Er ist ohne Psychoanalyse nicht zu verstehen, das heißt, er bedarf ihrer nicht, da er sie mit jeder Gestalt und jedem Satz selbst erläutert. Daß *Die Brüder Karamasow* eben das persönlichste Problem Dostojewskis, den Vatermord, behandeln und den analytischen Satz von der Gleichwertigkeit der Tat und des üblen Vorsatzes zugrunde legen, wäre nur ein Beispiel. Auch die Sonderbarkeit seiner Geschlechtsliebe, die entweder triebhafte Brunst ist oder sublimiertes Mitleid, die Unsicherheit seiner Helden, ob sie lieben oder hassen, wenn sie lieben, wann sie lieben und so weiter zeigt, auf welch besonderem Boden seine Psychologie erwachsen ist.

Von Ihnen brauche ich das Mißverständnis nicht zu besorgen, daß diese Hervorhebung des sogenannten Pathologischen die Großartigkeit der poetischen Schöpfungskraft Dostojewskis verkleinern oder aufklären wollte. Ich schließe diesen ohnehin zu langen Brief, auf den Wink des geduldigen Stoffes hin, nicht wegen Erschöpfung des Materials, mit nochmaligem Dank und einer herzlichen Begrüßung

*Ihr Freud*

*[Hessischer Englischer Hof, Frankfurt am Main]*
*17. Okt. 20*

Liebe Fritzi,
ich komme endlich dazu, Dir ausführlich zu schreiben – es geht mir gut und merkwürdigerweise tut einem die Atmosphäre von Luxus, die einen hier umweht, nicht so weh wie in Wien. Ich wohne ungebührlich gut und muß an Dein Wort denken, daß ich allein viel vornehmer bin, aber das war Schuld der beiden Gesellen. Die Stadt ist sehr schön, voll der herrlichsten Läden. Leipzig und München wirken daneben ramschhaft.

Ich bin inzwischen »großzügig« geworden, sage Düsseldorf ab, obwohl ich die Spesen auf mich nehme, lebe gut und freue mich des Lebens ... Mit Rütten und Loening habe ich sehr gute Bedingungen vereinbart, mich auch vortrefflich mit ihnen verstanden. Ich halte die Abmachung so gut, daß Du ruhig nach München kommen kannst mit der großen Einkaufstasche. Ich *würde mich sehr freuen*, Dich dort bei Leinfelder zu finden. Hier hätte es Dir gut gefallen, aber die Reise wäre Dir zuviel geworden und die Versuchungen gewaltig.

Ich hoffe von Dir nur Gutes zu hören, lade Dich nochmals rechtzeitig nach München, denn da ich hier koscheren Gansbraten esse und feudal wohne, ist nicht zu hoffen, daß ich Dir zu viel mitbringe – besser Du kaufst es Dir selbst. Grüße mir Suse, aber nur, wenn sie meinen Sohn Rolf fleißig füttert, und lasse es Dir gut gehen, plag Dich nicht. Im Frühjahr fahren wir dann nach Italien, ich bin jetzt entschlossen wie nie. Das Reisen schmeckt mir so ausgezeichnet, daß ich es einmal ganz auskosten will. Leb wohl, sei umfangen! *Stefzi*

*Frankfurt, 20/10 [1920]*

L. F.
also habe ich mich hier ausgeschwätzt, es war recht erfreulich, scheint auch den Leuten gefallen zu haben. In meiner »Tournée« ist einiges umgeschoben, ich muß noch nach Stuttgart, schenke mir dafür Düsseldorf. Ich lebe sehr gut, fürchte, daß wenn es so weiter geht, ich Dir nicht mehr als einen Kuß mitbringen werde. Ich freue mich, daß Du nicht da bist – es gibt hier so herrliche Geschäfte, daß man entweder an Herzweh oder Bankerott zugrunde ginge. Auch sonst sind die Leute hier sehr nett, gar nicht politisch. Es ist eben ein Weinland, und die sind immer gemütlicher als die Bierländer. Grüße mir Haus, Kind und Hund, schreib oder telegrafiere an die Insel (Verlag). Herzlichst *St.*

Ich sollte noch in einem Dutzend Städte lesen, habe aber abgesagt.

*Stuttgart, 21. 10. [1920]*

Liebe Fritzi,
ich werde hier in Stuttgart durch einen nachgesandten Expreßbrief Alfreds erschreckt, der mir mitteilt, Papa hätte wieder einen Schwächeanfall gehabt, diesmal aber mit Lähmungserscheinungen. Selbstverständlich halte ich mich zu jeder Stunde bereit umzukehren – mir fehlt ja auch mit solchen Nachrichten im Rücken jede rechte Ruhe und Freude. Ich weiß wohl, aus welchem dunklen Gefühl ich mich so

schwer entschließe, Projekte zu machen und leicht wie die andern in Italien spazierenzufahren.

Hätte ich die Vorleserei nur schon hinter mir und säße wieder in Salzburg, näher und ruhiger. Ich weiß, das wirkliche Freiheitsgefühl ist dahin mit solchen Sorgen im Rücken. Herzlichst *Stefan*

*Frankfurt, 22. 10. [1920]*

Liebe F.
ich bin aus Stuttgart zurückgekehrt, um der Post näher zu sein. Gottseidank kein Telegramm! Düsseldorf habe ich abgesagt, möchte aber auch gerne Heidelberg los werden, obwohl mein ganzer Verdienst dabei draufgeht, aber ich bin durch die Nachricht von dem Schlaganfall unruhig geworden. Morgen lese ich in Wiesbaden, wo Lissauer sein soll, gestern in Stuttgart, wo weniger Leute waren, aber sehr nett. Mannheim war ein »succès«. Dank für Deine Briefe, ich telegrafiere Dir. Komm nur, wenn Du Dich ohne Sorge fühlst – ich sehe wie schlecht man mit Sorgen reist, aber bist Du frei, so freust Du mich natürlich riesig.

Alles Herzliche von Deinem *Stefzi*

*Wiesbaden, 23. 10. 20*

Liebe Fritzi,
es war mir eine doch merkliche Beruhigung, in Frankfurt ein Telegramm vorzufinden – ich hoffe, es ist mit Papa vorläufig halbwegs in Ordnung. Freilich der Schock war recht arg.

Ich bin heute in Wiesbaden, einem deutschen langweiligen Montreux – die Vorleserei ist mir recht öde schon, umsomehr als ich durch den Verzicht auf Düsseldorf (wo ich die Kosten decke) bedenklich im Honorar reduziert bin. Aber ich will langsam wieder zu meiner Arbeit zurück, es ist hohe Zeit, koste es was es wolle.

In Wiesbaden, Mainz französische Garnison, Unmengen uniformierter Flaneurs mit ihren Frauen und Maitressen – man versteht besser die deutsche Erbitterung, wenn man diese schamlose Vergeudung, diese öde Soldatenspielerei gesehen hat. Ich dürfte übrigens eine Reihe französischer Officiers bei meinem Vortrag haben. – In Stuttgart erzählte mir Wilhelm von Scholz, daß Lissauer an Gallenstein-Koliken schwer erkrankt sei und in Wiesbaden liegt. Ich besuchte ihn sofort – er wohnt bei einer sehr merkwürdigen Frau – und fand ihn schon ganz wohl und vor allem ganz beglückt über meinen Besuch. Seine Frau ist nun definitiv im Irrenhaus. Er hat viel mitgemacht, arbeitet aber tapfer. Er läßt Dich vielmals grüßen.

Von Frankfurt und sonst wäre noch mancherlei zu erzählen, aber ich hoffe Dich ja bald zu sehen. Am 29. morgens bin ich in München, will am 1. Nov. wieder zurück sein. Es wartet viel Arbeit auf mich. Und vor allem möchte ich einen Monat ganz abgeschlossen, ganz stabil arbeiten, um eigene Sachen zu fördern und den Clérambault hinter mich zu bringen.

Ich hoffe Dich in München schon vorzufinden. – Noch eins, kaufe ein, was Du kannst, es kommt eine ungeheuerliche neue Teuerungswelle ...

Leb wohl, grüße Suse und Rolf von Deinem *Stefan*

*Heidelberg, 25. 10. 20*

L. F.

an einem herrlichen Herbsttag – überhaupt ich weiß nicht mehr wie Regen tut – auf der Schloßterrasse in Heidelberg, weit und mild aufgetaner Blick in die Weinberge. Seltsame Ähnlichkeit zu Salzburg – nur dort eine italienische Stadt in deutscher Landschaft gebaut, hier eine deutsche Architektur in die sanfthügelige Milde eines Südlands. Müßte man nicht abends einen Vortrag halten, so empfände man solche Stunde viel reiner, aber es ist heute der letzte (nicht nur für diesmal, sondern für lange, außer vor Studenten oder jungen Menschen). Die Stadt selbst ist mir peinlich durch das Corpswesen; obzwar die Universität noch nicht begonnen hat, wimmelt es von Kappen und verkappten Militaristen. Morgen gehts ins langweiliche Laipzich, dann bin ich in München pünktlich wie ein ausgesungener Konzertsänger und wie ich hoffe, gut belebt von den vielfältigsten Eindrücken. Leb wohl – verzeih mir, daß ich Dir keine Ansichtskarte mit rosaroter Schloßbeleuchtung und Scheffelgedicht sandte. Diese Dinge sind hier greulich. Dein *Bo*

*28. Juli 1921, Marienbad*

Liebe Fritzi,
in einer tropischen Hitze gereist, von der Du Dir keine Vorstellung machen kannst, leider unterwegs Maschinendefekt, so daß die arme Mama zweieinhalb Stunden am Bahnhof stand, in Angst es sei ein Unglück geschehen. Hier ist es herrlich schön, wirklich elegant, nicht wie in Reichenhall, sondern ganzer Frieden: ein Frühstück hier mit Mohnkipfeln, Salzstangeln, herrlichem Café und ähnlichen Dingen unterscheidet sich in nichts mehr von der guten Friedenszeit. Auch sonst finde ich Marienbad wieder eine der schönsten Sachen der Welt.

Bisher entwickelt sich alles programmgemäß. Samstag fahre ich nach Prag, wo mich Alfred im Auto abholt und wir fahren zusammen nach Reichenberg. Hoffentlich lassen Dir die Frauen Zeit, diese Karte zu lesen. Ich fühle mich in der Hetzjagd irgendwie sehr wohl – nur die schönen gewissen Absichten scheitern an der Hitze. Du hast am lieben Gott einen guten Verbündeten gegen mich. Herzlichst *Stefan*

*Salzburg, nach Reichenberg [1921]*

Lieber,
wo soll ich anfangen Dir zu erzählen? – Vor allem, Du wirst sehen, wie reizend die neue Büchernische im Saal geworden ist. Es war eine viel größere Arbeit, als ich dachte. Der ganze Saal mußte gerieben und eingelassen und gewichst werden, was ich selbst teilweise tat. – Aber um 6 Uhr früh kam Jouve, der in Innsbruck mit allen anderen kein Zimmer bekommen hatte, legte sich todmüde sofort schlafen. Um 9 Uhr kam Fernand Deprès, Freund Rollands, und ich legte ihn, weil sein Zimmer im Bristol noch nicht bereit war, in den Garten schlafen. Nachher lebendigste Gespräche. Jouve sieht blühend aus gegen Florenz und hört nicht auf zu sprechen. Alles ist begeistert vom Haus. Jouve wird mir überhaupt noch krank vor Begeisterung. Preußler kam auf mein Telegramm von Gastein herein, auch der Bürgermeister wird begrüßen.

Neues für Dich gibt es nichts. Du wirst unter diesen Menschen aufleben, glaub mir's. Denk Dir, bald wäre Rolland mitgekommen.

Hoffentlich hast Du es hübsch. Die Korrekturen haben wir gemacht.

Sei Du und Alfred gegrüßt und sei innigst umarmt von Deiner *Fr.*

*16. 11. 21, Leipzig*

Liebe F.
gut gefahren, im Speisewagen gespeist, Schlafwagen geschlafen, in Leipzig angelangt, finde ich – welch ein Prophet steckt in mir – schwärzesten protestantischen Bußtag. Also soll ich büßen. Die Insel dürfte auch geschlossen sein, Frau Kippenberg hoffe ich zu erreichen, dann sause ich weiter.

Leonhard war an der Bahn, macht einen verschütteten Eindruck. Husten befindet sich im Abflauen, ich hoffe ihn in Sachsen zu lassen. Mit Hofmannsthal gut geplaudert, überhaupt das Reisen in solcher Form das Gegenteil von Anstrengung, ein wirkliches Vergnügen. Ich werde also jetzt hier (auch für Dich) büßen und grüße Dich als Dein . . . getreuer *Stefan*

*Hotel Prz. Friedrich Karl, Dorotheenstraße*

*Berlin, 17. 11. 21*

Liebe Fritzi,
gut angekommen, wohne im sehr netten Hotel Prinz Friedrich Karl. Berlin auf den ersten Aspekt scheußlich – grau im nassen Nebel, dampfend von Betrieb. Freilich dies nur ein erster, allererster Blick. Ich hoffe, zu Hause geht alles gut. Bisher habe ich eine halbe Stunde vergeblich am Telefon mich bemüht – es ist wie in Wien, noch ärger sogar. Herzlichst Dein *Stefan*

*Berlin, 18. 11. 21*

Liebe,
also einen Brief! Ich bin sehr gut gereist, wie ich Dir schrieb, überall Bekannte treffend, wohne sehr angenehm in dem reizenden Hotel. Ach wenn Du wüßtest, wie dort geheizt wird, nichts könnte Dich hindern, mir nachzueilen – ich habe Tag und Nacht die Fenster offen, so dampfen sie darauf los.
Berlin profondément antipathique. Es gibt Städte, die das Stehenbleiben nicht vertragen – mein Gott, wie sieht der Luxus jener Cafés und Bierpaläste nach sieben Jahren aus, und andererseits wachsen nicht mehr in neuem Tempo neue Luxusdielen heran – irgend etwas Abgestandenes und Ranziges in dem ganzen Leben der Stadt, obwohl dort mehr äußere Bewegung ist als jemals. Und wie ekelhaft die Menschen sind – mein Gott, mein Gott!

Ich war bei Camil – traf aber nur den sehr netten Hermann Ungar im Präsidium der Tschechoslowakei. Telefon ist absolut unmöglich: ich versuchte einige Leute zu bekommen, blieb aber erschöpft zurück, ohne einen einzigen erreicht zu haben. Der erste, der mir Nachricht gab von allen, die ich verständigt, war wie immer der Geplagteste von allen – Rathenau, der mich für Sonntag zum Tee bitten ließ. Außer bei Camil war ich bei einigen Autographenhändlern, abends in *Manon Lescaut* von Sternheim und nachher in einem grotesken Café – genug für einen Nachmittag (ich kam erst um ¼12 Uhr an). Aber man nimmt von dieser Stadt doch unbewußt an Energie in sich auf.

Husten belanglos, Allgemeinbefinden günstig. Ich bin nach wie vor entschlossen, es mir – nachdem ich den Bußtag in Leipzig hinter mir habe – reichlich gut gehen zu lassen. So jetzt ist alles gesagt. Aber Du bist so wie jene Dame hier, die ich gestern in der Telefonzelle nebenan als Schluß eines Gespräches sagen hörte »Nu sag mir noch etwas Süßes, mein Kleinchen« – na also: sei herzlich umarmt von Deinem bisher noch getreuen *Stefzi*

Grüße an Alle.

*[Central Hotel] 20. November Berlin [1921]*

Liebe Fritzi,
ich komme endlich, heute Sonntag abend, in einem Café dazu, Dir zu schreiben. Es wirbelt um mich von Menschen und Dingen, dazu täglich Theater. Gestern war ich bei Harden – lange, sehr informative Gespräche, heute zwei Stunden bei Rathenau, der eben von der Reparationskommission kam: ich war wirklich ergriffen, daß er mir seine Zeit widmete und so freimütig viel erzählte. Dazu noch die laute, anstrengende, schreiende Stadt, die mich ebenso fasziniert wie sie mich abstößt.

Ach, wen habe ich schon gesehen: Fischer, Kahane, Handls Frau und Tochter. Schauspieler, Dichter, dabei weiß man erst allmählich, daß ich da bin. Alles das frischt auf und ermüdet gar nicht. Von Kämmerer ein rührender Brief, es geht ihm schlecht, vielleicht fahre ich doch noch hinüber.

Nun eine Sache, die Du belächeln wirst. Ich habe für die Stadt ein so merkwürdiges Gefühl von Feindlichkeit trotz aller Achtung, daß ich spüre, ich *kann* hier nicht vorlesen. Es ekelt mich. Und morgen will ich den schweren Gang tun und versuchen abzusagen, die Kosten den Leuten ersetzen. Diesen Luxus muß ich meinem Gefühl gönnen: ich mag nicht mehr anders als vor Freunden lesen. Außerdem ist es ungeschickt arrangiert, der Leiter selbst nicht da – es graust mir, es graust mir, vor den Leuten zu sprechen. Hoffentlich gelingt mir die Absage! Bitte lache mich nicht aus, daß die Stadt eine so merkwürdige Wirkung auf mich hat, aber ich *kann* mich wirklich nicht überwinden, ich habe einen seelischen Schock von dieser preußischen Tüchtigkeit und Rührigkeit bei aller intellektuellen Bewunderung. Und dann – wieviel Bekannte habe ich hier, wie wenig *Freunde* (Camil reist morgen für 4 Tage nach Prag). Ich fände es anständiger von mir, den lieben guten kranken Freund in Hamburg zu besuchen, als hier einem Häufchen Snobs vorzulesen. Die Ausrede für meine Anwesenheit hier brauche ich nicht, ich spüre, daß mir ein solches Intervall nötig war. Aber ich könnte hier auf die Dauer nicht atmen: das Betriebhafte (auch im Eros) ekelt mich, es ist zu viel Sauerstoff in der Luft.

Dabei fühle ich mich vortrefflich, leicht, jung, unermüdbar, belebt, angeregt und heiter, auch der Husten weicht allmählich. Laß es Dir gut gehen, ich freue mich auch wieder nach Salzburg – erst an solchen Intervallen lernt man die Ruhe schätzen.

Herzlichst Dir, den Kindern, den Freunden Dein *Stefan*

*21. 11. 21*

Liebe Fritzi,

Ernst Weiß war eben Zeuge meiner Blamage – ich ging feierlich meinen Vortrag absagen, stieß auf die Sekretärin, ein bildhübsches Mädchen, und meine Kraft war dahin, ich gab nach und werde also »singen« müssen. Und mir graut so davor. Für Deine Briefe tausend Dank, Du machst alles vortrefflich. Herzlichst Dein *Stefan*

Herzlichste Grüße Ernst Weiß.

*[21. 11. 1921]*

Liebe Fritzi,

nach der Karte mit Ernst Weiß finde ich – sehr brav – Deine Post. – Ich schäme mich, daß ich nicht die Kraft hatte, dem jungen hübschen Mädchen, die ganz erschrocken war, meine Absage durchzuhalten. Auch Weiß, der mich als Bileam erkannte, der Segen sprach, wo ich fluchen wollte, mußte sehr lachen. Aber ich kann so schwer Nein sagen – das weißt Du ja. Nun – nehme das Unheil seinen Lauf. – Leb wohl. Herzlichst *Stefan*

*25. November 1921*

Liebe Fritzi,
ich war gestern abend bei Fischer, wo Heymann zum erstenmal seit einem Jahr wieder in Berlin auftauchte. Er sprach sehr, sehr herzlich von Dir und bat mich, Dich vielmals zu grüßen, ebenso Herr und Frau Fischer. Das Essen war prunkhaft, Berlin W. mit sechs Gängen, Gesellschaft, Jeßner, der Intendant, Wassermann, später Rathenau und Kerr. Im Ganzen ziemlich gelungen, obwohl ich diesen Typus Einladungen verabscheue, der einen überdies 8 Stunden kostet, mit dem Hin und Zurück.

Den Vortrag für das Staatstheater habe ich heute Freitag noch immer nicht gemacht, aber jetzt kommt er endlich an die Reihe. Ich fühle mich sehr wohl hier und bin ganz eins mit Hofmannsthal, daß hier eine stimulierende Luft ist – schließlich kommen ja alle Rasseneigenschaften aus der Atmosphäre. Auch bei Busoni war ich, freilich mit geteiltem Gefühl: der wunderbare Mensch ist umlagert von einem Weihrauchsweiberklüngel wie weiland Vater Liszt. Sonst noch viele Leute, die alle pressiert an einem vorbeischießen wie die Telegrafenstangen an einem fahrenden Zug – ach diese Geschwindigkeit in Berlin, nicht nur im Geschäft, Du solltest auf der Straßenbahn die Fixigkeit erotischer Abschlüsse sehen. Das geht alles klipp klapp ohne Einleitung directemang darauf los auf die Schose. Wie in einem Karussell hat man Freude an der Geschwindigkeit, Freude und Brechreiz zugleich.

Ich bleibe wohl bis Montag abend hier, will Dienstag nach Leipzig, Dresden, Mittwoch oder Donnerstag in Wien, Samstag oder Sonntag in Salzburg sein. An Vorlesungen in Brünn etc. denke ich nicht im Traum. Bitte sei nicht ungeduldig auf Deinen *Stefzi*

*Salzburg, 24. November 1921*

Mein liebes Stefferl,
schon heute sende ich Dir meine Glückwünsche und habe Dir nichts darzubringen als den Verzicht, Deinen Geburtstag nicht mit Dir zu sein. Das Geschenk oder die Geschenke harren indessen Deiner geduldiger als ich selbst, die ich mich schon so sehr auf Dich freue.

Ob Du wohl nach Hamburg fährst? Grüß dann auch in meinem Namen Deine Freunde.

Hier ist heute ein zauberischer Abend, glitzernder Rauhreif unter klarstem Sternenhimmel, der Nebel ist gewichen.

Es kam eine liebe, engbeschriebene Karte von Rolland, freudiger Dank für Tolstoibuch. Am 25. reist er nach Paris. Gestern hatte ich zwei schöne Erlebnisse. Ich war in der Emailwerkstätte des Fräuleins Sirenius und finde ihre Arbeiten ebenso reizend wie sie selbst. Und dann las ich eine Predigt des Geistlichen der Community Church in New York über »Wer ist der größte Mann unserer Zeit«. Er nennt zuerst Rolland, analysiert ihn gut, ein paar Worte auch über Smuts und schließlich überragend Gandhi. Ja, das muß ein Mensch sein, unerhörter Größe. Ich hatte gestern Lust, mich sofort aufzusetzen, um nach Indien zu fahren und sein Gewand zu küssen. Du mußt über ihn lesen.

Heute habe ich den ganzen Tag an meinem Roman gearbeitet.

Nun mein Lieber, sing schön, aber nicht *zu* schön, sonst gibt es wieder ein halbes Jahr Briefe darüber.

Und nochmals mein liebes, süßes Kind, laß Dich an mein Herz drücken mit tausend guten Wünschen und daß alle Sorgen Dir fernbleiben und Gott Dir Frische, Freude und gute Arbeit schenkt und ein reines Herz, das ja doch die Quelle aller Glückseligkeit ist. Lebwohl, mein geliebtes Wesen, ich küsse Dich von Herzen Dein *Mumu*

*Berlin, 26. Nov. 21*

Liebe,
warum machst Du mich mit Deinem Glückwunsch um zwei Tage älter? Sind 40 noch nicht genug? Ich habe zwar hier noch vollen Kurs und begegne rührenden Zeichen des Nichtvergessenseins und neuem Zudrang, auch die Würde stellte sich nicht ein, als ich gestern mit dem jüngeren Teil der tschechoslowakischen Gesandtschaft (natürlich ohne den frommen Camil) in ganz eigenartigen Bars und Cafés herumzog. Diese Dinge in Berlin sind etwas, was die Welt nicht kennt, ich werde Dir viel zu erzählen haben. Nein, mache mich nicht älter, nicht um einen Tag, es ist schade um jedes dieser kurzen Stücke Jugend. Heute abend soll ich also singen und morgen wieder. Ich glaube ich werde mehr schneuzen als sprechen, denn mein Katarrh ist sanft in einen Riesenschnupfen zerflossen, den ich mit Aspirin wieder ziemlich ausgetrocknet habe.

Herzlichst Dein noch nicht vierzigjähriger *Stefzi*

27. 11. 21

Liebe M.
vielen Dank für Deinen verfrühten Geburtstagsbrief – ich bin *noch immer* ein gut konservierter Dreißiger, noch ganze 48 Stunden. Vorlesung heute war glänzend besucht, der Verein hat 3000 Mark Überschuß und Dein Steffi viele zärtliche Komplimente zu buchen. Heute soll mein Gesang im Staatstheater erschallen. Das Böse an der Sache ist meine Kaffeehausbummelei, ich schlafe überhaupt nur berlinisch eilig, aber ich fühle mich um zehn Jahre verjüngt, ähnlich wie in Italien, wo ich ja auch ununterbrochen lebendig war. Ich telegrafiere Dir noch Datum meiner Abfahrt. Mitbringen werde ich Dir leider gar nichts, es gibt nichts Verlockendes und am wenigsten was sich verlohnte, durch die ganze Tschechoslowakei und Österreich zu schleppen. Lebwohl, ich komme jetzt schon bald *Stefzi*

27. 11. 21

Liebe Gattin,
auch die Dostojewski-Feier ist überstanden und war, so weit ich mich bescheiden ausschalte, sehr schön, besonders ein russischer Schauspieler und eine Balalaikatruppe. Die Durieux walzte mein Gedicht gut pathetisch ab. Jetzt brauche ich nur mehr wegzureisen, wozu ich mich sehr schwer entschließe, da es mir jetzt sehr gut gefällt und ich von Kippenberg noch keine Nachricht habe. Herzlichst Dein *Stefan*

Ich bin bei Hoffmanns bei Tisch, wo ich schon wieder Gänsebraten bekomme (nimm Dir ein Beispiel).

Nachschrift von Dr. Camil Hoffmann:

Stefans Vortrag war meisterlich und das Beste der Matinée. Ich freue mich sehr, Stefan in so ausgezeichneter Form zu sehen. Viele schöne Grüße Ihres *Camil Hoffmann*

Zu Hause erwarteten Stefan die Geburtstagsgeschenke, als Hauptstück ein neuer, großer Ohrenfauteuil mit geblümtem Bezug. In diesem Fauteuil ruhend ging er jahrelang seiner Lektüre nach. Er war sein geliebtester Gebrauchsgegenstand. Er wurde indes nicht nach London mitgenommen und mir dann mit meiner übrigen Habe von der Gestapo geraubt. Hier lasse ich das Gedicht folgen, das ich ihm zu Stefans Empfang aufgeheftet hatte und das ihn belustigte:

*Reichlich geblümt, beohrt, mit feinen Daunen gepolstert,*
*Lieber Fauteuil, so harrst Du des nahenden Herrn.*
*Wie ein prinzliches Kind, bestimmt eine Krone zu tragen,*
*Stehest Du ahnungslos vor der Dir werdenden Ehr.*
*Nicht nur, daß lieblichen Gliedern Du zum Ausruhn erwählt bist,*
*Höheres Heil erwartet Dich, trefflich bereiteter Freund.*
*Denn dies gewichtige Haupt, das Deine Ohren beschatten,*
*Ist eines Dichters Hort, dies und sein brennendes Herz.*
*Mögest Du, Freund, in des Ofens traulicher Nähe*
*Stille gewähren, dem werdenden, schaffenden Traum,*
*Ihm, der Frieden liebt, einflößen Werke des Friedens –*
*Amok ruh! flüst'r ihm Gemächlichres zu!*
*Breite Gedanken, die Menschen weithin erfreuend,*
*Wohl aus der Tiefe, doch ohne Schaudern gezeugt,*
*Hebt er sich von Dir, spürt er Bewegung aufs neue,*
*Fühlt sich jung wie sein Aussehn, ohne der Würde Beschwer,*
*Denn nur sein Ansehn täuscht ihm der Jahre Bürde.*
*Trag sie für ihn, wenn sie zu ehrbar ihn drückt.*
*Lieber Fauteuil, es wartet dafür Dein die Fülle:*
*Über die Schulter blickst Du nicht nur dem Poet,*
*Weiser, bunter, alter und neuer Lektüre*
*Erfreu sich Dein Herr, in Deinem schützenden Arm!*
*Blumenbekränzt bist Du, so sei es nicht nur zum Gruße,*
*Denn mit den Stoffen von heute steht's wie in der Literatur.*
*Also harre der Freude, den Liebsten mir zu empfangen,*
*Wärst Du nicht masculin – ich widersetzt mich vielleicht.*

*20/3 22*

L. F.
aus Straßburg den ersten Gruß. Die Fahrt war ausgezeichnet mit der lieben Frau Hofrat, die Zollrevision nach Frankreich echter Vorgeschmack von Umständlichkeit, dabei mit größter Coulance, man mußte nur warten, warten. Jetzt hat sich die gute Hofrätin schlafen gelegt, ich aber sitze jetzt um halb elf bei einem entzückenden Nachtmahl, in dem ich mir alle langvermißten Lieblingsspeisen kombiniert habe. Aber nun Wichtiges: schreibe auf einer Karte sofort der Hofrätin französisch zu Mme Paul Clemenceau, 12, Avenue Eylau, Deine Maße für das Kleid. Sie will es bei ihrer Schneiderin besorgen und mitbringen. Lebwohl, laß es Dir gut gehen, morgen bin ich in Paris. Herzlichst *Stefan*

*Hôtel des Colonies, 27, rue Paul Lelong*

*Dienstag [1922]*

Liebe Fritzi,
dies der erste Brief, da Du doch Berichte willst. Ich bin also ganz ausgezeichnet gereist, in Straßburg übernachteten wir, sahen morgens wieder den herrlichen Münster, fuhren dann in den ausgezeichneten, leichten französischen Waggons weiter, kamen pünktlich auf die Minute an. Deprès und Bazal (Léon Bazalgette) erwarteten mich, ich ging nur einen Sprung in das sehr nette Hotel, wo ich ein hübsches Zimmer mit gefährlich breitem Bett bekam, dann gleich spazieren mit den Freunden.

Luxus, Glanz unerhört. Nie waren die Straßen so hell, so strahlend, der Geschmack so entwickelt. Nie habe ich die Distanz zu unseren dunkeln, am Abend erloschenen Städten so gefühlt. Aber merkwürdig – nur ein Gefühl der Antwort innen darauf, daß mich diese Welt nichts angeht, nicht interessiert. Alle die Theater spielen nicht für mich – sowenig wie für meine Freunde hier, die jahrelang den Fuß nicht hinsetzen, all diese Herrlichkeit erregt in mir nicht – wie bei den meisten – einen Funken Neugier oder Spannung. Die kieselgroßen Edelsteine – ich möchte sie nicht aufheben.

Dieses Gefühl des Nicht-Haben-Wollens macht natürlich den Aufenthalt hier viel schöner. Eine Modefrau aus Österreich müßte hier toll werden – wir haben ja alles vergessen, was es gibt und gab. Dabei gar nicht teurer als bei uns. Aber die Qualität des Essens ist unbeschreiblich: Milch, Käse, Gemüse, Fleisch, das hat alles Trefflichkeiten, die wir längst vergessen haben. Ich werde Dir viel vorzuschwärmen haben.

Die Freunde – Crucy und Jean R. Bloch – sind für paar Tage fort, soll ich alle gemeinsam bei einem Essen sehen, das Dienstag den 28. angesetzt ist, um allen Zeit zu lassen und alle zu vereinen. Am 29. mittag oder 30. will ich dann fort. Laß es Dir gut gehen und grüße alle *Stefzi*

*Paris, 21. März 1922*

Chère F.
j'aurais beaucoup à dire, mais tout cela ne se prête pas bien à la parole. J'ai senti ici toute la journée un sentiment que je ne puis exprimer, eine gräßliche Fremdheit, ich spüre plötzlich aus tausend Zeichen den geballten Haß von hüben und drüben und daß man nie mehr ganz heiter,

ganz leicht irgendwo wird leben können, außer in sich selbst. Ich kann nicht schildern, wie wichtig für innere Erkenntnis dieses Wiedersehen mit Paris war – gestern, mit Bazal und Deprès, gewärmt von den Freunden, habe ich nicht alles so klar gesehen. Abends ging ich zu Rolland, sah auch seine Schwester. Er ist herrlich wie immer. Leider hat man mich in den Mittelpunkt einer Aktion gestellt, ein neuer internationaler Klub ist gegründet und will mich feierlich zur Eröffnung einladen. Ich aber will nicht – ich will hier ganz still leben.

*23. März 1922*

Liebe Fritzi,

... es geht mir hier sehr gut und ginge mir noch besser ohne die verfluchte Einfühlungsfähigkeit: ich sehe hier die Situation von seiten Frankreichs. Man versteht viel, wenn man denkt, wie die Menschen hier unter dem Zeppelin gelitten haben, und wenn man sich ausdenkt, von Salzburg bis Linz stünde nicht ein Baum, ein Haus, alles wäre dem Erdboden gleichgemacht. Ich war stundenlang heute im Louvre: wenn hier eine Bombe gefallen wäre! Oh, warum kann man hier nicht vergessen, warum erinnert alles so furchtbar, viel viel mehr als in Deutschland oder bei uns.

Samstag gibt der neue Cercle Intern. Littéraire, den Anatole France präsidiert, sein erstes Déjeuner zu Ehren Galsworthys, der ihn dem englischen angeschlossen hat. Als Symbol der Internationalität hat man mich geladen und zwar in der herzlichsten Form. Ich habe mich mit Händen und Füßen gewehrt, so daß sogar Rolland froissiert war – ich will nicht Manifestation sein, nicht »Begrüßt« werden. Aber ich kann wohl nicht anders – denn die Ablehnung wäre eine noch peinlichere Manifestation und vor allem für die Freunde. So muß ich wohl oder übel mitparadieren – ich bat nur dringend, alle Ansprachen zu vermeiden. Du weißt, wie ich unter Öffentlichkeit leide. Glücklicherweise habe ich viele Freunde dort.

Das Hotel ist reizend: leider der Besitzer von jener kalten ablehnenden Höflichkeit wie damals in der Westschweiz. Man ist geduldet. Am liebsten zöge ich in das Beaujolais hinüber, wo ich ein kleines Zimmer haben könnte, aber ehe ich Euch von der Veränderung verständige, sind Eure Briefe hier. Post ist eine Kette, es gibt nur Freiheit des Reisens ohne Briefe. Ich erzähle das nicht einmal den Freunden, die sich einbilden, man liebe die Österreicher. Schließlich ist doch vor drei Jahren in der Nachbarstraße eine Zeppelinbombe niedergefallen und hat zehn Leute getötet. Wie könnten die Menschen da herzlich sein. Wir müssen eben büßen für alle – dafür bleibt viele Schlechtigkeit, die man selbst begangen hat, für immer geheim. Ich weiß nicht, ob Du mich ganz verstehst – ich bin froh, daß ich auch die Feindlichkeit fühle, denn die Liebe meiner Freunde könnte mich sonst leicht über die Situation täuschen. Es war doch gut, daß ich kam: nie habe ich es als notwendiger empfunden weiterzuarbeiten in unserem Sinn. Es ist nötig, nötiger als je.

Heute war ich bei Zifferer mit der Hofrätin und meinem alten Freund Crommelynck. Wir haben viel Jugendzeit aufgefrischt: ach wie reizend war diese Stunde. Abends bin ich bei Bazal. Nächster Tage noch einmal bei Rolland, der sehr leidend ist. Jouve und Arcos sind nicht aufgetaucht. Samstag bin ich bei Duhamel, abends bei Vildrac, Sonntag ist das gemeinsame Abschiedssouper. Mittwoch, spätestens Donnerstag, will ich reisen. – Nächste Briefe nach Zürich. Ich fahre möglicherweise nach Chartres. Ich freue mich sehr auf die Reise und freue mich auf die Heimkehr. Alles Gute Dir, den Kindern und Wuwu. *Stefzi*

*[Notiz von Friderike: Herbst 22]*

Cara moglie,
um mich herum ist eine Paketpostanstalt – die Amoke laufen in die Welt …, so knistert und knattert es um mich her: ich aber werde gleich gehen, um mich der *herrlichen* Sonne noch zu erfreuen, die heute sich hieher verirrt hat. Briefe: von Deinem Mütterchen diese Karte, von meinen Eltern ein langer Brief Papas, dem Du bei Gelegenheit schreiben solltest, ferner will die Filmvertriebsstelle, die mir die Novelle verkaufte auch ein Exemplar von Vögelchen, weil danach sich schon jemand erkundigt hätte. Ich höre Dein geldhungriges Herz von Frankfurt bis hieher bei dieser Nachricht klopfen … Im Hause ist alles in Ordnung, ich werde sehr gefüttert, Metz langweilt sich und ein wenig auch mich mit seiner Larmoyanz: ich habe so ein Bedürfnis nach heitern Menschen, wie ich es nicht sagen kann nur bin ich immer von Raunzern umgeben. Ich kann mich seit Wochen nicht erinnern einmal in Gesellschaft gelacht zu haben, obwohl ich innerlich sehr dazu bereit bin. Aber die Literatur verdirbt wohl die Menschen und die Zeit tut ihr Übriges. Du hast an Victor wenigstens einen guten Partner jetzt, laßt es Euch dort so gut als möglich gehen.

Vater Bahr blieb noch einen Tag hier, hat sich aber nicht gemeldet. Ich wollte nicht zudringlich sein. Auch freu ich mich der Stille.

Von Dir erwarte ich morgen erste Nachricht. Nur diese Zeilen für heute – Grüß mir die Metzgerin und den Metzger und gib bei Goethe Deine Karte für mich ab. Herzlichst *Stefzi*

*Frankfurt, 24. Oktober [1922]*

Mein Liebes,
hab Dank für Heidelberg. Es war schön in mehrfacher Hinsicht. Gestern abend versprach es mir nichts. Öde und stockfinster. Heute die erste Sonne, wirklich klarste Sonne seit Wochen und über einer Landschaft voll bewegter Lieblichkeit und versonnenem Zauber. Über einer Tür des Schlosses las ich: Haec est porta Jehovae, und das war der Wahlspruch dieses goldenen Morgens. In zehn Minuten erlebt man dort mehr als in jahrelangen Schulgeschichtsstunden. Und die Luft, Steffi, die Luft, besser als auf Bergen. Rings die Berge in schmetternden Farben, schöner als wir es sehen, weil wir ja mehr Nadel- als Laubbäume haben. Ich ging an den Neckar und mußte natürlich dabei an das Wort grasen denken, das gut zu dieser städtischen Ländlichkeit paßt. Im Schloß sah ich ein Bild, das mir sogleich auffiel. Maria Theresia auf einem Jagdritt. Die Landschaft mir ganz vertraut, und schon sagte der Führer »bei Salzburg«. Aber es ist ein Mosaik von Landschaft um Salzburg. Leider keine Reproduktion erhältlich. Aß noch an der Bahn, im Zug fast allein, las in meinem Goethe die Sesenheimer Episode, die entzückend unaufrichtig geschildert ist. Überhaupt interessant in Goethe, wie Erkenntnis über *alles* mit einer Contenance des Übergehens gleichzeitig einhergeht, diese scheinbare Berechnung der Wirkung, die zweite Natur ist und vornehm anmutet. Viel Eitelkeit!

Mit Droschke dann zu Fleischers. Medi eine Stunde vorher vergebens an der Bahn gewesen. Ich entdeckte unter einem Wald von Inselbüchern meine Lenaubriefe. Bitte reklamiere bei der Insel einige für den »Herausgeber«. Amok sah ich noch nicht.

Wie geht es Dir, mein Lieber? Wie wünschte ich Dir diese gute klare Sonne, die auch hier ist. Geht Dir im Hause nichts ab oder erträgst Du es geduldig, als Kehrseite der Annehmlichkeit meiner Abwesenheit? Hat sich Bahr gemeldet? Ist der Goethe gekommen? Ja richtig, in einer Kunsthandlung entdeckte ich einen Signac, aus hiesigem Privatbesitz, sehr hübsches Aquarell, ein spätes. Werde morgen den Preis erfahren.

Gute Liebesgedanken an Dich und die Kinder und tausend Dank für alles Schöne Dein *Mumu*

*Frankfurt 27/10 [1922]*

Mein Liebes,
eben Deinen Brief erhalten und freue mich Deiner guten Laune. Auch Dein Telegramm hatte ich heute zeitlich früh. Den Signac hätte ich gekauft, wenn er billiger gewesen wäre. Fauconnier meinte damals, sie stünden nicht hoch im Preis. Sie machen einen freundlichen Eindruck. Wir sollten in unserer Regenzone lauter helle, leuchtende Sachen haben. – Mein Liebes, Victor ist leider gar nicht wohl, und dabei sind sie beide so lieb, daß ich wohl noch bis Sonntag bleibe. – Gestern hörten wir d'Albert spielen. Völlig unpersönlich, unheimlich grandios im Mephistowalzer. Heute gehe ich zu *Demetrius* und werde, während Medi spielt, gleichzeitig gebildet. Gestern machten wir einen schönen Spaziergang ins Land. Papa habe ich einen langen Brief geschrieben. Mama glaube ich hier fortwährend zu sehen: es ist ja die Stadt eleganter alter Damen. Alle die schönen Villen sind voll davon. – Küß mir die Kinder, grüß alle. Dir in Liebe *Mumu*

*Weimar, 30. Oktober [1922]*

Mein Liebes,
Ja, siehst Du, es ist nicht gut mich auszulassen, jetzt rennt das Raderl so weiter. Gestern noch am Rhein und eben jetzt schon im gemütlichen »Elefanten«, in einem guten Bett und herrlich geheizten Zimmer. Eben kommt auch ein Telegramm von Valerie, daß alles zu Hause gut geht, und so bin ich wirklich vergnügt. Mein Lieber, was sagst Du aber zu mir: keine Züge versäumt, immer herrliche Sitzplätze, Zimmer telegraphisch bestellt, alles allein geschafft. Viktor und Medi waren ganz entzückend und wollten mich immer noch nicht weglassen. Zwei wunderbare Menschen. Medi wirklich eine seltene Frau. Auch waren wir manchmal wie die lustigen Weiber von Windsor, und gestern abend war ich halb krank vor Lachen. Und was einen auch so freuen kann, überall liebt und achtet man sie. Überall schwärmt man auch von Dir, Liebes. Eine entzückende Schauspielerin, Hilde Wall, lernte ich kennen und die sechste Frau d'Alberts.

Schön war es gestern am Rhein, Bacharach und Trechtlingshausen, welches Gemäuer, unheimlich und gemütlich zugleich. Samstag war ich auch noch in ganz alten Gassen. Fuhr nur einen kurzen Nachmittag von Frankfurt nach Weimar, kostete 400 Mark, soviel wie eine Mahlzeit. Morgen oder übermorgen wird Friedmann von Leipzig herüberkommen. Ich werde unerhört gebildet zurückkommen. Mein Liebes, ich danke Dir für diese angenehme Sorglosigkeit. Hoffentlich bist Du auch froh, daß ich von dieser Reise wieder etwas gescheiter geworden bin. Du mußt Dir nur alles von mir erzählen lassen. Bitte, Liebes, komm nach Nürnberg, ich kann es schon gar nicht mehr erwarten, Dich in meine Arme zu schließen.

An Medis Theater habe ich eine Schauspielerin für *Legende* entdeckt. Auch sie selbst könnte eine der Frauen spielen. – Mein Liebes, ich fuhr mit der Frau eines Laryngologen. Sie erzählte mir, wie sehr ihr Mann gegen das starke Rauchen sei und wie schädlich Nikotinvergiftungen seien, das Gedächtnis zerstören und die Vitalität untergraben. Sei mir nicht böse, aber ich mußte Dir das erzählen.

Hoffentlich sind die Kinder brav. Küß mir die Kinder. Mein Liebes, schreib mir bald, wann Du und ob Du (bitte, bitte) nach Nürnberg kommst. Sei innigst umarmt, mein geliebter Mann, von Deinem *Mumu*

*Weimar, Mittwoch [1922]*

Mein Liebes,
eben erhalte ich Deine Karte und die Briefe der Kinder. Mein Liebes, hoffentlich bist Du nicht unzufrieden, daß ich nach Weimar gefahren bin. Rothenburg wäre nur Genießen gewesen, hier lerne ich genießend und lerne eine Art von Genuß, der mich beglückt und auch deshalb, weil ich Deinem Wissen würdiger werde. Ich spüre Dich bei allem, was ich sehe und erfahre und habe eine wahre Wollust, mehr und mehr zu wissen. Der Gedanke, zu Hause bei Dir alle oder die meisten Bücher zu haben und von Dir Fragen beantwortet zu bekommen, berauscht mich. Daß es zu einer anderen Zeit viel schöner sei, Lieber, ist ein Irrtum. Es ist ja jetzt hier noch Herbst, die uralten Linden um Goethes Gartenhaus noch belaubt. Ich bin heute, weil das Archiv nicht offen war, den ganzen Park abgegangen. Gerade diese letzte Herbststimmung bei hellster Sonne und großem weißem Mond am blaßblauen Himmel über diesen selten schönen Bäumen und den hervorleuchtenden Säulen und Gedenksteinen, das ist so stimmungsvoll, als man es sich nur wünschen kann. Auch in Ober-Weimar war ich, wollte nachmittags noch ins Goethehaus, bin aber so ins Spazierengehen gekom-

men, daß es schon dunkel wurde, und ich hoffte, Nachricht von Dir und den Kindern zu haben.

Hoffentlich kann ich Dich Freitag abend zu Hause telefonisch sprechen, viel viel lieber aber wäre es mir, in Nürnberg Dich zu umärmeln. Bin ja so gerne mit Dir an fremden Orten und habe Dir so viel zu erzählen und möchte es noch gerne ganz frisch tun.

Du schreibst nicht ein Wort, wie Du arbeitest. Heute las ich im Berliner Tageblatt, daß unter den bedeutenden Büchern, die am meisten gelesen werden, Hamsun, Wassermann, die beiden Mann und Stefan Zweig seien. Die *Drei Meister* liegen hier in einer herrlichen Buchhandlung inmitten schönster Bücher.

Heute vormittag war ich im Wittumspalais. Es ist entzückend. Was für Eindrücke! Ich hätte Lust, mich ganz in diese Dinge zu vertiefen und einen Kurs »Weimar zu Goethes Zeit« zu halten. Vielleicht schreibe ichs für die Kinder nieder. Dann, mein Lieber, war ich im Schillerhaus; nun ich konnte es eigentlich nicht ganz ohne Bitterkeit sehen. Hauptsächlich die Aufstellung über die Freunde, die seinen Sarg tragen sollten. Da steht in der Liste: *durchgestrichen* »Herr Riemer bei Herrn Geheimrat Goethe wird die Entschuldigung mündlich vorbringen«. Am Schreibtisch das letzte Blatt Demetrius. Ob's ein gutes Stück geworden wäre? . . .

Friedmann, immer gleich munter und gelahrt, hat morgen kein Kolleg und kommt herüber. Vielleicht gehe ich nach Belvedere hinaus, was in Begleitung angenehmer ist. Friedmann war mit Dujardin beisammen und schwärmt sehr von ihm. Also, mein Liebes, endlos möchte ich Dir erzählen. Der verlorengegangene Brief wurmt mich.

Ich umarme Dich innigst *Mumu*

Weimar, *31. Oktober [1922]*

Mein Liebes,
Das Stubenmädchen, meinend in Weimar wäre genug geschrieben worden, hat mir mein Briefpapier weggetragen, so mußt Du meine Verzückung kariert entgegennehmen. Mein Liebling, das einmal mit Dir sehen! Ich habe Herzklopfen vor Glück. Wie soll ich mich denn beruhigen. Und von heute abend an habe ich ein entzückendes Zimmer mit den hübschesten alten Möbeln. – Also, schon in der Früh kam der liebe getreue Friedmann. Er war froh und vergnügt und ich mit ihm. Es ist was schönes um gute Freunde. Sonne kam heraus, als wir ins Gartenhaus gingen, dort habe ich Eicheln und Kastanien mit fort

genommen. Das Bett, sein Reitsessel, der Eßzecher, oh, Liebes, wie einem das nahe geht. Und dann gingen wir über einen Teppich von Laub nach Ditfurt hinaus. Warst Du dort? Das Schloß ist bezaubernd. Diese entzückenden Zimmer, diese Erinnerungen, diese Leichtigkeit und künstlerisch gereifte Verspieltheit. Wir aßen in Ditfurt ganz gut und gingen dann in die Stadt zurück und in die beste Konditorei Mitteldeutschlands, dann – ins Goethehaus. Siehst Du, mein Liebes, hier fehlen mir die Worte. Wollte Gott, wenn sie dann langsam kommen werden, daß Du mich sprechen läßt. Ich möchte ein Jahr hierbleiben, Euch hier haben und *alles* bis ins Letzte lesen und studieren. So geht es einem, wenn einem in reifen Jahren eine solche Leidenschaft überfällt. Dann hat's einem. Mein Lieber, der Fauteuil, in dem er starb! Und manche Bilder, auch das von Zelter, ist so schön! Kennst Du den neuen Anbau? Das Zimmer mit den Farbenlehreapparaten? Ich muß mich mäßigen, ich bin ganz aufgeregt.

Hab Dank mein Lieber, Guter auch für dies. Ich führe übrigens Tagebuch auf dieser Reise. Blättere darin, es gehört ja letzten Endes alles Dir. Später möchte ich es den Kindern zeigen, aber gebe Gott, daß ich das alles noch mit Dir ansehen kann. Ich umarme Dich, Dein dankbares *Mumu*

*Hotel Habsburgerhof [Berlin, Juni 1923]*

Liebe F.

Hier strömender Regen. Ich habe an der Nordsee nichts versäumt dadurch, daß ich hier Freitag blieb. Camil war sehr lieb. Ich ging dann nur zu Henrici, der mir eine Reihe uralter Autographenkataloge, die ich nie mehr zu finden hoffte, zum Cadeau machte. Hotel schon sehr teuer, 85000 Mark ein mäßiges Zimmer ohne Telefon, Bahnen überfüllt. Alles reist wie toll, da am 1. die Preise verdreifacht werden. Die Menschen hier gräßlich, Camil fühlt es nach Paris wie einen bösen Traum. Heute beim Friseur ein Hühneraugenmittel gesehen: weißt Du wie es heißt? »Nu mal raus!« Kann eine solche Stadt vor dem lieben Gott bestehen, die solche Namen erfindet? Dafür kauft aber die Nation meine Bücher: von Amok bekam ich das zwölfte Tausend in Leipzig bezahlt, muß also nicht wechseln.

Ich hoffe von Dir Gutes in Westerland zu hören und grüße Dich vielmals mit einigen eingestreuten Küssen *Stefan*

Alles Herzliche zu Hause.

*Westerland. Sonntag [Juni 1923]*

Liebe Fritzi,
ich bin gut angekommen, in mildes Wetter hinein. Der Ort ist herrlich leer. Das Meer ist herrlicher denn je. Nach einer Stunde fühlte ich mich schon wie befreit. Tote windstille Luft, selbst an der Adria, ist mir unerträglich. Schon in Hamburg wurde mir wohl!

Wie lange ich bleibe, weiß ich noch nicht. Ich glaube, ich werde hier einiges lesen und arbeiten können. Mit dem Baden wird heute begonnen.

Was ich Dir nun raten soll, Nord oder Süd? Ich weiß es nicht. Die Ostseebäder werden sehr voll sein, tue ganz nach Deinen Wünschen. Laß Dich in allen Deinen Entschlüssen nicht durch mein eventuelles Kommen beeinflussen, warte nicht auf mich.

Nun viele Grüße. Ich hätte noch viel zu erzählen, dies alles aber fürs Wiedersehen, grüße die Kinder, die Freunde und sei herzlichst umarmt von Deinem *St.*

*22. Juni, Salzburg,*
*nach Westerland auf Sylt [1923]*

Lieber Stefan,
endlich flüchte ich mich in die Ruhe des Briefschreibens. Es freut mich, wenn Du Ruhe hast, aber wenn Du nicht hier bist, glauben die Menschen, unser Haus sei völlig zu ihrer Benützung, wenn nur irgend ein Vorwand besteht heraufzukommen ... Ich freue mich, Dir diesmal wenigstens in Gedanken folgen zu können. Über den Wilhelmskanal an den antikischen Widdern und Schafen vorbei, bis in das dänische Aquarium, wo wir quarantainisch eingesperrt waren. – Vom Timmersdorfer Strand und vom Lido habe ich Antworten. Werde jedenfalls an Dr. Janowitz schreiben, wo Bahrs immer wohnten. Bitte, mein Lieber, gib Acht auf Dich, mach in keiner Weise was Dummes, Kindisches, Unvorsichtiges. Vergiß nicht, daß ich auf der Welt bin und Anrecht auf Deine annähernde Vernünftigkeit habe, wenn auch nicht auf die vollendete. In Liebe Deine *F.*

*Dienstag morgen [Westerland, Juni 1923]*

L. F.
eben Deinen Brief von Freitag. Ich habe jetzt schon ganz sonniges Wetter, bei scharfem kaltem Wind, ganz wie ich es gern habe, und wenig

Menschen hier. Man muß sich sein eigenes Leben erhalten. Du wirst mir zugeben, daß ich Dich mit Recht immer gewarnt habe, so viele Menschen ins Haus zu ziehen. Ich weiß sehr wohl, warum ich im Caféhaus empfange – die Leute haben oft kein Maß und vergessen, daß sie nicht die Einzigen sind. Bei Rolland wird eiserne Disziplin gehalten werden müssen. Nun zu Deinen Sommerplänen. 100 Lire Pension am Lido wären 25 Franken. Mir ist es nicht zu viel, ich habe aber das Gefühl, daß Du dort im Gefühl der Teuerung zu sehr sparen und Dir damit den Aufenthalt verderben würdest.

Ich werde also vermutlich am 7. reisen, unterwegs vielleicht in Würzburg bleiben. Ich fühle mich hier äußerst wohl und genieße das Fernsein als ein wirklich Bei-Mir-Sein. Sei innigst umarmt von Deinem *Stefan*

*24. Juni 1923*

Mein lieber Stefan,
eben kommt Dein Telegramm. Ich freue mich der guten Nachricht. Einige Anrufe: doch Du sollst jetzt wirklich geschäftliche Dinge für zwei knappe Wochen ablehnen. Schließlich gilt es doch, Deine Lebensbestimmung zu verteidigen. Glaub mir, nicht die Unfreiheit, von der Du immer sprichst, ist es, die Dich beengt, sondern die des Gewissens Deiner Künstlerschaft. Das Gewissen, das Dich drückt, wenn Du gedrängt bist, Deinen Blick ins Leben kommerziell zu orientieren und Dich dafür interessierst, wie andere, die doch einer andren Welt angehören, es sich »leichter machen«! *Deine* Welt ist die Welt selbst. Eine Stunde am Meer wird Dir das auch ohne mich gesagt haben.

Gestern war ich bei Lix. Sie sah gut aus. Sie dankt Dir für Deinen Geburtstagswunsch. – Deine Mutter lädt mich nach Ischl.

Sei in Liebe umarmt und *bitte* gib acht auf Dich beim Baden. Viele Küsse *Fr.*.

*[Juni 1923]*

Liebe Fritzi,
wir könnten uns also noch in Salzburg sehen, falls ich am Sonntag ankomme, sonst erwarte ich Dich bei Deinem Zug in München. – Ich habe mich hier *unerhört* wohl gefühlt, durch Luft, Licht, Meer, die blonden Mädchen (die eine das entzückendste an Anmut) und durch große Leichtigkeit des Lebens. Einige Aufsätze (Masereel, Bahr, Kip-

penberg, Festschrift) habe ich so weit gebracht, daß ich sie nur zu diktieren brauche. Ich gehe *furchtbar ungern* hier fort, aber dies Leben ist zu leicht, zu gut, zu voll von vielen kleinen Dingen, die einen selbst leichtfertig machen. Im ganzen ein entzückender Abschied von der Jugend. Hoffentlich nicht der letzte.

Packe gut und sei bereit für Deinen *Stefzi*

*Salzburg, 10. Juli 23*
*nach Warnemünde, Ostsee*

L. F.
ich hoffe Dich gut angekommen, bereits reingebadet vom Reisestaub im heiligen Meer, innigst vergnügt von Münchner Begegnung, heiter begleitet von Suses staunendem Geschwätz. Lasse es Dir, ich bitte Dich darum, gut gehen, erfülle Dir jeden auch zufälligen und törichten Wunsch und folge damit meinem westerländischen Beispiel. – Zu Hause alles in Ordnung, Rolf traurig, weil keine Apportelwerfer. Sei herzlich gegrüßt von Deinem *St.*

*Warnemünde, 11. Juli [1923]*

Mein lieber Männe (so sagen sie nämlich hier – oder auch) ach Engelchen,

ich glaube, ich bleibe bei Engelchen, es paßt so gut auf Dich. Sehr dankerfüllt denken wir an Dich, denn es ist sehr schön da. Das Meer auch hier direkt vom lieben Gott (mit einem großen G). Hotel Hübner sehr angenehm, aber es kostet schon 13000 Mark per Person, weder hervorragend gut, noch reichlich. Suse gestern beim Sonnenuntergang ganz hingerissen, daß sie mir vor lauter Glückseligkeit um den Hals fiel. Ich hoffe, es geht Dir im Hause nichts ab. Alles, alles Liebe innigst und Dich herwünschend *Fr.*

Ich freue mich über Lix' gute Expedition. Nun bist Du ganz Alleinthronender ... Schrieb von Berlin, Neustrelitz und telegrafierte Ankunft.

*Salzburg, Juli 23*

Liebe Gattin,

... Lasse mich wissen, wann Du fährst. Die Überfüllung entsetzlich: jeder Zug von Reichenhall 1–2 Stunden Verspätung, dazu noch die ewigen Feste. Fährst Du über Leipzig, so kannst Du bei der Insel Geld beheben, so viel Du brauchst, ich habe eben 10 Millionen abdisponiert, aber noch 4 dort, da ich ein neues Tausend der *Drei Meister* ausbezahlt bekam – erstaunlich, wie die Bücher von mir gehen oder eigentlich rennen.

Laß es Dir und Suse gut gehen und nimm möglichst viel Meer mit.

Herzlichst Dein *St.*

Gestern stuppte mich Rolf ununterbrochen und zog mich zu dem Schrank im Gartenzimmer: dort blieb er dann stehen und sah mich verzweifelt an. Ich glaubte, ein Apportel sei ihm unter den Kasten gerutscht: aber wie ich unten nachsah, war dort ein Igel, den er hereingeschleppt und der sich klug, für ihn unerreichbar, unter den Kasten gerollt hatte. Rolfs Verzweiflung darüber war unermeßlich, besonders aber, als wir dann heimlich den Igel herausholten und in den Wald erlösten.

Dafür haben die ekelhaften Katzen schon zweimal meine Butter gefressen und den ganzen Frühstückstisch abgeräumt.

*Salzburg, Juli 23*

L. F.

eben Deinen Brief erhalten. Also – da Bitten nichts gegen Deine Bedenken zu helfen scheint – *befehle* ich Dir, nicht zu sparen, zu der unzulänglichen Pension reichlich Magenfütterung beizustellen. Ich will, daß Du Deinen Urlaub ganz und voll genießt.

Rolland schrieb, daß er am 28. von Zürich fort will, am 30. hier sein will. Ich riet ihm ab, durch Bayern zu fahren. Ich freue mich sehr auf ihn.

Rolfi liegt gebrochen in seinem dicken Pelz auf den Steinen und sieht mich vorwurfsvoll an, daß ich es noch nicht regnen lasse. Ich fühle mich aber bei der Wärme und auch sonst sehr wohl. Gestern traf ich den Strohwitwerkollegen Faistauer, emeritierten Kirchenmaler.

Ich wünsche Dir Heiterkeit, Abenteuer, Arbeit, Wohlergehen, überhaupt alles erdenkliche Gute. Sei nicht böse, daß ich Dir nicht mehr schreibe, aber ich habe Papa, Mama, Alfred – eine ganze Familienkorrespondenz. Grüße Suse und sage ihr, ich bestehe auf einem 4 Seiten langen Brief. Innigst *Stefzi*

*1. September 1923, aus dem Zug,*
*auf der Reise nach Wien*

L. F.,
ich habe verhängnisvollerweise leider gerade die Korrekturen der Gedichte, für die ich mir ein Kuvert von Meingast vorbereiten ließ, liegen lassen. Bitte es mir *sofort* nachzuschicken. Es sind die Gedichte »Der Maler«, »Der Flieger«, »Der Kaiser«, »Der Beichtiger«, »Der Fakir«,
Herzlichst *Stefzi*

*Wien 3. Sept. 23*

Liebe F.
Dank für Deine rasche Sendung. Hier zu Hause Papa recht schwach, geht sehr mühsam. Hundert komplizierte Schwierigkeiten. – Alles ist chaotisch. Gestern war ich bei Deiner Mutter: sie sieht recht gut aus, ist wie immer still und zufrieden. Viele Grüße in Eile. *Stefan*

*5. Sept. [1923]*

L. F.
Dank für Brief und Korrekturen. Inselbrief enthielt leider wieder Mitteilung über 5 Milliarden, die schon wieder entwertet sind. Aber ich kann nicht den ganzen Tag herumlaufen und mir das Geld retten. Es ist ein Jammer, wie da eine Million nach der andern in Rauch aufgeht.
Herzlichst *St.*

*[Paris] Hôtel Beaujolais, rue de Beaujolais,*
*im Gebäude des Palais Royal. [Jan. 1924]*

Liebe Fritzi,
glücklich angekommen – von der Grenze an kein Schnee, milde Luft, herrlich nach dem entsetzlichen Frost. An der Bahn Bazalgette, der Getreue; im Hotel, das gänzlich renoviert ist, ein prächtiges Zimmer in den Garten. Leider eine Sache, die mich sehr ärgert: X telegrafiert, er käme Montag. Ich habe nur gar keine Lust, von den 8–10 Tagen die

Hälfte auf Fremdenführung eines nur deutschsprechenden Freundes zu verwenden – ich will einmal 10 Tage für mich sein. Was soll ich nun telegrafieren? Lieber Gott schenk mir Brutalität. Ich schreibe dies im Zimmer, ehe auf der Gasse gewesen zu sein. Herzlichst *Stefan*

*[Jan.] 1924, Paris, Hôtel Beaujolais*

Liebe Fritzi,
heute wieder unendlich viel herumgelaufen, aber gar nicht müde – nur ein wenig von den Menschen. Wir saßen heute – René Arcos und ich – stundenlang in leichtem Rock außen in den Cafés, es gibt hier wirklich keinen Winter. Ich war nie so entzückt als diesmal (wozu mein Hotel viel tut) freilich mit sentimentalen Augenblicken einer Rührung, der ich mich fast schäme. Du weißt eben nicht, was die Zeit hier in meinem Leben war – die Befreiung von Wien, das Menschwerden überhaupt.

Ich bleibe wahrscheinlich bis Montag. Alles Gute Dir und den Kindern. *St.*

*[Paris, Jan. 1924]*

Liebe,
ich danke Dir für Deinen lieben zweiten Brief. Heute war ich bei Martinet, der gerettet scheint, ferner alltäglich Sitzung bei Frans für mein Portrait. Dazu Crommellynk, ein notwendiger Besuch in St. Cloud bei Madame Verhaeren. Und zwischendurch Paris, göttlich strahlend schön wie nie, ein Meer von Licht und Farbe. Meine liebe Fritzi, ich bin *aufrichtig,* wenn ich Dir sage, daß ich jede Stunde bedaure, daß Du nicht da bist – es ist ein wie von Gott geschaffener Kontrast zu Salzburg, und ich verspreche Dir, daß wir nächstes Jahr (wenn ich noch Geld habe, was aber zu hoffen ist) auf 14 Tage herkommen. – Also nächstes Jahr, meine Liebe, Gute, die Du im Gehämmer lebst, indes Dein Stefzi atmet und sich der linden Meerluft (mit Crevetten) erfreut. – Gekauft habe ich mir nur ein paar alte Autographenkataloge – ich bin nur besessen von einem Bilde Masereels. – Alle grüßen Dich innigst. Sage den Kindern alles Gute – Du siehst aus dem täglichen Schreiben, daß ich an Dich denke. Innigst Dein *Stefzi*

*[Paris, Jan. 1924]*

Liebste Fritzi,
aus meinem herrlichen Zimmer – Blick in den Garten, mit den prunkvollen Türen aus dem alten Palais Royal – schreibe ich Dir spätabends. Habe viel Menschen gesehen. Zuerst Bazal, der prächtig ist, dann war ich bei Kra, war nachmittags in der Galerie Billiet, die neuen Masereel Bilder zu sehen. Du kannst Dir nicht denken, wie herrlich seine letzten Porträts sind – man soll die Reproduktionen verbrennen, so leblos und farbtot wirken sie. Ich bin grenzenlos begeistert, und ein großes Bild hätte ich leidenschaftlich gern gekauft, aber lieber laß ich mich doch von M. portraitieren. Das nimmt zwar Zeit, aber ich bin glücklich, mit diesem wunderbaren Menschen beisammen zu sein. Er ist nicht mehr so heiter wie früher, irgend etwas Dunkles hängt über ihm. Dann sah ich noch Scheyer, speiste bei Zifferer. Morgen die Hofrätin und Fauconnier und Unruh kommt. Soll zu Charavay, der Tag wird voll. Mein Herrlichstes – flaner dans les rues, bouquiner – lasse ich mir nicht gern durch Bindungen und Verabredungen nehmen.

Gott, ist diese Stadt schön. Abends ein Glanz ohnegleichen in die Dunkelheit – ich atme mit dem Geruch der süßen, milden Luft meine ganze Jugend mit, beuge mich zum Fenster mit mir selbst hinaus. Leb wohl! Es ist zwar zu schön, hier vom Fenster im Palais Royal schlafen zu gehen, aber einmal muß es sein. Innigst *Stefan*

*[Paris, Jan. 1924]*

Liebe Fritzi,
ich habe hier Menschen gesehen für acht Monate! Dabei soll ich heute außer Crucy, einem Abendessen bei Fauconnier noch zu James Joyce zum Tee, ferner will ich Madeleine Marx (jetzt Paz nach ihrem neuen Mann genannt) sehen. – Dienstag nachts heim zu Dir. Was für lärmende Tage hast Du gehabt, wie wirst Du glücklich sein, die Arbeiter aus und den fleißigen Stefzi, den Geräuschlosen, in dem Haus zu haben! Aber es hat mir gewiß sehr gut getan. Andrée Jouve hoffe ich bei Jean Richard Bloch zu treffen, dann habe ich so ziemlich alles. Freue mich schon sehr auf die Arbeit – ohne sie ist das Leben doch auf die Dauer sinnlos, selbst wenn es so farbig ist wie hier in Paris. – Herzlichst Dir und Deinen Bobberles Dein *Stefzi*

*Paris 30/1 [1924]*

L. F.
Ich habe heute Deinen Brief von Montag, für den ich Dir herzlich danke. Ich bin furchtbar vergeben, von allen Richtungen. Am meisten wird Dich das Porträt Masereels erstaunen – es ist ganz anders als Du erwartest, in kühnster Weise *unmodern* ohne Farbenexperimente, klar und offen, dabei wie alle seine Porträts genial in der Ähnlichkeit. Er ist *herrlich*! – Möge Gott uns im nächsten Jahr häusliche Ruhe schenken, damit wir beide für 14 Tage hierher fahren können. – Porträt geht dann nach Wien zur Ausstellung. Ach Masereel ist ein so *reiner* Künstler. Lebwohl Liebe, ich komme bald *St.*

*[Paris, Febr. 1924]*

Liebe,
ich hoffe, morgen die Kleinigkeiten für Dich zu kaufen, sonst bringe ich Dir nur mein Porträt mit, das Dein Eigentum bleibt. Innigst Dein *Steffi*

*[Paris] Samstag [1924]*

Leider ist heute und gestern Nachricht von Dir ausgeblieben. Ich bin morgen mit Frans und Victor in Chartres. Mittwoch nachts at home und eher selbst bei Dir als andere Nachricht. Alles war herrlich und nun wird das Zu-Hause-sein und Arbeiten doppelt schön. Herzlichst Dein *Stefzi*

*[März 1924]*

Liebe Fritzi,
bei strahlendem Sonnenschein empfing ich Deine Regenbriefe. Das wird nicht lange dauern und auch Deinen Husten wirst Du bald los sein. Die Hauptsache ist, daß Du es Dir gut gehen läßt, Suse lange im Bett liegen läßt. – Kleist ist im Manuskript fertig: freilich wird es noch allerhand einzukorrigieren geben. Die Post aber wächst mir allmählich über den Kopf. Herzlichst Suse und Dir *St.*

*[März 1924]*

Liebe Fritzi,
aus dem Winter meines Mißvergnügens, wie Hamlet, schreibe ich Dir hoffentlich in den schönsten Sonnenschein und neidlos an das blaue Meer. Zu Hause alles in bester Ordnung.

In Wien gehen furchtbare Umwälzungen vor, an der Börse sind Gigantensummen verloren, die halbe Stadt in Débacle verwickelt: das wüste Luxusleben wird jetzt ein paar Jahre zu Ende sein. Vielleicht ist es gut, die Bäume wären sonst in den Himmel gewachsen.

Lebe wohl mein Kind und nochmals: Du hast nicht den Franc conterminiert und kannst Dir daher alles leisten, Ausflüge, Spazierfahrten, Oberschaum und Sonne und sogar ein wenig Sehnsucht nach Deinem *Stefzi*

Hoffentlich hast Du Zimmer auf das Meer hinaus!

*12. V. 24 aus Wien*

L. F.
vielen Dank! Ich komme zu gar nichts, weil ich sehr viel mit Rolland bin, dessen Ankunft hier lange verborgen blieb und der bei Rieger ausgezeichnet geschützt ist. Wir haben jeden Abend Loge in der Oper, ich strauße kräftig mit. Mittwoch sind wir bei Freud, morgen gebe ich das kleine Déjeuner, nachts dann zu Hause. Herzlichst *Stefzi*

*Zürich, 17. Juni 1924*

Hier gut angekommen. Die Ordnung hier ist unbeschreiblich und macht immer wieder von neuem Eindruck: man vergißt in was für einem Chaos wir leben. Morgen gedenke ich weiterzufahren, und zwar [nach] Boulogne. Ich hoffe eine Woche zu bleiben. Laß es Dir gut gehen und sei mit Deinen Kindern (und Kaspar-Wuzi) herzlichst gegrüßt *Stefan*

*Boulogne-sur-Mer, Hôtel Christol & Bristol,*
*19 Juillet [1924]*

L. F.
nun bin ich da und es gefällt mir sehr gut. Ich habe einen geschulten Instinkt: gar kein Luxus, ein leider sehr kleiner Badestrand, dafür hohe Dünen mit dichtem Grün, auf denen man liegen kann und bis nach England hinübersehen. Ein Zimmer im vierten Stock, das über das Bassin mit den abfahrenden Schiffen auf das Meer hinaussieht, zwei Betten (hélas). Dann noch eine ganz herrlich belebte französische Provinzstadt mit Markt und Cafés und allem Sonderbaren Frankreichs, das man hier viel stärker spürt als in Paris. Dazu noch – und das finde ich ideal – der »chicke« Kurort Paris-Plage eine halbe Stunde weit. Ich habe, wie Ostende, so gerne eine Stadt im Rücken – Westerland ist ein ins Leere hineingebautes Vergnügungsbad. Hier aber ein ewiges Kommen und Abladen und Ausladen von Schiffen. – Der Himmel spielt hier mit Wolken und Licht, aber er ist hoch und der Wind geht einem bis in die Lungen hinein. Mögest Du etwas davon aus meinem Briefe spüren. Herzlichst Dir und Allen Dein *St.*

*Samstag [1924]*

Frans ist heute weggefahren: wir haben uns hier ganz ausgezeichnet zusammen gefühlt; es scheint, daß ich einer der wenigen bin, die bei ihm die Heiterkeit und Frische wieder hervorholen. Wir haben zusammen gebadet, pantagruelische Mahlzeiten eingenommen, sind herumgerannt: es war ganz vortrefflich. Nun kommt aber bald die Stunde meines Absterbens: ich reise morgen, bleibe unterwegs noch in Amiens oder Reims. Ich dürfte 30. abends programmgemäß in Deinen Armen sein. Das Meer war öfters aufgeregt, ich dagegen gar nicht, sondern höchst zufrieden. Besonders tiefer schwarzer Schlaf war ein Erlebnis. Gelesen habe ich viel (Marcel Proust hauptsächlich), gearbeitet wenig. Ich hoffe Dich wohl und heiter anzutreffen, sende Dir die herzlichsten Grüße voraus *Stefan*

*[1924]*

Liebe Fritzi,
ich bin in diesem Augenblick sehr verwirrt und zutiefst beschämt: eben schickt mir Rolland die Widmung seines neuen Dramas und die Vorrede, in der er mir öffentlich dankt, ihn wieder zur Arbeit, zu seinem

eigentlichen Werk ermutigt zu haben. Seine Güte ist so unendlich, daß ich mich nur schämen kann: immer wieder übertrifft er alle Träume und Erwartungen. Es hat niemals einen solchen Menschen gegeben: ihm nahe gewesen zu sein, ist schon Verdienst und Glück für ein Leben. Innigst Dein *Stefzi*

*Freiburg, Breisgau, 18/2 [1925]*

L. F.
ich kam hier um drei Uhr an, nahm mir im herrlichen Hotel ein Zimmer, schlief dann. Jetzt aber werde ich aufs Schafott geführt. Von Appenweiler habe ich von der Bahn das Straßburger Münster gesehen! Es lockte mich eigentlich doch! Herzlichst Euch allen *Stefzi*

*Baden-Baden 28/2 [1925]*

ich schreibe Dir aus Baden-Baden, kam nachmittags halb zwei Uhr an, ging sofort in dem nebligen Tal spazieren. Aber Du weißt gar nicht *wie* wir durch Salzburg verwöhnt sind. Landschaftlich scheint daneben alles Nördliche banal. Dann besuchte ich Schmidtbonn – es war eine herzliche Stunde mit ihm. Abends singe ich. Ein kleiner Saal, der aber gut besucht zu werden verspricht, obwohl noch ein Bildungsvortrag ist und die ganze Stadt 20000 Menschen hat. Aber der geistige Konsum ist hier in den kleinen Städten wirklich erstaunlich, man sollte das nicht geringschätzen. Morgen fahre ich nach Wiesbaden. Am liebsten würde ich ein Auto mieten und nach Marbach, Laufen etc. fahren.

Über die Korrekturen-Affaire bin ich nun beruhigt. – Ich hänge eben an meinen Büchern, wie Du an Deinen Kindern.

In Nürnberg hoffe ich Dich telefonisch zu erreichen. Ich grüße herzlichst das ganze Haus. *S.*

*Wiesbaden 1/3, 25*

L. F.
bis heute Samstag war alles mit den Vorträgen gut gegangen – heute kam der erste Knacks. Als ich hier Samstag ankam, war Vater Olden an der Bahn und teilte mir erschüttert mit, daß wegen des Todes Eberts – behördliche Absage aller Veranstaltungen – ich nicht lesen könne, was sie sehr bestürzte, weil der Saal im Vorverkauf fast ausverkauft war.

Man mußte auf Sonntag verlegen. – Ich wohne hier fabelhaft, im alten feudalen Hotel Vier Jahreszeiten. Der Besitzer betrachtet alle Vortragenden des Vereines als seine Gäste, kennt alle meine Bücher. In diesen Dingen der Bildung sind die Leute hier in Deutschland fabelhaft, man ist bekannt bis zum Hotelportier. Allerdings gehen meine Bücher *besonders* gut, wie mir alle Buchhändler erzählen – ich habe Angst zu verbonseln und ein Liebling der deutschen Mädchenwelt zu werden. Zwei Damen haben sich hier schon gemeldet und ihre Bereitschaft erklärt, die eine eine Jugendfreundin. Aber ich bin kein Freund von Aufwärmungen. Sonst Wiesbaden sehr sympathisch – eine Stadt, in der man ganz ausgezeichnet leben könnte, weil sie auch viel Hinterland hat, Mainz, Frankfurt, den Rhein. Außerdem den alten Antiquar Levi. Ich sah entzückende Sachen bei ihm (eine Serie von Farbenporträts von Lavater, mit seinen Beifügungen, ideal ein Biedermeierzimmer damit zu schmücken). Ich kaufte aber nur ein Autograph ...

Es wird einiges Heiteres und Sonstiges zu erzählen geben. Ich fühle mich vollkommen wohl, ja erfrischt. Es ist hier ganz und gar Frühling, Krokus und Schneeglöckchen – ein warmer Strich Himmel, quer durch Deutschland. Hoffentlich fühlst Du Dich wohl und hast schon alle Kalamitäten des Hauses besiegt. Herzlichst *Stefan*

Wegen der Korrekturen ist alles in Ordnung. Bitte erledige die folgenden sorgsam, damit endlich dieser Alp abgewälzt ist: ich hätte diesen Dämon schon gerne niedergekämpft.

*[Leipzig] 6/6 [1925]*

L. F.

wir waren eben mit R. R. in der Thomanerkirche bei einer Bach-Motette, auch Deine Freundin Andro haben wir dort getroffen. Sonst ist Leipzig Leipzig, womit alles gesagt scheint. Heute abend Belsazar. Alles läßt grüßen. Ich studiere noch den Fahrplan, ob ich mit R. nicht auch nach Kassel zu den Rembrandts fahre. Allerherzlichst *Stefan*

*Leipzig 7/6 [1925]*

Liebe F.

ich kann nur in Eile schreiben, daß ich Deinen Brief dankbar erhielt. Bitte schreibe Freud, er möge an Roniger senden. Händels Belsazar *unerhört,* ein elementarer Eindruck. Kippenberg sehe ich erst heute, auch der junge Friedenthal ist da, mit dem ich viel beisammen bin, unerhört begabt. Wir fahren vielleicht noch nach Kassel. Rolland hat mir den illustrierten Jean Christophe mitgebracht. Es geht ihm und seiner Schwester recht gut. Lebe wohl, alles Gute Dein *Stefan*

*Leipzig 9/6 [1925]*

Ich habe heute keine Nachricht von Dir. Ich selbst komme kaum dazu, mir die Zähne zu putzen, geschweige denn Briefe zu schreiben. Das Händelfest ist herrlich über alle Begriffe und R. – Du weißt ja.

Alles sonst programmgemäß. Herzlichst Euer *Stefan*

*[Weimar] 10/6, 25*

Liebe Fritzi,

nein, schreiben kann ich nicht, ich komme nicht dazu. Es geht mir unverdient gut! Händelfest war göttlich, ich habe ähnliche Chöre und Orgel nie in meinem Leben gehört. Auch viel gebummelt, schreiben und schlafen habe ich mir abgewöhnt. Herzlichst *Stefan*

Nos souvenirs affectueux *Madeleine Rolland* *Romain Rolland*

*[Weimar] 10/6 [1925]*

Liebe Fritzi,

heute Mittwoch geht es leider mit Weimar und Rolland zu Ende; wir haben hier ausgezeichnete Stunden der Ruhe und Behaglichkeit verbracht, waren gestern im Nietzsche Archiv, wo die uralte Frau Förster-Nietzsche sich wie ein Kind über Rollands Besuch freute und zu mir über mein Buch ganz gegen meine Erwartung *rührend* und dankbar war. Sie hatte noch eilig ein paar Leute der Haute Société verständigt, und es waren wirklich ein paar Damen von einer vorweltlichen Courtoisie und Noblesse da: manchmal muß man hier wirklich staunen, was die kleinen Städte an Qualität bergen. In Leipzig hatte Rolland das erfreuliche Bild, 25000 Jungmannschaften Parade abhalten zu sehen: es ist gut, daß die Gutwilligen auch die Gefahren kennen lernen: er war von den Gesichtern beim Paradeschritt geradezu erschreckt, so starrten sie von Verbissenheit und gewaltsamer Ausstraffung. Heute abend nächtige ich in Dresden, bin morgen [in] Reichenberg. Samstag Wien und hoffentlich Sonntag nacht zu Hause. Herzlichst Euch Allen *Stefzi*

*Salzburg, 30/6 nach Paris, Hôtel Beaujolais [1925]*

Chère mariée,
schreibe Dir nach Erhalt Deines Telegrammes aus Trouville. Hauptneuigkeiten schreibt Alix. Wetter andauernd schlecht, bin den ganzen Tag zu Hause, trachte meine Arbeit weiterzubringen, fange immer Neues an, statt Altes abzuschließen. – Ich bin schon neugierig, einmal gründliche Nachrichten von Dir zu haben, vor allem ob Suses Röteln oder Pseudo-Röteln, wie ich hoffe, schon vorbei sind. Bitte Dich auch, wenn Du irgend etwas benötigst, mir rechtzeitig zu schreiben. Wichtigste Bitte: laß es Dir gut gehen, nütze die Zeit und haste nicht aus einer nachträglich bereuten Nervosität vorzeits zurück. Im Hause alles in Ordnung, Hunde und Katzen, Alix und ich in bester Eintracht. Innigst Dein *Stefan*

*[Juli 1925]*

Heute schreibe ich Dir noch nach V. Vielleicht kannst Du Dir noch Rouen ansehen, die Kathedrale ist ganz herrlich. Jedenfalls ich verlasse mich auf Deine von mir erlernte Reisekunst. Richte Dir für die Rückkehr die freundlichste Laune her. – Denke Dir, heute bekam ich ein Telegramm von Frau Lilien, daß ihr Mann an einem Herzleiden gestorben sei (leider mit dem Annex, ich sollte in große Zeitungen einen Nachruf schreiben. Diese Art der Bestellung ist mir widerwärtig). Es berührte mich doch sehr, er war nur wenige Jahre älter und viel kräftiger als ich, ein lieber Jugendgefährte, und mir schmerzlich, seine Briefe nun in die Abteilung »Tote« zu tun. Viele Grüße und alles Gute für Deine weiteren Reisepläne Dein *Stefan*

*[Juli 1925]*

L. F.
Hoffentlich ist Deine Fahrt nach Mont Saint Michel gelungen. Wenn Du irgend etwas benötigst, bitte ich Dich mir rechtzeitig zu schreiben und Dich ja nicht einzuschränken, man kommt ja doch nicht so rasch wieder hin und muß überhaupt vom Leben nehmen, was noch zu nehmen ist: ich glaube ja nicht an die Schönheit des Alters. Eine Lebensweisheit wie jene, daß Armut edler sei als Reichtum, als Willen zur Tröstung der Depossedierten erfunden. Habe besseres Wetter als hier, wo es zum Verzweifeln wäre, hätte ich nicht mein Universalmittel gegen alle äußeren und inneren Düsterheiten, die Arbeit, bei der ich mich sehr wohl fühle, weil wenigstens eine der Sachen zu gelingen scheint. Nur etwas Sonne – einmal am Balkon sitzen können, *einen* Spaziergang machen! Dann bin ich wieder übermütig. Herzlichst *Stefan*

*[Juli 1925]*

Hast Du Bazalgette gefragt, wann bei ihm mein Dostojewski erscheint? Heute kriegte ich durch die Insel zwei russische Bücher, die längst schon erschienen sind. Drei Meister, schon übersetzt, sind von der Zensur nicht erlaubt worden, da Dostojewskis Auffassung nicht im bolschewistischen Sinne. Die Dummheit hat in jedem Lande eben andere Formen. Liebe F., hier immer das Gleiche »der Regen regnet jeglichen Tag«. 50000 Feuerwehrleute erfüllen die Stadt, löschen aber nur ihren Durst. Die Stadt dröhnt von Gebrüll und Gepfiff, Signalen und Hupen, bisher habe ich aber treu fleißig, wenn auch nicht redlich gearbeitet. Mir fällt viel ein, ich habe Pläne für lange hinaus: wenn man mir Ruhe läßt, funktioniert der weiche Gehirnkasten noch immer erträglich. Grüße Suse, bade soviel Du baden kannst, es gibt doch nur ein Meer. Alix fährt also am 20. zu ihrem Vater. Herzlichst *Stefan*

Um den Arbeitsstörungen während der Salzburger Festspiele zu entgehen, begab sich Stefan nach Zell am See. Wie so oft, wenn der Beginn einer Arbeit besondere Schwierigkeiten zeitigte, litt seine Stimmung und führte nun zu besonderen Depressionen, die latent vorhanden waren. Dieser Brief ist symptomatisch.

*Grand Hôtel 3. August 25*
*Zell am See*

L. F.
vielen Dank für Brief und Anruf. Hier lebe ich so isoliert wie kaum je, kenne niemanden, weder im Hotel, noch im Ort, nur Reichsdeutsche und Ungarn. Wien gleich Null – alles aus Leipzig und noch sächsischer. Mir aber einerlei, ich arbeite und lese einiges, nicht gar zu viel. Die Novelle, die ich grundiere, ist unziemlich schwer, es reizt mich ja überhaupt nur mehr, das Komplizierte anzugehen.

Meine depressiven Zustände haben keine reellen Gründe, weder in Arbeit (die ist nicht so arg) noch im Nikotin, das ich übrigens jetzt nur zur Probe zwei Tage aussetze. Es ist eine Alterskrise, verbunden mit einer allzugroßen (meinem Alter ungemäßen) Klarheit – ich beschwindle mich nicht mit Unsterblichkeitsträumen, weiß wie relativ die ganze Literatur ist, die ich machen kann, glaube nicht an die Menschheit, freue mich an zu wenigem. Manchmal kommt aus solchen Krisen was heraus, manchmal kommt man durch sie noch tiefer hinein – aber natürlich gehört sie zu einem dazu. Ich sehe sie bei Leonhard ebenso, der sich aber in dümmster Weise beschwindelt – man soll eben resignieren und hat zuvor durch die zehn Jahre Krieg und Nachkrieg nicht das zugehörige Maß an Freude und Jugend gehabt. Und dann sind unsere Kriegsnerven eben doch nicht mehr ganz reparabel, der Pessimismus reicht tief unter die Haut. Ich erwarte mir nichts mehr – denn ob ich 10000 oder 150000 Exemplare verkaufe, ist doch einerlei. Wichtig wäre etwas Neues neu anfangen, eine andere Art Leben, anderen Ehrgeiz, anderes Verhältnis zum Dasein – auswandern nicht nur äußerlich. Die Vortragsreise war ja wirklich nicht klug. Ich habe sie aus Schwäche gemacht, aus Nicht-Nein-Sagen-Können und dann, um mich zu zwingen, ein wenig unterwegs zu sein. Ich möchte in den nächsten Jahren mich gewaltsam beweglicher machen – viel und kurz reisen, das tut uns am besten. Laß es Dir gut gehen und sei vielmals gegrüßt *S.*

*[Pfandelscharte, 18. August 25]*

Liebe F.
von jugendlicher Unternehmungslust getrieben habe ich (mit Postauto nämlich) diese Höhe erklommen: hier oben liege ich seit Stunden im Gras und lasse es mir wohl sein. Herzlichst *St.*

*Hôtel Beauveau, Marseille 4/11 [1925]*

Liebe Fritzi,
nachdem ich mit einem Telegramm Dich bereits beruhigt habe, nun erste Nachricht. Ich habe als Hotel gefunden, was mir ganz zusagt, altes Haus ohne Restaurant, das einzige, das Blick auf den Hafen hat (ich fotografiere ihn Dir morgen vom Fenster), ein Zimmer spaziös, so daß ich auch arbeiten kann. Auch sonst scheint Marseille ganz das zu sein, was ich will – eine lebendige Stadt. Mit 5 Minuten Tramwayfahrt ist man an der Corniche mit Tropenbäumen und Blick auf das Meer. Mir lieber als Kurorte, wo nur langweilige Müßiggänger sind. Das Leben üppig und vor allem lebendig. Und Ruhe inmitten Lebendigkeit, Einsamkeit im Zentrum einer Bewegung war das, was ich suchte. Während ich Dir schreibe, sehe ich von Zeit zu Zeit rasch zum Fenster hinaus: mich mahnt's an das Alsterbassin und mein Hamburger Zimmer, nur freilich das Klima: laue, durchsonnte Luft mit unzähligen Farbtönen vom Grellen die Scala herunter bis zu diesem Brûme, der an Paris erinnert. – Ich bleibe jedenfalls acht bis zwölf Tage, vielleicht gehe ich noch auf jene Inseln (Hyères) als bescheidene Kompensation meines Balearentraums. Laß es Dir inzwischen gut gehen und sei vielmals gegrüßt von Deinem dich in französischer Währung tausendmal küssenden – ist das nicht genug? – sonst Schweizer Währung *Stefzi*

*[Restaurant Basso, Quai des Belges, 4. 11. 25]*

L. F.
ich verwende dieses seltsame Briefpapier, um Dir zu zeigen, daß ich die Bouillabaisse an der berühmten Quelle gegessen habe. Der Tag gestern war zauberhaft: ich habe nur sehr kurz gebadet, aber ich konnte nicht anders, das Wasser war so blau, die Sonne so stark, daß ich glaubte im Sommer zu sein. Die Stadt ist hier herrlich, voll Leben und Intensität, voll Vielfalt und einem Reich und Arm in unendlicher Auseinanderspannung. Ich lese gute Bücher, esse vorzüglich, habe Dir zu Ehren eine Languste verschmaust. In das Matrosenviertel konnte ich nicht viel gehen – gestern abend, als ich durch jene Gassen wanderte, trat ein Polizist auf mich zu und riet mir, nicht allein zu gehen: diese Gassen sind so unbeleuchtet und gespenstisch wie bei uns in der Kriegszeit. Bitte laßt es Euch gut gehen. Herzlichst *St.*

*[Nov. 1925]*

Liebes Kind,
ein kleines postalisches Wunder, ich habe Deine Karte von Montag aus München heute, Dienstag abend bekommen. Ich fahre morgen Mittwoch nach Avignon, bleibe dort bis Mittag, bin um 5 Uhr in Dijon bei der Foîre Gastronomique. Gefällt es mir dort und kommt Frans (Masereel), den ich ermuntert habe, so bleibe ich noch über Freitag nacht, sonst bin ich schon Freitag nacht in Villeneuve. So sehe ich noch zwei Städte, ohne mich anzustrengen.

Am 20. habe ich Schlafwagen von Zürich und bin am 21. morgens gegen 9 Uhr, wie ich hoffe, gut erholt, in Salzburg. Gott, es entlastet einen, nicht immer die literarischen, die jüdischen Themen diskutiert zu hören – einmal die Realitäten des Lebens zu spüren.

Nach Hyères bin ich nicht gefahren, weil die See unruhig ist – es war ein beispielloser Mistral bei strahlend klarem Himmel und tiefblauem Meer. Speien kann ich auch zu Hause, wenn ich die österreichischen Zeitungen lese: dazu muß ich nicht nach Hyères fahren. So besuche ich wieder einmal in Avignon das Château des Papes, sehe mir den Spaß der Foîre Gastronomique in Dijon an und lande in Villeneuve, dem tröstlichen Hafen aller geistigen Unrast. Mitgebrungen habe ich soviel wie nichts. Die Dinge hier zeigen einen stark linzerischen Zug. Das Schönste ist hier der Schmutz in den Hafengassen: ich möchte eine solche Gasse schildern, wo neben einem Zigarrengeschäft im Nachbarladen vier Kühe stehen, und die Kinder auf dem Rinnstein mit ihrem eigenen Kot spielen, indessen von allen vier Stockwerken die schmutzige Wäsche von fünfhundert Personen pendelt und singende blinde Bettler zwischen dem Gemüse und den räudigen Katzen herumstolpern. Dieser Gestank ist Orient: nicht umsonst wurde dort das Räucherwerk erfunden. Diese Gassen aber münden kerzengrad in die Boulevards. Hier spottet die Faulheit noch der Nivellierung.

Lebwohl und bleibe heiter und so weiter, in Zärtlichkeit meiner gedenkend und Deine Küsse inzwischen an Suse verschenkend, übermütig und dennoch gütig, aber nicht mehr eifersuchtswütig und sei gegrüßt in diesen arabischen Makamen mit dem vertrauten Muzzinamen! Amen! *Stefzi*

*[Nov. 1925]*

L. F.
eben kamen Deine beiden Briefe – ich danke Dir sehr. Eben ist großer militärischer Aufmarsch: Feier des Waffenstillstandstages, der einzige Tag, der in Frankreich gefeiert wird. Übrigens wie nett sind diese Neger mit ihren großen verwunderten Augen in den Uniformen: sie sind halb stolz, halb fühlen sie sich fremd. Überhaupt was es da an menschlicher Species gibt: eine Bouillabaisse sämtlicher Rassen und Trachten. Von Rolland habe ich Brief, ich solle kommen, wann ich könne. Ich wäre dann 13. nachts in Villeneuve – länger also in Rollands Nähe, die ja für mich sehr beglückend ist, obwohl das Klima hier unvergleichlich ist. Wie das strahlt: ich setze mich dann gleich an die Sonne an den Strand, die Lichte der Welt zu genießen.

Mein Schäfchen, ich konnte Dir Samstag nicht telegrafieren. Debussy ist spottbillig: 200 Mark für eines der berühmten Lieder. Und dabei so rasend selten! Ich habe ihm schon geschrieben.

Ich bin froh, nicht nach Paris gegangen zu sein, weil ich hier und bei Rolland mich wirklich ausruhe, lange bei offenem Fenster im Bett liege und lese, kurz mich ganz orientalisiere. Nur weh tut's, die schönen weißen Riesenschiffe abfahren zu sehen und nicht mitzufahren: manchmal ist mir, als sei der Orient meine Heimat. Grüß mir Dein haushaltendes Kind und sei herzlichst umarmt von Deinem *Stefzi*

*Hôtel Byron, Villeneuve.*
*16. u. 17. XI [1925]*

L. F.
Vielen Dank für Deinen melancholischen Brief, der über meine Korrespondenz klagt, obwohl Du ja weißt, wie sehr ich selber sie liebe, der das ganze Jahr daran geschraubt ist. Aber ich habe ja selbst oft derlei Stimmungen und kenne sie zur Genüge. – Rolland sieht ausgezeichnet aus, auch Madeleine und der Papa, der in diesem Jahre 90 Jahre wird, aber noch täglich nach Territet frühmorgens um die Zeitung geht und von allen der Rüstigste ist. Es wird viel zu erzählen geben. – Ich genieße diese Stunden sehr: gestern las mir R. aus der Voyage intérieur vor, wunderbar. Auch sonst geht man ganz ein in neue Liebe für ihn. Die Fotos nicht übermäßig gelungen, freilich auch mußte ich pressieren, um R. nicht in der kalten Luft lang stehen zu lassen …

Schön wär's, wenn inzwischen der Teufel alle Briefe geholt hätte, damit ich wie ein Tiger mich in die verlassene Arbeit und wie ein Lämmchen in Deine Arme stürzen kann. Ich schreibe nun kaum mehr, denn balde, balde bin ich zu Hause. Herzlichst *Stefan*

*Lübeck 1/2, 26*

Liebe Fritzi,
aus der Stadt der Erinnerungen einen guten Gruß. Ich bin irgendwie verwirrt über den merkwürdigen Erfolg dieser Reise, gestern zum erstenmal seit Jahren die Kammerspiele, heute hier ausverkauft und ein Eingehen des Publikums wie der Zeitungen, das mich fast beunruhigt. Aber jetzt ist die Fahrt bald zu Ende, morgen beginnt der häßlichere Teil, Berlin. In Hamburg jede Nacht bis 4 Uhr in St. Pauli, unerhört lustig und vergnügt. Herzlichst *Stefan*

*[Wien, Jan. 1926]*

Liebe Nachtigall (wie singst Du so schön!)
es scheint also, daß man für Dich größere Säle bauen muß. Ich bin neugierig, ob es so herrlich weiter geht. Hoffentlich ohne zu große Hetze und ohne, daß Du dann für Wochen menschenscheu bist und Dich vergräbst. – Mit Papa und Mama war ich heute viel und lieb beisammen. Sie sind beide recht gut gestimmt und sehen gut aus. Wien ist so weit nicht unangenehm und von Pleite nichts zu sehen. Kolossale Toiletten auf Bällen und zur Verlockung in den Auslagen. Mehr Luxusangebot als in Paris, wo die Schaufenster weit zurückhaltender sind.

Hoffentlich hast Du Dr. Ami Kämmerer nicht zu schlecht gefunden.

Grüße von mir vor allem das Hotel: »Combien j'ai douce souvenance«. Noch jetzt glüht mir das Herz, wenn ich an die Halle denke und den Brief, den Du mir dort gabst.

Sei umarmt, mein Liebes, und von meinen Wünschen behütet

*Mumu*

*[Wien, 29. 1. 1926]*

Mein Liebes,

ein schöner Tag heute für uns, für Dich aber mühevoll. Aber es ist doch ergreifend zu denken, wie heute an vielen Orten Menschen stehen – Du in Berlin, Friedmann in Leipzig am Radiosender, Erwin Rieger hier und andere und wirklich aufrichtigen Herzens, wie das sonst bei Feiern so selten geschieht! Ihn zu feiern. Dein Buch sah ich neben Rollands Bild und Büchern in vielen Auslagen, wo man fast kleine Altäre für ihn aufgebaut hat. Felix Braun sagte mir, in der Neuen Züricher Zeitung seien sehr schöne Worte über Deinen Vortrag gestanden.

*[August 1926]*

Liebe F.

ich bin gut unterwegs, jetzt in Bern. Die Sauberkeit überrascht hier immer wieder, freilich auch die Bahnpreise. Sei vielmals gegrüßt von Deinem *St.*

*Zermatt, 8/8, 26*

diesmal hast Du mir nicht zu wenig, sondern zuviel eingepackt, nämlich den Salzburger Regen. Ich hoffe nur, es wird, wie wir es in Monte Carlo erlebten, nur das Relief für spätere Sonnentage sein. Wohne heute provisorisch in Zermatt, will mir morgen Riffelalp ansehen und eventuell mieten. Viele Grüße *St.*

*Hotel Riffelalp, 9/8 [1926]*

Liebes Kind,

da ich weiß, mit welcher Ungeduld Du auf meine Nachrichten wartest, schreibe ich Dir sofort einen Brief! Also: ich habe wieder mein bewährtes Wetterglück: strahlende Sonne heute morgen, die Luft unglaublich. Das Hotel ganz mein Genre, sehr englisch, ein paar Basler Patricier, gar keine Deutsche – das Ganze im Herzpunkt der Berge, gegenüber das Matterhorn – zu den Gletschern und zum ewigen Schnee ein Spaziergang auf gutem Weg. – Ich finde es hier göttlich, schöner als in Wengen, weil höher, offener – und Du würdest hier den ganzen Tag Alpenblumen pflücken. Man hat das Gefühl, hier andere Lungen zu haben. Grüße Deine Kindlein. Herzlichst *St.*

*[August 1926]*

Liebe Gattin,
es ist heute Montag wieder dermaßen schön, strahlend und göttlich, daß ich mich entschlossen habe, zwei Tage länger zu bleiben. Ich reise Freitag von hier ab, bin abends im Hotel Byron, aber nur über den Samstag (ich habe Angst, Rolland zu stören). Schöner als hier kann es wirklich nirgends sein – diese Spaziergänge um 3000 Meter sind göttlich. Das einzige was mich ärgert, ist die Schweizer-englische Sittlichkeit – man kann nirgends sich das Hemd oder auch nur den Kragen ausziehen. So sind wir alle wie Krebse im Gesicht und unter dem Kragen blühweiß, indes es doch gerade wunderbar wäre, Höhensonne in den ganzen Körper zu bekommen. – Sehr angenehm ist mir hier das musikalische Trio, die abends Tanzmusik machen, nachmittags aber allerbeste Sachen in meisterhafter Weise spielen. Ich kann mir auswählen, was ich will und habe so die ganzen Schubert-Trios und Beethoven-Sonaten in Kontinuität. Der Violinist und die Klavierspielerin, beides Wiener, sind first class. – Ich habe hier Glück bei zwei amerikanischen, sehr klugen Schwestern und zerbreche mir die Zunge: leider stört eine die andere in der gleichen Absicht. Es wäre Stoff für eine Komödie. Mich amüsiert die Sache sehr. Leb wohl! Herzlichst *St.*

*[August 1926]*

L. F.
Es ist gleich herrlich, ich gehe viel spazieren, atme mit Wohlbehagen die starke Luft und wünschte, Dir ein Paket davon schicken zu können. Ich lese viel und höre alle Sprachen, manchmal ist's wie ein Turm von Babel. Deutsche wenige – aber jeder hat einen Lautsprecher in die Kehle eingebaut, so daß sie percentuell allen andern überlegen scheinen. Herzlichst Euch allen *St.*

*14/8 [1926]*

L. F.
vielen Dank für Deine Nachrichten. Hier unverändert schönes Wetter. Ich arbeite vorbereitend an jener Skizze zu Fouché, spreche wenig und fühle mich wohl. – Für stille Menschen herrlich. Die Nachmittag alleredelste Kammermusik von Beethoven bis Mussorgsky und dies ganz ohne Konzessionen, so daß höchstens zwei Leute zuhören. Abends

müssen sie dann jazzen und charlestownen – man ist wirklich erbittert, daß Künstler dieses Ranges solche Musik schuften müssen. Eigentlich aber klug von ihnen – sie haben gratis Ferienaufenthalt, Verdienst und üben hier ihr Programm ein. *St.*

*[August 1926]*

L. F.
ich schreibe noch von Riffelalp, ich habe meinen Aufenthalt verlängert. Eigentlich ist es Wahnsinn, überhaupt von hier wegzugehen – eine Sonne wie hier 2200 und 3000 Meter hoch ist unvergleichlich. – Aber es ist gut, daß ich weggehe – 8 Tage ist mir meine Anonymität meisterhaft gelungen, leider aber haben die letzten Tage viel Deutsche gebracht, von denen sich vier mir schon vorstellten. Ich mag Hotels, solange ich niemanden kenne und alle beobachte, deshalb meine kurzen Aufenthalte, die Dir merkwürdig vorkommen. Mit der Fremdheit ist eben das Schönste vorbei.

Hier Aufregung, weil zwei Touristen uns gegenüber am Matterhorn abstürzten: selbstverständlich tot.

Ich gehe also Freitag nach Villeneuve, bleibe Samstag, vielleicht noch Sonntag. Viele Grüße *St.*

*Villeneuve, Samstag [August 1926]*

L. F.
vielen Dank für Deine beiden Briefe, die ich hier fand. Am liebsten möchte ich hier bleiben, so schön still ist es hier, aber ich fürchte, R. durch meine Nähe zu stören. Ich komme Dienstag oder Mittwoch nach Salzburg. Ich habe gar keine Angst vor der Unruhe in Salzburg, ich bin diesmal sehr ruhig und ohne Sorge, da ich meine Arbeit klar sehe. – Von Rolland erzähle ich Dir in S. Papa R. hat am 10. seinen neunzigsten Geburtstag gefeiert, ist munter und vergnügt. Viele Grüße *Stefan*

Es ist herrlich hier, aber jetzt erst weiß ich, was das für eine göttliche Luft dort oben war, ein zauberischer, unwahrscheinlicher Aufenthalt. Am letzten Abend unvergleichliches Mondlicht, Beethovens letzte Sonaten, a little love and so on! Manchmal ist das Leben doch sehr schön. Viele Grüße *Stefzi*

*Lido, 16/9 26*

Lieber Stefan,
da ich unten am Strand schreibe, benütze ich Bleistift und danke Dir für die Nachrichten. Daß Du nach München fährst, hat mir freudig Leonhard geschrieben, auch daß Schmidtbonn hinkommt. Die Kinder haben Dir gestern geschrieben, daß wir Freunde hier getroffen haben. Felix blühend aussehend aber verstimmt. Ich war mit dem wunderlieben Ehepaar Kahane, Deinen alten Freunden. – Sie scheinen einander sehr gut zu sein; welches Glück, von dem Mann, den man liebt, drei Söhne zu haben! Du hast Felix traurig geschrieben. Lieber, könnte ich doch mein Herzblut geben, Dich froh zu machen. Wie gern will ich alle größeren Umrisse des gemeinsamen Lebens Deinen Wünschen gemäß nachzeichnen – demgegenüber bist Du zaghaft oder ablehnend – die kleinen Dinge, die nichts bedeuten sollten, wenn sie unglücklicherweise gegen Deine Gefühle und Wünsche verstoßen, sind oft Werke des vergeßlichen Augenblickes, die durch Deine häufige Mißstimmung entstehen, die erschütterte Energie nicht immer meistert. Bei Gott nichts weiter! Auch da hoffe ich Abhilfe zu schaffen. Erneute Kräfte geben Mut.

Wenn man hier so recht die Heilkraft der Sonne und des warmen Meerbades spürt, hat man den Trost, daß Hunderte von unbemittelten Kindern sie auch genießen. Neben den Capannen, am linken Zipfel der Insel, sind riesige Liegehallen und ein großer Strand vom italienischen Staat für erholungsbedürftige Kinder eingerichtet. Vom M. Attentat hat man hier wenig gespürt, d. h. auch in Venedig nicht, außer den wunderschönen Flaggen auf der Markuskirche und einen Zug von Schwarzhemden, spärlich an Zahl und an Jahren. Aber das Volk kommt mir etwas weniger heiter vor, wenn auch noch sehr sympathisch. Und die vielen schönen Menschen! ... Sei herzlichst gegrüßt von Deiner *F.*

Vortragsreise November, Dezember 1926.

*Von Salzburg nach Mainz [1926]*

Mein Liebes,
ja, die Fahrt war diesmal sehr nett. Keine Räder unter dem Ruhekissen, mit Ausnahme der paar Vorwürfe deinerseits, Du würdest wegen der Begleitung auf den Bahnsteig alles vergessen. Ich bin für diese Dresd-

ner Reise nicht nur dankbar, weil ich diesen Festabend mitmachen konnte und Dich noch in der Nähe hatte, sondern weil es mir wieder klar wurde, daß es für Dich und mich sehr wertvoll ist, nicht in einer wirklichen Stadt ständig leben zu müssen und inmitten von Menschen der verschiedensten Ehrgeize, mit den dazugehörigen Kleinmenschlichkeiten. Schließlich sind wir ja doch noch Menschen gegenüber halbwegs gläubig geblieben. Das wären wir längst nicht mehr, hätten wir ihre Schwächen immer vor der Nase, ohne gleichgültig genug zu sein und abgehärtet wie sie selbst.

Es gibt nichts Neues. Es häufen sich die Anfragen um weihnachtliche Beiträge und dergleichen mehr. Ich glaube aber, daß Du Dich etwas rarer machen solltest, mit Rundfragen etc. Ein bißchen Privatleben muß man sich doch bewahren. Meinst Du nicht auch? Begreiflicherweise ist jetzt ein Ansturm, aber da heißt es eben rechtzeitig bremsen, daß dieses Öffentlichkeitsgefühl einem nicht über den Kopf wächst.

Herr L. Brieger will wissen, was ich als »bedeutende« Künstlerfrau (soll wohl heißen Frau des bedeutenden etc.) über Künstlerehen denke. Das zu beantworten wird mir Spaß machen.

Eben Dein süßer Brief. Vielen, vielen Dank. Bitte gib Acht auf Dich. 1000 Küsse *Mumu*

*30/11 Mainz [1926]*

L. F.,
liebes Lamm, Dank für Dein Brieftelegramm. Ich las gestern in Wiesbaden, dinierte nachher (phänomenal!!) bei Henckell-Trocken (den ich seinerzeit bei Reinhardt traf), reise morgen weiter. Ich habe mich hier sehr ausgeruht, in der Bibliothek war alles entzückend zu mir. Jetzt geht freilich der Wirbel los in Berlin. In Köln hoffe ich Botschaft von Dir zu finden. Herzlichst *Stefan*

*2/XII Köln [1926]*

Liebes Lämmchen,
ich habe hier im Domhotel nichts von Dir vorgefunden – nun, ich hoffe, das kommt noch. Die Gegend ist *sehr* interessant durch ihre beispiellose Vitalität, davon hat man keinen blassen Schimmer. Essen allein hat mehr Einwohner als Dresden, und 20 Minuten weit sind Duisburg, Dortmund, Düsseldorf mit je 300000 und 400000 – ungeheuerliche Komplexe! Ich schreibe Dir gelegentlich mehr. Sei vielmals gegrüßt von *St.*

*Köln, 3/XII 1926*

Liebes Kind,
Deine Nachrichten dankbar empfangen. Bitte, liebes Kind, mehr Klarheit und Übersicht. Ich weiß, Liebes, wie sehr Du Dich plagst, aber ich werde Dir die Briefe zeigen und Dich fragen, ob Du Dich selber auskennst. – Mir geht es hier herrlich. Essen war mir uninteressant durch den Vortrag, dagegen hatte ich hier mit der Vorlesung einen Erfolg, der noch jenen in Hamburg übertraf. Trotz Kreisler-Konzert einen überfüllten Saal, verspäteter Beginn, weil man Podiumsitze installieren mußte, und ein ausgezeichnet hörendes Publikum, darunter merkwürdig viel Geistliche. Nachher mußte ich in ungefähr 70–100 neugekaufte Bücher meinen Namen einzeichnen, darunter sehr hübschen Mädchen, die ich doch lieber anders bedankt hätte. Seit 7 Jahren hat die gute literarische Gesellschaft keinen solch vollen Saal gehabt – ich wurde dementsprechend verwöhnt. Das ganze berührte einen so seltsam in einer ganz fremden Welt, als die ich Köln empfinde: die Menschen hier lesen doch solider, treuer, lesen ein Werk zurück, von einem Buch zum andern. Heute gehe ich noch ins Museum und den Domschatz besichtigen, habe aber – siehe dies – doch Zeit, Dir mit Tinte diesen langen Brief zu schreiben. Morgen bin ich in Aachen, Sonntag Düsseldorf, wo ich Viertel sprechen will.

Alles Gute fürs Haus Dein *Stefan*

*[Dez. 1926]*

Liebes Lamm,
eben Dein Brief. Du klagst, daß Du zu keiner Konzentration kommst – Liebes, das sehe ich aus dem Konfusen Deiner Briefe, aber ich weiß, das ist nicht so tragisch. Hier habe ich gute Tage gehabt und viel Erfolg, wie Dir die Blätter (das nationaldeutsche und das katholische) zeigen. Sehr nett die Studenten, die mich für nächstes Jahr um einen Vortrag baten und einige junge Mädchen (eine neue Sorte, sehr lustig und zugleich ernst-strebsam). Jetzt geht's nach Aachen. Lebwohl, mein Kind, klage nicht, verzage nicht, auch die Einsamkeit nimmt bald ein Ende. Herzlichst *St.*

Es waren diesmal einige Leute eigens aus Bonn, Koblenz, Godesberg herübergekommen: Ich war wirklich gerührt davon.

*Aachen, 5/XII [1926]*

L. F.
ich bin in Aachen, habe dank Herrn Witte den herrlichen Kirchenschatz des Doms genau gesehen. – Dinge, die man nicht für möglich halten würde. Und der Dom selbst! Doch eigentlich das Mächtigste an Eindruck, man fühlt, hier stand vor Paris das Zentrum der Welt. Morgen reise ich nach Düsseldorf, wo ich von Dir Briefe zu finden hoffe.
Herzlichst *St.*

*Salzburg 7/XII [1926]*

Lieber Stefan,
freu mich Deiner Erfolge und aller Anregungen, die hoffentlich in Berlin nicht zu anstrengend werden. Gestern sandte ich Dir die fast vollzählige Liste Deiner Post. Deine Postnervosität ist unnötig. In Deiner Abwesenheit beurteile ich, was wichtig ist, und Du mußt Dich verlassen und mir vertrauen. Was Dringliches schreibe ich weder konfus, noch undeutlich. So mein Liebes und nun Schwamm drüber. Seit gestern ist Felix Braun hier und ich verbrachte mit ihm einen sehr lieben Abend. Er erzählte viel vom lieben Carossa.
Sci umarmt von Deiner *F.*

*Berlin, 10/XII [1926]*

Gehetzt wie ein Wildschwein, schreibe ich nur im Fluge. Premiere ist am 18. Ich will aber kaum bleiben. – Fest bei Donath sehr nett, ich vergaß Dich zu erinnern, ihm zu gratulieren. Camill entzückend. Unzählige Bekannte, dazu die Auswärtigen, Lernet-Holenia, Polgar, Bruno Frank etc. etc. ich bin aber unauffindbar. Die Sonntagsvorlesung schon Mittwoch ausverkauft – wirklich scheußlich, wie ein Tenor komm ich mir vor. Volpone einige Annahmen, Felix Bloch hofft auf weitreichenden Erfolg. Ich selbst sehr müde von zuviel Alkohol, Tabak, zu wenig Schlaf, dazu verschnupft und verkühlt von Zentralheizungen und kalten Zügen – in Duisburg mußte ich einmal mitten im Vortrag unterbrechen, die Stimme war fort, aber die 700 Leute da. Samstag, einziger freier Abend, große Fête bei Fischers, wo ich zusagte – heute nach dem Vortrag hoffe ich auf zwei Stunden abzupaschen. Sonntag Diner für mich im Bristol mit allen Bonzen – scheußlich, aber unumgänglich. Oh la gloire quelle saleté, quelle ordure! Aber bald

Salzburg, wie will ichs genießen – die Großstadt ist purer Irrsinn, besonders Berlin, wo *Alles* immer zugleich ist. Alle Freunde sind kaputt durch Telefon und tägliche Einladungen, alle stöhnen sie nach Schlaf – ich Salzburger gelte als der Erzweise. Und Du mein Lamm, klage nicht, verzage nicht, wenn Dir das Herz auch bricht, vergiß mich nie, üb Stenografie und ächze nicht, es geht Dir besser als Deinem *Stefzi*

Grüße Suse und Alle.

*Buchs, 6/8 Mittwoch morgens [1927]*

Wir haben 1 und eine halbe Stunde Verspätung durch einen Bergrutsch bei Lend gehabt, so bin ich erst nach 12 Uhr in Zuoz, habe aber hier spazierengehen können, vorbei am Hotel Rätia, dem Rößli und ähnlichen trüben Stätten. Dafür bemerkten wir damals gar nicht, wie wunderbar altertümlich das alte Dorfschloß rückwärts über dem See sich aufstuft: damals hatte man die Augen vernagelt. Viele Grüße den Deinen *St.*

*St. Moritz, 7/8 [1927]*

Erinnerung an Calondrische Zeiten! Herzlichst *Stefzi*

Die herzlichsten Empfehlungen. Schade, daß Sie fehlen! Ergebenst
*Erich Ebermayer*

*Kurhaus Castell*
*Zuoz, Unter-Engadin, 8/8 [1927]*

Liebe Fritzi,
also ich melde restloses Zufriedensein, nachdem ich endlich ein gutes Zimmer eroberte (mit Balkon, so daß ich im Freien arbeiten und lesen kann, sonnenübergossen). Das Hotel sehr anständig vornehm – nur Schweizer und Deutsche: leider wurde ich von einem Karlsruher agnosziert, doch verstecke ich mich und gehe außer zum Essen nie in die Säle.

Zur Kur vorerst ein Geständnis: die Hauptkur habe ich mir in Salzburg verordnet und seit dem Einsteigen in den Zug nicht mehr geraucht und keinen Tropfen Kaffee getrunken. Alles andere mag nur Rahmen sein um dies eigentliche Krankheitssymptom der übermäßigen Steigerungsmittel. Nun, dies ist mit einem Ruck abgedreht, ich trinke Hochgebirgsluft und kaue wie ein Amerikaner. Der Arzt fand meinen Blutdruck jünglingshaft, bei starker Bewegung keine Ermüdungskurven (Du bekommst die Originalfotos meines Pulses für Deine Sammlung) und ordinierte mir gar nichts. Die Kur ist folgende: ich lasse mich um 7 wecken. Um halb acht beginnt die Gymnastik mit Atemübungen (sehr intelligent, weit über dem Wald- und Wiesen-Herumturnen) in einer Lufthütte (wobei ich zum Erstaunen auf jeden Sweater verzichte und im Höschen allein turne, während die andern noch in der Wolle frieren: wir sind doch unglaublich abgehärtet). Um halb neun habe ich eine warme, ins Kalte überfließende Douche, nachher wird man von einer hübschen Assistentin frottiert. Dann Frühstück, so daß man um 9 Uhr tun kann, was man will. – Gearbeitet habe ich noch nichts, aber alles vorbereitet und fühle mich wirklich ausgezeichnet. – Heute mache ich blau und fahre nach Pontresina zu Ebermayer. Im ganzen fühle ich mich erstens *sehr stolz* auf das heroische Nichtrauchen, ohne damit Dich noch andere nervös gemacht zu haben, und sonst zufrieden und still hier zu sitzen und mich eines göttlichen Wetters zu erfreuen. Hoffentlich bleibt alles so und ich höre auch von Euch Gutes und Erfreuliches.

So, das war *der* Brief dieses Sommers. Jetzt kommen nur mehr Karten, denn hier dürfte das Leben vollkommen regulär und monoton verlaufen, als ich entschlossen bin, Bekannte auf das energischeste zu meiden und mich vollkommen zu isolieren.

Herzlichst Euch allen *Stefan*

*Zuoz, 8/8 [1927]*

L. F.
heute einen herrlichen Ausflug gemacht bis nach Maloja mit dem Auto und auch sonst mich trefflich mit Ebermayer unterhalten. Hier im Hotel alles herrlich bis auf den Punkt der sehr ersehnten Anonymität: ich habe hier die schönsten Einladungen auf Touren im Rolls Royce, very funny and amusing offers, you will be amused. Aber I would prefer to write my Casanova than to live it. You will be very amused. Truly yours *St.*

*Salzburg, 9/8 nach Zuoz [1927]*

Mein Liebes,
hab vielen Dank für den Brief und die Karten. Heute habe ich die ganze bisherige Post erledigt. Das Haus dröhnt vom Meißel der Gasleute. Der Obermonteur hat keinen Dunst, so machte ich selbst den Plan der Röhrenleitung. – Im rückwärtigen Garten studiert jetzt zweimal im Tag Moissi. Ich störe ihn nicht. Mein Liebes, casanovre, so wie es Dir am besten behagt, teils so, teils so, wird wohl das Vernünftigste sein. Der Schreibtisch bleibt an seinem Fleck, das andere ist nicht so stabil, wie Du ja oft klagst. Sei tausendmal gegrüßt von *Mumu*

*Brief aus Zuoz, 9/8 [1927]*

Liebe Fritzi,
ich schreibe Dir noch ein paar Zeilen nach dem gestrigen Ausflug nach Maloja Kulm, der wirklich herrlich war: man hat vom Winter her doch keine Vorstellung von den Farben des Engadins, vor allem den Seen von Sils Maria und Campfer. Wir waren per Auto so weit, daß wir nach Italien hinübersehen konnten – wirklich ein herrlicher Tag. Mit der Arbeit geht es bedeutend lässiger, ich bin noch immer nicht in Schwung, will jetzt aber endlich mich zusammenfassen und beginnen – die Landschaft lenkt einen doch zu sehr ab. – Habe eine ganze Woche nicht geraucht, lebe aber trotzdem noch und hoffe, bis zu Ende der Kur durchzuhalten, auch schwarzen Kaffee habe ich keinen getrunken. Das kleine Restchen Willenskraft funktioniert doch noch – hoffentlich klärt sich auch wieder mein Kopf.

Ich lerne hier die schwere Kunst der Unhöflichkeit: ich bestehe darauf, niemanden kennen zu lernen. Im allgemeinen verstehe ich die Menschen nicht (hier sind nur bessere: aber doch, das Tennis ist die wichtigste Sache der Welt).

In Deinem Brief drückst Du nicht aus, was *Du* beantwortet hast und was ich beantworten sollte. Ich lasse, was nicht brennend ist, zu meiner Rückkehr. Immerhin ist es mir lieber, jemanden zu Hause zu wissen, während ich fort bin, nicht nur der Briefe halber, sondern überhaupt.

Die Gymnastikkur tut mir sehr wohl. Ganz weich werden die Knochen in meinem Alter nicht mehr und weder schlank noch Jüngling werde ich jemals sein. Aber man tut, was man kann. Herzlichste Grüße *St.*

Im September fuhr ich mit meiner Tochter Suse in die Westschweiz, wo sie in einer von englischen Quäkern in Gland bei Nyon (am Genfersee) nach neuesten Methoden geleiteten Schule zwecks Sprachstudien einige Monate bleiben sollte.

Wir blieben zunächst einige Zeit am gegenüberliegenden französischen Ufer. Dies ist eine Auswahl aus 17 Briefen Stefans und zahlreicher Briefe an ihn.

*Interlaken, 9/9 27*

Liebes,
bisher ist alles fahrplanmäßig verlaufen. In Züri wagten wir uns bis zum See, nachdem wir bei Sprüngli Chocolatli gefrühstückt hatten, wohl die beste der Welt. Fahrt längs der Seen nach Interlaken dann herrlich. Überall, Liebes, denke ich heftig an Dich und betrachte alles als Wallfahrt einstiger gemeinsamer Wanderschaft. Morgen machen wir die Rundfahrt Scheidegg-Grindelwald. Viele Küsse Dein

*Mumu*

Überanstrenge Dich nicht!

*12. Sept. Salzburg [1927]*

Liebe Gattin,
eben kommt Dein Telegramm, und ich bitte Dich feierlich um Entschuldigung, wenn ich Dir das Wesentliche, statt selber zu schreiben, diktiere. Meine Post beträgt nach den zwei Tagen Abwesenheit und heute 40 Briefe, und ich will Dich nicht warten lassen.

Das schmerzlichste Ereignis voran: während ich weg war, mußte ein Tierarzt gerufen werden und zwar ein anderer, der Rolf auf das *allersorgfältigste* untersuchte und feststellte, daß er unrettbar verloren sei, weil die Eiterungen ihn schwächten, so daß selbst die Leute, die doch an ihm hängen, sich der Ansicht des Arztes anschließen mußten. Dennoch warteten sie bis zu meiner Rückkehr, und so haben wir heute, Montag morgen (ich war dabei), ihn sanft eingeschläfert, ohne daß er das allermindeste dabei gelitten hat. Suse brauchst Du es ja nicht zu sagen. Sonst ist im Hause alles in Ordnung. In Wien fuhr ich mit Mama auf den Friedhof, um etwas mehr mit ihr beisammen zu sein. Ich sah Alix.

Kaspar ist tief deprimiert und ißt nicht. Er muß etwas vom Tod Rolfs oder von dem Chloroform gemerkt haben: die Witterung des Tiers ist unheimlich. Laß es Dir gut gehen! Herzlichst Suse und Dir *St.*

*Salzburg, 19. Sept. [1927]*

Liebe Fritzi,
Ich schreibe Dir in ziemlicher Eile, um das Wichtigste zu berichten. Im Hause alles in Ordnung. Dein Zimmer bereits wunderschön tapeziert. Heute bekam ich einen Brief Suses in einem für sie etwas zu guten Französisch. Wenn es sie interessiert, kannst Du ihr mitteilen, daß sie in ihrer Abwesenheit Großmama geworden ist und drei junge Katzen den Weg der früheren 32 in diesem Jahr gingen. Ich wollte, ich hätte ein so gutes Geschäft!

Der ganze Ballast von Briefen bringt so wenig Wirkliches und Wesentliches, daß ich Dir nichts davon zu berichten hätte; nur ein sehr langer, sehr schöner Brief von Warburg (über seine Eindrücke über Amerika, ein geradezu bedeutendes Exposé). – Ich hoffe, Du wirst das Haus dann gemütlich empfinden, freilich ohne Deine Schäflein, so daß Du jedenfalls mit Besorgnis versorgt bist. Alles Herzliche *Stefan*

*[Sept. 1927]*

L. F.
ich schreibe Dir heute nach Nyon. Seit drei Tagen Regen, Regen. Aber es stört mich eigentlich nicht. Die Arbeit geht langsam fort, Tolstoi in zweiter Fassung fertig, jetzt kommt die endgültige dritte, ebenso Casanova, so daß ich Ende Oktober diese beiden Lasten wohl abgewälzt habe – es bleibt dann noch der Dritte. Wäre ich nur leicht und leichtsinnig wie früher – die Literatur sagt mir aber nicht mehr viel, mein Ehrgeiz ist dahin und nur ein Verlangen des Aufhörens des Betriebes, Unbekanntsein, also wahrhaft Menschsein. Publizität zernervt das Leben, besonders wenn man wie wir sie nicht als Glückssteigerung empfindet. Laß es Dir gut gehen, mir geht es ganz still und gut, ich habe nicht zu klagen, glücklicherweise keine Besuche. Herzlichst *St.*

*Hotel de Nyon, 21. Sept. 27*

Mein Liebes,
eben komme ich von Gland zurück und danke Dir von meiner herrlichen Terrasse, angesichts des abendrötlichen Montblancs für Deinen Brief. Nun will ich Dir von Suse berichten, d. h. vom Pensionat. Es machte uns heute einen entzückenden Eindruck. Alles durchstrahlt

von Sonne, Blumen, Jugend und jenem Mr. Smith, der mir schrieb, ein strahlender Blondkopf, mit den herrlichsten blauen Augen. Alle Lehrer jung und die Leiterin eine besondere Freundin der Rollands, Miss Thomas, eine reizende Frau. (Die Katze, von Rolland gespendet, heißt Jean Christophe). Vor Suses Schlafhaus ist eine Badeterrasse mit Hafen und Schiffen. Die Kinder gehen 2–3mal im Tag in den See. Suse wohnt mit 2 lieben Engländerinnen, d. h. eine ist Amerikanerin, ihr Vater, Mr. Cheney, ist Kunstschriftsteller und Mitbegründer der Theatre Guild. Dienstleute sind keine, bis auf einen einarmigen Gärtner, der auch halb Schüler ist und, wie die Köchin, bei Tisch sitzt, und deren Kinder Schüler sind. Die Kinder und die Lehrer machen alles gemeinsam. Durch Lehrerrat und Schülerrat wird alles eingeteilt. Morgen z. B. geht Suse mit der Direktorin in einer Farm die Milch holen. Die Kinder heizen sich jeden Tag abwechselnd ihre Bäder. Arm und reich ist ununterscheidbar, da sie alle strumpflos und in weißen Leinenkitteln herumlaufen. Die Kinder dürfen sich Essen holen, so viel sie wollen, auch das Obst von den Bäumen. Es gibt kein Fleisch. Die Stunden sind in ganz kleinen Klassen. Ein junger Schweizer unterrichtet Geschichte, und sie haben ein Orchester. Nebenauslagen sind nur die paar Ausflüge. Der Montblanc ist nirgends so schön zu sehen. Das Hinterland erinnert mich an die Landschaft von Hardy's Tesse d'Ueberville, großer Bauernreichtum. Die Euter der Kühe abends eine Sehenswürdigkeit. Eine könnte bei uns ein Dorf ernähren.

*Freitag [1927]*

Lieber Stefan,
dank für die Karte. Wegen Suse sei unbesorgt, sie fühlt sich schon wie zu Hause. Bin also ganz ruhig, um so mehr als ich gestern im nahen Sanatorium die gesundheitliche Untersuchung der größeren Mädel u. a. Suses mitmachte und sie ausgezeichnet ausfiel, bei größter Schweizer Gründlichkeit. Herzig und interessant waren diese Mädel von 6 verschiedenen Nationen und Rassen bzw. 14 und 17 in ihrem meist reizenden Urzustand. Die zwei süßen Singalesinnen werde ich nie vergessen, das pflanzenhafte bei ihnen wirkte so stark, daß diese (die eine ist fast schwarz) Körperchen geradezu etwas Heiliges haben. – Sonntag sind wir in Villeneuve und indessen besuche ich Jaloux.
Innigst *F.*

[1927]

Liebe Fritzi,
von hier wenig zu melden, Geigy-Hagenbach waren beide reizend. Der Mann ist rührend in seiner Bescheidenheit und Einfachheit bei einem so unermeßlichen Vermögen. Ich arbeite aber noch immer nicht mit jener vollen Geistesgeschwindigkeit, mir ist, als säßen Schrauben locker in der Maschine: am besten wäre es, die im fünfzigsten Jahr ganz abzustellen und noch einmal den Versuch zu machen, die Welt zu erfahren, statt sie zu schildern. Ich bin voll Mißtrauen gegen die unablässige Literatur, sie ist ein unnatürlicher Zustand, wenn man gar nicht ehrgeizig ist. Je weniger ich von dem Spiegelwesen St. Z. höre, desto mehr bin ich mein Ich: einmal möchte ich es noch ganz und gar sein. Morgen will Reisinger eine Stunde hier sein. Ich freue mich so sehr Deines Wohlbefindens, wie Du es gar nicht weißt: ich habe oft das Schuldgefühl, Dich mit meinem Metier in mehr Arbeit und Menschen und Briefe, also auch in die gräßliche Maschine zu verstricken, als mir lieb ist und ich verantworten kann. Aus Paris höre ich nichts, glücklicherweise – meine Reiseneigung jetzt gering. Möchte gerne das Buch fertig haben, um dann noch einmal eine Erlebnisreise zu machen. Innigst Dein *Stefan*

Grüße »la prisonnière«, die verpensionierte Suse.

[Nyon 1927]

Lieber,
berichte Dir über Besuch bei Jaloux in Lausanne. Zuerst Waggon Lit wegen Heimreise, dann Avenue Léman, eine elegante Villen- und Grandhôtelstraße über dem See, gegen Vevey. Jaloux wohnen in einer etwas delabrierten Villa. Beschreiben muß ich ihn Dir nicht.

Ich fand ihn nicht so Snob, wie Erwin mir ihn geschildert hat, auch nicht zart, sondern eher dick und wohllebig aussehend. Er gefällt mir recht gut und auch seine Art zu leben. Er braucht auch Grün vor den Fenstern und Ferne vom Gesellschaftlichen. Seine Frau sieht aus wie ein großer Bub mit einem ernsthaften Gesicht, das allerlei verbirgt. Schwarzer Eatonkopf und helle Augen. Er ist Dir riesig dankbar, denn er fühlte sich stark gekränkt, daß Kreti und Pleti übersetzt wurden, und er, der so viel pour le rapprochement getan hatte, bisher völlig unbekannt blieb. Er liebt nämlich Deutschland, weil er das alte Romantische liebt und das amerikanisierte Frankreich nicht mag (daß er nur keine Enttäuschung erlebt!), weshalb er auch viel in der Schweiz lebt. Er ist heuer in Bayreuth gewesen, die Walküre lag aufgeschlagen am Klavier. Er möchte gern in Salzburg Mozart hören, aber ebenso gerne Dich dort treffen, was, wie er weiß, zugleich schwer zu vereinbaren ist. Er war sehr lieb. Sie haben ein kleines Auto, mit dem sie mich noch besuchen wollen. Er machte mir große Elogen über mein Französisch. Seinen neuen Roman *Soleils disparus* (Kaiserin Elisabeth) gab er mir mit Widmung für Dich und mich. Es wäre ihm lieb, ich behielte die Übersetzung ... Alles Liebe, Deine *F.*

*[1927]*

Liebes,
Sonntag fuhren wir also nach Genf mit dem Dampfer. Die Einfahrt mit den schönen Besitzungen an den Ufern, die Elegance von Genf, in ihrer alten Vornehmheit einzig. Wir trafen Paule mit ihrem Mann, beide reizend. Dann fuhren wir weit ins Land zu Charles Baudouin. Rührend, wie er wohnt, ärmlicher als Jouves damals in Mies. Fliegenübersätes Haus, die herzigen Buben lärmend um ihn. Die Frau ist Lehrerin. Wie wünschte man solchem wunderbaren Menschen (ich liebe ihn sehr) eine warme, weiche Arbeitsstätte, zwischen all der Plage, die er hat. Dabei scheint er viel Patienten zu haben.

Sei tausendmal umarmt von Deinem Dich höchstliebenden *Mumu*

*[1927]*

Lieber, guter Steferle,
Bin glücklich, über Samstag, Sonntag bei Mama zu sein. Nun also von meinem »Gefängnis«: ich bin glücklich, daß es gerade das Gegenteil ist. Man bekommt nie geschimpft, aber um so mehr drückt einem dann das Gewissen. Also Steferle, ich hoffe, es geht Dir gut, ebenso Deinem Anhang, Katzen usw. Herzlichen Dank und viele Bussi

*Susi*

*[1927]*

Liebster,
das Wichtigste: der Tag bei Rollands war herrlich in jeder Beziehung. Er sieht recht gut aus, hustete gar nicht mehr, spricht etwas leiser, aber

ist scheinbar viel weniger ermüdbar. Zuerst war ich, wie immer, wie auf den Mund geschlagen, dann sprachen wir wunderbar zusammen. Auch mit Madeleine und Papa Rolland, der sehr gut aussieht, aufrechter als damals; alles war sehr schön, ein wirkliches Freundschaftsgefühl, dabei ein göttlicher Tag. Suse wollte Dir gleich schreiben, wie wunderbar es war. Sie horchte mit ihren neuen französischen Ohren. Wir waren von halb 11 bis 5 Uhr dort, weil sie uns durchaus nicht wegließen. Ich muß Dir auch viel von Rilke erzählen, teils von Valmont (Rolland), teils von Jaloux. Willst du mich anhören, den »Wasserfall«?

Wenn ich nichts anderes drahte, komme ich mit dem Arlbergexpreß, sehr ungeduldig auf Dich. Viele Küsse *Mumu*

Anbei liegt ein Ausschnitt aus Comödia, der Dir erklären wird, warum man vorläufig nicht Volpone spielt, da man eben *Knock* und noch einen Einakter vom guten Jules spielt. Aber jedenfalls kann man sich darauf verlassen, daß V. dort zu Hause ist und einigermaßen Humor an diesem Theater möglich ist.

*Paris, 25. März [1928]*

L. F.,
ich melde Dir meine glückliche Ankunft. Gut gereist, vortrefflich sogar, sehr nettes Zimmer, keine Briefe, Freiheit, laues Frühlingswetter, cela suffit amplement. Jetzt ins Boeuf à la mode, dann Spazieren und zwischendurch gutes Erinnern an at home. *Stefzi*

*Paris 28/3 [1928]*

L. F.,
eben Deine Karte. Ich war gestern mit Frans auch einmal im Theater, gehe morgen zu den russischen Tänzern, werde auch Romains sehen, habe bisher sehr viel Ruhe und fühle mich recht wohl. Mir graut nur vor den Sachen, die mehr gesellschaftlich sind. Leben möchte ich hier nicht, dazu wäre mir doch zu viel Tumult, aber für ein paar Tage tut es wunderbar wohl. Herzlichst *St.*

*[1928]*

L. F.
Dank für Deinen Brief. Ja, die Wiederholungen im Gorkiaufsatz habe ich selbst gespürt, die Sache wäre geordnet gewesen, sobald ich Korrekturen hätte lesen können (im Schreibmaschinenkonzept sehe ich über den Schreibfehlern gar nichts). Hier lebe ich in herrlichem Zimmer sehr angenehm. Ich war mit Masereel, der reizend ist, aber sich wie ich immer mehr von den Menschen in die Arbeit zurückzieht. Heute bin ich mit Romains, der Volpone kräftig vertritt. (Jouvet wollte einen minder guten Termin ansetzen.) Dann gehe ich zu der großartigen Bildhauerin Hannah Orloff, deren Sachen jetzt die Sensation von Paris sind. – Ich hole vieles in jeder Beziehung nach und verjünge mich nach dem Rezept des Königs David, gehe viel spazieren. Es war das klügste, das ich tun konnte, und genau in der Form, wie ichs tue.

Herzlichst *Stefan*

*[1928]*

L. F.,
erhielt Deine Karten aus Wien. Gestern war ich mit Romains. Jouvet möchte den Volpone als nächste Premiere bringen, aber R. will nicht, weil der Mai schon ungünstig ist. Ich mische mich nicht ein, erfahrungsgemäß ist der Spatz in der Hand besser als die Taube auf dem Dach, aber Romains läßt nicht mit sich spaßen. Hoffentlich geht es Dir gut.

Herzlichst *Stefan*

*6/IV [1928]*

L. F.
Das Chaos ist komplett. Heute ruft mich Romains an: das Théâtre de l'Atelier möchte den Volpone spielen, statt der Comédie des Champs Elysées – so muß ich hier viellleicht noch einen Tag zugeben. Dazwischen Ostern, ohne Möglichkeit von Post, eine Flut anglikanischer Touristen. Paris war herrlich. Grüße *St.*

Als Vertreter der österreichischen Schriftsteller (ein älterer Kollege war verhindert) reiste Stefan am 8. September 1928 zur Zentenarfeier für Tolstoi nach Rußland.

*Norogovolje (Grenze, schon drüben) 10/9 [1928]*

Ich grüße Dich vielmals. Das Fahren ist gar nicht anstrengend. Alles jetzt schon interessant, ich traf schon einen Spanier, der nach M. fährt, und alle Reisenden freunden sich an. Also gar keine Sorge vor all den dummen Legenden.

Herzlich *Stefan*

*[1928]*

Liebes Kind,
ich konnte die Karte in N. nicht mehr aufgeben, fuhr inzwischen herrlich im doppelbreiten Schlafwagen nach M., fühle mich sauwohl und glücklich.

*[1928]*

L. F.,
in einer Stunde bin ich in Moskau. Alles schon unterwegs riesig interessant, die Züge so bequem, daß es mich reut, Dich nicht mitgenommen zu haben. Meine Adresse für Telegramme Woks, Moskau. Ich habe sehr angenehme Gesellschaft gehabt, einen sehr netten Wiener. Man versteht, daß man hier tagelang in der Bahn reisen kann, so bequem ist alles. Dies im Zug geschrieben. Grüße *Stefzi*

*Moskau II [= 11.]/9, Grand Hôtel [1928]*

Liebe Fritzi,
gestern angekommen. 2 Uhr wurde ich durch die Nachricht überrascht, daß ich noch am selben Abend über Tolstoi und das Ausland sprechen sollte. Nun, vorbereitet hatte ich nichts, aber nach kurzem Überlegen entschloß ich mich, frei zu sprechen – allerdings das große Opernhaus (das herrlichste, das ich jemals sah, mit seinen 4000 Plätzen) und die Blitzlichter und elektrischen Scheinwerfer des Kinematografierens sind etwas, um einen verzagt zu machen, aber schließlich ging es für eine Ansprache nach einer 54stündigen Eisenbahnfahrt ganz anständig. Die Feier begann um sechs Uhr, um 11 hatte ich meine Rede, um 1 Uhr ging ich schließlich schlafen. Wunderbar dieses herrliche Publikum! Bei uns wäre ein solches gespanntes Zuhören unmöglich. Und das Orchester, ich habe nie ein besseres gehört. Heute sehe ich einiges an, um 12 Uhr Eröffnung des Tolstoihauses, abends Konzert,

um 12 Uhr nachts Fahrt nach Tula, wo wir übernachten (um 3 Uhr ankommend), um in Autos nach Jasnaja zu fahren. Du siehst, die Zeit wird hier gut ausgenützt, dazu habe ich heute Prachtwetter. Herzlichst *Stefan*

*Grand Hotel, Platz der Revolution [1928]*

L. F.,
rasch ein paar Zeilen. Heute das Dostojewski-Museum, das herrliche historische Museum, dann das Tolstoi-Haus eröffnen geholfen, tausend Leute kennen gelernt, dann ins Tolstoi-Museum (mein Tolstoibuch wird an allen Straßenecken für 25 Kopeken verkauft und wie die »Stunde« von Kolporteuren ausgerufen). Nachmittags bei Boris Pilniak mit allerhand Russen, nachher bei Antiquaren und über alle Straßen in der Droschke, abends Opernhaus *Eugen Onegin,* jetzt, 12 Uhr, Abfahrt nach Tula, Ankunft morgen Mittwoch 6 Uhr, dann nach Jasnaja Poljana, nachts wieder Schlafwagen zurück (was ist ein Bett?). Donnerstag vier Museen, zehn Besuche vorgesehen, auch zu Gorki, abends Theater, nachts Bummel, Freitag ähnlich viel, ebenso Samstag. Sonntag Abend, von meinem Verleger geladen, »Ausflug« nach Leningrad, zwölf Stunden Schlafwagen, Sonntag Rembrandts und Leningrad, 12 Stunden Schlafwagen zurück, Montag, falls der Zug geht, im Schlafwagen nach Warschau, Dienstag Schlafwagen nach Wien, bin Donnerstag nachmittag, spätestens Freitag in Salzburg. Alles rasend interessant. Ich bin glücklich, alles gesehen zu haben, es ist ein Eindruck für das ganze Leben. Mir geht es gut, ich fühle mich durch die Intensität der Eindrücke frisch und besser als je.
Herzlichst *St.*

*22/XII [1928]*

L. F.,
danke für Nachsendungen. Ich bin noch immer faul, das heißt, ich bin in Caux gewesen und so sehr davon entzückt, daß ich den ganzen Tag darüber versäumte. Morgen Samstag bin ich bei Rolland zu Tisch. Ich fühle mich in dem verlassenen Ort unheimlich wohl – es ist nur ein Fehler, immer so kurz zu bleiben, aber im nächsten Jahr will ich das schon verbessern, schon dieses ist ja ein Fortschritt an Beweglichkeit. Laßt es Euch gut gehen und werdet Weihnachten nicht gar zu sentimental! Ich dachte schon daran, in Eure Feststimmung zu telefonieren,

aber weiß Gott, ob gerade an dem Abend nicht die Telefonistinnen Ruhe haben wollen.

Alles Gute Euch allen *St.*

*Montreux, Hôtel Monney 23/XII [1928]*

L. F.,

vielen Dank für den nachgesandten Katalog. Gestern war ich bei Rolland, der herrlich aussieht, sogar beschämt sich ein kleines Bäuchlein zugelegt zu haben – rührend le vieux papa und Madeleine. Ebenso wie in seinem Brief erschien mir R. etwas kälter als sonst, ich habe das Gefühl, als ob irgendwer oder irgend etwas ihn gegen mich verstimmt hätte. Und nun ist das einer der wenigen Punkte, wo ich reinen Gewissens bin. Er arbeitet furchtbar viel, steckt ganz im Indischen und Religiösen. Was er von Bazal erzählt, ist traurig, jetzt will der Arme etwas für sich tun, jetzt, wo es zweifellos schon zu spät ist.

Ich werde kaum vor dem 3. oder 4. in Salzburg sein, mir behagt die Solitüde außerordentlich, und die ganze Weihnachterei zu überschlafen, bereitet eine besondere Art von Genuß. Deine Rinder umbrüllen Dich, ihre zarte Hüterin, heute wahrscheinlich schon und Du bist glücklich – so vermisse nicht allzusehr Deinen *S.*

*[Dez. 1928]*

L. F.,

heute hatten wir hier ein herrliches Weihnachtsdinner, dessen Programm ich Dir mitbringe, zum Schluß bekamen wir jeder noch eine Flasche Likör vom Besitzer, den Du übrigens kennst: er war im Jahre 1918 Direktor im Hotel Byron. – Ich arbeite hier noch immer nicht recht, das Betriebswerk muß irgendwo gestört sein, lese aber das unerhörte Meisterwerk *Die Amerikanische Tragödie* von Dreiser und einiges anderes mit viel Genuß. Aber auch wenn ich nicht arbeite, hat mir hier die Abgeschiedenheit recht wohl getan, schließlich kann man sich doch etwas konzentrieren und von dieser »Geschäftigkeit« erholen, die mich so ungeheuer verstört hat. Wenn sich Dir Gelegenheit bietet, über einen Masseur Auskunft zu bekommen, so wäre mir das sehr lieb, daß ich gleich nach meiner Rückkehr anfangen könnte: ich muß wirklich vernünftiger leben, nicht diese widerliche Seßhaftigkeit. Hier gehe ich doch einigermaßen spazieren, oft drei, vier Stunden im Tag.

Herzlichst Euch allen *St.*

L. F.,
schönste Weihnachtsgrüße vom 27. Ich war heute wieder bei Rolland, bedeutend netter und heiterer. Von Bazal leider schlechte Nachrichten, ich habe ihm geschrieben. Arbeit flau, aber immerhin komme ich unnervöser zurück, als ich fortging. Neuer Anzug gut ausgefallen, hübsch und strapazhaft, auch die anderen Dinge kaufe ich ein.

Herzlichst Euch allen *Stefzi*

*28. Dez. [1928]*

Liebes Kind,
vielen Dank für Deinen und Alixens Brief – ich muß die Sache wohl in Wien selbst ausprobieren – mir schien sie ausgezeichnet. Auch Rolland interessiert sich dafür. – Dank für die Kataloge – Du weißt, ich war leichtsinnig bis zum Exzeß, und habe für die fünf Seiten Dickens aus den Pickwickiern 12000 Mark geboten, wurde aber mit – 140000 Mark überboten. Ich Autographus muß das schon als gelinden Irrsinn empfinden.

Die Arbeit geht noch immer nicht recht, etwas ist in allen meinen Sachen seit ein- und einhalb Jahren verknaxt. Mir fehlte jemand, der mir den entscheidenden Fehler sagen kann. Aber ich bin gar nicht nervös, die absolute Stille hat mir wohlgetan. Wie weise sind die Engländer von 50–70 Jahren, die ihr Haus ihren Kindern überlassen und ihre Geschäfte, und still hier oder an der Riviera sitzen, langsam ihre Bücher und ihre Zeitungen lesen, ehrgeizlos ein bißchen Sport treiben und abends Bridge spielen! Ich hätte Lust, einer von ihnen zu werden – heraus aus dem »Betrieb«, der mich nicht lockt, weil ich allen äußeren Ehrgeiz hinter mir habe. Vom 1. Januar an hört alles Mittun und Helferspielen auf – ich habe ein Vierteljahrhundert gedient allen möglichen und meist unmöglichen Leuten, jetzt kündige ich auf!

Herzlichst *Stefzi*

*Montreux, 1/I [1929]*

L. F.,
vielen Dank für Deine Nachrichten, besonders, daß Du den Blake aus den Klauen der Unverständigen gerettet hast. Wegen Suse mach Dir keine Sorgen. Vielleicht wäre ein vegetarisches Regime und Kräftigungsmittel gut. Ich schreibe jetzt nicht mehr, weil ich Freitag in S. eintreffe. Wildgans würde ich gerne sehen, aber jenen Ball erspare mir;

ich habe, Du weißt es, nicht viel übrig für Kostümierungen unter Bekannten, für Episoden ohne Spannungen. Also auf baldiges Wiedersehen und many thanks to Suse for her nearly perfect English letter: the next in shorthand!

Herzlichst *St.*

*Brüssel, 15. März [1929]*

L. F.,

ich bin hier gut angekommen und finde eben Dein Telegramm. Ach, ich eigne mich so wenig zum Banketteur, aber was hilfts, auch das muß überstanden sein. Bisher habe ich hier noch gar nichts gesehen und werde wahrscheinlich nicht viel sehen – das ewige Schicksal, wenn man offiziell irgendwohin kommt. Wetter lau und angenehm, ebenso das Hotel.

Viele Grüße Deines *Stefan*

*Gravenshagen, 19. 3. [1929]*

L. F.,

ich war hier 1) in Delft 2) in Scheveningen 3) in Utrecht 4) bei einem Déjeuner der Gesandtschaft 5) Tee in einer Buchhandlung 6) Vortrag 7) Souper nachher, außerdem mit 70 Leuten, überdies habe ich, weil Du diesmal aus Ärger Dich nicht um mich gesorgt hast, einen tadellosen Autozusammenstoß gehabt, bei dem der andere Wagen in Trümmer ging, während uns nichts passierte. Heute nacht endete das Souper um 1 Uhr früh und um halb 6 muß ich bereits aufstehen. In Berlin bleibe ich ganz kurz, in Göttingen will ich zuvor 12 Stunden schlafen, 6 nachträgliche für Den Haag und 6 voraus für Berlin. Danke für Post und viele Grüße Deines *Stefan*

*Hannover, 20. 3. [1929]*

So ein massives und luxuriöses Diner wie gestern im Haag habe ich zeitlebens noch nicht erlitten; ich schwimme geradezu in Speck, und er wird nur durch das Gehetztsein kompensiert. *St.*

*Hannover 21. 3. [1929]*

L. F.
– Heute ist meine letzte Leserei aus eigenen Dingen – ich bin dessen müde, einzig Vorträge haben noch einen Sinn! Ich wollte, ich wäre schon zurück und bei meiner Arbeit.

Herzlichst *St.*

*Gardone, Savoy Palace Hotel, 9. Mai [1929]*

Lieber Stefan,
es ist hier kühl und klar nach der heißen Reise. Das gewisse Glanzlicht auf Häusern und Felsen und Schnee am Monte Baldo. Vormittag waren wir in Sopra Gardone. Um die Kirche ist eine Art Bastei. Landeinwärts liegt dann knapp vor einem d'Annunzios Villa. Im Park der hohe Mast und was sonst noch dazu gehört – jenes Siegesschiff. Die ursprünglich wohl schöne Villa ist durch häßliche Anbauten verunstaltet. Zwei überkostümierte Gendarmen gehen vor dem Eingang auf und ab, und ein großer Hund an einer Kette (die an einer Stange über dem Hof vor einer Garage angehängt ist) bellt sehr wild. Er selbst, wie es heißt, verstört, aber ich denke doch mit einer gewissen Bewegung an den Menschen, in dem ein so großer, eigenartiger Dichter gelebt hat. Sehen möchte ich ihn nicht oder in tiefer Dämmerung in einem der herrlichen Gärten hier. – Schade, daß Du nie hier warst, es ist wirklich schön hier, wenn auch nicht so geheimnisvoll blau wie am Comersee. Wir haben so liebenswürdige Einladungen zu Autofahrten nach Bergamo und Como, daß es geradezu Arroganz wäre, abzulehnen. – Ein wenig sorge ich mich, ob Du mit der neuen Köchin kulinarisch gut versorgt bist. Johann brauchst Du ja nur ein Wort zu sagen, wenn Dir etwas nicht paßt, und ich hoffe, daß Du im Garten ruhig und nach Wunsch arbeitest. Ich sende Dir ein Herz voll Liebe, das es Dir zwar oft nicht recht machen kann, aber das es doch nicht anders kann, als alles Schöne mit Dir in Verbindung zu bringen. Z. B. jetzt das Licht am See und die Insel mit dem weißen Schloß der Fürsten Borghese und unglaublichen Wolken darüber.

Bleib gesund, Liebes *Mumu*

*Gardone 15. Mai [1929]*

Mio Stefan,
che peccato ne trovete qui Ti abbracci tuo Alberto. Hatte außerdem heute die Freude, Borghese telefonisch zu sprechen. Stringa sieht prächtig aus, unverändert und lieb. *F.*

*Breslau, 12/3 [1930]*

L. F.,
ich sah hier die Probe zu einem sonderbaren Lustspiel, das mich ein wenig an das Lamm des Armen erinnerte. Es hat rosa Mascherl um den Hals, und eine gräßliche Dilettantin blökt die Bellilotte, die Männer recht gut. Ich bin die Nacht hier durchgefahren, sause jetzt um sechs wieder nach Berlin, von dort morgens nach Hannover. Berlin ist inzwischen soviel wie geordnet. *St.*

*[Zwischen Berlin und Hannover] 13/3 [1930]*

L. F.,
ich schreibe in der Bahn, deshalb (und nicht weil wir so viel gebummelt haben) ist die Schrift so wacklig. Also – ich fahre eben nach Hannover, dann geht es noch einmal nach Berlin, und zwar nur weil Einstein erfahren hatte, daß ich da bin und zu meinem Erstaunen ein leidenschaftlicher Leser meiner Bücher ist. Er hat, um eine Begegnung möglich zu machen, eigens eine Einladung abgesagt – so bin ich Sonntag um fünf bei ihm und fahre abends direkt nach Salzburg ... Francés traf ich auf der Straße, als ich eingehängt nachts mit einer Dame aus unserem Hotel trat, und diese beiden Kurzsichtigen agnoszierten mich sofort. Ich versuchte auszuweichen, aber sie nahmen ja die ganze Straßenbreite ein. Romains war muffig, Baronin Budberg reizend. Am Dienstag kommt Herterich wegen der Regie nach Salzburg, schade, daß Hilpert nicht dabei sein kann. Ich selbst treffe Montag 11 Uhr ein, falls alles klappt.

Innigst *Stefzi*

*Kastens Hotel, Hannover*
*Das Haus der guten Gesellschaft, 15/3 [1930]*

L. F.,
in tatsächlich »guter Gesellschaft« in diesem zauberhaften Hotel herrlich gegessen habend, viele Grüße. Die Aufführung wird ganz anständig.

Herzlichst *Stefan*

Viele innige Grüße Ihnen und Frl. Susi, Ihr *Erich Ebermayer*

Herzliche Grüße, Ihr *Joachim Maass*

*Waldhaus Flims, 7. Juli [1930]*

Liebes,
ich berichte Dir, wie es uns hier gefällt. Ich muß zugeben, daß hier mehr als in anderen großen Hotels eine Insel der Seligen etabliert ist oder ein in die Urlandschaft gestelltes Luxusschiff ohne Zwischendeck. Und was der größte Luxus ist, es ist derart viel Raum, daß trotz Jazz, Roulette, anfahrender Packards, vollkommene Stille herrscht. Wenn Suse mir von ihren Säuglingen erzählt, für die man oft nicht einmal das Milchgeld aufbringt, so graust mir, daß ich hier auch Passagier bin und so was mitmache. Aber der See hier ist herrlich. Ein nicht kaltes, prickelndes, unwahrscheinlich blaugrünes Wasser, so daß man weite Strecken schwimmen kann. – Bist Du wohl, mein Liebes. Bitte, ja. Suse ist wie immer ein lieber Kamerad und grüßt Dich und dankt.

Sei umarmt, mein Stefferl, von Deinem *Mumu*

*[Juli 1930]*

Liebe Fritzi,
ich hatte gehofft, daß bei den afrikanischen Temperaturen die Leute schreibfaul würden, aber anderer Leute blauer Montag ist für mich noch immer schwarz-weiß von beschriebenem und bedrucktem Papier. So diktiere ich Dir nur, neben anderen sechzehn Briefen, daß hier alles in Ordnung ist und ich gestern, Sonntag, vor dem Bum Bum eines Steirerfestes und zweier sonstiger Fahnenweihen auf einen Ausflug entflüchtete.

Ich habe mit meiner »Freud«-Arbeit angefangen und hoffe damit energisch fortzukommen. Besuche keine, nur morgen werde ich Aslan sehen, der hier ein Gastspiel gibt. – Kippenberg kommt erst Freitag. Wir werden Deiner herzlich gedenken. Viele Grüße an Euch beide

*Stefan*

Alix hat gestern einen Ausflug gemacht. Sie beginnt die Natur auf angenehmem Umweg zu entdecken. Mein Sohn Kaspar scheint eine Schandtat begangen zu haben. Dank seiner List dürfte dieser Schurke in einem unbeobachteten Augenblick die Klausur durchbrochen haben, denn Henny zeigt verdächtige Anzeichen eines beabsichtigten Wurfes. Ja, es scheint heutzutage unmöglich, die Weiblichkeit in ihrer Tugend zu erhalten.

*Flims, 8. Juli [1930]*

Liebes,
vergaß Dir zu sagen, daß ich über den Text der Neuen Fr. Presse Ankündigung insoferne bestürzt war, als sie behauptet, Du wolltest oder würdest einen Überblick über die gesamte Psychotherapie (oder so ähnlich) geben. Dagegen mußt Du Dich irgendwo und wann – Vorwort oder Vorbemerkung – verwahren. Diese Literatur und ihre Bewegung überhaupt ist ja unabsehbar, und die Sache des Outsiders ist es zwar, selber hier alles zu überblicken, aber zu diesem Überblick nur anzuregen. Wohin kämst Du, und in was für ein heilloses Wespennest würdest Du da hineinstechen! Ich sehe nur so die Briefe hereinprasseln, all der Zünftigen in die keineswegs zuwachsbedürftige Korrespondenz. Aber Dir wird wohl diese Gefahr nicht entgangen sein, die auch ohne diese Herausforderung den Neid der besitzlosen Klasse, nämlich der Psychiater, denen nichts einfällt, droht. Hoffe, es geht Dir gut.
Viele Küsse *Mumu*

*9. Juli, Kapuzinerberg [1930]*

Darf ich bescheidentlich fragen, weshalb Du Dein Brieflein so giftig beginnst? Es sei zweifelhaft, daß Du ausführliche Briefe liest, aber vielleicht interessiert Dich doch etc., etc. Man würde dergleichen eigentlich animos nennen, was aber nicht von animo im Sinne von Vergnügtheit, noch von anima, als Seele, abzuleiten ist. Kurzum: hast Du Raupen im Kopf? Ich bekam gestern ebenso einen Brief von Victor – die ganze Welt ist beleidigt. Jeder beginnt mit so einer Phrase wie »Du interessierst Dich ja ohnehin nicht« und das Resultat wird sein, daß schließlich alle diese Schreiber Recht haben werden.

Im allgemeinen Ruhe, die ich sehr brauche, denn die Freud-Arbeit geht schwer vorwärts, ich muß erst die Gliederung herauskriegen. Eigentlich möchte ich gerne unterbrechen und anderes schreiben, aber ich komme jetzt nicht weg davon.

Ich glaube, Du wirst bald wissen, ob Flims das Rechte ist. Du hast die ganze Schweiz zur Wahl. Was ich im August mache, weiß ich noch immer nicht. Vielleicht fahre ich ganz ziellos ins Blaue und bleibe, wo es mir paßt.

Herzlichst Suse und Dir *Stefzi*

*Flims, 11. Juli [1930]*

Nein, mein liebes Stefferle, animos war das nicht gemeint, sondern basierte auf einem Erinnerungsmoment gewisser uneröffnet vorgefundener Briefe aus unserer »Liebe Wonnemond« oder was man so nennt. Und daß Du überhaupt Briefe flüchtig liest. Aber Vorwurf sollte es keiner sein.

Merkwürdig, was Du von der Unterbrechung der Freud-Arbeit sagst; ich dachte letzthin, ob Du nicht wieder an Deine Postfräulein-Geschichte denkst.

Ich lese viel Zeitungen. Die Außenpolitik ist durchsichtig hinterlistig. Aus Freuds Vorlesungen habe ich mir schon allerlei herausgelesen.

Ich umarme Dich, mein Liebes, *Mumu*

*Salzburg, 11. Juli [1930]*

Liebe Fritzi,
ich komme heute kaum dazu, Dir zu schreiben, weil Professor Kippenberg da ist. Heute kamen die Herren vom Radio und baten mich für den dritten August zu ihren großen Salzburger Veranstaltungen, sie durch mein Haus zu führen und ihnen dabei Erklärungen über das Haus und mein Leben abzugeben, im Rahmen der Veranstaltungen, wo der Erzbischof und andere sprechen werden, und alles Musikalische aufgenommen wird. Ich war glücklich darüber, einen Vorwand zu haben abzusagen. Am dritten August hoffe ich schon weit zu sein, ich weiß allerdings noch nicht wo. Sonst ist es hier still und ich habe mich über nichts zu beklagen. Kippenberg läßt grüßen.

Herzlichst Dein *Stefzi*

*14. Juli [1930]*

Liebe Fritzi,
wegen Deiner Übersiedlung habe ich Dir ja schon geschrieben. Jedenfalls, wenn Du die Atmosphäre in Flims nicht als angenehm empfindest – wir gehören wirklich in eine Raritätenausstellung mit unserem sozialen Gefühl – so bleibe nicht einen Tag länger, als Du mußt. Mir ginge es gewiß genau so, mir sind in dieser Zeit der Verelendung alle diese Vergnügungshotels und Amüsierlokale einfach unerträglich. Bei heißem Wetter ist Zermatt und Riffelalp göttlich.

Herzlichst Dein *Stefan*

*Flims, 17/7 [1930]*

Liebster Stefferl,
der Mesmer macht sich sehr gut. Ich kaufe mir noch ein Exemplar, um gründlicher lesen zu können und event. anmerken zu können. Ist Dir bei den Freud-Vorlesungen aufgefallen, wie er fast jede damit beginnt, den Unglauben und die Ablehnung der Studenten niederzukämpfen und der Aufbau jeder einzelnen darauf angelegt ist, Einwände im vorhinein aus dem Weg zu räumen? Einerseits werden sie dadurch sehr klar und auch einem Laienpublikum zugänglich, andererseits werden sie sich später so lesen, als wären sie 50 Jahre früher gehalten worden, und er hätte es mit Analphabeten zu tun gehabt. Wenn man nicht nötig hat, überzeugt zu werden, kommen einem diese Dinger, als in diesen Materien nicht Unerfahrenen, als allzu populär vor. Manchmal habe ich überhaupt das Gefühl, ohne unbescheiden sein zu wollen, daß unsereiner, mit Ausnahme von puren Gedächtnisstoffen, so manche Fakultät spielend durchlaufen könnte. – Suse pflügt sich langsam durch die »Fehlleistung«. Aus diesem Kapitel wäre für Unterrichtspädagogik viel zu schöpfen. Auf wie viel Gebiete die Freud-Lehre übergreift, ist unglaublich. Ich stoße nur überall an diese eine kapitale Grenze, die er für mich hat, des Übernüchternen. Und z. B. die Überschätzung des »Ödipuskomplexes«, die so viele Leute abstößt. Solche Sachen haben seine so eminent nützlichen Erkenntnisse so sehr geschädigt. Ich kann mir nicht vorstellen, daß ein ganz objektiver, von diesen Dingen nicht sexuell getrübter geistiger Organismus solche Abstrusitäten nicht als Ausnahme statt als Norm hinstellt.

Gestern erhielt ich einen furchtbar verzweifelten Brief von Joseph Roth. Er ist am Verzweifeln. In Wien häufen sich die Schulden. Seine Frau weigert sich, Nahrung zu nehmen. Hier ein Artikel von ihm.

Könnte Hübsch ihm nicht Vorschuß geben? Ja, offenbar vertragen wir die satten Genießer nicht, weil unsere Freunde alle tragische Menschen sind.

Mein Geliebtes, lebwohl, grüß Lix und sei von uns beiden umarmt

*Mumu*

*[Juli 1930]*

L. F.,

Nichts Neues. Zu Mesmer schrieb mir aus Wien ein Staatsarchivar, er hätte die Dokumente der Ausweisung Mesmers und würde sie mir kopieren lassen: so erfährt doch die Welt einiges durch die lausige Arbeit.

Herzlichst Suse und Dir *Stefzi*

*Flims, Juli [1930]*

Liebes,

den Louis Lambert lesend, wundere ich mich, daß Du mich nie darauf aufmerksam gemacht hast, dieses bemerkenswerte Buch zu lesen. Gerade jetzt interessiert es mich, nach der Lektüre Deines Mesmers besonders. Hast Du es übrigens in den letzten Monaten gelesen? Ich weiß, daß Du es anführst, nicht aber, ob Du das, was er über Mesmer und den Traum sagt, frisch gelesen hast. Ein Satz wäre ein gutes Freud-Motto: »Comment les hommes ont-ils si peu réfléchi jusqu'alors aux accidents du sommeil qui accusent en l'homme une double vie? N'y aurait-il pase une *nouvelle science* dans ce phénomène?«

Bei der Lektüre des Lambert und den gestrigen Gedanken über Deine Freunde fiel mir andererseits schwer aufs Herz, daß Dich kein Mensch – außer mir – wirklich kennt und daß einmal die hohlsten, blödsinnigsten Sachen über Dich geschrieben sein werden. Allerdings läßt Du Dir ja auch Wenige mehr nahe genug kommen und bist, was Deine eigene Person betrifft, verschlossen. Dein Schrifttum ist ja nur ein Drittel Deines Selbst und auch das Wesentliche daraus für die Deutung der anderen, also der zwei Drittel, hat niemand erfaßt. Der arme Roth, der gescheit und hellseherisch genug wäre und mir auch etwas Charakteristisches über Dich sagte, ist zu sehr eingesponnen in die Dämonenwelt, in die er sich und seine Frau verstrickt hat. – Ich selber brauchte Konzentration, Alleinsein, Zwanglosigkeit, um das, was mir zu sagen lieb wäre, zu formulieren. Und wenn es so weit wäre, wüßte ich erst recht nicht, ob ich einige Widerstände überwinden könnte und ob ich es nicht, wie schon so manches, wieder eines Tages vernichten würde. Am meisten spürt vielleicht Leonhard. Er hat mir einen betrüblichen Brief geschrieben. Diese Art Journalismus, wie er ihn betreiben muß, hat ihn innerlich ganz zerblättert. Doch der Journalismus, wie er jetzt betrieben wird (Kracauer z. B.), hätte für ihn Möglichkeiten. Doch sind jene Neuen anpassungsfähiger. – Gerade der Respekt vor seinen Gaben läßt einen da verstummen.

Ich hab Dich lieb und umarme Dich *Mumu*

*[Juli 1930]*

L. F.,

Willkommen in Zermatt! Als Tour rate ich Dir sehr, frühmorgens nach Riffelalp und von dort zu Fuß auf den Gornergrat. Vielleicht übernachtest Du einmal oben. Ach, hättest Du nur schönes Wetter! Wegen des Zurückkommens eile Dich nicht. Ich fahre erst 31. morgens und es genügt ja, wenn Du am 30. kommst.

Herzlichsten Gruß *St.*

*[Juli 1930]*

L. F.,

es ist hohe Zeit, daß ich fortfahre, täglich Besuche. Dazu die blödsinnige Korrespondenz. Wohin ich fahre, weiß ich noch immer nicht. Ich habe keine Zeit, daran zu denken, aber freue mich schon auf das Fortsein. Vielleicht treffe ich Hübsch unterwegs. Ich erinnere mich so gerne an Riffelalp. Freilich braucht man dazu mein Wetterglück. Die finanziellen Zustände in Österreich desolat, man hört von allen Seiten nur Jammer. Herzlichst *St.*

*Hotel Seiler, Zermatt [Juli 1930]*

Liebes,

nein, nicht nur Geiz, sondern eher Furcht sich zu ärgern, Dich zu versäumen. Und dann das Gefühl hin zu dieser Stimme! In Flims hatte ich das Gefühl, daß es besser wäre, Dich eine halbe Stunde im Tage zu haben, als dort zu flanieren. Hier gibt es Augenblicke, die so schön sind, daß man leicht den Verstand darüber verlieren könnte. Ich ging zum Schwarzsee, der dicht unter dem Matterhorn liegt, noch 1000 m höher als Riffelalp. Rückweg über Staffelalp, unvergleichliche Blumen, auch Edelweiß. Von einer der Gletscherterrassen fallen 17 Kaskaden nieder und sprühten in der hellsten Sonne. Die Leute hier sind wirklich nett. Gletscher ziehen offenbar bessere Leute an. Du solltest wieder nach Riffelalp gehen. Aber offenbar hast Du schon gewählt und hüllst Dich auch vor mir in Schweigen. Jedenfalls Dank für alles Schöne hier. Ich las Roths Hiob zu Ende. Diese Reinheit des Erzählens, Sparsamkeit der Mittel, die Reichtum ist! Es wird Dir schwer fallen, mit derselben Feder über diesen Roman zu schreiben, mit der Du einen X. lobst. Sei umarmt und bedankt von *Mumu*

*[Aug. 1930]*

L. F.,
die große Kur ist auf erbärmliche Weise zu Fall gekommen im (gedruckte Aufschrift) Restaurant Ehmke, Hamburg, Gänsemarkt 5, nachdem schon gestern Schwarz in München eine Bresche geschlagen. Meine Wohnung ist entzückend, ich könnte es nicht besser wünschen.

Herzlichste Grüße, Joachim Maass. Alles Gute *Stefan*

*[Hamburg, Aug. 1930]*

L. F.,
heute Samstag hier in Hamburg eingetroffen, heute auch Dein Brief. Augsburg war entzückend, abends entfloh ich vergnügt München und fuhr schlafend wie eine Schildkröte nach einer Maß bayr. Bieres nach Hamburg. Meine Wohnung zauberhaft. Alsterglacis, einst vornehmste Gegend – das Haus, in dem Hans v. Bülow sieben Jahre wohnte. Schlafzimmer nach rückwärts in einen Garten, Speisezimmerchen und Kabinett nach vorne auf die Alster, Badezimmer. Die Besitzerin, eine feine alte Dame, vorkriegsreich. Eine gute Bibliothek in den Zimmern, Philosophie, Geschichte, Literatur und unermeßlich viel Rücksicht und Stille. Die alte Dame blieb heute da, mich in alles einzuweihen, morgen reist sie ab.

Und die Stadt zum brüllen schön! Silberlicht über dem Hafen, herrliche Schiffe, alles, was das Herz begehrt. Mit Maass speiste ich herrlich bei Ehmke, es gab dort sogar Känguruhschweifsuppe, aber an der aß ich vorbei. Dem Leipziger Mann, der das E. Th. A. Hoffmann-Autograph brachte, sende ich selbst das Geld. Ein unglaublich seltenes Stück. Julien Green dachte ich, würde Dich interessieren. Ist der kleine Vildrac nett? Telefon im Hause, Du erreichst mich jedenfalls immer zwischen 8–10. Viele herzliche Grüße *St.*

*Hamburg 14/8 [1930]*

ich wiederhole: ich hätte es nicht besser treffen können.

Zwar regnet es auch hier den Regen jeglichen Tag, doch mit Intervallen, und ich kann immer spazieren gehen, in allerhand sehr saubere und sehr düstere Lokale, Zeitungen lesen, habe die totenstille, souveräne Wohnung, eine famose, universalisch gebildete reizende Sekretärin. – Es scheint, daß über meinen Reisen ein freundlicher Stern lächelt, deshalb könnten wir einmal das Inderland wagen. Von Roth habe ich keine Zeile und weiß nicht, wo er zurzeit sich abschindet. Und die Liste der versäumten Besucher hat mir noch kein verzweifeltes »Schade« entlockt. Daß Du auf Borg Radiotin geworden bist, habe ich vernommen: auch hier sitzt eines im Hause und gurgelt auf einen Druck sofort Operetten und ähnlichen Mist. Gott behüte uns vor all diesem Unfug! Ich bin hier nicht eine Achtelsekunde je nervös gewesen, und die Welt kommt mir so vor, als ob sie mich nichts anginge, was weiß Gott doch richtig ist, während ich in Salzburg sie wie einen Alp auf der Brust spüre. Lebwohl und sei vielmals gegrüßt! *St.*

*[Salzburg, Aug. 1930]*

Lieber,
lasse heute einen längeren Bericht folgen, den beiliegenden Brief Rollands bitte ich, mir zurückzusenden. Zwei riesige Briefe kamen von Me Guilbeaux, in denen sie mir die ganze Verantwortung auflädt, wenn G. etwas zustößt. Leider, Stefan, muß ich Dir in diesem Falle G. den Dienst aufsagen. Du warst darüber unklar, hast, scheint es, Versprechungen gemacht und kannst jetzt die Folgen nicht durchhalten. Ich schreibe, daß ich versuche, Dich zu erreichen, daß Du aber unterwegs bist. Du sollst also Geld für ihn vorschießen für Aufführungen von Rolland und von Dir, zu seinen Gunsten. Warum Du und nicht Rolland, der doch für G. so überzeugt ist? Neben großer persönlicher Hilfsbereitschaft hat er diesen großen kindlichen Glauben ans Manifestieren, daß die Welt vorwärtskäme, wenn man weiß, daß für den Revolutionär Guilbeaux Rolland und Stefan Zweig Stücke aufführen lassen! Das Traurige dabei ist, daß weder R. noch St. Zw. Stücke aufführen lassen können, wann es ihnen beliebt. Und Du hättest ihnen angeblich versprochen, nach Berlin zu kommen. Sei doch um Gotteswillen zurückhaltender. Du verärgerst doch nur die Menschen mit sol-

chen Liebenswürdigkeiten, die Dir dann konstant ein schlechtes Gewissen geben. Diesem in unangenehme Situationen kommen, des Überlaufenseins, des Sichherauswindenmüssen, mit seinen Folgen von Übermüdung, Gereiztheit, Unfrohheit, mußt Du durch Aufrichtigkeit und Geradheit abhelfen. Gewiß, Du wirst sagen, Du seist jetzt vergnügt. Aber der Ausnahmezustand gilt nicht. Rolland ist ein herrliches Vorbild, aber er scheint Dir moralische Lasten aufzuerlegen, die Du nur tragen kannst, wenn Du sie besser dosierst. – Und, Lieber, ich kann mich nicht dauernd mit irregulären Verhältnissen abgeben, denn ich vertiefe mich ja in sie, wenn man sie mir überantwortet. Also auch mir zuliebe, *übernimm* Dich nicht. Sei vielmals gegrüßt und geküßt und verzeih meine aufrichtigen Worte. Antworte darauf nicht. Ich weiß ja alles Für und Wider. *Fr.*

*Hamburg, 19. August 1930*

Liebe Gattin,
Heute ist Brief-Großkampftag und so bekommst Du auch einen ausführlichen. Die Zusammenstellung der versäumten Besucher hat auf mich durchaus wohltätig gewirkt und mich in meinem Entschluß bestärkt, nicht vorzeitig mich in diesen Platzregen zu begeben. Es ist ja möglich, daß ich Ende August zurückkomme, aber nur um mich gleich in mein altes Retiro Zell am See zu begeben, denn mit Oslo werde ich mich wohl nicht entschließen. Erstens mag ich meine Arbeit nicht gern unterbrechen, zweitens möchte ich mir Skandinavien nicht durch ein unruhiges Hin und Her verderben, drittens habe ich hier keinen Smoking mit und würde es direkt beleidigend wirken, viertens würde man mich dort empfangen und Du weißt, daß ich derlei Dinge nicht ertrage. Ich werde heute das leichte Telegramm und den schweren Brief an Barbara verfassen müssen und überlegen, welche Ausrede die zwingendste sein könnte. Von Jahr zu Jahr verliere ich mehr die Fähigkeit des Repräsentierens, des öffentlichen Sprechens. Man kann nur irgendwo anonym kommen und anonym leben; ich spüre das hier mit großem Vergnügen. Heute mache ich hier den ersten Besuch und speise bei Sigmund Warburg. Er hat noch ausdrücklich eben angerufen, ob Du nicht auch da seist. Dann hatte ich vorgestern und gestern Wladimir Lidin zu Besuch, der übrigens ein intimer Freund von Josef Roth ist und vor allem von dessen Frau. Die Situation der Russen ist über jede Beschreibung entsetzlich. Es war sehr tragisch, diesen prächtigen Menschen zu sehen, der seine erblindende Frau nach Deutschland

gebracht hat und dort erfahren mußte, daß sie eigentlich nicht zu retten ist und der trotzdem (es ist unglaublich) diese Tage im Ausland als paradiesisch empfindet. Man müßte es alles einmal schreiben, damit die Leute eine Ahnung bekommen, wie frei wir alle leben und den Unterschied von wirklichen Entbehrungen mit unseren Lebensformen selbst in einer Krise von innen her begreifen.

Ich freue mich, daß Du Dich in meiner Abwesenheit des Radios erfreust; meine Ansichten darüber kennst Du ja, und es steht nicht dafür, darüber Worte zu verlieren. Wichtig für mich ist, daß ich im September den Freud-Aufsatz und die Einleitung zu dem Buch endgültig hinter mich werfe, um dann für den Winter, für die Reise, Arbeit und Nichtarbeit völlig frei zu sein.

Alles Gute also und viele Grüße *Stefan*

*20/8 [1930]*

L. F.,

Deinen Jammerbrief über Guilbeaux beantworte ich bei herrlichem Wetter. Ich habe die Arbeit jetzt unterbrochen, weil mich dieses ewige Herum im psychischen Zirkel etwas graust. Die Vorarbeit ist jetzt so gut wie fertig; jetzt heißt es durcharbeiten und dann schreiben. Froh werde ich sein, wenn alles hinter mir liegt!

Also Barbara habe ich abgesagt, lügnerisch eine Vorlesung vorschützend. Es sind doch zwei Tage Reise hin, zwei zurück, dazu noch das Gefühl, an Stockholm und alldem vorbeizugehen. Vielleicht gehen wir lieber nächstes Jahr den ganzen August hin. Mir ist es wegen Barbara leid.

Heute kommt Friedenthal, der hier einen Vortrag hält, ich werde also gescheiter werden, brauchen könnt ich es. Sonst lebe ich sehr angenehm und sehe tausend interessante Sachen. Nichts Herrlicheres als in einer Stadt leben und doch nicht darin sein; überhaupt wie viel herrlicher das Außen- als das ewige in der Mitte sein.

Ich denke am Montag nach Berlin zu fahren und Dienstag vormittag in Salzburg einzutreffen. Wir könnten gleich Mittwoch nach Zell am See für ein paar Tage, bis der Rummel glücklich abgeströmt. Bitte bereite, wenn es Dir recht ist, alles in diesem Sinne vor. Ich dachte einen Augenblick daran, mit dem Flugzeug nach Kopenhagen und dann ans dänische Meer zu gehen, aber ich bin durch die Affäre Oslo gehemmt, noch näher an Norwegen heranzukommen.

Herzlichst und auf bald *St.*

*Salzburg, 19. Okt. 30*

Lieber Stefan,

noch warm von der gleich nach Deiner Abreise begonnenen Lektüre des »Freud« möchte ich Dir schreiben, nachdem ich heute nochmals den Anfang gelesen habe. Ich finde es ausgezeichnet und möchte Dir, wie alle Leser es tun werden, danken. Zuerst war ich etwas mißtrauisch, das erste Kapitel ist, wenn es mir auch bei der zweiten Lektüre besser gefiel, das schwächste. Vielleicht kannst Du noch etwas Farbe, ja vielleicht noch mehr humorvolle Zeitkritik hineinbringen, etwa den früheren Unterricht der Naturgeschichtsstunden oder dergleichen. Möglicherweise wird aber das Kapitel schon durch die sprachliche Durchfeilung und Kürzungen anregender. Wie immer ist Dir das »Bild« wieder äußerst gelungen. Es kann neben dem in »Tolstoi« bestehen und gerade dies Bild ist wichtig. Ganz außerordentlich ist das Kapitel über den Traum. Sowohl Aufbau als Darstellung der Lehre sind so klar und bei ziemlicher Sachlichkeit spannend. Dort, wo Du persönliche Werturteile gibst, habe ich aber wieder die alten Einwände. Diese Urteile wirken in ihrer Superlativität der geradezu edlen Sachlichkeit gegenüber wie Formfehler. Sie schwächen eher ab, weil sie den nüchtern genießenden Leser eher abschrecken, da er ja mit dem Verstand genießt. Den Freudianern wirst Du allerdings zu kühl erscheinen, ihnen aber durch die entschiedene, aber leidenschaftslose Einstellung viel größere Dienste erweisen. Zwei Widersprüche habe ich aufgedeckt und einen hinkenden Vergleich. So interessant und neu die zwei anderen Essays sind, so überragt dieses sie, nicht nur weil der Stoff größer und schwieriger war. Zum erstenmal spüre ich auch, daß Du mit Erfolg Philosophie studiert hast (oft zweifelte ich nämlich daran). Freilich sagst Du nirgends, daß der Pädagogenpsychologie das Unbewußte nicht fremd war. Jedenfalls ist Dir Erstaunliches gelungen, vielleicht gerade durch den Verzicht auf persönliche, detaillierte Stellungnahme. Du hast in diesem Essay ein weises Maß, eine ruhige Überschaulichkeit (mit diesen Einschränkungen, die ja der ersten Fassung gelten), die auf einen gütigen, nicht autokratischen, einen objektiven (für mich das höchste Lob) Menschen schließen lassen könnten. – Alles Gute für München. Gute Grüße auch an Kippenberg.

Deine *F.*

*26/XII, Frankfurt [1930]*

L. F.,
war heute in Homburg, morgen in Kassel, Sonntag wieder in S. Herzlichst *St.*

*Kassel, 27/XII [1930]*

Herzlichst von 21 Rembrandts und fünf noch fabelhafteren Frans Hals Dich grüßend, sehr zufrieden und vergnügt. Dein *S.*

*[Salzburg, 1931]*

Lieber,
Anbei nur das, was Dich in der Post nicht stört. Es kamen diverse Kataloge, Revuen, Kritiken, u. a. eine, die verkündet, Du wärest unter die Kommunisten gegangen, da Du in der Roten Fahne schreibst. Gemeint ist die Antwort, die Du auf eine Rundfrage gabst. Vielleicht solltest Du Dir die Sache näher ansehen, da es doch eine offensichtliche Lüge ist, diese Zitierung als eine Mitarbeit zu bezeichnen.

Die Tage in Marienbad habe ich sehr genossen. Mama hatte die Fahrt nach Karlsbad sehr gut vertragen. Die dortigen unerhört luxuriösen Läden haben ihr viel Vergnügen gemacht, trotz großer Hitze. Sie war sehr lieb, und ich war wirklich glücklich, ihr Freude machen zu können. Ich halte daran fest, wenn man den Mann lieb hat, hat man auch die Mutter lieb. Tausend Grüße Deine *F.*

*5/VII 31 Tummersbach bei Zell am See*

L. F.,
heute telefonierte ich vergebens. Nachmittags schweres Gewitter, jetzt wieder schön – ich lebe völlig zeitlos, da ich meine Uhr zerbrochen habe – es ist ein sonderbares, und ich glaube gutes Gefühl. Die Arbeit ist noch nicht recht begonnen, aber doch viel geschehen, weil ich beim erstmals ruhigen Nachdenken erkannte, was alles im ersten Teil falsch war, und hoffe jetzt zu wissen, wie es richtig gemacht wird. Das ist schon einiges. Auch sonst fühle ich mich hier ausgezeichnet, bade, gehe spazieren und gehöre endlich ein wenig mir. – Da die Kritik von Kracauer, wie Du sagst, lesenswert ist, möchte ich sie lesen; bitte schicke sie mir. Auch Unfreundliches stört mich hier nicht in der Arbeit. Herzlichst *St.*

*[Tummersbach, 1931]*

L. F.
Alles hier gut, nur gerade jetzt gräßliches Volk, Unterdeutsche. Die Hakenkreuzlerei hat den Mittelstand ergriffen, bei dem alles – Sozialismus, Religiosität, Bildung – zur Karikatur wird, es zäumt diesen Menschen, die nur durch Bescheidenheit erträglich wären, ein stupides Herrentum oder Ich-möchte-Herrentum auf. Immerhin interessant, von der Nähe zu sehen. Leid tut mir Silbergleit – er bekam hierher die Nachricht, daß die winzige fixe Stellung bei der Funkzeitung »rationalisiert« wird, das heißt abgebaut! Immer geht es auf die Ärmsten. – Meine Arbeit geht teils-teils – es ist da in der Mitte ein großer breiter Graben, über den ich nicht hinüber kann, und vor dem ich seit einem Monat stehe wie ein scheuer Gaul. If you wish to come you are welcome. Herzlichst *St.*

Briefe Stefans nach Crkvenitza, Jugoslawien (bei Fiume), wo ich zwei Wochen mit meinen Töchtern verbrachte.

*Salzburg, 7. Sept. 31*

Liebe Fritzi,
Deine beiden Karten (Triest und Crkvenitza) trafen Montag ein. Die Verbindung ist also nicht gerade glorreich, aber dafür hast Du Sonne und wir hier Kälte, da muß man sich verspätete Post schon gefallen lassen. Ich wollte Dich noch erinnern, brieflich oder telegrafisch Ginzkey zu gratulieren; ich halte am 9. die kurze Ansprache hier am Radio. Rieger ist gestern eingetroffen, hat mir im Staatsarchiv wirklich sehr interessante ungedruckte Stellen aus dem Briefwechsel Marie Antoinettes zusammengeklaubt. Die Sache interessiert mich leider jetzt mehr als die eigene Arbeit, die ins Stocken geraten ist. Lasse es Dir gut gehen. Viele Grüße Dein *Stefan*

*Salzburg, 13. Sept. 31*

Liebe Fritzi,
eben Dein Expreßbrief. – Eben höre ich von dem Heimwehrputsch in der Steiermark: gute Vorbereitungen für Genf! Eine Schande! Mit Dir ist es immer dasselbe. Wenn ich Dir nicht die 500 Lire aufgezwungen

hätte (Du wünschtest nur 100) säßest Du jetzt auf dem Trockenen. Schließlich kann man auch krank werden. Wenn Du noch brauchst, telegrafiere. Eiligst *St.*

*[Salzburg, Sept. 1931]*

Liebe F.,
ich freue mich, daß Ihr schönes Wetter habt, von uns ist das gleiche nicht zu sagen, aber ich spüre es zur Zeit nicht und fühle mich auch sonst recht wohl in Gesellschaft der Dauphine, die ich bald hoffe zur Königin zu machen. Nächste Woche wird Ludwig XV. erledigt, allerdings all dies erst im ersten Entwurf, dann tritt sie die Regierung an. Herzlichst *Stefan*

*[Salzburg, Sept. 1931]*

L. F.,
ich hatte Dir wegen Graz telefoniert, als die Heimwehraffaire in vollem Gange war – natürlich war sie viel ernster als die Zeitungen schreiben, denn man ließ mit Absicht die Wehrmacht 6 Stunden zu spät ausrükken, in der Hoffnung, die Sache würde gelingen. Es hat mich nervös gemacht, daß Du aus Deiner unglücklichen Tendenz, eine billige Familie zu sein, Dir nicht mehr mitnahmst – man muß immer eine Reserve für Unvorhergesehenes haben (Flugzeug, Krankheit, längeren Aufenthalt). Wir erwarten Dich also Freitag, wenn aber Du länger bleiben willst, so bleibe nur. Herzlichst Dein *Stefan*

*München, 18. Nov. 31*

Liebe Fr.
Vielen Dank für Telefonat. Also: Richard Strauß schreibt mir sehr lieb eben, daß er noch einmal nach München muß, ich bin Freitag hier mit ihm, abends zu *Elektra* eingeladen, sehe ihn vielleicht Samstag nochmals – das heißt, daß ich die ganze Woche hier bleibe. Ich fühle mich sehr wohl – weil ich mir nur gute Dinge *dosiere,* gestern Weißes Rössl mit jenem jungen Mädchen, heute abend Carossa, Freitag Richard Strauß und Elektra – kann man es besser haben? Dazwischen schalte ich dann noch Adelt ein und Bahr, dann darf man dies doch einen ganz klugen Aufenthalt nennen. Mit der Arbeit ist vorderhand noch

nicht viel los, dafür rauche ich jetzt schon den zweiten Tag nicht und trinke nicht Kaffee. Du siehst, ich bin vernünftiger als Du meinst.
Herzlichst *Stefan*

*Salzburg, 31/XII 1931 – nach Paris*

Lieber,
nochmals ein so gutes künftiges Jahr als es in diesen Zeiten, bei der Teilnahme, die Du an der Dich umgebenden Atmosphäre nimmst, möglich ist! Ich selber möchte Dir doch so gerne Ruhe geben, aber ich bin nicht mehr so zuversichtlich, denn ich kann mein eigenes Gleichgewicht jetzt auch nicht mehr recht im Stillesitzen finden. Das Haus ist mir nicht genug Heim: ich habe zu wenig zu sagen, ich habe kein Besitzrecht, es ist mir zu groß, ein zu weiter Mantel über einer manchmal frierenden Seele. Daß ich meinen Willen daransetze, es Dir leichter zu machen und meine Pflichten zu vereinigen, das weißt Du, und ich verspreche es.

Zu berichten ist, daß heute Zuckmayer und Lernet hier waren. Ersterer war wieder in Berlin und fährt nun nach Wien. Getrud Wertheimer schreibt mir von Igls, wo sie und Egon Ski laufen, von London kommend. Es sei jetzt in London sehr nationalistisch und unangenehm. Wunderschön ist die eingetroffene Ausgabe von *L'Anima che Guarisce.* Schreib der Mazzuchetti ein Wort, sie sandte Dir ja auch ein Pascoli-Autograph.

Ich hoffe, daß nach meiner Genfer Fahrt noch Möglichkeit sein wird, mit Dir ein paar Tage in Paris zu sein. Mais je n'insiste pas. Mein Liebes, bitte anzumerken, daß meine Adresse ab 5. Genf, 12, rue du Vieux Collège ist. Tausend Grüße Deine *Fr.*

*Salzburg, 1. Jänner nach Paris,*
*Hôtel Louvois [1932]*

Liebster Stefan,
vielen Dank für Dein Telegramm. Eben schrieb ich an Dr. Burnet. Pasteur setzte mich in solche Begeisterung, daß ich, wenn ich mich bald hinsetzen könnte, wahrhaftig imstande wäre, anderen diesen *Heil*land im rechten Licht zu zeigen.

Suses Koffer ist nach Genf abgegangen. Bitte mach Dir in keiner Weise Sorgen. Arbeite und denk nicht daran, wie wir uns einrichten. Könnt ich doch nur diese Arbeit schreiben! Wie gut würde mir das innerlich tun. Wäre mir doch noch einmal vergönnt, mich konzentrieren zu können und ein bißchen innern Reichtum zu verschenken. Vielleicht kann ich mir schon in Genf an den Bibliotheken Vorarbeiten machen. Es freut mich auch sehr, zu Rollands eingeladen zu sein. – Das Wetter ist greulich. Bösestes Glatteis. Bleib gesund, trink kein Wasser. Ich höre, die Gesundheitsverhältnisse in Paris seien nicht besonders. Tausend Grüße und Küsse *Fr.*

*Genf, 8. Jänner 32, nach Paris*

Lieber Stefan,
ich schreibe im Zug, von Rolland kommend. Wunderschön seine Nähe, sein stärkender Blick. Er sieht nicht schlecht aus, hüstelt ein bißchen, spricht aber lauter. Erfreulich: eine junge, hübsche Franco-Russin als Sekretärin ganz im Hause, wie es scheint. Madeleine leider an Herz und Nerven durch Übermüdung lädiert, das Unwiederbringliche fühlend. R. erzählte von panischer Angst der Deutschen, Friedmann in Leipzig z. B. fürchtet schon Ausweisung soll außer sich sein ... In wenigen Tagen wird ja die Lage etwas geklärter sein. Von Gandhi erzählte mir R. viel. Er erregte sich darüber, daß der Detektiv, der Gandhi überall hin begleitete, auch einmal wie ein Gast zu ihm kam. Diese Detektive sollen aber Gandhi geradezu vergöttert und für ihn wie für ein Kind gesorgt haben. R. war zu mir reizend und auch Madeleine besonders freundschaftlich. Gestern hatte ich durch Zufall die Freundin der Rollands, Frl. Hartock, kennen gelernt, die Lehrerin an der Ecole Internationale in Genf ist, wo wir die kleine Wertheimer besuchten. – Nun zu Dir mein Liebes. Ich beschwöre Dich, nicht zurückzufahren. Ich lege Dir einen Artikel aus der Neuen Fr. Presse bei. Es wird Unruhen geben. Da ich weiß, daß Du den Rat aller Deiner Freunde nicht befolgst, Dir Deiner Arbeit wegen eine ruhige Situation zu schaffen, so zieh doch den jetzigen Zustand hinaus. Nun leb wohl. Bald mehr. Es umarmt Dich *Fr.*

*Les Rasses, bei Ste-Croix, Jura, 16. I. 32*

Lieber Stefan,
vor der unerhörtesten Bergkette, die ich je vor mir aufgereiht sah, schreibe ich Dir in stärkster Bergsonne. Denke Dir einen Semmering, mit viel weniger Hotels, gar keinen Läden, keiner Bahn, als Aussicht unzählbare Gipfel, unter denen Herrschaften wie Montblanc, Jung-

frau, Matterhorn sich deutlich, aber gar nicht überheblich ausnehmen, davor ein Nebelmeer und dann der Waldrand um dieses Bergplateau. Eine einzigartige Aussicht. Nicht nur die schwindelnde Höhe dieser Gipfel und Gletscher, sondern die überwältigende Ausdehnung dieser vielgestaltigen Schneewellen im blauen Himmel, der durch diese Wolkenkratzer ohnegleichen viel höher erscheint, ist so überraschend. Dabei nicht beklemmend nahe, nur nahe genug, um greifbar wirklich zu erscheinen.

Vorläufig ist herrliche Stille. In den nächsten Tagen kommen malaische, englische, amerikanische Kinder aus der Schule in Gland. Ein junger Inder ... ist neben den Lehrern der einzige Erwachsene. Das Hotel ist wie ein Schutzhaus, die Kost vegetarisch. Ich schreibe bei offener Balkontüre vor einem Tisch mit allerlei Pasteurbüchern, aus denen und vermöge derer und den Anregungen Baudouins und Rollands, der ihn doch persönlich kannte, ich mich jetzt in die Arbeit vertiefen kann. Ich habe 3 oder 4 neue Gesichtspunkte.

Nun, Lieber, vielen Dank für Karten und Brief. Mich schaudert geradezu vor all den Namen, die Du aufzählst. Nun hast Du aber wieder den Kurs geändert. Nachdem Du mir zuerst schriebst, Du würdest auch oft Freiheit für die Mahlzeiten haben wollen, retardierst Du jetzt Verabredungen. Du weißt ja, daß ich erst gestern hierherkam. Bitte gib doch Du noch 2 Tage zu, damit ich hier noch 6 Tage bleiben kann. Ich fühle mich zwar schon besser, ohne Kopfschmerz, ohne jenen Schmerz im Arm, der mich so irritierte. In Genf sind jetzt die interessanten Konferenzen. Anfang Februar gibt die Frauenliga 4 Millionen Stimmen für die Abrüstungen ab. Salzburg hat 150 dazu beigetragen. Aber nun habe ich ja Genf hinter mir gelassen. Mit den Eindrücken von Rolland wollte ich hierher in die Berge. Ich denke viel an ihn und an die veränderte Atmosphäre dort. Welche Jugend hat er sich doch erhalten und wie wahr und falsch ist sein Weltbild zugleich, wie unter den Kristallisationswirkungen, die rechts und links Ausschläge geben, wirkt *seine* Sonnenbestrahlung, in eine höhere, allzuhohe Wirklichkeit gerückt, ohne Allgemeingültigkeit und scheint schon in den Wolken zu verschwinden.

Schade, daß Du nicht ein paar Tage hierher kommen willst, ich meine zu ihm und nach Genf. Es ist doch in mancher Hinsicht jetzt wieder »das Herz Europas«, freilich kein ganz gesundes, aber eines, das sich mit mehr oder weniger Aufrichtigkeit zu kurieren sucht, bevor es sich verloren gibt. Wärst Du doch dazu bereit, hier am Ufer des schönen Sees, wo im Jänner jetzt Blumen blühen, ein kleines Haus zu kaufen. Es kommen schlechte Zeiten. In bösen Nächten habe ich schon Hitlerbomben auf unser Haus herabfallen sehen. Wann hätte man je gedacht, daß man die Wiederwahl Hindenburgs in sein Gebet einschließen würde! Und es ist keine Zeit zu verlieren, Entschlüsse zu fassen. Eile nicht zurück. An den Kopien des Postberichtes sehe ich, daß alles aufschiebbar ist. Innigst *Mumu*

*Paris, Jänner 32*

L. F.,
Dank für Deinen Brief. Ich möchte Dich bitten, mir nun Deine Dispositionen mitzuteilen – ich muß es wegen der diversen Einladungen, die ich für nächste Woche habe, wissen, ob Du dabei bist oder nicht. Ich bleibe bis 28. Wäre mit Wonne noch zwei Monate geblieben, aber ich kann ohne Sekretärin nicht arbeiten, es ist die alte Misere. Wo wäre ich, wenn ich jemanden mit mir hätte, dem ich die Texte und Briefe diktieren kann, ich hätte bei halbem Kraftverbrauch das Doppelte geleistet und nicht immer die Nach-Hause-Nervosität gehabt ... Freitag lese ich am Radio, auch zu Julien Cain muß ich noch und die Freudbücher signieren, ferner am 16. einer Autographenauktion beiwohnen, und dabei tue ich nichts als absagen und mich entschuldigen. Aber es ist herrlich hier und ich fühle mich wie ein Karpfen im frischen Wasser. Teile Dir alles ganz nach Deinem Belieben ein. Herzlichst *Stefan*

*Les Rasses, Jänner, 32*

Lieber,
Mich trifft der Vorwurf nicht, daß Du zu wenig gearbeitet hast. Es hätten doch kaum mehr Bücher von Dir erscheinen können und noch erfolgreichere. Du bist von Jahr zu Jahr in den Büchern gewachsen. Der Mensch in Dir ist vielleicht karger geworden aus Routine, aber er wird wieder aufleben, wenn Du Kleinlichkeiten wieder von Dir weist. Dem Arbeiter in Dir bist Du nichts schuldig geblieben. Seitdem Du mit mir bist, Lieber, ist in *ununterbrochener* Kette Deine Arbeit *gewachsen,* und ich habe Dir, wenn auch keine Stenotypistin, doch wirklich alles gegeben, was an Umwelt der Ungestörtheit ein Künstler braucht. Von allein kommt das nicht. Unterschätze das nicht, indem Du etwa dafür aus mir eine Stenotypistin machen möchtest und schon gar jetzt noch, mit beginnenden weißen Haaren. Sei umarmt von
Deinem *Exmumu*

Vortragsreise nach Florenz, Mai 1932.

*2. Mai. Excelsior Hotel Italie [1932]*

L. F.,

eben hier eingelangt, Hotel phantastisch elegant, schon unangenehme Morgan-Klasse – ich bekam im fünften Stock ein Zimmer mit Bad und gigantischer Terrasse und wünschte mir nichts, als den ganzen Tag nichts zu tun zu haben und da mit dem Ausblick auf den Fluß faul und glücklich zu liegen. Heute abend kommt Enrico Rocca, ich freue mich ganz besonders auf ihn. Sonst alles hier herrlich, dieselben alten idiotischen Geschäfte verkaufen noch immer Marmor inmitten der schönen Dinge. Gereist bin ich ausgezeichnet, Coupé allein, Koffer überhaupt nicht angesehen – ich scheine ein vertrauenerweckendes Antlitz zu haben.

Zweiter Teil: Ich sitze allein in der Buca und esse ... Abends ist die kleine intime Gesellschaft *ohne* Reden, wie man mir verspricht. Morgen habe ich frei, d. h. ich kann mit Rocca in die Esposizione gehen, überhaupt, bisher habe ich Frieden, war schon eine Stunde in den Uffizien. Meine Rede macht mir Sorgen, vor Ehrfurcht, daß ich sie im Palazzo Vecchio halte – das hätten wir uns vor zehn Jahren auch nicht gedacht und noch weniger vor 800 Jahren die Herren der Signoria.

Auf Rocca freue ich mich riesig. Das Wetter ist lau, die Luft schmeckt nach Reseda und man verkauft die Blumen in Massen auf den Straßen. Herzlichst *Stefan*

N. B. frische Walderdbeeren schmecken sehr gut!

*Firenze, 4. Mai [1932]*

Cara consorte, in diesem Palazzo werde ich morgen italienisch stammeln. Heute waren wir in Fiesole. Donnerstag nach Siena, der Frühling ist hier unbeschreiblich. Herzlichst *Stefan*

*Livia Rocca*

Liebe Frau Friderike,

warum sind Sie denn nicht hier? Wir sind hier glücklich mit Stefan Zweig. Herzliche Grüße von Ihrem getreuen *Enrico Rocca*

*5. Mai [1932]*

Es ist vollbracht! Der Saal das herrlichste, was man sich denken kann und war außerdem übermäßig voll. Schade, daß Du nicht da warst. Herzlichst *Stefan*

Bestätige begeistert *Enrico Rocca.*

Idem die Rede, begeistert. Herzlichste Grüße *Lavinia Mazzuchetti*

*5. Mai aus dem Hotel Excelsior Italie [1932]*

Liebe Fritzi,

also, es ist überstanden und ich muß wirklich selber sagen, es war erstaunlich. Der göttliche Saal der Signoria, ein Traum di bon dio und überdies gefüllt zum Bersten, über 1000 Personen und dabei gar keine Deutschen, nur Italiener und was für fabelhafte Frauen – grand événement artistique, ich mußte dann etwa 200 Bücher unterzeichnen, dem Podestà und allen denkbaren Marchesen und Principessen Einladungen ablehnen und habe, glaube ich, wirklich gut gesprochen. Wahrscheinlich besser als andere. Das Ganze hat ein unglaubliches Cachet gehabt, ich kann mir nicht denken, daß an irgend einem Ort der Welt dies zu überbieten gewesen wäre. Schade, daß Du nicht dabei warst – mit Moskau im Operntheater war es doch das Eindrucksvollste meiner alternden Existenz.

Siena lasse ich wahrscheinlich fallen wegen des schlechten Wetters und weil doch schließlich das Italienische von früh bis nachts, die fortwährenden Besuche mich anstrengen würden. Zur Zeit bin ich frisch wie Kaspar, wenn er in die Stadt gehen darf. Eine Reihe heiterer Dinge erzähle ich Dir a casa. Herzlichst *St.*

*[Pension Les Laurelles, Genève, Champel, Schweiz]*
*11. Mai 32*

Lieber Stefan,

trotzdem ich den Eindruck hatte, daß weniger Autos fahren und eine gewisse Ruhe auffällt, mutet dieses Land doch wieder wie eine Insel der Seligen an. Es wird überall gebaut, scheinbar um Geld zu verwerten und Arbeit zu schaffen. Die Menschen sehen üppig, wenn auch nicht sorglos aus. Die Preise sind gesunken und die Leute auch hier ratlos, was werden soll. Ich sprach einen jungen Holländer, der sagte, daß in Holland die billige Welle möglicherweise wieder vorübergehen wird, was für die Geschäftsleute eine Katastrophe bedeuten würde.

Leider konnte Jane Addams wegen Herzschwäche die Überfahrt nicht machen. Ich bedaure unendlich, sie wohl nie mehr wiederzusehen, da sie ja schon alt ist und sich kaum wieder erholen wird. Suse läßt vielmals grüßen. Als ich ihr gestern von Dir erzählte, kriegte sie vor Sehnsucht Tränen in die Augen und wollte Dir gleich schreiben. Alles Liebe *Mumu*

*[Hôtel Moderne & des Trois Dauphins,*
*Grenoble, France, Mai 1932]*

Liebster Stefi,
nach dem 2. Kampftag und noch gar nicht abgekämpft, schreibe ich Dir. Madeleine Rolland ist hier – es geht ihr viel besser, auch R. R. ist wohl ... Entzückend die Jugend aus Paris, die alle Deine Anhänger sind. Hübsch sind sie dazu, Jungen und Mädeln. Ich lud sie nach Salzburg. Werde Dir viel erzählen. Es ist ja so unerhört interessant, die Mentalität des ganzen Erdteils zu erspüren. Für Juni sollen für die Konferenz in Genf Einstein, Gorki, Rolland, Thomas Mann, Barbusse zugesagt haben und alles frägt ob Du hingehst. Ich werde hören, von wem es ausgeht. Ich glaube von Barbusse, der behauptet, es sei ganz und gar eine unpolitische Abrüstungssache. Jedenfalls kann das Eindruck auf den Völkerbund machen, wenn es nicht durch allzu große Vehemenz verfahren wird. Die Stadt Grenoble ist sehr sympathisch und politisch sehr angenehm. Luft ganz milde, ohne Schwüle.

Ich brenne auf Post von Dir, wollte von Genf noch anrufen und bedauere jetzt, es nicht getan zu haben. – Heute ist Empfang von der Municipalité. Sei umarmt von Deinem *M.*

*Grenoble 17/V [1932]*

Lieber Stefan,
mein Liebes, endlich 2 Briefe von Dir. Freue mich, daß Du vergnügtes Beisammensein hattest. Viele Grüße an Friedenthal, bedauere sehr, ihn zu versäumen. Ich reise Donnerstag nach Genf zurück.

Liebes, brennend interessant der gestrige und heutige Tag. Zwei prachtvolle Chinesinnen haben heute gesprochen. Welche Weltweite diese Menschen alle bringen, trotz ihrer eigenen Enge oft und wie wunderbare Menschlichkeit zu spüren, welches Glück bei allem Weltunglück, das ist und zu kommen scheint. Auch die Französinnen sind prachtvoll. Gescheite Französinnen sind durch ihre Passioniertheit ganz wissendes Herz. Man wird echter an ihnen. Welch ein Seelenbad! – Was ich selber erreichte, ist noch die Schwebe, aber es ist auch nicht so wichtig, ob *ich* es erreiche. Und die Schwedinnen! Gestern Empfang im Rathaus, rührend lieb, auch mir gegenüber Deinetwegen. Der Deutschprofessor der hiesigen Universität, ein M. Cornou, verehrt Dich. So viel gäbe es zu erzählen. Ich hab Dich lieb, grüße Dich und umarme Dich *Mumu*

*Chambéry, im Zug, 19. Mai [1932]*

Liebster,
keine Nachricht, erhoffe sie in Genf. Gestern Nachm. habe ich geschwänzt, in angenehmer Gesellschaft. War im Karthäuserkloster, dem Hauptsitz des Ordens, 1300 m Höhe, herrliche Bergsicht und wunderbare Fahrt, mit Lofer zu vergleichen. War mit der Schwester von Emil Ludwig, deren Sohn, Dr. Hamburger, Dozent in Genf ist. Wir wollen mit ihm und Suse zu den Narzissenfeldern in Les Avants. Gestern in meiner Abwesenheit hat man mich unter 160 Delegierten in die Exekutive vorgeschlagen. Ich fuhr heute vor der Wahl weg, um mich nicht zu binden. Abends war großes Meeting im Theater mit kolossalem Applaus für uns alle. Jetzt fahre ich durch die grünste Landschaft, die ich je sah, Frühling, der so voll und saftig ist, plus südlichem Licht. Pappeln und Cypressen ganz nahe von einander und diese rosa starkriechenden Judasbäume. Bis zu 2000 m hinauf keine kahle Stelle, blühende Obstbäume und Wein. Ab Montag habe ich viel zu tun, Presseberich nach Wien. Dann paar Tage Genuß, dann Genuß Dich wiederzusehen. Eben an Lac d'Annecy vorbei. Savoyen ist wunderschön. Lix alles Herzlichste. Ich schreibe ihr bald. Sei umarmt Liebes, fühlte mich Dir sehr nahe, all die Zeit. *Fr.*

*[Mai 1932]*

Mein lieber Stefan,
wir sitzen ganz hoch, vis-à-vis Rochers-de-Naye über Les Avants und sehen gerade ein großes Seedreieck, auf dem der kleine Baum steht, den man vom Hotel Byron in Villeneuve sieht, also so nahe von Rolland und von dem Ort, wo wir vor 15 Jahren so unvergleichliche Tage

hatten, als wir Rolland das erste Mal besuchten. Neben uns liegen schon die gepflückten Narzissen, die wir Euch und Mama dann senden werden. Die Wiesen sind so übersät damit, daß Menschenmassen daran genug haben. In der Höhe hier sind es noch Knospen, die besonders geeignet zum Verschicken sein sollen. In Genf fand ich noch Deinen Brief und freute mich, auch von Josefine Liebes über ihren Gast Friedenthal zu hören. Abends sind wir bei Paule mit Masereels. Wie ich mich auf ihn freue, kannst Du Dir denken. Sie kommen aus Paris mit ihrem Auto, fahren nach Deutschland weiter und kommen dann zu uns. Ich dürfte mit ihnen zugleich eintreffen. Suse habe ich schlecht aussehend gefunden und bin froh, sie hier im Freien zu haben. Viele Küsse von *M.*

*Genf, Montag abend [1932]*

Liebes,
eben komme ich, höre und staune von Einstein. Der Peace Council gab eine Unterredung und Pressezusammenkunft. Lord Ponsoby und Einstein präsidierten. Er ist so einfach, so gerade und unerschütterlich. Natürlich soll ich Dir Grüße bestellen, er freue sich Deiner Äußerungen, die er da und dort lese. Ich werde Dir viel zu erzählen haben. Viele 1000 Grüße *F.*

*[Mai 1932]*

Liebes,
eben Deinen Brief, auch den an Suse erhalten. Wie Dir vielleicht Lix erzählte, der ich es gestern schrieb, sagte mir die Leiterin der Clinique geradezu ein großartiges Lob über Suse. Liebes, ich bin spätestens Sonntag in Salzburg. Mein Herz ist ja ständig im Wickelwackel, aber, wie ich hoffe, jetzt mehr denn je am rechten Fleck.
Tausend Küsse *Mumu*

*[Bozen, Okt. 1932]*

L. F.,
Du wirst mein Telegramm vermißt haben – Ursache, daß ich mich nicht so rasch stabilisieren will. Das Wetter hier in Bozen göttlich, einfach unbeschreibbar, gleichzeitig frisch und warm, absolut was ich gern habe. Dagegen steht es mit der Unterkunft schlecht. Gries ist total

ruiniert durch zahllose amtliche Neubauten, die guten Hotels von einst (d. h. vor 20 Jahren) sind stehen geblieben, verfallen oder reine Krankenhäuser. Auch ist mir an Bozen antipathisch, daß man Schritt für Schritt genötigt ist, an Politik durch die Straßennamen etc. zu denken – in Neapel spürt man derlei nicht. Auch am Malerisch-Pittoresken hat die Stadt viel verloren. Ich gehe also entweder nach Meran oder Gardone. Gar so leicht ist das übrigens nicht, denn von Autos weit und breit keine Spur, noch genau dieselbe Trödelei über Rovereto, Mori, Riva wie damals, fast alle Leute haben eben hier ein Auto, die Bahn ist für die terza classe. Aber ich telegrafiere sofort, wenn ich fixiert bin. Dies mittags geschrieben, auf einer Bank an der Talfa. Die Berge sind göttlich unpolitisiert geblieben und ebenso der Himmel. Aber man sollte doch nur in die Schweiz zur Erholung, in ein neutrales Land, wo man nicht ständig an tausend Kleinigkeiten die Spannungen unserer Zeit spürt, von denen man sich doch eigentlich entspannen will.

Im Greif habe ich anständig gewohnt, ist aber eher primitiver als vor zwanzig Jahren. Es scheint, daß wir in Österreich viel anspruchsvoller waren als wir wissen. Herzlichst *St.*

*6/II [= 11.] Gardone, Pensione Garda [1932]*

Liebe Fritzi,
ich habe heute meine Adresse telegrafiert und schreibe jetzt den ersten Bericht. Also, ich bin eigentlich auch hier zu spät gekommen, denn die guten Autoverbindungen sind schon eingestellt. In Riva stellten wir, mehrere Enttäuschte, ein Auto zusammen und kamen glücklich nach Gardone. Das Hotel Savoy war für mich ein Schrecken, ich verstehe nicht, wie Du in einem solchen ekelhaften Kasten wohnen konntest, ich ergriff sofort die Flucht, fand schließlich eine kleine Pension am Wasser, die mir trotz Primitivität besser behagt, einen stillen, kleinen Garten und kleinen Balkon auf den See hinaus. Ich müßte lügen, wenn ich sagen wollte, daß Gardone mir sehr gefällt; es fehlen die Spaziergänge, die Montreux so erfreulich machen, und etwas, was mich nicht entzückt, sind die Zanzaren, für deren Nachtmusik ich nicht viel übrig habe. Heute graues Wetter, aber warm. Ich fühle mich recht wohl und habe angefangen, an der Oper zu arbeiten, vielleicht schicke ich bald Frau Meingast einen Text. Ich fahre vielleicht über München zurück. – Du hörst alle Dispositionen telegrafisch. Leb wohl *Stefzi*

*[Salzburg, Jan. 1933]*

L. F.,
eben lese ich, doch sehr bewegt, daß das Hotel Byron in Villeneuve niedergebrannt ist – was für bedeutende und schöne Tage habe ich dort verbracht! Ich schrieb sofort an Rolland. Von Richard Strauß habe ich einen reizenden Brief, er schreibt mit Noten das Lied hin (ich glaube von Brahms)

*»Daß ich Dich gefunden, Du liebstes Kind*
*Das freut mich alle Tage, die mir beschieden sind.«*

Er skizziert bereits und sagt, es komponiere sich »glänzend«. Nun, vedremo. Laß es Dir gut gehen. Herzlichst *St.*

*[Salzburg, Jan. 1933]*

L. F.,
heute endlich einmal eine gute Nachricht. Hübsch telegrafiert mir, daß der amerikanische Buchklub Marie-Antoinette erworben hat – das sind wohl 20000–30000 Exemplare, allerdings zu verbilligtem Preis. Sonst nur ärgerliche Sachen, der Tonfilm zahlt nicht und muß geklagt werden – das wird wieder eine öffentliche Schererei. Ich habe gerade genug von der Affäre des Volpone, wo ich von Herrn Ihering und Konsorten heftig angegriffen wurde, überhaupt kein Tag vergeht ohne Plackereien und Sekkaturen. Es herrscht jetzt eine Art Böswilligkeit in der Welt, die unerträglich ist. Kippenberg, mit dem ich eben telefonierte, sagte mir, daß die Buchläden und Theater infolge der politischen Lage vollkommen verödet sind: eine greuliche Zeit und vielleicht doch noch besser als diejenige, die kommen wird. Grüße alle in Wien und melde rechtzeitig Dein Kommen – meinetwegen brauchst Du nicht zu eilen. Herzlichst *S.*

*Jänner 33, Salzburg*

L. F.,
ich habe eben auf Johanns Radio das Konzert Ernest Blochs im Augusteo in Rom gehört, instrumental einfach unerhört und auch sonst hoch über allem, was ich von moderner Musik kenne. Am 27. ist wieder Übertragung aus dem Augusteo, vielleicht kannst Du es um 5 Uhr nachmittags hören: in der Kammermusik wird freilich jene unglaub-

liche Farbkraft des Orchesters fehlen. – Von Triest kam noch Freitag ein beglücktes Telegramm, der Brief ist also gut angekommen. Sonst nichts Sonderliches. Sonntag und gottlob postlos. Herzlichst *St.*

*München 31/I 33*

L. F.,

ich bleibe heute Dienstag in München (um den Verdischen Othello in der Oper zu hören) und fahre morgen nach Garmisch, wo ich jedenfalls 2–3 Tage bleibe. Heute gehe ich zu Bahr. Herzlichst *Stefan*

Grüße Mama vielmals.

*[Salzburg 1933]*

L. F.,

es geht ziemlich viel vor. Heute kam ein überschwänglicher Brief von Frau G. aus Triest. Ihr Gatte ist (eine besondere Liebenswürdigkeit Mussolinis) ins Gefängnis von Triest überführt worden bis zur endgültigen Verbannungsortbestimmung, sie kann ihn täglich besuchen und er hat seit 2 und ein halb Jahren wieder sein Kind gesehen. Dann ein entzückender Brief vom ganz glücklichen R. Strauß, der bereits heftig komponiert. Dann eine sehr nette Sache von X. Er hat mir den Originalbrief geschickt, mit dem jene Hetze gegen mich allen »nationalen« Blättern in Deutschland und Österreich zum Abdruck gesandt wird (hier mit der Bitte des Nationalrates Prodinger, sie nur ja zu drucken). Jetzt wissen wir endlich, wer sie leitet: der Deutsche Handlungsgehilfen-Verband, der den Verlag Albert Langen/Georg Müller aufgekauft hat und der »Konkurrenz« Insel damit an den Kragen geht. Ich habe es sofort an Kippenberg geschickt, damit er sich jetzt mit seinen »deutschen« Kollegen auseinandersetzt.

Wien wird eine Hetzjagd sein. Zu alldem ist noch Jean R. Bloch da und ich muß ihn wohl bei Zsolnay sehen. Und ich ginge so gern einmal spazieren oder in die Oper. Herzlichst eiligst *St.*

Heute ist in ganz Italien Radio-Buchreferat über Marie-Antoinette, vielleicht höre ich es mir via Johann an.

Ich fahre von Wien dann gleich durch nach München-Garmisch-Partenkirchen. Strauß schrieb an Kippenberg, es sei der beste Text einer Opera comique seit dem Figaro. Immerhin, es freut mich, daß er mit so viel Lust und Liebe dabei ist. Herzlichst *St.*

*Bern 7/III [1933]*

Liebe F.,

bis jetzt geht alles besser als ich dachte. Ich wurde nachts von der Revision nicht geweckt und schlief durch bis Zürich, ging dort bei schönstem Wetter allein spazieren, besuchte den Lesezirkel Bodmer (mein Vortrag dort schon beinahe ausverkauft). Auch in Bern ging ich zwei Stunden spazieren und erhielt Dein Telegramm. Jetzt sitze ich allein im Café und schaue mir die Maitschi an. Abends Vorlesung. Herzlichst *S.*

*[Auf der Fahrt zwischen Olten und Bern] 9. März 33*

L. F.,

Bern und Zürich erledigt, sehr glücklich beides. Zürich will dringend Wiederholung, weil der Saal ebenso wie in Bern überausverkauft war und die Zurückgewiesenen Krach machten – in den beiden Buchhandlungen habe ich an die 800 Exemplare meiner Bücher signieren müssen. Hier wird noch tüchtig gekauft. Von den Flüchtlingen aus Berlin sah ich einige, sehr nett Döblin, der beim Vortrag und nachher mit mir war (er hat Roths Frau behandelt, ein verlorener Fall), dann Max Herrmann-Neiße und Toller, dessen Wohnung in Berlin sie ausgeräumt haben, außerdem Wilhelm von Scholz, Regierungsrat Wettstein, in Bern ein unverwüstlicher Benno mit seiner italienischen Ida (die bildhübsch ist). Die Panik der Intellektuellen ist recht groß, die Hetzartikel gegen die jüdischen Schriftsteller wiederholen sich jeden Tag mit neuer Heftigkeit und angeblich geschieht mehr als in den Zeitungen steht.

Bisher geht es mir recht gut, obwohl ich gar nicht zum Schlafen kam. Diesen Brief schreibe ich in der Bahn und mit Bleistift, weil meine Tintenfedern vom vielen Signieren erschöpft sind. An neuen Verabredungen fehlt es nicht. Am 15. werde ich die Beethoven-Autographen-Sammlung sehen und mit Ernest Bloch ein Privatkonzert haben, überall tauchen unvermutete und vergessene Leute auf. Im Ganzen war diese Vortragsreise aber doch richtig, denn hier ist noch reine Atmosphäre und die Menschen von der Hitlerei angewidert. Es wird hier bald eine große deutsche Kolonie entstehen.

Auf den Ruhetag freue ich mich schon. Abgesehen vom Politischen wäre der Vortrag in Straßburg doch zu erschöpfend gewesen. Mittag bin ich bei Rolland und freue mich, so wie in den alten schweren Tagen, auf seinen Rat. Der Abend in Genf wird schwer werden, die vielen Bekannten und noch soll ich für Payot Bücher signieren, eine neue

Vortragsplage, aber man soll sich den Menschen nicht entziehen, die einem gutgesinnt sind – es gibt doch jetzt Millionen, die einen auf Kommando hassen und verachten. Leb wohl, mein Kind, ich durchfahre jetzt Bern, wo der unsterbliche Benno mich am Bahnhof begrüßen wird. Leider habe ich den angebotenen Importen nicht ganz widerstehen können und faktisch keine Zeit gehabt, mir auch nur einen Kaugummi zu kaufen. Herzlichst *St.*

Nachschrift auf dem Kuvert:

Hier in Montreux ist zauberisches Wetter, ich könnte heulen, daß ich fort muß.

*Genf, 10/3 [1933]*

L. F.,
große Hetzjagd, ich halte sie aber tapfer durch und freue mich nun doch schon auf das Ende. Hier war es sehr erfreulich, nur sehe ich, daß die Neue Zürcher Ztg. mit ziemlich viel Unfreundlichkeit mich angeht – es spielt da ein Privatkonflikt mit dem Lesezirkel mit, und dann ist es für mich doch Bestärkung, mit den Vorträgen Schluß zu machen, was ich doch schon längst vorhabe. Die ersten zwei Tage freuen einen, die andern ermüden und man kommt von seiner eigenen Arbeit weg. Aber reisen soll man und möglichst ohne Beschränkung – wie schön wäre es gewesen, hier noch länger bleiben zu dürfen. Herzlichst *Stefan*

*Winterthur, 14/3 [1933]*

L. F.,
Dank für alles. Ich bin leider recht zerfahren, vergesse in jedem Hotel etwas in dieser Hetzjagd. Die Tatsache, daß Goebbels die ganze deutsche Presse redigiert, heißt, daß nie mehr eine Zeile von mir oder über mich dort erscheinen wird. Am Liebsten möchte ich in Schweden noch ausspringen. – Reisen heißt jetzt unruhig sein, wenn man an Tagestermine vernagelt ist. Ich schreibe im Zug mit schlechter Feder, meine gute habe ich im Hotel liegen lassen. Und dabei diese Fülle der Verabredungen. Nun, das war mein Schwanengesang. Herzlichst *St.*

*Bâle-Mulhouse [1933]*

L. F.,
ich bin heute Samstag nachmittag zu Fuß über die Grenze nach Frankreich spaziert; der policier inspizierte meinen Paß und konstatierte: »Mais votre nom m'est bien connu«, glücklicherweise nicht im peinlichen Sinn, wie an der deutschen Grenze. Heute abend kommt Josef Roth an, ich bin Sonntag mit ihm, und ein wenig vielleicht bei Geigy. Dienstag daheim. Viele Grüße *St.*

*Salzburg, 23. Mai 33 (nach Bad Gastein)*

Lieber Stefan,
eben kam ein Telegramm, das ich beilege. Ich antwortete: Mein Mann gestern abgereist, wird an Kongreß nicht teilnehmen. – Frau Zweig. Die Leute werden mich zwar für einen Idioten halten, der nicht kapiert hat, um was es sich handelt, aber jedenfalls hast Du Zeit gewonnen, Dir die Sache zu überlegen und kannst an Felix Salten direkt schreiben oder drahten. Am ersten Tag wird ja nicht protestiert werden und ich finde protestieren sollen die Unverbrannten. Für Dich hat schon die öffentliche Meinung protestiert u. a. Mr. Bryan, und Dein Erasmus wird auch ein Wort zu reden haben. Wenn Du aus Deiner Reserve heraustreten willst, muß es schon anders geschehen, als nur als Anhängsel eines Clubs und schon gar nicht im Rahmen oder auf Initiative einer politischen Vereinigung.

Ich glaube, Du bist da gewiß meiner Meinung. Es läßt sich auch, ohne die Formulierung eines Protests zu kennen, nicht mitprotestieren. Außerdem kommt das alles reichlich spät. Der Penclub hätte eben seinen Kongreß früher einberufen sollen, wenn er etwas hätte ausrichten wollen. Alle Vorstände hätten sich zusammentun müssen und nach Berlin fahren. Hätten sie nichts ausgerichtet, so hätte der Protest in solcher Form doch genützt. Freilich werden sie jetzt in Ragusa, wie Du mir ja andeutest, etwas unternehmen und anders kann es ja nicht sein, da es eine Standesfrage ist ...

Bitte schreib mir ob diese leider unaufrichtige Antwort richtig war. Man ist ja jetzt leider zu Diplomatischem genötigt. Eigentlich sollte man aber den Leuten die Wahrheit sagen, daß ihre Unverträglichkeit, ihr Mangel an Solidarität überhaupt Clubs und Vereinigungen zu einer Farce machen. Herzlichst, Lieber, Deine *F.*

*24. V. nach Bad Gastein [1933]*

Lieber Stefan,
der Grund, weshalb ich nicht eigenmächtig absagte, was ich ja, wie Du aus meinem Brief entnahmst, tun wollte, war, daß ich Dich sagen hörte, Du würdest die Konsequenzen ziehen, wenn sie in Ragusa sich schlecht verhalten würden. Ich wußte auch nicht, was Du mit Salten verabredet hattest. Ich drahtete sofort nach unserem Telefongespräch die zweite striktere Absage.

Katharina Kippenberg schrieb, sie arbeite jetzt an der Trakl-Gedichtauswahl und hätte deshalb viel an Salzburg und an uns gedacht, daß ihre Arbeit schön sei, aber augenblicklich aussichtslos, da jeder am Radio sitze oder sich aufrege und leide und keiner Bücher lese. Der Brief wollte Sympathie bezeugen und entschieden unerhobene Stimmung. Auch der Rütten & L.-Verlag beweist, daß die Leute wieder den Mund aufmachen.

Die zwei Manuskripte las ich. Berichte nächstens. Die französischen Briefe (5–6) sind geschrieben. Abends war ich beim Konzert der alten Instrumente, eine nervenberuhigende Angelegenheit. Herzlichst *M.*

*[Salzburg nach Wien, Juni 1933]*

Liebe F.
Schade, eben kam mit Baronesse Budberg H. G. Wells und wir plauderten prächtig. Ich speise dann abends mit ihnen. Du hättest es sehr genossen. *S.*

*2/VI 33*

L. F.,
nichts Neues, Rieger kommt Sonntag – mit Wells war es reizend, wir blieben fünf Stunden zusammen, er ist klug wie der Tag und die Budberg doch auch so sympathisch. – Gute Nachrichten von Hübsch, sie haben *Letter of an unknown Woman* zwar noch nicht verkauft, aber für die Option schon Geld bekommen. – Bruno Walter ist schon hier, ich habe ihn aber noch nicht gesehen. Herzlichst *S.*

Die Briefe, die wir in den nächsten Monaten wechselten, waren spärlich, weil es keine häufigen Trennungen gab. Mehrere Monate verbrachten wir bereits gemeinsam in London und einige Reisen wurden sowohl im Jahre 33, als auch 34 zusammen unternommen und ausgedehnt. Leider ist kein Brief aus dem Jahr 34 erhalten. Das Jahr 35 begann gleichfalls mit einem ausgedehnten Aufenthalt in Nizza, die sechste oder siebente Reise nach dem Süden. Von Nizza begab sich Stefan, gemeinsam mit Maestro Toscanini, Schalom Asch und deren Frauen und anderen Freunden nach den Vereinigten Staaten zu einer kurzen Vortragsreise. Er hatte in Nizza die Biographie Maria Stuarts beendet.

Auf der Rückkehr von Amerika hielt sich Stefan zirka zehn Tage in London auf und begab sich dann wieder nach Österreich, worauf er im Frühjahr nach Zürich fuhr, um dort zu arbeiten.

*Zürich, 10. Mai 1935*
*(nach Salzburg, Kapuzinerberg)*

L. F.,
ich bin hier im Hotel Bellerive, Utoquai, dem neuen Apartmenthouse und habe eines genommen, Blick nur von der Seite auf den See, die andern sind zu teuer. Auch das noch reichlich kostspielig, mehr als London, aber dafür ließ die Besitzerin, als sie nachträglich hörte, daß ich der Mieter sei, sofort freiwillig drei Fr. im Tag nach. Die Verhältnisse sind hier recht trist durch die Ungewißheit der Währung, alles behauptet, daß die Spekulation von »Osten« käme, von »internationaler Seite« – untereinander nennen sie schon den richtigen Namen. Seelig hat mir eine Sekretärin geschickt, ich werde sie Montag probieren. Es ist das für mich leider immer mehr ein entscheidender Punkt. Gesehen habe ich sonst noch niemanden und habe wenig Lust dazu, ich bin noch von Wien und den Menschen ganz erschöpft und habe mich heute in der Stille der ganz abgeschlossenen Wohnung wie im Paradies gefühlt. Ob ich lange hier bleibe, ist noch die Frage. Ich muß erst sehen, wie mit der Sekretärin und der Bibliothek alles klappt. Telefon ist 27010 und bei meinem Bett, so daß ich schon frühmorgens gegebenenfalls zu erreichen bin. Grüße *S.*

*Zürich, 18. Mai 35*

Darf ich Dich bitten, aus dem Bibliothekskasten das kleine Goethegedicht »Will einer sich gewöhnen« herauszunehmen und mir zu senden, ich möchte es Thomas Mann zum sechzigsten Geburtstag schenken. Bitte aber nicht nur im Verzeichnis es dann zu streichen, sondern auch aus dem Zettelkatalog den betreffenden Zettel herausnehmen und zu vernichten. Ich kann leider nirgends über ihn schreiben und möchte ihm doch eine kleine Freude machen ... *St.*

Hotel Bellerive

*Zürich, den 26. Juni 1935*

L. F.,

ich habe jetzt schon einigermaßen Übersicht über den Dresdner Tag. Ganz einig sind die Leute nur über eines, daß eine afrikanische Hitze geherrscht hat. Welcher Unsinn, eine Premiere in die Hundstage zu verlegen. Was die Oper selbst betrifft, so ist eines gewiß, daß sie *viel* zu lang ist, daß sie *wahnwitzig schwer* ist, also ganz das Gegenteil dessen, was mir vorgeschwebt, keine leichte Oper, sondern mit allen Raffinessen geladen und eher erdrückend durch die Fülle. Einzelne Teile sollen hervorragend sein und der erste Akt geschlossen, dann geht es ähnlich wie bei der Arabella und der Ägyptischen Helena ins Ermüdende über. Das Können scheint bei ihm intakt, nur die Dynamik fehlt.

Aus einigen Kritiken spüre ich die Animosität, die heute in Deutschland gegen Strauß herrscht. Es scheinen auch die offiziellen Leute von ihm ein wenig abzurücken, denn Goebbels ist zur Premiere nicht gekommen und auch die anderen Bonzen haben (glücklicherweise) gefehlt. Vermutlich wird die Oper ein historisches Halbleben führen, wie die Frau ohne Schatten, die Ägyptische Helena, das Intermezzo, manchmal hervorgeholt, aber keine ständige Repertoireoper und wahrscheinlich (ganz im Gegensatz zu dem, was ich wollte) für kleinere Opernbühnen unmöglich. Bei der Dresdner Aufführung scheint nur die Cebotari und das Orchester auf der Höhe gewesen zu sein, die andern den rasenden Schwierigkeiten nicht gewachsen. Von allen schweren Opern Straußens scheint diese die schwerste zu sein. Ich bin neugierig, sie im Radio zu hören. Vielleicht hat er bis dahin schon die nötigen Kürzungen angebracht.

Hier ist es fürchterlich heiß, wahrscheinlich so wie überall, aber meine Wohnung ist sehr erträglich. Das Buchmaterial ist bald zu Ende gewälzt und ich komme in der Arbeit schon ganz anständig vorwärts.

Wegen der Sommerpläne werde ich doch wahrscheinlich Gastein gegen Marienbad oder Karlsbad umstellen. Es ist sicher, daß bei einem Besuch eines böhmischen Bades für mich, meine Frau und sogar Sekretärin ein reichlicher Aufenthaltsbetrag dort ausgefolgt wird.

Dieses ist der eine Punkt. Der zweite, daß ich von Gastein doch öfters wegen dieser oder jener Bekannten höflicherweise nach Salzburg herunterkommen müßte ... und damit immer wieder zwei Tage verlieren würde, während die Sekretärin unbeschäftigt oben sitzt, daß ich außerdem dann von Besuchen in Gastein täglich heimgesucht würde und ein fortwährendes Hin- und Herrutschen entsteht, während ich ruhig und regelmäßig weiterarbeiten möchte, wie ich es hier tue. Ich habe genug Menschen gesehen in diesem Jahre, eher zu viel, und gar kein Verlangen, in den Trubel hinein zu geraten. Nachdem es Mama jetzt wieder besser geht, fällt auch dieses Hindernis fort und ich möchte von Salzburg nach der Falstaff-Premiere abreisen und etwa einen Monat in Marienbad bleiben. Frau Meingast wird es wohl recht sein.

Ich bin neugierig, was aus der Straußoper wird, hoffentlich kürzt er sie. Herzlichst *S.*

*[1935]*

L. F.,
Hübsch werde ich vielleicht in Paris treffen. Ich wohne hier zwar angenehm, aber der tägliche Föhn erinnert mich zu sehr an Salzburg. *S.*

*Hotel Bellerive, den 15. Juli [1935]*

L. F.,
Herr Hübsch ist gestern, Sonntag abgereist. Da er aber über Selzthal direkt nach Wien fuhr, konnte ich Dich nicht verständigen. Es besteht aber die Möglichkeit, daß er noch am 29. nach Salzburg kommt. Jedenfalls möchte ich bitten, daß man eine Falstaff-Karte bis zum vorletzten Tag zurückbehält, für den Fall, daß er kommen sollte, denn sie haben mich in New York so freundschaftlich aufgenommen, daß dies nur eine bescheidene Revanche wäre.

Gestern abend wurde ich hier vom *Morgen* aus Wien antelefoniert und um Äußerungen in der Sache Strauß gebeten. Ich habe selbstverständlich *keine* gegeben, aber daraus wieder gesehen, wie gefährlich es wäre, wenn ich in Salzburg den unvermeidlichen in- und ausländischen Journalisten begegnete. Mein Schweigen war der beste Teil. Von Strauß selbst habe ich nichts weiteres gehört.

Meine Pläne sind also: 29. morgens in Salzburg anzukommen, abends zu Falstaff zu gehen, am nächsten Tag womöglich Toscanini zu sehen und am 30. abzureisen und baldigst an die Arbeit zu gehen. Ich will keinesfalls länger bleiben, weil mich der Ansturm dieser vielen

Menschen mehr ermüdet und schließlich mich doch die Interessen dieser Leute nichts angehen. Bücher von der Bibliothek brauche ich nicht mehr, höchstens daß ich im Herbst noch einmal in Genf vorbeikomme. Es wird ein Buch aus Wien von Kampschulte über Calvin kommen, das ich aufzubewahren bitte, weil ich es dann mitnehmen will.

Jetzt kommen hier viel Leute durch, vorgestern Robert Neumann, gestern war ich bei Thomas Mann, heute nehme ich Abschied von Faesi und traf zu meiner Überraschung wohlbehalten und elegant Benno Geiger. Herzlichst *Stefan*

Nach gemeinsamem Aufenthalt in Marienbad, wo Stefan mit seiner langjährigen Sekretärin, Frau Meingast, an dem Castelliobuch arbeitete, und ich die Biographie über Pasteur begann, reiste Stefan nach Wien zum Besuch seiner Mutter und zu Besprechungen mit dem Reichner-Verlag.

*Wien, Hotel Regina, 2. Sept. (nach Salzburg) [1935]*

Liebe Gattin,

Leider hast Du mir nicht mitgeteilt, wo Baron Frankenstein hier wohnt, denn selbstverständlich wäre es meine Pflicht, die Karte bei ihm abzugeben. Bei Reichner ist alles in Ordnung und durch gute Bestellungen ist er sehr in Schwung. Dann kommt gleich der gute Glücksfall, daß der junge Neumann von Rütten & Loening plötzlich in Wien auftauchte. Es ist ungewiß, ob er ihn wird anstellen können, aber jedenfalls wird er ihn zur ganzen Anlage des geschäftlichen Apparates brauchen können. Der arme Junge, der Halbjude ist, wurde, weil er eine arische Freundin hat, auf die Polizei gerufen und ihm bedeutet, er möge, um allen Weiterungen aus dem Wege zu gehen, möglichst rasch Deutschland verlassen (er ist Österreicher) und das tat er noch am selben Abend.

Rütten & Loening wird ebenso wie Fischer bis Januar liquidieren müssen oder in fremde Hände übergeben. Ich sehe, daß ich alles richtig gemacht habe und nicht zu früh und nicht zu spät ausgeschieden bin . . .

Mit Grüßen *Stefan*

*[ca. 4. Sept. 1935]*

L. F.,
heute von Salzburg keine Post. Gestern Diner für Csokor, viel Leute, aber ich bin recht lächerlich und ungeschickt bei solchen Occasionen; privatim habe ich ihm ein Geschenk gemacht, da ich nirgends schreiben konnte (Werfel schrieb sehr schön in der *Fledermaus*). Mittags heute mit Frankenstein, sehr nett. Mama ist unwahrscheinlich frisch, geradezu beunruhigend mobil, nicht zu halten, mindestens zweimal im Tage auszugehen. Mit besten Grüßen *St.*

*Wien, Hotel Regina, 6. Sept. 1935*

Liebe Gattin,
Du mußt Deine Dispositionen ganz in Deinem eigenen Sinne treffen. Ich kann gar nicht sagen, ob ich nicht plötzlich zu jener Sache fahre, eigentlich sollte ich ja schon gestern fahren, habe aber statt dessen einen Entwurf geschickt. Soviel ich höre, ist Schalom Asch dort, den ich gerne in vielerlei Dingen sprechen möchte. Im allgemeinen haben ja solche kurzen Reisen nach Wien wenig Sinn, dagegen wird es notwendig sein, daß Du dann im Dezember hier weilst, weil wir trotz des augenblicklichen Zustandes Mama nicht allein lassen wollen.

Sonst nichts Wesentliches. Herzlichst Dein *Stefan*

*Zürich, 19. Sept. 1935 (nach Salzburg)*

L. F.,
programmäßig angekommen. Ich legte mich ohne zu essen mit einem ausgiebigen Schlafmittel sofort im Schlafwagen zu Bett, um alles Aufregende unseres Abschieds zu überschlafen. Rolland erwartete mich Samstag, aber ich bat ihn telefonisch, schon morgen kommen zu dürfen, damit ich Samstag in Genf allenfalls die Bibliothek sehen kann. Ich habe Eile, zu meiner Arbeit zu kommen, zu nichts anderem, und möchte auch Paris möglichst beschleunigen. Heute mittag esse ich mit Kesser. Sonst will ich niemanden hier sehen. Alles nähere telegrafisch oder telefonisch. Herzlichst *Stefan*

*Montreux Excelsior, 20/9. 35*

Strahlendes Wetter, man möchte gerne hier bleiben! Leider Besuch bei Rolland höchst unerfreulich, er sieht müd und alt aus: bei der Beratung über jene Veranstaltung ... Ich und Rolland waren ganz konsterniert. Madeleine wollte wie ich, daß die Gesamtheit Rollands gezeigt wird ... Unter diesen Umständen habe ich wenig Lust, weiter mitzutun und hoffe, Paris kürzen zu können ... Morgen bin ich in Genf, hoffe alles dort zu erledigen, will auch Wertheimers anrufen.

Beiliegende Photos bitte ich Suse zu vergrößern. Rolland konnte ich nicht aufnehmen, es kam noch Corbusier und außerdem war die Stimmung gänzlich zerstört, ich hatte tiefes Mitleid ... Schade, schade! ... Herzlichst *Stefan*

*Lausanne, 21. Sept. [1935]*

Ich komme eben aus Genf, wo ich alles Material erhielt – recht anstrengend, die vielen Dinge und Gespräche. Morgen Sonntag bin ich in Paris und hoffe, es möglichst zu kürzen, nachdem ich sehe, daß die Sache doch einen andern Lauf nehmen wird, als es mir richtig erscheint. Nun, ich habe meine Pflicht getan, und muß mich nicht in eine Veranstaltung zwingen lassen, die meiner innern Anschauung widerspricht. *S.*

Café de Rohan, Place du Palais Royal

*Paris, 25. Sept. 35*

L. F.,

ich habe meine Dispositionen geändert, fahre mit Schalom Asch zusammen nach London, bin also Freitag dort. Er sieht gut aus, ist aber innerlich wie wir alle ein wenig (oder sehr) verstört, will auch nur arbeiten, um sich vor dem Leben zu retten. Roth ist total dem Trunk verfallen. Ernst Weiß gibt ihn auch schon auf. – In London erledige ich die aufgelaufene Post, bitte schick mir nur das Wichtigste nach. Erledige alles andere abweisend höflich, ich sei verreist und bei einer wichtigen Arbeit. – Ich habe heute zu Mittag alle beisammen, Vallentin, Roth, Asch. Eiligst *St.*

*Paris, Sept. 35*

L. F.,
mit Masereel, der wirklich *prachtvoll* ist, besser, klarer, männlicher als je. Dagegen Roth, ein geliebter Alpdruck, er ist *russisch* versoffen, also grenzenlos, redet schon wie ein Verblendeter. – Grasset berichtet, er habe *La Peur* bereits geschickt. Die Stadt herrlich, leicht und angenehm, da ich wenig Menschen mir auflaste. Jean R. Bloch soll ich noch sehen, aber ich bin zu faul, zu ihm nach Poitiers zu fahren. Grüße *St.*

Hier folgt eine Auswahl aus siebzehn Briefen zwischen dem 27. September und 28. Oktober. Im November reiste ich nach London, um bei dem Mieten einer Wohnung in der Hallam Str. mitzuentscheiden. In diesen Briefen spiegelt sich die Qual, die Stefan über die sich stetig verdüsternde Zeit empfand und mein Unterliegen, ihn für Österreich zu erwärmen, das Freunde wie Toscanini, Bruno Walter, Franz Werfel, Zuckmayer noch nicht verloren geben wollten. Der Verkauf des geliebten Hauses sollte durch meine Anwesenheit dort gefördert werden, auch wollte Stefan mich der Nähe seiner Mutter und meiner Töchter nicht entziehen und war bald dafür, bald dagegen, daß ich, wie er es im Grunde schon getan, die Brücken abbreche.

Das Abstoßen des Hauses gestaltete sich in dem Maße schwierig, als wohlhabendere Leute ihre Autos zu ihrem Hause benützen wollten, für die der berggelegene Ansitz nicht zugänglich war. Die politische und wirtschaftliche Lage stoppte überdies alle Transaktionen. So sehr meine Kinder und ich an dem Heim hingen, waren meine Bemühungen, es zu verkaufen, aufrichtig, dies jedoch wurde von Stefan angezweifelt. Mein Wunsch und stetiges Trachten, seine Depressionen niederzuhalten, konnten bei den häufigen Trennungen nicht mehr erfolgreich sein, wie in den verflossenen Jahren, um so mehr die Ereignisse ihm recht gaben.

*29/9 Portland Place, London [1935]*

L. F.,
gleich bei Ankunft. Sehr angenehme Überfahrt. Leider der erste Blick in die Zeitungen betrüblich, die plötzliche Wendung Ungarns, seit Italien, beschäftigt mich. Es sieht schlimm aus, ich wenigstens finde, daß unsere Hoffnungen auf Sicherheit ganz übel stehen. – Lasse das Rechenbuch, wie viel Wochen und Monate wir in diesem Jahr und jenem Jahr beisammen waren, unaufgeschlagen. Gegen meine Entschlossenheit, Arbeit und Freiheit zu verteidigen, ist es besser, nichts zu beginnen und die Dispositionen friedlich mir zu überlassen. Ich wiederhole, daß wir nach Beendigung der Arbeit zusammensein können, ich bin

aber nicht im Stande zu sagen, ob ich am 15. oder 30. November fertig sein werde und das Gefühl »man wartet auf mich«, drückt auf mich. – Es ist keine Schande nachzugeben. Herzlichst *St.*

Mit dem Verlag ständig Ärger.

*1. Oktober [1935]*

ich hatte hier ausgezeichnete Tage, nämlich vollkommene Ruhe, es weiß noch niemand, daß ich da bin und ich schließe morgen die Vorarbeiten ab, so daß ich dann die ganze Arbeit anfangen kann, das heißt die so ziemlich endgültige Form ...

Das Politische bedrückt mich sehr, vor allem die Ablehnung Englands, sich zu binden und die Zeitungen kommentieren diese Ablehnung für einen bestimmten Fall. Ich habe gewiß einen nicht sehr optimistischen, aber leider einen richtigen Blick: schon von Zürich aus wußte ich, daß aus Abessinien Folgerungen übelster Art sich entwikkeln würden. Das kostet mich natürlich auch Geld, denn Mondadori, mein Verlag, entwertet sich mir um die Hälfte zumindest. Ich denke oft an die Freunde dort. Herzlichst *S.*

Ich hätte hier Aussicht auf ein Flat. Es hätte jedenfalls ein Zimmer mehr, was entscheidend wäre und wohl auch Dir angenehm, aber wie gesagt, *wenn* es dazu kommt, würde ich deshalb mich nicht hier festnageln, im Gegenteil, denn erst mit einer formellen Fixierung wäre ich beweglich und frei.

*[Okt. 1935]*

L. F.,
Was ich jetzt suche, ist ein Provisorium, eine Sicherheitswohnung, eine Adresse, eine Stelle, wo ich meine wichtigsten Sachen ständig habe. Salzburg soll bestehen, so lange es Dir Freude macht – als Sommerwohnung und eben solange es auch im andern Sinne geht, ich habe nicht die Absicht, jemandem die Heimat zu rauben. – Ich habe nur einen Wunsch: Friede in der Welt und zu Hause. *St.*

Heute ist übrigens Maria Stuart erschienen. Du wirst es in den Sonntagszeitungen schon angezeigt finden, es hat mehr Vorbestellungen als Marie-Antoinette.

*[Okt. 1935]*

L. F.,
Heute Kriegsanfang und wann das Ende? Ich will mich hier um ein Flat kümmern. Wenn die Filmsache klappt, so deckt das die Miete für ein Jahr. All das hat ja noch etwas Zeit, denn es läßt sich ja nichts übersehen, was in den nächsten Monaten geschehen wird, als daß es eine schrecklich gespannte, nervengefährliche Zeit sein wird. Ich bitte Dich also, nicht Entscheidungen anzukündigen – ich bin abhängig von meiner Arbeit und dem Weltschicksal und *meine* Vorschläge sind darum die wichtigeren. Ich aber weiß noch gar nichts, als daß ich hoffe, in sechs bis acht Wochen das Buch bewältigen zu können.

Dienstag bin ich mit Lakin. Asch hat heute Abschied genommen.
Mit besten Grüßen *St.*

*[Okt. 1935]*

L. F.,
wie ich Dir schrieb, habe ich die Entscheidung wegen des Flat bis in den November vertagt. Ich hatte ja schon in Mailand, wie Du sahst, die Fühler ausgestreckt, da kam mir jene abessinische Sache dazwischen. – Dieses Hin und Her und Hoffen und Enttäuschtsein geht einem arbeitenden Menschen doch sehr auf die Nerven.

Franckenstein machte mir Gegenbesuch. Rose Walter sehe ich morgen, sie ist über Deutschland sehr bestürzt gewesen, wie überhaupt jeder, der in letzter Zeit dort war. Und sonst weißt Du ja auch, wie die Welt aussieht, seit Krieg ist. Diesmal war sogar ich der Optimist und habe nicht daran geglaubt. Aber man macht eine harte Schule durch und es hat keinen Sinn mehr, sich mit Hoffnungen zu täuschen, wenn einen Augenblick die Wolken weichen. – Ich hätte schon telefoniert, aber ich weiß nicht, wann Ihr zu Hause seid. Eiligst *St.*

*II Portland Place, 8. Okt. [1935]*

L. F.,
Ich muß heute etwas ausführlicher schreiben. In der Sache des Films sind Schwierigkeiten. Ich habe einen ganzen Pack Vorschläge von Wohnungsagenten bekommen, doch will ich unbedingt in der innern Stadt bleiben. Ich sah zum erstenmal etwas, was vielleicht passend sein könnte, in einem eben fertig werdenden Hause, gerade um die Ecke, in

der Hallam Street. Meine Absicht wäre, Ende November oder Dezember zurückzukommen und dabei alles zu übersiedelnde zu inspizieren. Ich wär Dir nun sehr dankbar, wenn Du Dich ungefähr über die Modalität einer solchen Übersiedlung erkundigen würdest. Vielleicht machst Du Dir eine Liste über das, was brauchbar wäre. Es sind ja im Hause so viel Sachen, daß es deshalb dennoch völlig intakt wirken würde. Die Einteilung wäre ungefähr folgende. Ein großes Arbeitszimmer, ein Schlafzimmer, ein Eßzimmer und Empfangszimmer zugleich und das vierte Zimmer gleichfalls Schlafzimmer und Wohnzimmer. Ich sehe, wie alle sich hier einrichten, Frischauer, Kortner, Toller und jeder findet hier eigentlich gute Verdienste. Dabei ist die Atmosphäre durchaus angenehm und ruhig und nicht die geringste Nervosität zu spüren. – Kein Mensch denkt hier an Krieg, nur an mögliche Entwicklungen in Binneneuropa. Aber sie zielen nur auf eines: to keep out und das tue ich in meinem Sinn als Schriftsteller ja auch.

*10. Oktober 35*

L. F.,
Ich bin sehr bedrückt – einerseits die Lage, die sich zusehends verschlechtert, zweitens die entsetzlichen Briefe, die ich jetzt aus Deutschland bekomme, diese *gellenden* Hilferufe der Juden, die es sich zu lange überlegt haben und jetzt ins Ausland wollen, das heißt müssen, und doch nicht können. Den erschütternden von E. H. hast Du ja gelesen – einer der nobelsten Menschen, die ich kannte – gleichzeitig schreibt mir direkt hierher Justizrat N. (größte Goethesammlung früher neben Kippenberg), ob ich seinen Sohn hier als *Kellner* unterbringen könne, und hundert solche erzählte Dinge. Es war nie etwas so Furchtbares als jetzt durch diese letzten Haßmaßnahmen in D. geschehen. – Ich sehe leider die Dinge voraus, vielleicht *zu* früh, was mein Fehler ist, aber ich kann das nicht ändern.

Bitte unterdrücke nur jetzt alle privaten Sorgen. Über meine Sachen sprich nicht anders, als daß ich jetzt ständig in London bin, weil ich hier die beste Bibliothek habe und am besten arbeite, und daß ich mich dort eingerichtet habe, seit ich Salzburg aufgegeben. Immer nur Klarheit über das, was wirklich wichtig ist. Herzlichst *St.*

*[Okt. 1935]*

L. F.,
eben Dein Brief. Ich sprach heute eine Minute Franckenstein, als ich wegen einer Paßangelegenheit dort im Hause war. Er ist natürlich sehr beschäftigt, weil die Gegenstellung Österreichs gegen die 50 Staaten hier stark kommentiert wurde.

Dispositionen schrieb ich Dir schon. Wichtig wäre, daß Du mit Deinen Töchtern das ganze Inventar noch einmal durchgehst, damit sie wissen, wo alles liegt und auf Wunsch das Nötige herausfinden.

Mit der Arbeit geht es leider langsam, weil ich durch die Ereignisse doch recht nervös bin.

Herzliche Grüße *St.*

Um Stefan in der Wohnungssuche und Entscheidung zu entlasten, hielt ich mich kurze Zeit in London auf, und wir mieteten die unmöblierte Wohnung in der Hallam Street.

*London, 28. Okt. 35*

L. F.,
ich freue mich, daß Du eine gute Reise gehabt hast. Hier viel zu tun, Berge von Briefen, dazwischen hat mich der riesig begabte Felix Weiß eingefangen, daß ich ihm erlaube, eine Büste von mir zu machen (ehe ich wieder dick werde).

Morgen bin ich wieder bei Warburg – sein Onkel Max Warburg wird da sein, der viel zu erzählen hat. Er selbst fand es viel ärger als vor vier Wochen – möge uns das möglichst lange erspart bleiben. Nur das ist wichtig, nichts anderes, und man darf jetzt sein eigenes Ich nicht in den Mittelpunkt rücken. Mein Gott, was für Briefe liegen heute wieder auf meinem Tisch. *St.*

*Dez. 35, von London nach Wien*

Nur in Eile! Hier ist ungeheure Aufregung und eine Art Börsenkrach infolge der Affäre Mrs. Simpson – es gibt kein Spanien, kein Europa mehr, nur dies allein (und die Konsequenzen wären ungeheuere, schon das Stoppen der Coronation ein Schaden ohnegleichen für alle Geschäfte, die sich darauf eingestellt haben).

Die Weltsituation und auch die äußere ist so katastrophal wie nur denkbar. Auch die gelerntesten Optimisten sind verzagt und ich beneide alle heitern Leute, die jetzt sorglos sind und in den Tag leben.

Alix lasse ich für ihren Brief danken. Mit Grüßen *St.*

Meine eigenen Briefe, die ich Stefan sandte und die er von seinen Reisen zurückzubringen und in Salzburg aufzubewahren pflegte, blieben nun viel spärlicher erhalten. Auch um den seinen mehr Raum zu geben, lasse ich nun fast ausnahmslos die seinen folgen. Der Leser mag zuweilen aus seinen Antworten meine Reaktionen entnehmen. Das Jahr 36 brachte flüchtige Aufenthalte in Wien und Salzburg und Zusammensein im Sommer. Im Jänner, nach einem Aufenthalt in Nizza, fuhr ich voraus nach London, um die Wohnung in der Hallam Street, in einem noch im Bau begriffenen Haus, mit den aus Salzburg eingetroffenen Möbeln, Bildern, Büchern einzurichten. Stefan hatte unter starker Gemütsbewegung einige Monate zuvor an der Sichtung und teilweisen Auflösung seiner Briefschaften, Bibliothek, seiner Manuskripte und Entwürfe mitgearbeitet. Ich trachtete nun, sein Arbeitszimmer in der Hallam Street genau seiner Bibliothek in Salzburg nachzubilden, mit der gleichen roten Tapete, die er liebte, der Masereelschen Landschaft über seinen Bücherschränken, die aber gegenüber den zirka 10000 Bänden in Salzburg zunächst nur ein Zehntel dessen enthielten. Im Mai fuhr ich wieder nach Salzburg.

*21. Mai [1936]*

L. F.,

eben Deine Karte. Nein, ich habe weder die Neue Freie Presse gesehen, die sehr zu meinem Ärger, ich wußte nichts davon, etwas aus Castellio brachte, noch die Neue Züricher Zeitung, weiß auch gar nicht wie Zürich ausfiel ... Von Amerika noch immer keine Nachricht, von Deutschland nur ärgerliche. Aber ich fühle mich still und bin gut in Arbeit, einzige Hauptsache. *St.*

Von dem achtzigjährigen Freund ein langer eigenhändiger Brief ...

*Wien XIX, Straßergasse 47, 18. Mai 1936*

Lieber Herr Doktor,

Ich hoffe, Sie sehen es mir nach, daß ich Ihnen erst heute antworte. Die anspruchsvolle und ermüdende Zeit ist endlich vorüber.

Vor der Beantwortung habe ich Ihren Brief gelesen. Ich konnte vergessen, daß ein Meister des Stils ihn geschrieben hat, er klingt so einfach wahrhaft. Er hätte mich beinahe von meiner Bedeutung überzeugt. Nicht, daß ich am Wahrheitsgehalt meiner Lehren selbst zweifelte, aber es fällt mir schwer zu glauben, daß sie einen nachweisbaren Einfluß auf die Entwicklung der näheren Zukunft ausüben könnten. So komme ich mir viel weniger wichtig vor, als Sie mich darstellen, und verweile lieber bei dem, was ich mit weit größerer Sicherheit erkenne, bei Ihrer so überaus freundlichen Gesinnung, die Sie in den Bemühungen um meine Geburtstagsfeier kund gegeben haben. Die schöne Adresse, die Sie in Gemeinschaft mit Thomas Mann verfaßt haben, und Manns Vortrag in Wien waren die zwei Erlebnisse, die mich mit der Tatsache versöhnen konnten, so alt geworden zu sein. Denn, obwohl ich ungewöhnlich glücklich in meinem Hause geworden bin, mit Frau und Kindern und einer Tochter besonders, die in seltenem Ausmaß alle Ansprüche eines Vaters befriedigt, so kann ich mich mit der Armseligkeit und Hilflosigkeit des Altseins doch nicht befreunden und sehe dem Übergang ins Nichtsein mit einer Art von Sehnsucht entgegen. Meinen Lieben kann ich den Schmerz der Trennung doch nicht ersparen.

Meine Ausnahmestellung bei Ihnen wird dann auch ein Ende nehmen. Ich glaube nämlich in der Galerie von bemerkenswerten Menschenkindern, die Sie eingerichtet haben – Ihrem Panoptikum, wie ich es oft scherzend nenne –, bin ich gewiß nicht die interessanteste, aber doch die einzig *lebende* Person. Vielleicht danke ich dem Umstand viel von der Wärme Ihrer Sympathie. Beim Biographen gibt es ja ähnlich wie beim Analytiker Phänomene, die man unter dem Namen »Übertragung« zusammenfaßt.

In herzlicher Dankbarkeit Ihr *Sigm. Freud*

*London, Mai 36*

L. F.,

Leider sind meine Dispositionen dadurch gehemmt, daß ich nicht weiß, wann Hübsch kommt und jener Hollywooder. Wegen Süd-Amerika-Vorträgen verhandle ich bereits. – Jedenfalls möchte ich zwischendurch einmal weg, ich habe seit Nizza keinen richtigen Spaziergang mehr gemacht. Zur Zeit arbeite ich gut und genieße meine Wohnung. Sicher ist jedenfalls, daß ich irgendwann im Juni Mama besuche und in Salzburg vorbeikomme. *St.*

*26. Mai [1936]*

L. F.,

es ist nichts Neues zu melden, als daß Hübsch zirka 1. Juni eintrifft. So werde ich Mitte Juni hier abreisen und Ende Juni dann über Salzburg in Wien sein. Mir ginge es persönlich ganz gut, aber ich leide sehr unter der Zeit: nach Deutschland jetzt noch Palästina! Es ist *unausdenkbar.* Man möchte sich in ein Mauseloch verkriechen und nie mehr eine Zeitung sehen. Eiligst *S.*

*28. Mai 36*

L. F.,

Verzeih, da ich rasch antworten will, das Dir unliebe Diktat. Frau Meingast soll nur ruhig Pfingsten wegfahren. Ich habe dann nächstens für sie genug zu tun. Es wird ein Manuskript von etwa achtzig Druckseiten und zwei kleinere zu vervielfältigen sein, woraus Du ersiehst, daß ich hier nicht müßig bin. – Ich habe noch die Besprechung wegen Argentinien und Brasilien. Die brasilianische Regierung hat mich noch einmal dringend eingeladen, und ich fahre jedenfalls zuerst hin, weil mich Brasilien sehr interessiert. Zurück dann mit den anderen. Ich habe nur zur Bedingung gestellt, daß ich nicht reden muß und mir kein offizieller Empfang bereitet wird. Meine Dispositionen sind nun die folgenden: 14. oder 15. abzureisen bis Zürich, dann Salzburg und dann, wenn Du willst, gemeinsam nach Wien. Dann werde ich wahrscheinlich, wenn alles mit Reichner klappt, noch Korrekturen haben für den zweiten Band der Novellen, plus Sternstunden, also meine ganze erzählende Prosa, in zwei starken Bänden herausgegeben. Wir kämpfen noch um den Preis, da ich absolut auf Billigkeit halte. Nun wäre es mir wichtig, diese Korrekturen noch zu machen, ehe ich von Europa verschwinde. Es sind, weil ich keine letzte Korrektur las, im Castellio einige kleine ärgerliche Irrtümer stehen geblieben. Hätte ich diese beiden Bände hinter mir, so bliebe später nur noch ein dritter Band der ausgewählten Essays und das Opus wäre unter Dach.

Abreisen würde ich dann hier von Southampton, weil ich hier daraufhin packen muß, Frack etc.

Morgen habe ich einen harten Kampf vor mit Nancy Price, die mich furchtbar quält wegen des Jeremias. Aber die Theateraufführung, die ich bei ihr sah, gefiel mir nicht und ich habe überhaupt keine Lust, das Jüdische *über*zubetonen.

Professor Bonn traf ich an dem Abend, den wir für Max Herrmann-

Neiße veranstalteten und ich eine kleine Ansprache hielt. Aber die 14 Tage, die mir bleiben, werden voll Arbeit sein und ich darüber froh, weil es das einzig Erträgliche ist in einer so widerlichen Zeit. Mit Grüßen *St.*

*[Ende Mai 1936]*

L. F.,
ich bin in einer schrecklichen Situation. Castellio macht auf die wesentlichen Leute Eindruck, doch eine Seite ist – auf einer Verwechslung beruhend – unhistorisch. Ich lasse den ganzen Bogen nachdrucken, aber erstens sind die Exemplare (Rezensionen) schon heraus und dann dauert das einige Zeit – so wird das Buch, das mir eines der wesentlichsten war, zur allerschwersten Bedrückung. Manchmal könnte man wahnsinnig werden – aber hier konnte mir niemand helfen, da niemand die Materie kennt.

Ich sagte schon, daß ich für einen Tag nach S. komme und mit Dir etwa 17. Wien. Ich möchte dann nur einmal mich ausruhen, denn Wien scheint auch recht düster zu sein: es ist eine furchtbare Zeit. Aber wenigstens arbeite ich fest und das ist das einzige was mir hilft. *St.*

*[Juni 1936]*

L. F.,
nur in Eile. Ich habe trotz des Ärgers in der Castelliosache gut gearbeitet und arbeite noch. Ein Fehler war ja, sich von Reichner drängen zu lassen. Das nächste Mal lasse ich jedes Buch in der Korrektur einen Monat liegen, um freien Blick zu haben. – Ich war ganz konsterniert und auf alles gefaßt. – Jetzt kommt noch der Sturz der Geldwährung, der sehr empfindlich ist und auch in Hinkunft, da man ja nur in jenen Ländern verdient, nach der Ausschaltung Deutschlands. Eine Welt im Chaos! Ich träume sehr von der südamerikanischen Reise. Eiligst *Stefan*

*[Juni 1936]*

L. F.,
es war nun mit der Castellio-Umarbeitung viel zu tun, Übertragung in fünfzehn Exemplare, dabei die Arbeit an den neuen Dingen. Seit einem Jahr ist alles wieder um 100% schwieriger, da Polen, Ungarn etc. zwar

die Bücher haben wollen, aber nicht zahlen können und eben die Ausdehnung immer zunimmt. Wenn ich nur *meine* Arbeit machen könnte! Aber die repräsentativ-moralischen Verpflichtungen – was hat mich die Freud-Sache allein Arbeit gekostet! Mit Hübsch war ich angenehmst beisammen. – In Wien will ich nicht allzulange bleiben. Ich habe nur mehr wenig Menschen dort, die mir nahestehen. Dazu Zahnarzt und hundert Geschäfte, während der ich doch auch jenen Band II der Novellen ergänzen muß. Herzlichst *S.*

Die Hauptsache ist, daß ich in Salzburg die Sachen, Post etc. von Dir gut vorgeordnet finde, alles Unwesentliche bereits beseitigt, damit ich rasch durchkomme.

*9. Juni [1936]*

Gestern hatte ich eine sehr interessante Stunde mit Axel Munthe, der sein Augenlicht durch den Arzt von Joyce wiederbekommen hat. Heute Verhandlungen mit meinem schwedischen Verleger. Herzlichst *S.*

*Ostende nach Salzburg, 30/VII 36*

L. F.,
der Aufenthalt geht morgen hier zu Ende. Ich war so zufrieden wie selten, trotz zweifelhaften Wetters, und habe noch eine weitere Sternstunde fertig gemacht. – Auch Roth habe ich sehr hinaufgebracht, er ißt jetzt täglich – nur zum Spazierengehen und Baden kann ihn niemand zwingen. Ich habe auch für ihn für einige Zeit gesorgt, sehe aber für ihn – wie für alle Schriftsteller – sehr schwarz, der Absatz geht rapid zurück und die Schwierigkeiten werden wachsen.
Herzlichste Grüße *St.*

Eben noch ein ausgezeichnetes Meerbad.

*Von Salzburg nach Ostende, 31. Juli 36*

Liefer Stefan,
vor Deiner weiten Fahrt wollen wir doch ganz und gar nicht diskutieren und Beschlüsse fassen. Schon gar nicht wäre es weise, über materielle Dinge zu reden oder darin etwas vorauszusehen. Diesmal bist Du

der Optimist, wenn Du von einem fließenden Einkommen in Österreich sprichst. Also sag ich mir: abwarten und nicht verzweifeln. Hoffen wir nur, Du hast eine schöne und sorglose Reise vor Dir. Raoul Lange kann nicht genug von Südamerika schwärmen. Ich freue mich, daß Du dort so beliebt bist. Unzählige Leute grüßen Dich und lassen gute Reise wünschen. Von dem Andrang hier kannst Du Dir keine Vorstellung machen. Es ist, als gäbe es für alle Automobilisten, alle Neugierigen der Welt kein anderes Ziel als die Festspiele, dabei ist die deutsche Grenze noch nicht geöffnet. Bei uns oben ist es oasenhaft still und die wenigen Besucher atmen auf. Reizend war der Lunch mit den Künstlerkindern, mit denen ich Dir eine Karte schrieb. Klaus Mann war sehr begeistert und lud die Lix und Suse morgen zu einem Abschiedsfest. Der kleine Paul Valéry Sohn ist ganz besonders nett ... Meine Aufnahmefähigkeit für die Festspiele ist aber leider matt, weil mir immer die Tränen im Halse sitzen. Ich lege Dir sehr ans Herz, auf Deine Gesundheit zu achten. Herzlichst *F.*

Erste Reise nach Südamerika

*R. M. S. »Alcantara«, 11. Aug. 1936,*
*Posted on the High Seas.*

Heute Montag 10. ungeheuer interessanter Tag, das Schiff bekam Auftrag, in Vigo (Spanien) Flüchtlinge aufzunehmen, wir hielten vier Stunden und drei Leute im Ganzen wagten sich in die Stadt, die von faschistischem Militär besetzt ist – natürlich ich darunter. So habe ich wieder einmal eine Revolution von nahe gesehen und auch Photographien gemacht, es war unglaublich interessant; in einer Straße sieht man doch mehr Leben, als hier auf dem Schiff in Wochen. Die Wasserversorgung war abgeschnitten, es wurde rekrutiert (neue ausländische Uniformen) und dazwischen ging das herrlich pittoreske Leben ungestört weiter. Morgen Lissabon. Schöne Grüße an alle *Stefan*

*21. August, on Board [1936]*

Ich schreibe nur knapp vor der Ankunft, es gleich in Rio einzuwerfen und zu melden, daß ich wohlbehalten angelangt bin. Die Reise war sehr angenehm. Ruhige See, herrliche Luft, ich habe viel gelesen und mir Notizen zu künftigen Arbeiten gemacht. Gesellschaft konnte ich mir aussuchen, da ich mich nicht in die Passagierliste eintragen ließ und obwohl z. B. zwei Damen Bücher von mir auf Französisch mitgebracht hatten und andächtig lasen, so hatten sie von meiner Gegenwart keine Idee. Sehr interessant war ein Professor der Vererbungslehre, der nach Brasilien engagiert ist und bei dem ich Kurse in Biologie nahm, dann der oberste Mann des englischen Erziehungswesens, ein amerikanischer Mineningenieur, der in Abessinien und Südafrika Goldgruben aufdeckte, jetzt wieder nach Brasilien geht, und von dem ich viel hörte. Ich turne jeden Morgen auf dem höchsten Deck und bade in dem besonnten Meerwasserbassin, die aufgestellt werden, worauf sich das Schiff in eine Badeanstalt verwandelt und man mit nackten Damenrücken bis zum Überdruß beschenkt wird. Die blöden Feste, Äquatortaufe, mache ich natürlich nicht mit.

Ich freue mich auf Brasilien und habe wenig Appetit auf Penargentinien, aber da sie mir das schwimmende Sanatorium bezahlt haben, bleibt nichts übrig. Ich werde Dich bitten, ein paar Bücher nach London zu schicken. 1. Schopenhauer, 2. Casanova, 3. die südamerikanischen Novellen von H. E. Jacob, 4. ein kleines Buch über Magelhaes.

Ich hoffe, Du ruhst Dich ebenso gründlich aus, wie ich auf Reise und Rückkehr. Herzlichst *St.*

*Rio de Janeiro, 21. August 36*

Angelangt in Rio, das phantastische und anstrengendste Märchen mitmachend, das sich erdenken läßt. Die Einfahrt magisch schön, über alle Erwartung, so hoch sie gespannt war. Am Schiff erwarteten mich vier Herren vom Ministerium des Äußeren und infolgedessen auch der österreichische Geschäftsträger, der Gesandter in Buenos Aires ist. Ich bewohne ein Appartement von 4 Zimmern im herrlichen Copacabana Hotel, gerade am Meer, man geht mit dem Schwimmanzug direkt ins Wasser und hat eine Aussicht, daß man nicht schlafen gehen will. Ich habe vor der Tür ständig ein herrliches Automobil mit Chauffeur auf meine Wünsche und Winke warten, ein reizender Attaché vom Ministerium ist den ganzen Tag zu meiner Verfügung. Ich fand einen Haufen Visitkarten vor, da mein täglicher Stundenplan in allen Zeitungen steht, ich mußte also besuchen: den Minister des Äußeren, mit dem ich dann photographiert wurde in dem prächtigen alten Ministerium, den Präsidenten der Akademie, den Präsidenten des Penclubs, sowie Scharen von Journalisten Interviews geben; morgen fahre ich mit »meinem« Auto und »meinem« Attaché nach Petropolis, nachdem ich heute schon Herrliches gesehen habe, abends mit dem Österreicher, Sonntag gibt mir der Minister des Äußern im Jockey Club ein leider großes Dinner, Mittwoch werde ich in der Akademie empfangen, Donnerstag muß ich einen Vortrag (französisch) halten (wann soll ich ihn ausarbeiten?), Freitag mit dem Minister nach Sao Paolo fahren und dann die Faktoreien sehen, falls ich nicht vorher schon zusammengeklappt bin. Ich fürchte, ich werde die Herrlichkeit der Stadt nicht so ganz genießen können. Ich habe nie eine bezauberndere Gegend gesehen, man könnte lyrisch werden. Welch eine herrliche Stadt – und dabei lachhaft billig hier einzukaufen, hätte man Zeit, lohnte die Reise, und welche Üppigkeit der Früchte und der Farben. – Deinen Brief erhielt ich. Bitte grüße Mama, ich kann keine Briefe schreiben. Adressen wie mitgeteilt. Herzlichst *S.*

*Brief per Condor, Zeppelin, Lufthansa. 25. Aug. 36*

L. F.,
es ist ganz ausgeschlossen zu schreiben. Es geht zu toll zu. Ich muß heute, nachdem ich die ganze Nacht ohne Schlaf an einem Vortrag gearbeitet habe, 1. zum Präsidenten der Republik, 2. Historisches Museum, 3. Empfang in der Akademie, wo ich wieder eine Rede halten muß. Nach dem Diner beim Außenminister fuhren wir in das schönste Haus und die schönste Landschaft, die ich je gesehen. Es ist zum Tollwerden großartig, aber ich werde zerstückelt, zerrissen. Ich nehme täglich ein Kilo ab, aber Brasilien ist *unglaublich*, ich könnte heulen wie ein Schloßhund, daß ich hier weg soll. Dabei herrscht hier eine Courtoisie verschollener Zeiten. Man muß überall Karten abgeben, aber die Leute sind bezaubernd und die Frauen unglaublich schön. Mir graut nur vor der Öffentlichkeit, täglich mit neuen Bildern in allen Zeitungen zu sein. Bitte schreibe Alfred. Ich habe nicht den Bruchteil einer Minute übrig. Ich bin sehr glücklich, daß ich hier gewesen bin – *wie* ich empfangen wurde, darüber wage ich nicht zu sprechen, ich bin hier eben 6 Tage Marlene Dietrich gewesen.

Penclub ist Duhamel, Romains, Pierard – das wird entschädigen – wenn ich ihnen nur das Geld zurückgeben und hier in Rio bleiben könnte! – Geschrieben während des 18. Photographierens heute. Morgen lese ich in geschlossenem Kreis deutsch für die Flüchtlinge. Bitte grüße Mama *St.*

*26. August [1936]*

L. F.,

ich kann nicht schreiben, es geht toll zu von Morgen bis Nacht. Die Schönheit, die Farbigkeit, die Herrlichkeit dieser Stadt ist unbeschreiblich – es gibt nichts auf Erden, das sich dieser Vielfalt vergleichen ließe. Heute auf den Inseln mit eigenen Booten der Regierung – ich habe nie solche Paradiese gesehen. Die Menschen bezaubernd – und Gnade auf Erden – der einzige Ort, wo es keine Rassenfragen gibt, Neger und Weiße und Indianer, Dreiviertel, Achtel, die herrlichen Mulattinnen und Kreolinnen, Juden und Christen leben in einem Frieden zusammen, den man nicht schildern kann. Die jüdischen Immigranten sind selig, haben alle Stellungen und fühlen sich wohl.

Was man mit mir treibt, davon sich eine Vorstellung zu machen, ist undenkbar. Wenn ich hier öffentlich lesen wollte, würde ich viermal die Alberthall füllen. Bei dem Akademieempfang standen die Leute zwei Straßen weit, das Ministerium des Äußern weiß sich nicht zu helfen, weil der Vortrag nur gegen Einladungen ist und sie von früh bis nachts bestürmt werden und nur 2000 Sitzplätze haben. Heute las ich intim (ohne Zeitungsanzeige) deutsch für den jüdischen Hilfsverein und es waren 1200 Personen da, die Hälfte stand den ganzen Abend. Leider muß ich etwa 500 Unterschriften täglich geben und bin nahe dem Schreibkrampf. Der Besuch beim Präsidenten der Republik war *sehr* interessant. Nach Sao Paolo fährt der Minister des Äußern mit mir, alle Honoratioren erscheinen, der Marinekommandant und die Minister einzeln, um ein Bild oder Unterschrift – und schließlich ist das doch nicht in einem Dorf, sondern in einer Stadt von ein und ein halb Millionen und in einem Land von 40 Millionen Menschen. Ich habe massenhaft Geschenke – von Einladungen gar nicht zu reden. Aber nicht das macht es, weiß Gott, daß mir das Land so gut gefällt – es ist einfach das Zauberhafteste, was es auf Erden gibt. Und eines ist sicher, daß ich nicht das letzte Mal hier war. Ein Land für mich: göttlicher Kaffee (die Tasse etwa 5 Groschen), die herrlichsten Zigarren, die bezauberndsten Frauen, die schönste Landschaft. Wenn ich nur photographieren könnte, aber ich bin ja hier eine Art Charlie Chaplin. Und dabei sind die Menschen hier mit ihrer prachtvollen Feinfühligkeit schrecklich empfindlich (ein Dienstbote verläßt bei einem unfreundlichen Wort sofort die beste Stelle) – man muß also diese orientalische Höflichkeit immer erwidern. Heute traf ich den Rochefoucauld, der uns in Salzburg besuchte – er ist genau so verzaubert. Schade, daß ich zurückfahren muß. Allerdings ist das jetzt schärfster Winter und im Sommer würde man ausgelaugt. Bitte schreibe Mama, daß es mir gut geht. Herzlichst *St.*

*Esplanada Hotel, Sao Paolo, 3. Sept. 36*
*(hier habe ich nur 3 Zimmer, statt 4)*

Aus dem schönsten Tollhaus der Erde viele Grüße. Ich fahre eben von Brasilien fort, es war unglaublich schön, aber die Art des Genießens doch schon peinlich. Heute erlebte ich wieder irrsinnige Dinge. Ich besuchte das weltberühmte Gefangenenhaus in Sao Paolo, eine der großartigsten und humanitärsten Anstalten der Erde, wurde dort – wie täglich – vierzigmal photographiert (alles wird im Hause gemacht und als ich bescheiden fragte, was eigentlich der Photograph angestellt habe, erzählte man mir, daß er ein dreifacher Mörder sei). Im Hofe marschierte unterdessen die Kapelle der Zuchthäusler von 30 Mann auf, ich kam zur Inspizierung, worauf sie die Österreichische Volkshymne (zum erstenmal im Leben mir zu Ehren) spielten, zwei Drittel Mörder, ein Drittel Diebe etc. All das hat schon einen grotesken Charakter. Gestern war ich mit dem Außenminister in einer Kaffeeplantage und reiste mit dem Erzbischof zurück, es ist *phantastisch*, was ich in diesen 12 Tagen erlebt habe, in diesem unbeschreiblich herrlichen Land, in dem ich noch Jahre bleiben möchte. Leider lasse ich vier Fünftel der Geschenke zurück, z. B. das Instituto di Café hat mir heute 4 Kilo des herrlichsten Kaffees und eine riesige Maschine gesandt, die Bücher wären Körbe, vom Minister des Äußern bekam ich einen gravierten Stock aus dem kostbarsten brasilianischen Holz, vom Gobernado Zigarren für acht Nikotinvergiftungen. Aber wegen des Zolles kann ich nur Teile heimbringen. Heute im Schlangeninstitut – aufregend und schön, überhaupt was ich *gelernt* habe, unermeßlich. – Sehr fehlt mir eine Sekretärin, obwohl der vom Minister beigegebene Adjutant ein prachtvoller, hochkultivierter Mann aus dem ältesten Geschlecht hier wunderbar hilft. – Das Ganze hat einen traumhaften und unwahrscheinlichen Charakter, wie dieses unbeschreibliche Land. Grüße *St.*

*On Board, The Royal Mail Liner, 5. Sept. 36*

Knapp vor Ankunft in Montevideo nur die Mitteilung, daß das Schiff einen Tag Verspätung hat. Auf dem Schiff bin ich ausgezeichnet mit Duhamel und seiner Frau zusammen, sie haben ihren siebzehnjährigen entzückenden Sohn mit, ihm die Welt zu zeigen. Ich verstehe mich mit Duhamel so *unerhört*, er ist klug, human und er hat gar nichts vom Akademiker. Auch mit Ludwig und Frau ist es sehr nett, ohne die geringste Hemmung, und sonst nur angenehme Inderinnen und Skandinavier da. Alles arbeitet, notiert und gibt sich gegenseitig Ruhe – nur der politische Pessimismus *entsetzlich*. Ich bin froh, daß die andern am Kongreß reden werden, so daß für mich Ruhe bleibt und ich im Schatten stehen kann, nach dem überstarken Licht in Rio. Ich lese höchstens privat zu Gunsten der Flüchtlinge aus jener Legende vor, um etwas Geld für sie einzubringen. Auf der Rückfahrt werde ich wohl auch für mich ein wenig arbeiten können. Ich freu mich nach all den schönen Tagen auf mein ruhiges Londoner Flat. Herzlichst *S.*

*Buenos Aires, Sonntag, 12. September [1936]*

L. F.,

ich bin in Buenos Aires nicht dazu gekommen, eine Zeile zu schreiben. Die Luft ist hier nicht so gut wie in Rio. Der Kongreß voll Zusammenstöße zwischen Faschisten und anderen, dann wieder todlangweilig – alles wird ja in drei Sprachen übersetzt. Ich habe nirgends gesprochen, die Präsidentschaft der Sitzung abgelehnt, es ist nichts für mich, vor Galerien zu treten – zum Schluß werde ich vielleicht Dankworte an Wells richten, um irgend einmal den Mund aufgemacht zu haben. Aber es hilft nichts, noch so diskret zu sein, die Zeitungen verfolgen einen von früh bis nachts mit Photographien und Stories – in Riesenformat war ich abgebildet, wie ich bei der Rede Ludwigs *weinte* (!) Ja, so stand es mit Riesenlettern – in Wahrheit hatte ich mich so widerlich gefühlt, als man uns als Märtyrer hinstellte, daß ich den Kopf in die Hände stützte, um mich nicht photographieren zu lassen und gerade *das* photographierten sie und erfanden den Text dazu. Mich ekelt dieser Jahrmarkt der Eitelkeiten. – Ich überlasse alles den andern – ebenso tun es die paar wirklich noblen Leute des Kongresses, wie Kalidas Nag. Dafür bin ich der Vertrauensmann aller Leute und habe durch unterirdische Schlichtung den großen Krach verhütet. Es war klug von mir, mich ganz in den Hintergrund zu stellen, obwohl es gewiß auch mißdeutet wird. – Gerne werde ich das Schiff besteigen, obwohl ich sehr Interessantes sah, heute, während die andern tagten: das Schlachthaus, eine einzigartige Sache. Herzlichst *S.*

*Buenos Aires, Sept. 36*

L. F.,

... Ich schreibe während des Kongresses. Ich stehe abseits, obwohl ich um Vorträge bestürmt werde. Alles das tut Ludwig für mich und in sehr lobenswerter Art: seine Vitalität, sein Wissen wirklich großartig. Romains hat eine herrliche Anfangsrede gehalten, sehr kühn, sehr schön und für mich kameradschaftlich, indem er mich zitierte. Duhamel wieder ist wunderbar in seiner Menschlichkeit – bedauerlich für mich, der ich in der Mitte stehe, daß sie beide schlecht miteinander stehen. Beide sind klug, tapfer, menschlich, beide meine nahen Freunde, ich gerate da ein wenig in die Mitte. Buenos Aires ist langweilig-schön, nicht im Traum mit dem göttlichen Rio zu vergleichen, in das ich mich verliebt habe. Ich werde dann am Schiff einige Artikel über Brasilien schreiben.

Die Zwischenstationen hier erlauben mir immer einige Rast nach dieser Berlitzschool. Wenn Worte etwas ausrichten könnten, wäre hier ausgiebig viel geschehen, denn es werden nichts als Friedensresolutionen angenommen und alles ist dann schrecklich begeistert. Ich bin in humoristischer Stimmung und gehe behaglich in die argentinischen Picheros essen ... Buenos Aires ist so als ob man in Birmingham lebte oder in Genua, ohne Bilder und Paläste.

Ich hoffe, am 6. Oktober in Southampton zu sein. Inzwischen beste Grüße an alle. Bitte schreibe Mama, daß es mir gut geht. Herzlichst *St.*

Dies ist der letzte Brief aus unserer letzten gemeinsamen Wohnung in der Hallam Street in London, in die ich dann nie wieder zurückkehrte.

*London, 29. Sept. to Mr. Stefan Zweig,*
*Passenger per Almanzora, Vigo. [1936]*

Lieber Stefan,
es ist nichts riskiert, Dir diesen Brief entgegenzuschicken. In der Post nichts Wichtiges, allenfalls eine Filmanfrage, die nach Salzburg ging. Ich hoffe innigst, daß Du gesund bist und Dich keine Europanachrichten aus Deiner Arbeitsruhe scheuchten, und daß der neu angehäufte innere Reichtum vorhält für alle etwaigen Devaluationen. Hier ist niemand beeindruckt, weil Pfund und Dollar sich nicht besonders rühren. Mich trifft es ja wohl, aber ich bemühe mich, nicht daran zu denken. Ich hole hier alles an versäumten Büchern nach und freue mich z. B. bei der Lektüre von Luc Durtains Südamerikabuch auf Deine Berichte, die interessanter sein werden. Hier wirst Du alles in Ordnung finden. Es war mir eine große Freude, wieder hier zu wohnen und Dich trotz Meerferne näher zu spüren. Am 12. oder 13. fahre ich wieder weg. Ich komme bis Southampton entgegen, um möglichst wenig von Dir zu versäumen. Zu erzählen gibt es allerlei, doch alles wird nichtig vor der Neugier, Deine Briefberichte ergänzt zu haben. Gute Rückkehr wünscht Dir mit vielen, vielen Grüßen Deine *Fr.*

*London, 14. Oktober (nach Paris, Hôtel Louvois) [1936]*

L. F.,
ich büße es schwer, daß ich einmal wegreiste. Eben erhalte ich die beiden Bände der Novellen von Reichner. Es ist alles falsch gemacht. Statt des Titels Gesammelte Erzählungen Band I und Band II mit den Untertiteln hat er den Gesamttitel *einfach weggelassen* und ein Buch *Kaleidoskop* und eines *Die Kette* ist da, unter dem niemand sich etwas vorstellt und manche dann mit Ärger die alten Novellen finden, während für meine »Gesammelten Erzählungen« viele Leser dagewesen wären. Dabei ist der Einband scheußlich – ich bin verzweifelt. Wie war doch das bei der Insel! Herzlich *St.*

Von London nach Wien, Pension Atlanta.

*30. Nov. [1936]*

L. F.,

vielen Dank für Deine Glückwünsche. Die Gansleber ist mir vom Zoll avisiert worden und wird mir Montag zugestellt. In der Sache des Hauses sieht der Advokat noch einige Pferdefüße. Auch sonst fehlt es nicht an Ärgernissen und Schindereien, es war in allen äußern Dingen ein recht unfreundliches Jahr und ich gehe mit wenig Mut in das nächste hinein. Man wird dieser fortwährenden Schwierigkeiten und Kompliziertheiten mit 55 Jahren und nach 35 Jahren Arbeit ein wenig müde. Ich wäre froh, irgend ein kleines anonymes Leben irgendwo führen zu können und von dem unablässig rollenden Kampfwagen abzusteigen.

Herzliche Grüße *St.*

Aus der Korrespondenz dieser Jahre schalte ich Briefe polemischer Natur, wie Stefan sie oft in diesen Zeiten der äußeren und persönlichen Spannungen schrieb, aus, so daß es den Lesern nicht ersichtlich wird, daß sich zwischen uns ein Zerfall der praktischen Gemeinschaft vollzog. In den Jahren, da der Gefährte von 25 Jahren sich auch mir, unter der Verdüsterung eines oft herrlich besonnten Lebens schmerzvoll verwandelte, als teilte ich auch die Schuld der Zeit, erstrebte mein nie erkaltetes Gefühl und meine Einsicht nur dies: ihn allen Geschehnissen zum Trotz zurückzuretten in das alte Ich und mich mit ihm. Das Böse, das ihm geschah, ist ihm, dem Menschenfreund, keineswegs leichter gewesen, weil er Leidensgenossen hatte, denen noch mehr entzogen worden war. Kam doch auch das maßlose Unrecht von einem Lande, dem er sich geradezu verschenkt und das ihn mit liebender Verehrung überschüttet hatte. Als dann zusätzlich, noch vor Hitlers Überfall, sein eigenes Geburtsland ihm die Freiheit, die er über alles hochhielt, verletzte, sah er sich in nächster Nähe von Feinden umstellt. Vergeblich suchte ich ihn vor Übertreibungen zu bewahren. Eine nicht gegen die Familie gerichtete Hausdurchsuchung, eine unter vielen Hunderten zur Zeit des Waffenversteckens während der Revolte der feindlichen Parteien, hatte ihn so tief beleidigt, daß mein erfolgreicher Schritt, von dem höchsten Würdenträger des Kronlandes eine Entschuldigung persönlichster Art zu erwirken, ihn nur gegen mich erbitterte: Er wollte den Kelch bis zur Neige leeren und der Stadt, wo so viele Werke gediehen waren, unerbittlich den Rücken kehren. (Wie sehr liebte er sie und das ganze Land dann in der Ferne, als er es dauernd verloren glaubte.) Hatten sein seismographisches Schwarzsehen und mein gläubiges Hoffen sich bisher lebenswichtig die Stange gehalten, so wurde nun sein Element regierend.

*Neapel, 28. Jänner 37*

L. F.,
Montag wird die zweite Fassung fertig sein, gestern habe ich, erprobt an den beiden Marien, Stuart und Antoinette, auch den armen Magellan umgebracht und arbeite nun mehr an den Konsequenzen. In London wird dann die dritte Fassung angefertigt. Ich denke etwa 16. bis 20. in London zu sein. In Wien scheint es ebenso kalt zu sein wie hier sonnig und still, jedenfalls besser, Du ziehst nicht in das ausgefrorene Salzburger Haus, ehe es wirklich Frühling ist. – Post habe ich leider reichlich und kann nicht ausführlicher schreiben. Herzlichst *S.*

*[Neapel, 2. Febr. 1937]*

L. F.,
entgegen Deinem Wunsch kann ich nicht viel schreiben und leider nur Unangenehmes. Heute zur Information ein Brief von Frau X., ich soll ihr 500 Sch. leihen. Ich habe ihr vor 2 Jahren die gleiche Summe *gegeben* und kann nicht mehr. Genau dieselbe Summe erbittet am gleichen Tage J., dem ich gleichfalls schon sehr reichlich geholfen habe – es ist mir schrecklich, dieses Nein-Sagen und sich noch entschuldigen müssen. Aber ich kann nicht mehr bei den gegenwärtigen Verhältnissen und im Gegenteil hat mir dieses reichliche Geben nur den Ruf eines riesigen Einkommens, wie ich es nicht entfernt habe, eingebracht. Ich muß wirklich sagen, daß auch da einmal die anderen einspringen müssen, ich kann nicht mehr für alle sorgen. Mich ärgert nur, daß man dadurch menschlich so ängstlich wird, wenn man von vielen nur hört, wenn sie etwas brauchen. Bitte gib niemandem also meine Adresse, während ich auf Reisen bin. Schon deshalb könnte ich nicht in Wien leben, abgesehen von allem anderen; eine Briefmarke von dort und es ist etwas Bedrückendes darin. Auch mit R. steht es mit allen Dingen außer der Arbeit schlecht, ich habe wirklich viel Schlimmes mit Menschen seit 1933 erlebt, und man muß sich hüten, an diesen Erfahrungen allzu hart und bitter zu werden. Welchen Kampf muß man führen, um ein bischen ruhig arbeiten zu können, gegen alles, was von einem etwas will und man will von niemandem etwas, nur still arbeiten und im Dunkeln bleiben. Ich bleibe hier noch diese Woche, dann zwei bis drei Tage Rom, zwei, drei Tage Mailand, ein Tag vielleicht Zürich und dann London, wo ich hoffentlich in zwei Monaten das Buch abschließen kann und dann arbeiten, was mir paßt.

Es ist sehr richtig, daß Du jetzt in Wien bleibst – im Hause wird es ja gräßlich unfreundlich sein und es ist besser, daß Suse mit Dir ist. Herzlichst *S.*

*5. Februar 37*

L. F.,
ich reise Sonntag nach Rom, werde dort Hôtel de Russie wohnen und zirka 13. Mailand, Hotel Excelsior.

Heute ein kleiner Zwischenfall. Durch Frau G. hatte ein Monsignore aus dem königlichen Schloß erfahren, daß ich hier bin und sofort kam von der Kronprinzessin eine Einladung telefonisch. Ich konnte aber nicht, da ich gerade nach Capri fuhr, um mich mit Axel Munthe und Albertini zu treffen. So wurde ich nochmals am nächsten Tag gebeten. Und es war wirklich rührend, denn mich baten Hofmarschall usw., ich möchte es niemand sagen, daß sie mich bei sich empfange, weil sie alle Leute refusiert habe, auch die importanten – sie ist nämlich im allerneuntesten Monat, es kann nur mehr paar Tage dauern und das Land hat vielleicht den ersehnten Erben. Ich war sehr lange bei ihr in dem prachtvollen Palais, einem der schönsten der Welt, und sie war wirklich ergreifend in dieser nahen Stunde, ich war etwas gerührt, daß sie mich in diesem Zustande empfing, wo man doch sonst nur vor Intimsten sich sehen läßt. Wir sprachen von vielem. Es war äußerst interessant.

Jannings ist mit Frau seit zwei Tagen im Hotel, ich habe sie noch nicht gesehen, nur mit Ruth paar Worte gesprochen: seltsame Situation. Aber nicht an mir ist es, den Herrn Senator und Staatsrat zu begrüßen, dem das vielleicht sehr peinlich ist. Schöne Grüße in Eile *S.*

*5. Februar 1937 [Postkarte aus Neapel]*

Von einem unbescheidenen Essen grüßt *Stefan*

Rickchen, wir denken Deiner in wirklicher Liebe und Freundschaft
*Gussy (Jannings)*

Wir sind sehr glücklich und trinken ein Fläschen auf Dein Wohl!
*Emil*

*30. April, London nach Salzburg [1937]*

L. F.,
ich hoffe, daß ich am 5. in Salzburg eintreffe. Wohne in der »Traube«, möchte mittags ganz einfach zu Hause essen, um keine Zeit zu verlieren und möglichst niemanden sehen. Ich hoffe, daß schon ziemlich viel abverkauft ist. Vielleicht kannst Du noch sondern, was von meinen Kleidern, Wäsche usw. abgegeben wird und was ich noch mitnehmen kann.

Ich weiß nicht, ob Du, da Du so in Salzburger Dingen interessiert bist, von den katastrophalen Entwicklungen der letzten Tage informiert bist. Es ist der größte Finanzzusammenbruch seit Jahren, die Leute sind vollkommen konsterniert über die furchtbaren Verluste, dazu die gefährliche politische Situation. Man wird es auch in Salzburg spüren. Heute melden die Zeitungen, daß fast die Hälfte aller amerikanischen Schiffsbestellungen zurückgezogen sind. Selbst Leute wie Warburg sehen sehr dunkel – er hat hier sein Haus aufgegeben und ein Flat genommen, um beweglicher zu sein. Es denken eben andere Leute über »Sicherheiten« anders als Du. Bitte mir möglichst viel vorzubereiten. Es werden schwere Tage für mich sein. Ich habe in Wien fünf oder sechs Konferenzen, Kämpfe mit Reichner. Es ist übrigens gut, daß ich wegreise. Zur Coronation kommen eine Menge Bekannte her: dazu droht heute ein Omnibusstreik, für London eine Katastrophe. Es war vorsorglich von mir, schon vor 14 Tagen meinen Flugzeugplatz zu bestellen, es ist alles für Abfahrt und Zufahrt ausverkauft.

*[Wien, Hotel Regina, etwa 11. Mai 1937,*
*nach Salzburg]*

L. F.,
ich erhalte eben von Dr. M. die Verständigung, daß Du Freitag bei ihm bist und Ihr dann mit meinem Anwalt die Sache festlegt. Nur auf Deinen besonderen Wunsch würde ich bei dieser zweiten Konferenz dabei sein. Hoffentlich bist Du in guter, klarer Verfassung, ich will mich bemühen, es gleichfalls zu sein, obwohl die letzten Tage auch an mich schwere Anforderungen gestellt haben. Ich habe keinen innigeren Wunsch, als daß die Regelungen in beiderseitigem Vertrauen und freundschaftlichsten Formen erledigt werden. An mir wird es da nicht fehlen. Herzlichst *Stefan*

*Hotel Regina, 12. Mai 1937,*
*nach Salzburg, Kapuzinerberg*

Liebe Fritzi,
ich möchte nicht, daß Du glaubst, es sei dies eine frohe Stunde für mich gewesen – im Gegenteil, ich schreibe Dir das in der Nacht, schlaflos und voll Gedanken an die vergangene gute Zeit. Wir haben beide Fehler gemacht und ich wollte, es wäre anders gekommen – bei Gott, ich spüre im Herzen nichts als Traurigkeit über diesen äußeren Abschied, der innerlich keiner für mich ist, vielleicht nur wieder ein Näherkommen, weil wir nicht mehr so nahe sind mit all den Kleinlichkeiten und Peinlichkeiten. Ich weiß, ohne eitel zu sein, daß es Dir bitter schwer sein wird, ohne mich zu sein – aber Du verlierst nicht viel. Ich bin nicht mehr derselbe, ein menschenscheuer, ganz in sich zurückgezogener Mensch geworden, den eigentlich nur mehr die Arbeit freut. Du siehst, von wie viel ich Abschied genommen habe und ich weiß auch, daß es an mir liegt, wenn es um mich stiller und leerer wird; jener Schlag von Deutschland her hat uns alle tiefer getroffen als Du vermutest, und alles Festliche, Vergnügliche ist mir gespenstisch fremd geworden. Nein, Du verlierst nicht viel und innerlich bin ich Dir gewiß nicht verloren – ich weiß genau, wer Du bist. – Ich bitte Dich, glaube mir, daß ich nichts anderes wünsche, als Dich zufrieden zu wissen – auch Deinen Kindern wünsche ich alles Glück. Wenn ich unzufrieden mit ihnen war, so doch nur, weil sie nichts von jenem brennenden Eifer des Lernens hatten, von dem wir doch beide wissen, daß er der Sinn und die Schönheit unserer Jugend war. – Aber ich wiederhole Dir, es ist kein Tropfen Bitternis in mir gegen Dich, nur ein großes Bedauern. – Ich fühle diese Zeit als grausamsten Druck. Verzeih mir jedenfalls, wenn ich durch diese Art von Pessimismus Dir manche Stunde verstörte, aber Du weißt, ich habe es mir nie leicht gemacht und mache es andern schwer, mit mir – außer in einzelnen glücklichen Intervallen – fröhlich zu sein. Ich bitte Dich nun herzlich, habe kein Mißtrauen zu mir. Ich bin voll Fehler und Unzulänglichkeiten, aber eines weißt Du, daß ich nie einen Menschen vergessen habe, den ich jemals gerne gehabt und wie sollte ich Dir fremd werden können, Dir, die mir am nächsten stand. Du weißt es, wie ich Freundschaft halte, wie ich nie mich dieser innern Pflicht entziehe, selbst wenn Freunde mir Schweres antun (wie jetzt Roth) – bitte gib nie dem Gedanken Raum, Du hättest mich irgendwie »verloren« und kümmere Dich nicht um die Leute. Wenn sie mich verurteilen, haben sie zum Teile recht, zum andern Teil wissen sie nicht, was ich in den letzten Jahren durch den Komplex

Salzburg gelitten habe. – Dich aber wird niemand verurteilen, und wer zu Dir hält, wird mir nur lieb und teuer sein (während ich jetzt alle verabscheute, die zwischen uns die Lage spannten). Ich glaube selbst, es ist besser so, wie es jetzt geworden ist und doch mir ein tiefer Schmerz; aber was gilt denn all das noch, was wir jetzt noch zu erleben und durchzuleben haben? Die beste Zeit ist unwiederkehrbar vorbei und wir haben sie gemeinsam gelebt, viel davon in wirklichem Glück und ich auch in gesegneter Arbeit. Denken wir an dies, wenn wir bedrückt sind, und glaube mir, daß ich Dir für alles Gute dankbar bin und daran gerade jetzt denke, während das Schlimme, das uns so oft verwirrt, nun vergessen ist. Vergiß auch Du, wenn ich oft zu Dir ungerecht war. Glaube nicht einen Augenblick, daß ich Dir verloren bin, und denke an mich wie an Deinen besten Freund – möge mir oft Gelegenheit gegeben sein, Dir dies zu beweisen und verzeih mir allen Schmerz, den diese Trennung Dir angetan. Es ist meine eigene Trauer, die Du fühlst und wenn ich irgend zu einer Stunde mit Dir oder für Dich sein kann, wird es trotz aller melancholischer Beschattung eine gute Stunde sein. Ich danke Dir für alles und vergesse nichts von dem Guten und Gemeinsamen dieser Jahre und werde es *nie* vergessen. Immer Dein *Stefan*

Nachdem die Abmachungen zwischen uns noch keine Scheidung bedeuteten, war es angemessen, daß ich für mich selbst noch keine separate Wohnung bezog. Nach dem Verkauf des alten Hauses im Mai pachtete ich daher auf den Namen meiner Töchter eine Villa im Nonntal, in Salzburg, und übersiedelte dorthin eine nun persönlich angelegte Bibliothek von zirka 2000 Bänden, wertvolle Bücher und Möbel, Teppiche, Silber persönlichen Besitzes, nachdem ein Teil der Einrichtung teils nach London gegangen, teils verkauft worden war. Zum Willkomm in diesem noch fraglichen Heim hatte mir Stefan das Autograph des »Mailied« von Goethe gesandt, das später zu mir ins Ausland gelangte. Die übrige Habe (mit Ausnahme der hier vorliegenden Korrespondenz, der Briefe von Romain Rolland und Rilke, die unsere teueren Freundinnen Magda Grasmayer und Josefine versteckt gehalten hatten, und deren Übersiedlung später gesichert schien) wurde von der Einlagerungsstelle aus, nachdem ich nicht mehr nach Österreich zurückgekehrt war, von der Gestapo beschlagnahmt und versteigert, darunter das mir Kostbarste: das handgeschriebene Manuskript des *Jeremias*, mit einem Widmungsgedicht an mich versehen. Meine Sammlung seiner sämtlichen Bücher und Übersetzungen in allen Sprachen, etwa 600 Bände, die vom Inselverlag für mich in herrlichen Einbänden mit gedruckter Widmung hergestellt worden war, war schon gleich nach Hitlers Machtergreifung von der Gestapo geholt worden. Ebenso Kisten mit handgeschriebenen Entwürfen seiner Arbeiten und Widmungsexemplaren.

Ich selbst weilte seit Jänner 1938 mit meiner Tochter Suse, die dort ihrem photographischen Beruf oblag, und um Stefan nach dessen Aufenthalt in Portugal wiederzusehen, in Paris, wo ich bis zum Einzug der Deutschen blieb. Mein Bemühen, Stefans Mutter zu mir nach Paris zu bringen, scheiterte. Sie starb im darauffolgenden Jahr in Wien, im Haus ihrer Söhne.

Die folgenden Briefe Stefans sind fast alle von London nach Salzburg gerichtet, wo ich – mit Ausnahme eines Aufenthaltes mit ihm in Klosters in der Schweiz und darauffolgendem Besuch der Pariser Ausstellung zu Sommerende, sowie einem Besuch in Wien – verblieben war, mit der – dann durch den Hitlereinbruch vereitelten – Absicht, im April etwa zurückzukehren.

*I/VI, London nach Nonntal, Salzburg [1937]*

L. F.,

ich habe zu ausführlichen Briefen jetzt wenig Zeit. Am Lande war ich leider nicht, obwohl ich es *sehr* nötig hätte. Jener Nervenklaps ist noch nicht behoben. Ich bin noch immer müde und zerfahren und habe dabei ausgiebig zu tun – bald werden auch die Korrekturen beginnen neben meiner Arbeit und Du weißt ja nicht, wie viel auf mir lastet. Heute Sonntag, wo alles auf Weekend ist, hatte ich den halben Tag mit einem Fachmann Illustrationen von Atlanten für Magellan durchzusehen und so kommt *jeden* Tag zur eigentlichen Arbeit eine Belastung – es ist eben doch zu viel für einen Einzelnen, wenn er noch mit Privatdingen erschöpft wird.

Toscanini habe ich mit Franckenstein eingeladen, sonst sehe ich ihn kaum. So gerne ich möchte, kann ich nicht immer zu den Proben gehen, es nimmt mir zu viel Zeit, sechs Konzerte sind allein schon sechs Abende. Und einmal müßte ich mit den Brasilianern sein, einmal mit Victor. Mir fehlt wirklich ein bißchen Ruhe – wie es die andern haben, die auch zum Vergnügen reisen, während für mich diese drei Mal im Jahr nach Österreich fahren Erschöpfungen und Erregungen sind. Ich glaube, ich werde, so gut es mir täte, auch nicht nach Marienbad reisen – es ist mir einfach zu weit, da der normale Weg über Deutschland mir untunlich ist und ich an Salzburg anderseits nicht vorbeifahren könnte, andererseits dort nicht bleiben will.

Ich würde hier gerne für ein paar Tage fortgehen, will aber die Toscanini-Konzerte nicht schwänzen – dann kommt wieder Bruno Walter, der nach T. schweren Stand haben wird. Herzlichsten Gruß *Stefan*

*27. Juni [1937]*

Liebe Fritzi,
eben Dein Luftpostbrief. Ja, es mußten endlich zwischen uns die Spannungen beendet sein. Dein Selbständigkeitsgefühl ist zu groß – nicht, daß Du nicht geistig das Recht hattest – aber für mich zu groß geworden und ich keine Kraft mehr hatte, für den unbewußten Widerspruch. Auch in diesem letzten Moment der Regelungen konntest Du mir nicht vertrauen: vielleicht hast Du Recht gehabt, denn ich vertraue mir selbst nicht mehr. Ich werde mißtrauisch gegen mich selbst, seit ich sehe, daß die ältesten Freunde wie Roth, wie Rolland (wegen politischer Unstimmigkeit) sich entfremden und es ist vielleicht wirklich schwierig, mit mir zu sein – ich habe vor vier Jahren eben den Stoß tiefer bekommen, als Du bemerkt hast. Es ist besser, hoffe ich, wie es gekommen ist, denn Du hast wenigstens Frieden und Sicherheit und dazu, ich schwöre es Dir, meine herzlichste Freundschaft, die sich weit über den toten Buchstaben hinaus erweisen wird.

Ich bin sehr erschöpft, konnte Walters schönes Konzert nur mit halben Sinnen genießen, Wallmann nahm mich in das Philadelphia Ballett, sah auch Burghauser. Hübsch ist da, ich habe lange Besprechungen mit ihm wegen der neuen Dinge, dazu gehören neben der Arbeit die nächsten Wochen der Korrektur des Magellan, den ich nicht angesehen, und die Fahnen des Essaybuches. Wohin ich dann gehe, weiß ich noch nicht. Vielleicht muß ich doch über Wien – und wir würden uns dann, ich glaube gegen Ende August oder Mitte August treffen. Ich habe das Gefühl, daß wir über Verschiedenes uns noch auszusprechen haben.

Du weißt nicht, wie viel ich zu tun habe, es wird alles schwieriger und finanziell unergiebiger. – Und ich möchte mich so *gerne ganz* auf das neue Buch konzentrieren. Herzlichst *S.*

*4. Juli [1937]*

L. F.,
ich sende gleich Leonhards rührenden Brief zurück – ich habe ihm sofort telegrafiert, er möge mir drahten, wenn er bis 15. Juli an Southampton vorbeikommt. – Morgen hat man mich eingefangen zu einem 5-Minuten-Interview in der »Television«, sie haben dort einen Zyklus und es ist ganz amüsant, das zu lernen, wie man zu ungesehenen Leuten sichtbar spricht. Meine Engagements sind leider noch nicht zu Ende; ich muß Donnerstag in die Gesandtschaft zum Empfang der

Wiener Philharmoniker, dann zu einem Wohltätigkeitsabend für Drinkwaters Kind, der bettelarm gestorben ist. Und dabei Korrekturen (die Du nicht machen kannst), zwei neue Sternstunden, Arbeit an dem neuen Buch, Konferenzen wegen des Magellan, dem ich noch endgültige Form geben muß. Es ist schon sehr viel, aber dabei vergißt man wenigstens halbwegs, *wie* gefährlich die Zeit ist (böser als vor 1914). Die Zeitungen sind hier sehr beunruhigt, die Börsen seit Monaten in steigender Déroute. Ich bin froh, trotz Gratisflug und Gratisaufenthalt nicht nach Paris zum Penkongreß gegangen zu sein. Es war ein schlechter Moment. Wegen unseres sommerlichen Beisammenseins gebe ich Dir *sofort* Daten, sobald ich klar sehe. Herzlichst *S.*

*5. Juli [1937]*

L. F.,
es ist symbolisch, daß in diesem Jahre alles für mich schlecht zusammenklappt. Heute bekam ich von Leonhard einen Brief, daß er am 15. in Southampton durchfährt. Nun wollte ich gerade am 15. wegfahren. – Von Roth habe ich plötzlich das Buch bekommen. Ich hatte ihm gerade darüber geschrieben. Es ist eigentlich ein Wunder, wie unbeschädigt doch sein Gehirn geblieben ist. Er ist genau der große Künstler wie früher und vielleicht hat nur das Stoffliche für uns nicht mehr die Frische und Neuheit wie damals. Es sieht doch so aus, als wäre er noch rettbar. Nur täte ihm ein Dragoner von einer Frau not und nicht alle die, die seinen Alkoholismus noch fördern.

Hübsch habe ich den Brief übergeben. Wir stehen sehr herzlich zusammen, sehen uns aber kaum mehr als ein- oder zweimal in der Woche, weil wir beide überbeschäftigt sind. Herzlichst *St.*

*7. Juli [1937]*

L. F.,
ich wollte Dir nur in Eile sagen, daß ich für den 16. morgens mir die Karten zur Abreise Marienbad reserviert habe; es ist aber leider noch gar nicht gewiß, ob ich dann auch fahre, denn die politische Lage ist fürchterlich – jeden Augenblick kann sich alles ändern. Der spanische Konflikt ist eine ständige Gefahr für den Weltfrieden.

Fuchs ist hier bescheiden wie immer und wir arbeiten fleißig. Er ist Dir treu gesinnt und vorbildlich diskret. Bei dieser Gelegenheit: er wird im Falle meines Todes, nicht früher, Dir einen Brief (verschlossen) übergeben, der für Dich gewisse Verfügungen und Sicherungen enthält, die ich anderweitig nicht verlautbaren will. Du kannst Dich immer auf ihn verlassen. Vielleicht kommt er durch Salzburg. Es war sehr lieb, daß Du ihn eingeladen hast. Aber ich beschwöre Dich, lade nicht zu freigebig ein (obwohl es mich nichts angeht). Du bist zu herzlich, zu spontan und bedenkst nicht, was Du Dir auflädst. Herzlichst *S.*

*[Juli 1937]*

L. F.,
ja, es geht mir leider wie Dir – ich ermüde auch viel zu leicht. Ich brauche jetzt mehr Zeit als früher, weil ich kaum mehr als zwei Stunden ohne Pause zu arbeiten vermag. – Zweites Phänomen, das mich erschreckt: ich erkenne Menschen physiognomisch nach zwei Tagen nicht wieder. Drittens spreche ich schlechter Englisch als vor drei Jahren. Ich bin von der Zeit eben wie die meisten sehr hergenommen worden und da die Intensität auf die Arbeit gehen muß, um dort das Niveau zu halten, bin ich arg erschöpft. So etwas wie Festspiele könnte ich gar nicht durchhalten. Herzlichst *S.*

*[Juli 1937]*

L. F.,
vielen Dank für Deinen guten Brief. Ich fahre Freitag, gebe Adresse aus Marienbad – unser Treffpunkt wird aber direkt Schweiz sein. Du willst es nicht wahr haben, daß Salzburg für mich seit vier Jahren ein Alpdruck ist und ich mich dort unerträglich fühle. – Und jetzt erst gar, all die Fragerei und Geklatsch. – Von Asch habe ich einen lieben Brief. Die Situation sieht etwas besser aus. Laß es Dir *recht* gut gehen. Herzlichst *S.*

*17/VII, Marienbad, Villa Souvenir [1937]*

L. F.,
ich bin mit dem Flugzeug in schnellster Fahrt nach Prag gekommen, blieb dort mit Max Brod paar Stunden. Marienbad ist wahnsinnig überfüllt. Ich war bereits bei Dr. Auerbach, beginne aber die Kur erst später, weil ich furchtbar müde bin und die Korpulenz nicht gefährlich. Ich will ganz zurückgezogen leben und arbeiten, die Kur nicht übertreiben. Viele Grüße *Stefan*

Nach Stefans Aufenthalt in Marienbad verbrachten wir zusammen einige Zeit in Luzern. Stefan verweilte dann noch im Tessin und kehrte wieder nach London zurück. Wir sahen uns in Paris zweimal wieder. Die Briefe der kommenden Zeit, auch jene, die mir seine Heirat [mit seiner Sekretärin Lotte Altmann] mitteilten (Herbst 1939), gingen auf verschiedene Art verloren. Jene, die ich während meines Pariser Aufenthaltes erhalten hatte und die sich dann auch mit der Angelegenheit unserer Scheidung befaßt hatten, vertraute ich vor unserer Flucht nach dem Süden Frankreichs einem Franzosen an, der sie wieder einem Freunde zur vermeintlichen sicheren Aufbewahrung gab. Dieser verbrannte sie, aus Furcht vor den Nazis. Nur zwei Karten sind erhalten. Stefan hatte indessen in Bath ein Haus gekauft und einen neuen Haushalt gegründet. Dieses Haus erinnerte ihn an jenes am Kapuzinerberg, und er schrieb mir, es sei an der Zeit, sich wiederzusehen, sein Gastzimmer sei für mich bereit. Mit Hilfe von unserem Freund Julien Cain und dem Veranstalter der Conférences des Ambassadeurs ermöglichte ich ihm einen Besuch in Paris, der für uns harmonisch verlief. Als Thema für seinen Vortrag hatte er das Wien vergangener Tage gewählt, und er sprach mit Liebe über seine nun verlorene Vaterstadt. Auch seine Radioansprache rief starke Bewegung hervor. Er richtete sie an die Freunde, die zum Schweigen verurteilt waren.

Drei Tage vor dem Einmarsch der Deutschen in Paris war es uns wie durch ein Wunder gelungen, nach dem Süden, nach Montauban, in der Nähe von Toulouse, zu flüchten. Noch wußte ich nicht, ob Stefan England verlassen hatte und wo er sich aufhielt. In unserem Fluchtort, wo sich eine Gruppe meist disziplinierter österreichischer und deutscher Sozialdemokraten, die einer Rettungsaktion sicher waren, zusammengeschart hatten, erreichte mich die Nachricht, daß Hermann Kesten, der mit Erika Mann in New York ein Komitee begründet hatte, um gefährdeten Intellektuellen und Schriftstellern nach den Vereinigten Staaten zu verhelfen, auch mich einbezogen hatte. Ihm aber hatte sich ein weiterer Helfer gesellt: Stefan, der nun auf der Durchfahrt nach Südamerika sich in New York aufhielt. Er hatte durch meine Nichten in N. Y. meine Adresse erhalten und kabelte mehrmals.

Auf sein Betreiben sandte auch Antonio Ferro, ein hoher portugiesischer Funktionär, ein Telegramm, die Einreise nach Portugal sichernd.

Ich hatte indessen bei der Durchreise des Gesandten von Mexiko in Montauban für mich, meine Töchter und Schwiegersöhne und für eine große Gruppe von Künstlern Visa nach Mexiko gesichert. In Marseille gelang es mir, in jene von Präsident Roosevelt bewilligte Liste des Emergency Rescue Committee auch meine Schwiegersöhne einzuschreiben. (Meine Töchter hatten beide in Frankreich Jugendfreunde geheiratet.)

Das Seltsame trat ein, daß Stefan sich in der Ferne nach Österreich sehnte, während meine Kinder und ich uns dann bald, in den Vereinigten Staaten keineswegs als Fremde behandelt, sehr wohl fühlten.

*Rio, 26. Sept. [1940]*

L. F.,

ich war jetzt 8 Tage in Teresopolis und wurde dort in der tschechoslowakischen Pension mit Germknödel, Schinkenfleckerl, Backhendel verwöhnt – dort entgeht man der Hitze. – Ich hatte gehofft, hier in Rio, wo ich heute mit dem Aeroplan nach Buenos abfahre, ein Wort von Dir zu finden – offenbar hast Du direkt dorthin geschrieben. Du wirst vermutlich keine Antwort von mir erhalten, denn dort wird es ein Tollhaus. Gestern sprach ich hier Französisch, in Buenos habe ich (und in den andern Orten) zwei spanische Vorträge, einen englischen, einen deutschen und Dutzend Leute warten auf mich, im ganzen 9–10 Vorträge in 14 Tagen, darunter Cordoba, Rosario, Montevideo. Es wird schwere Arbeit sein und dann ist mit der Vorleserei auf lange Zeit Schluß. Und die großen geselligen Veranstaltungen verwüsten die Konzentration. Ich kann an Bucharbeit nur zwischendurch denken, die doch meine eigentliche ist. Ich hoffe am 17. Nov. hier zurück zu sein und dann einen Monat lang nur zu arbeiten, und dann vielleicht im Januar nach New York. Es ist ja unsinnig, Pläne über vier Wochen zu machen. Mit herzlichen Wünschen *St.*

*Buenos Aires, 30. Oktober, nach Paris [1940]*

L. F.,

In aller Eile. Gestern war der erste Vortrag in Spanisch unter reichlichen Schwierigkeiten – freilich solchen höchst schmeichelhafter Art. Der Saal mit 1500 Personen war so gestürmt, daß erstens sich 3000 Personen hineinquetschten und Polizei einschreiten mußte – 2. ich bin genötigt, denselben Vortrag übermorgen zu wiederholen und der Saal ist heute schon fast ausverkauft. Es ist eben eine Sensation hier, daß ein Autor Spanisch spricht und, Wunder über Wunder, ich habe gut gesprochen. Das Publikum war phantastisch – dicht aneinandergedrängt, kein Räuspern, kein Ton. Nachher sperrte man mich in ein Lesezimmer ein, um mich vor den Leuten zu bewahren. Ich hatte das Gefühl, ein Tenor zu sein.

Aber Wichtigeres: ich werde in paar Tagen hier vielleicht Gelegenheit haben, zwei oder drei Visen zu erreichen und wenn ich diese Persönlichkeit spreche, die mich sehen will, verlange ich sie dann für Landshoff und Landauer. Gelingt es, telegrafiere ich sofort an Kesten. Wegen Chile kann ich vielleicht von Rio etwas versuchen, ich kenne dort den Konsul: die Dichterin Gabriella Mistral. – Ich muß heute noch am Radio sprechen, abends englischen Vortrag. Alles Herzliche *S.*

Eben telefoniert mir Alfredo Cahn, daß er *Pasteur* für jenen Preis hier verkaufen konnte, der sehr gut für das Land hier ist.

*Santa Fé, 9. Nov. 1940*

Deinen Brief nach Buenos bekam ich nachgesandt. Mich begleitet Alfredo Cahn. Die ganze Sache ist phantastisch – man fährt mit dem Auto (nach der Nachtfahrt in der Bahn) stundenlang über die Pampas ohne ein Haus zu sehen und begegnet ab und zu höchstens Kindern, die in die Schule reiten (alles geschieht zu Pferd, es gibt noch Hunderttausende hier und sie kosten 5–6 Dollar, das Stück). Das Anstrengende ist aber die Gastfreundschaft – es ist eben ein Phänomen, daß ein Autor aus Europa, den sie alle kennen, nicht nur in das Innere kommt, sondern auch Spanisch liest. Man muß sich alles zeigen lassen, die verschiedenen Bonzen begrüßen, die Juden machen noch einen besonderen Empfang in jedem Ort und einzelne reisen 5–6 Stunden weit. Aber was das Rührendste ist: das Volk – die Raseure z. B. nehmen kein Geld, die Kellner kein Trinkgeld von mir, ein jeder kennt einen auf der Straße von den unzählbaren Photographien, die auf einen geschossen werden. – Ich bin so müde – nicht vom Reiten, sondern von dem fortwährenden Spanisch-Konversieren, das doch für mich ein Holzhacken ist, daß ich Uruguay absagte. Aber das mißverstand man dort und bot nicht nur das doppelte Honorar, sondern noch das Flugzeug für drei Personen hin und zurück, so muß ich am 13. hin, habe am 14. noch Radio zu sprechen und am nächsten Morgen fliege ich (8 Stunden) nach Rio zurück. Es ist ein Wunder, wie ich das mit 59 Jahren durchhalte, dazu die Interviews in Spanisch und die Vorlesungen beginnen oft um 10 Uhr nachts, es endet um 1 Uhr. Immerhin ist der Reinertrag neben dem moralischen beträchtlich, aber ich hätte es mir leichter bei stillem Zuhausearbeiten verdient. Der Schlag Frankreich nach Italien, Holland, Rumänien, Norwegen etc. etc. ist doch mörderisch – es hatte doch kaum einer solche internationale Wirkung aufgebaut neben der deutschen und all das vernichtet ein wahnsinniger Mensch.

U. kann ich nichts schicken. Ich kann mich nicht mehr vereinzeln. Ich habe hier zwei Vorträge, deren jeder einen Reinertrag von 300 Dollar gebracht hätte, an englische und deutsche Wohltätigkeit geschenkt, das ist mehr als was heute in meinen Verhältnissen ist. An Deinem

Pfundverlust siehst Du, was *ich* eingebüßt habe und jetzt, wo mir alle Sprachen genommen sind, oder fast alle, ist es mit dem Verdienen eine dunkle Sache. – Für mich gilt es jetzt, ob ich bei der Hitze in Brasilien arbeiten kann – diese Vortragsreise war doch eine Pflichtreise. Jetzt möchte ich nichts sehen und nur für mich arbeiten. Alles andere ist Eitelkeit und Zeitverlust. Herzlichst *S.*

Argentinien ist irgendwie aufregend durch seinen Überfluß, der direkt nach Menschen hungert – ein Liter Milch kostet einen Cent. Von dem, was weggeworfen wird, könnten Hunderttausende leben und sie lassen keine Menschen in ihr üppiges Land.

*In der Bahn, um 2 Uhr zu Bett, um 7 Uhr aufgestanden.*

Ich komme eben aus Rosario zurück, die ganze Rundreise war ein merkwürdiges Erlebnis, das einen andern leicht eingebildet machen könnte. Zu dem Vortrag in Rosario kamen aus Santa Fé eine ganze Karawane von Autos herüber, um mich noch ein zweites Mal zu hören, darunter der Minister der Provinz, die ganzen Behörden – sie können vor 4 Uhr morgens kaum daheim gewesen sein. Jetzt noch morgen La Plata. In Buenos Aires bin ich in allen Kinos während der Vorlesungen zu sehen.

All das wäre bestärkend gewesen, leider ist meine Freude zerstört. Ich hatte mir in Rio in meinen späten Jahren noch einen wunderbaren Freund gewonnen, Hernández Catá, den ausgezeichneten spanischen Schriftsteller und Gesandten von Cuba – er war am ersten Tag gekommen, mich zu sehen und wir waren fast täglich beisammen. Er war von einer wunderbaren Humanität, einer Noblesse und Güte, wie ich sie selten bei einem Menschen gefunden, seine Frau, seine Tochter waren wie Schwestern. Während ich in Santa Fé las, ist er im Flugzeug auf der Rückreise von Sao Paolo abgestürzt – ich war wirklich verzweifelt. Denn vielleicht habe ich sogar Schuld daran; ich hatte den Leuten in Sao Paolo gesagt, sie sollten ihn doch zu einem Vortrag laden, er war ein großartiger Sprecher und am Rückweg von diesem Vortrag geschah das grauenhafte Unglück. Auch der Selbstmord von Ernst Weiß ist mir nahe gegangen, er war ein naher Freund und ich konnte ihn durch Jahre über Wasser halten. Immer die Anständigsten, immer die Besten! Dazu die Nachricht, daß Rußland und Deutschland sich verständigt – was steht uns noch bevor! Ich glaube, ich werde nie wieder zurückkommen in dies Europa und alles, was ich dort habe, meine Bücher und vor allem Balzac (zu drei Viertel geschrieben und vorbereitet) ist verloren, außerdem alle die Länder, in denen ich Boden hatte, denn das Englische und Amerikanische ist ja nicht meine eigene Welt. Und dieses Leben in den Hotels zerstört jede Arbeitsmöglichkeit – ich habe mir wenigstens, um ein Land zu haben, wo man nicht um Visa betteln muß, ein permanent visa in Brasilien gesichert. Ich habe heute noch alle südamerikanischen Staaten zur Verfügung, alle wollen, daß ich hinkomme, aber das kann sich ebenso rapid ändern wie in Frankreich, wo ich auch vor 4 Monaten noch ein großer Herr war und heute geächtet bin mit allen meinen Büchern. – Die Leute hier waren rührend, Frauen sagten mir mit Tränen in den Augen, sie hätten nie geträumt, mich in ihrer Provinzstadt je sehen zu können. Manche Leute kamen 8 Stunden weit von ihren Ranchos, die Hotels verweigerten Bezahlung, ich hatte überall Autos und Geschenke.

*Hotel Central, Rio de Janeiro, 16. Nov. 1940*
*nach New York*

L. F.,
ich bin hier nach achtstündigem Flug angekommen, wohne jetzt in einem andern Hotel, um bei der bevorstehenden Hitze eine Terrasse auf das Meer zu haben. Heute ist Ruhetag und morgen fängt die Arbeit an. Ich habe mir einen netten Film mitgebracht, der dort in allen Kinos lief, meine Person während der Vorlesung, und ganze Stöße von Zeitungen. Zu Dir! Ich sehe, wie wir uns verschieden entwickelt haben – Du wirst immer aktiver, siehst tausend Leute, während ich aufatme, in meinem Zimmer still zu sitzen und alles abwehre. Ich rate Dir, sei nicht die Allerweltshelferin. Wegen Masereel kann es wohl nicht schwer sein, er ist Belgier und Christ, aber wird er hier leben können? – Nach N. Y. will ich vorläufig nicht, ich fürchte mich, dort ganz Berlin, Wien etc. vorzufinden. Ich will lieber hier die Hitze ertragen. Doch bitte, rette Du nicht die Welt, sondern sieh für Dich und die Deinen – schon dies ist heutzutage Aufgabe genug. Herzlichst *S.*

*30. Nov. 1940*

L. F.,
vor allem meine Glückwünsche zum Geburtstag. Du hast wenigstens noch zwei Jahre vor dem Sechziger, während ich zum letzten Mal den Fünfziger verwerte. Als ich hier jüngst mich polizeilich für eine Identitätskarte eintragen mußte, schrieb das hübsche Fräulein dort »Haare: grau«. Kein Wunder.

Wegen Balzac verstehst Du die Situation nicht. Wie soll man 600 Seiten *deutsches* Manuskript, 2000 Seiten Notizen und 40 angestrichene Bücher durch die Zensur bringen? Wird das Haus zerschlagen, so ist eben noch viel anderes weg, die Korrespondenz, die Verträge, die eigenen Bücher, die Autographen – was ich besitze, ist ja ohnedies durch Entwertung dahin. Da gibt es kein »Retten«. Und es geht furchtbar zu. *The Tide of Fortune* ist in England nicht erschienen, weil die ganze Herbstproduktion Cassells, darunter mein ausgedrucktes Buch, in der Buchbinderei durch Bombenangriff vernichtet wurde. –

Wegen deutscher Bücher mache ich gar nichts und warte ab, bis das Chaos vorüber ist. Hauptsache ist jetzt zu arbeiten. Scherz werde ich jedenfalls schreiben, aber *Tide of Fortune* sind ja die Sternstunden und gehören zum Teil den andern Verlegern.

Ich habe nie innerlichen Abstand von den Immigranten genommen, sondern mehr geholfen als jeder. Aber ich vertrage Geselligkeit nur in beschränktem Maß. Es erschöpft mich, täglich fünf, sechs Leute zu sehen und bringt mich darum (Paris z. B.), die Leute und Dinge zu sehen, die *ich* sehen will. Das Telefon ging in N. Y. und in Buenos Aires von früh bis nachts; was ich fürchte ist doch, daß man mich so überschätzt, ich soll Bücher bei Hübsch unterbringen, Zeitungen vermitteln etc. etc. und wo ich etwas tun kann, tue ich es doch spontan. Ich kenne jetzt in New York 200 bis 300 Menschen, die alle beleidigt wären, wenn ich sie nicht sehen würde. Ich bin angewiesen, durch eine zunehmende Müdigkeit, mir wenigstens den halben Tag zu retten, ich habe in N. Y. doch auch Verleger, Zahnarzt, Besorgungen – es ist ausgeschlossen, alle Menschen zu sehen und das nennt man dann Hochmut. Ich habe nicht die weise Ökonomie Manns, der Leute nach einer Stunde entläßt – bei mir bleiben alle Leute drei Stunden.

Landshoff und Landauer habe ich ein argentinisches Visum durchgedrückt, es war nicht leicht. Allderdings wie herüberkommen? Man muß in England gelebt haben, um zu wissen, daß dies die grausamste Belagerung der Weltgeschichte ist. Ihr habt alle nicht das Maß. Ihr wißt nicht, daß das alles noch nicht da war – dieses Leben ist doch grauenhafter, als das in den Unterständen, weil es doch nach 6, nach 8 Tagen Ablösung gab, Rückzug in eine gesicherte Position und Schlaf. In England gibt es keine Stunde Rast. – Hier wird es langsam warm. Aber Rio ist herrlich, daß man es bisher leicht erträgt. Die Schönheit, die Vielfalt der Stadt ist unbeschreiblich, man wird nicht fertig mit ihr. Wird es nicht sehr arg mit der Hitze, bleibe ich bis Ende Januar. Herzlichste Grüße *Stefan*

*Rio, 7. Dez. 1940*

L. F.,
ich habe nicht viel zu schreiben, es wird heiß und das heißt hier schon an Weihnachtsgrüße denken: alles Gute also, falls ich in nächster Zeit nicht schreiben sollte. Ich muß noch irgend einmal nach Bahia, »nur« sechs Stunden Flugzeug. Ich brauche, sobald ich das kleine Buch über Brasilien abgeschlossen habe, eine gute Bibliothek für die Autobiographie und will in eine kleine Universitätsstadt, nicht mehr als zwei Stunden von New York gehen. Wegen meines Hauses, meiner Bücher und Manuskripte habe ich wohl das Kreuz zu machen, Bristol wird täglich bombardiert und wir sind so weit wie Brooklyn – nein viel näher. Aber man ist wenigstens mit seinen paar Knochen fort. All das ist viel zu grauenhaft, als daß ich Lust hätte, mit Leuten beisammen zu sein. Von allen Freunden, Victor, Warburg, Felix und so vielen andern in dieser Hölle, habe ich kein Wort. Der Briefwechsel stockt seit vielen Wochen völlig. Man kann ihnen auch nicht helfen. Die Leute, die heute »Literatur« machen oder reden können, sind mir nicht ganz verständlich; es scheint mir eher ein humaner Defekt als eine Tugend (aber vielleicht ist Kunst wirklich immer durch Defekte bedingt). Herzlichste Grüße *S.*

*Hotel Central, Rio (aber keine Post mehr hierher)*
*31. XII. 1940*

L. F.,
nur rasch! Es ist furchtbar heiß geworden, was an der Arbeit hindert aber das eine hat, daß ich endlich an Gewicht verliere. Ich reise nun in noch größere Hitze, nach Bahia, Pernambuco, Belem (am Amazonenstrom), um dort 10 Tage zu bleiben (ich brauche es für das Buch und habe bis an die Grenze die teure Reise frei). Dann langsam nach New York – nicht plötzlich, denn von 42 Grad auf 20 minus wäre zu gefährlich.

Nun zu New York. Ich habe dort ein paar Tage entsetzlich viel zu tun. Ich werde Dich jedenfalls sehen und verständigen, sobald ich gegen Ende des Monats dort bin. Ich bin jetzt nach diesen wilden Reisen bei Affenhitze reichlich erschöpft und deshalb gleich jetzt: so hilfreich ich immer gewillt war, ich kann jetzt für niemanden etwas tun. Ich brauche diese knappe Woche ausschließlich für meine Installierung, denn wenn ich jetzt nicht zwei Monate abseits habe, kann ich nicht weiter. Ich sage dies lieber gleich im voraus. Bitte sage daher niemandem, daß ich komme. – Deinen Bruder besuchte ich gestern, er lebt glücklich und zufrieden. – Also hoffentlich kann ich kommen – man weiß ja nicht, was von Woche zu Woche geschieht und ich bitte dich zu verstehen, daß ich in New York in den paar Tagen nach diesen Ermüdungen nicht gesellig sein werde. Herzlichst *Stefan*

Nun geschah etwas Seltsames, das auf uns beide tiefen Eindruck machte und die fast mystische Verbundenheit bewies, die unerklärlichen Zusammentreffen seit unserer Kindheit bis in diese späten Jahre. Als ich mit meiner Tochter Suse in dieser Sieben-Millionen-Stadt auf das englische Konsulat ging, um uns ein Navicert für avisiertes Gepäck zu verschaffen, und einen der Aufzüge verließ, stand – um diesen zu benützen – Stefan vor mir. Er war eine Stunde zuvor angekommen. Man hatte ihn eine Woche später erwartet.

*The Wyndham*
*42 West 58th Street, New York.*

*Donnerstag, Jan. 23, 1941*

L. F.,
es ist sonderbar, daß ich eben aus dem Flugzeug kommend Dir bei meinem ersten Weg begegnete – bei meiner pflichtgemäßen Anmeldung auf dem englischen Konsulat.

Ich bin wie erschlagen – seit 10 Tagen täglich um ½5 aufgestanden, um das Flugzeug zu erreichen, dann die Fahrten ins Innere, die Revisionen, die Empfänge – heute nacht im Flugzeug ohne Liegeplatz von Miami durchgereist, nachdem ich von 6 Uhr morgens aus Brasiliens Nordspitze bis 5 Uhr schon geflogen. (Das Nachbarflugzeug ist, wie ich lese, abgestürzt.) Es war ein Rekord, den ich nicht mehr zu wiederholen gedenke. Durch das frühe Ankommen weiß niemand, daß ich hier bin und ich bitte Dich dringend – niemandem zu sagen, daß ich hier bin, *niemandem* – ausnahmslos – meine provisorische Adresse zu sagen. Ich brauche einige Tage zum Retablieren, weil ich ja hier nur provisorisch wohne und mir Unterkunft erst suchen will. Vielleicht telefonierst Du mir Sonntag. – In zehn Tagen dreimal so viel gefahren wie hin und her von Europa! Herzlichst *Stefan*

*Hotel Taft, New Haven, Conn.*

*Februar 1941*

L. F.,
vielen Dank für den Brief und die Abschriften. Ich bin hier gut beschäftigt, war gestern bei Thornton Wilder, morgen kommt Landshoff zu einer Besprechung. Herzlichste Grüße *Stefan*

*[Febr. 1941]*

L. F.,
ich wohne hier still und ohne jemanden zu sehen, in diesem etwas altmodischen Hotel und ich genieße den Permit der Bibliothek, nicht nur Bücher auszuwählen, sondern auch nach Hause nehmen zu dürfen. Von jener Novelle sende ich eine Kopie und bitte Alix, drei Exemplare, aber auf dünnem Papier, das für Luftpost verwendet werden kann, anzufertigen: ich will sie in die letzten Länder, die mir geblieben sind, Schweden und Argentinien, senden. – Die Gelegenheit für Eure First Papers wird vielleicht nicht lange dauern, Euer eigenes Mexicovisum wäre wichtig, damit ihr die Einreise bekommt.

Ich hoffe, mich hier einigermaßen zu erholen, Bücher sind jetzt bessere Gesellschaft als Menschen und ich habe sie lange entbehrt. Mit Grüßen *Stefan*

Aus London bekomme ich die Nachricht, daß mein guter Freund Max Herrmann-Neiße gestorben ist – alle jünger als ich. Herzlichst *Stefan*

*New Haven nach New York.*

*3. März 1941*

L. F.,
ich kann nicht viel schreiben – es ist eiskalt draußen und die Zimmer teuflisch überheizt, und das nach den Tropen. Ich hätte wichtig in New York zu tun gehabt, muß es aber verschieben. Die Wohltat und der Trost ist hier die Bibliothek. Ich bin schon recht trübe gesinnt. Es tut mir nur gut, nicht die blöden Mauloptimisten hier zu sehen – mir ist furchtbar klar, was die nächsten Wochen in Europa bringen. Es wird das fürchterlichste Jahr der Geschichte und wer nicht – wie die meisten – das Glück hat, alles was sie nicht selber angeht, nicht zu spüren, der leidet jetzt grauenhaft. Ich *weiß*, was jetzt kommt und das macht mich manchmal verstört.

Es ist gut, daß ich mir eine ganz abseitige, kleine Arbeit (beinahe wissenschaftlich) gewählt habe, alles andere wäre jetzt unmöglich und das isoliert gut. Ich sehe hier wenig Leute, obwohl einige kommen wollten – ich zeige mich nicht gern, wenn ich in solchen Stimmungen bin.

Bitte bezahle Alix für mich 8 Dollar. Es ist möglich, daß ich sie werde beschäftigen können, da viel zu kopieren und zu korrigieren ist.
Herzlichst *S.*

*13. März 41*

L. F.,
eben erfahre ich auf Umwegen, daß mein lieber Erwin Rieger gestorben ist – ich wunderte mich immer, auf meine Briefe keine Antwort zu haben. Er war in Tunis wahnsinnig unglücklich und vielleicht sein Tod kein Zufall. Es wird jetzt rasch leer um einen und man sagt sich, daß Roth und sie alle vielleicht die Klügeren waren. Seine letzten Jahre waren wirklich tragisch, er war wieder einmal ein »Sonderfall«. Ob er seine Autobiographie vollendet hat? Für mich ist das wieder ein Stück Vergangenheit, das entschwindet – er war mir immer treu und ein wirklicher Freund. Wahrscheinlich ist Scheyer auch schon auf der anderen Seite. Hoffentlich gelingt es mit Friedmann. Er gilt hier freilich schon mit 56 Jahren als alt. – Romains kommen Samstag. Herzlichst *S.*

*[1941]*

L. F.,
Die Totenliste mehrt sich von Tag zu Tag. Auch Oscar Loerke ist in Berlin gestorben, alle jünger als ich.

Wegen der Konfiskation mache Dir keine Sorgen. Es ist fast besser, alles schon glatt verloren zu wissen, statt darum jahrelang zu kämpfen und es doch zu verlieren. – Auch ich gebe ja in England alles verloren.

Ich gehe wenig aus, ich kann nicht mit Menschen über die grauenhafte Lage sprechen: Amerika kommt spät. Überall der gleiche Fehler zu glauben, man könne sich weghalten, indem man nur still bleibt. Wir müssen uns gewöhnen, im Chaos bis an unser Ende zu leben, die jüngere Generation muß eben selbst mit den neuen Verhältnissen fertig werden. Grüße *Stefan*

Ich telefoniere nächster Tage.

Sowohl zur Zeit, als Stefan in New Haven war und dann in N. Y., korrespondierten wir fast täglich, häufiger als wir uns telefonierten oder einander sahen. Es handelte sich sehr oft um flehentliche Bitten, die wir beide erhielten, Freunde aus Europa in die Staaten zu bringen. Ich machte für Stefan Wege in Ämter und konnte ihn veranlassen, bei einem großen Dinner, zu Gunsten des Emergency Rescue Committee zu sprechen, wobei viel Geld für Rettungsaktionen hereinkam, die auch einigen wenigen »unserer Klienten« zugute kamen. Am hilfreichsten erwies sich Milton Koblitz, der seine eigene Anwaltstätigkeit aufgegeben hat und bis zum heutigen Tage der unentgeltlichen Hilfe, meist Intellektuellen und Künstlern in die Staaten zu verhelfen, sich widmet.

*[1941]*

L. F.,
jener Vortrag, obwohl nur zehn Minuten (und eben deshalb) ist nicht ganz leicht für mich. Denn ich *will* kein Wort sagen, das als Encouragement gedeutet werden könnte für den Eintritt Amerikas in den Krieg, kein Wort, das victory verkündet, nichts was Krieg rechtfertigt oder rühmt und dabei muß die Sache doch einen optimistischen Charakter haben. Aber ich konnte nicht ausweichen und wer weiß, was andere an meiner Stelle anrichten würden. – Ich hoffe, Deine Reise war angenehm. In Boston ist mir die Gemäldegalerie in guter Erinnerung. Grüße *Stefan*

[1941]

L. F.,

wegen des Dinners braucht es Dir nicht leid zu tun. Mir graut davor, weil dann »collected« wird, was ich als unwürdig empfinde. Ich spreche nur für das europäische, nicht für das hiesige Radio. Dann ist natürlich ein ganzer Rattenschwanz von Beleidigungen aufgewickelt. Die »Linken« finden sich nicht genug vertreten. Wo man an die Eitelkeit der Menschen nur rührt, sieht man, wie schäbig sie sind. Ich habe versucht, meinen Part jemandem abzutreten, der mehr Ehrgeiz hat und weniger disgust als ich vor solchen Schaustellungen – es ist gräßlich, bei diesen Spektakeln die Hinterkulissen zu kennen.

Ich habe diese Woche leider sehr verstopft, aber melde mich sehr bald. Herzlichst *Stefan*

[1941]

L. F.,

ich sehe fast niemanden in diesen argen Tagen, es ist alles zu schrecklich, um darüber zu sprechen und ich kann die Menschen nicht ertragen, die immer noch andere Völker und Leute für sich kämpfen sehen wollen, ohne selbst einen Finger für andere zu rühren oder ein Opfer zu bringen. Wegen Lucka werde ich nächste Woche Milton Koblitz sehen, es gilt jetzt, noch das Geld für die Reise aufzubringen und da muß ich meine und anderer Kräfte einsetzen. Herzlichst *Stefan*

*New York, The Wyndham, May 1941*

L. F.,

ich gebe für die österreichischen und deutschen Freunde nächsten Mittwoch, 4. Juni, einen Cocktail hier im Hotel Wyndham und muß Dir nicht sagen, daß Du herzlich willkommen bist.

Hier ein Brief von Victor, der Dich interessieren dürfte, ich schicke ihm eben ein Eßpaket und lasse ihm Geld überweisen – aber welch ein Leben. Herzliche Grüße *Stefan*

Koblitz werde ich Freitag in Atlantic City besuchen.

Ich war im Frühsommer nach Ossining on Hudson gezogen. Im nahen Croton wohnten Freunde, René und Erika Fülöp-Miller und Albrecht Schaeffer, dessen Frau ein Kinderheim unterhielt, in dem eine kleine Verwandte Stefans untergebracht war. Er mietete eine hübsche Villa in Ossining, nicht zuletzt, um mit mir Einzelheiten, deren er sich nicht mehr entsann, für *Die Welt von Gestern* zu besprechen, und wohl auch, um mir näher zu sein. Wir besuchten einander, und auch meine Kinder waren herzlich eingeladen. Von arger Unrast befallen und in den Staaten nur als Besucher gebucht, brach er vorzeitig seinen Aufenthalt ab, um in Brasilien, wo er so herzlich aufgenommen war – leider vergeblich –, Ruhe zu finden.

*[New York] 24. Juli [1941]*

L. F.,
ich hatte eben zwei Telefonanrufe von der Nichte Monju Scheyers, wegen einer Aktion über das Rote Kreuz in der Schweiz, ihn aus dem Lager in Orléans herauszubringen, wo er seit Mai ist. Wegen Masereel muß man noch versuchen, Koblitz auch wegen Lucka urgieren. Hermann Broch will beim Emergency Comm. nachdrücken. All dies bei dieser grauenhaften Hitze hier. Ab heute also Ossining, 7 Ramapo Rd. Gott gebe, daß ich diese zwei Monate endlich ungestört arbeiten kann. Täglich anderer Leute Angelegenheiten zu den eigenen Sorgen, man wird allmählich müde. Ich hoffe, Deine Angelegenheiten kommen jetzt rasch in Gang, an die meinen will ich zur Zeit nicht rühren, mir ist es leid um jede Stunde, die ich versäume. Erst wieder einmal Arbeit, vielleicht die letzte – was weiß man, es steht einem noch so grauenhaft viel bevor. Herzlichst *St.*

*S. S. Uruguay, On Board, 20. August 41*

L. F.,
ich schreibe von unterwegs. Ganz ruhige Fahrt. Merke erst jetzt, wie müde ich war, daß ich eigentlich den ganzen Tag herumliege. Jetzt wird es besser und ich fühle mich, seit wir New York verlassen haben, auch seelisch etwas freier. – Der Gedanke, dort nochmals als Ausländer einen Krieg mitzumachen, hat mich sehr gedrückt, da ich das schon einmal – ebenso wie Du – mitmachte. Der Zustand der dauernden Rechtlosigkeit ist schwer zu erlernen, obwohl wir seit 25 Jahren immer neue Lektionen bekommen haben. Auf dem Schiff noch niemanden gesprochen außer Mrs. Wiener, der Schwester Morgenthaus, die ich schon flüchtig kannte. Ich hoffe, Deine Angelegenheiten kommen jetzt rasch in Schwung, ich weiß wie wichtig das in der nächsten Zeit sein wird und ich wünschte Dir sehr, Du möchtest rein wohnungshaft zu einer relativen Ruhe kommen. Herzlichst *Stefan*

*10. Sept. 1941*

L. F.,

ich komme eben von Deinem Bruder und nütze den Termin, daß morgen ein Postschiff abgeht. Es geht mir seelisch viel besser hier, weil die Landschaft unsagbar herrlich, die Menschen nett, Europa und der Krieg ferner ist – mit einer guten Bibliothek wäre hier gut zu leben, obwohl auch hier die Preise merklich anziehen, der Nationalismus empfindlicher wird. Das Entscheidende ist der Entschluß, in Petropolis ein Häuschen zu mieten, dessen Hauptbestandteil (für mich das Entscheidende) eine riesige Veranda ist. Ich hoffe, daß dieser Schatten einer Seßhaftigkeit gut tun wird. Petropolis ist ein kleiner Semmering, nur primitiver, so wie anno 1900 das Salzkammergut, die Hotels und Häuser auf dieser Stufe, bis auf die Palais. Es gibt hier eben noch keinen breiten Mittelstand, entweder ganz reich oder ganz bescheiden. Mit dem Bus oder der Bahn ist es eine Stunde und 40 Minuten zur Stadt. So wird man den heißen Sommer überdauern und wer denkt über März und April hinaus. Ich will dort die Autobiographie durcharbeiten und vielleicht etwas Neues beginnen. Inzwischen hast Du wohl das Brasilienbuch bekommen, das wohl zu Deinem Verwundern den Leuten hier nicht enthusiastisch genug war – sie lieben im Lande gerade das nicht, was wir lieben und sind auf ihre Fabriken und Kinos viel mehr stolz als auf die wunderbare Farbigkeit und Natürlichkeit des Lebens. Wenn man hier eine amerikanische Bibliothek von den hundert drüben hätte, wäre es das Paradies – nun für einige Zeit kann man sich auf Shakespeare und ähnliches reduzieren. Leid ist mir, von Amerika die Fülöps und Broch nicht hier zu haben. Aber jetzt heißt es nur, die Zeit zu überstehen – die Nachrichten aus Frankreich und überhaupt erinnern einen daran, daß Essen und ruhig Schlafen erstaunliche Errungenschaften sind – man muß eben auf das reine Null sich reduzieren, vergessen, wer man war, was man wollte, und sich tief bescheiden. Du hörst bald von Petropolis – bei aller Primitivität nur endlich *nicht* im Hotel wohnen und vier, fünf Monate keinen Koffer mehr sehen! Alles Gute für Euch *Stefan*

*[Petropolis. 34 Rua Gonsalves Dias, nach Ossining N. Y.]*
*17. September 1941*

L. F.,
heute glücklich übersiedelt. Es ist ein winziges Häuschen, aber mit großer gedeckter Terrasse und wunderbarem Blick, jetzt im Winter reichlich kühl und der Ort so schön verlassen wie Ischl im Oktober. Aber endlich ein Ruhepunkt für Monate und die Koffer verstaut. Es wird kleine Schwierigkeiten geben, da man sich mit der portugiesisch-braunen Dienerschaft nicht immer wird ganz verständigen können, aber sie sind rührend hilfswillig und ich bezahle für zwei Mädchen und Gärtner, der die Wege macht, 5 Dollar Lohn im Monat! Das Haus ist freilich relativ nicht billig, weil Petropolis im Sommer der einzige Ort von Rio aus ist, aber das ganze Leben hier doch paradiesisch bequem; eben haben wir gegenüber im ländlichen Café einen göttlichen Kaffee getrunken und dafür zwei Cent bezahlt. Wenn es mir gelingt, hier Europa zu vergessen, allen Besitz, Haus, Bücher als verloren zu betrachten, gleichgültig gegen »Ruhm« und Erfolg zu sein und nur dankbar, daß man in einer göttlichen Landschaft leben darf, während Europa Hunger und Elend verheert, will ich zufrieden sein – Du kannst Dir nicht denken, welche Tröstung von der Natur ausgeht, wo alles farbig ist und die Menschen kindlich rührend. Ich bin wieder tagelang durch die Straßen von Rio gewandert. Sehr herzlich war ich mit Ferro und dem Sekretär Pereira de Lavalho beisammen, die von Portugal hier sind. Mein Buch hat hier viel Aufsehen gemacht, auch Diskussionen hervorgerufen, einige glaubten, es sei von der hiesigen Propaganda bestellt und bezahlt. Von Masereel habe ich Nachricht, er möchte lieber nach Brasilien als nach Columbien, aber ich hoffe, er zögert nicht lange, denn in Frankreich wird man ihm das Leben schwer machen. Dir wünsche ich um so mehr zur Ruhe zu kommen, als ich selbst jetzt hoffe, hier für Monate jene innere Abseitigkeit zu finden – ich sehe auch schon viel besser aus. Die Nachrichten aus Europa sind grauenhaft. Es wird ein Winter des Schreckens werden, wie ihn die Welt noch nicht gekannt. Ich will hier in diesem Monat die Autobiographie korrigieren und intensivieren, auch plane ich eine kleine abseitige Novelle, und so wird es mir, sofern die Ruhe bleibt, an Arbeit nicht fehlen. Hätte ich nur die amerikanischen Bibliotheken zur Hand! Ich werde allenfalls aber nur in großen Zügen den Grundriß machen und einfügen, sobald mir einmal wieder Gelegenheit geboten ist. Im ganzen kann ich meinen Entschluß, Amerika zu verlassen, nicht genug preisen, man lebt hier näher sich selber und im Herzen der Natur, man hört

nichts von Politik und, soviel Egoismus darin sein mag, es ist doch Selbsterhaltung im physischen wie im seelischen Sinn. Wir können nicht ein Leben lang büßen für die Torheiten der Politik, die uns nie etwas gegeben und immer nur genommen hat, und ich bin bereit, mich auf den engsten Raum zu beschränken, wenn er mir nur Arbeitsruhe läßt. Ich hoffe, Deine Kinder haben bereits Gelegenheit gefunden, wieder zu wirken und hoffentlich kommt endlich die erwünschte Botschaft, die Euch das Definitivum gibt. Mit vielen Grüßen *S.*

Grüße die lieben Fülöps, sie fehlen mir hier sehr. – Ich hoffe, Hübsch hat Dir das Buch geschickt.

*[Petropolis] 29/9 1941*

L. F.,
eben Dein Brief. Ich notiere die neue Adresse und hoffe, daß Du Dich dort wohl fühlst. Es ist noch nicht das richtige Wetter hier, aber ich mache viele Spaziergänge. Die schwarze Donna ist sehr nett und gelehrig und man bringt ihr jetzt Kochkünste bei, was schwierig ist, insofern als die Leute außer Mandioca und schwarzen Bohnen nie etwas anderes gegessen haben, selbst Reis und Kartoffeln sind Luxus für sie. Aber sie sind so gutwillig, daß man ihnen alles nachsieht. Nach alter Sklavengewohnheit kommt sie immer barfüßig ins Zimmer und streift ehrfürchtig ihre Holzpantoffeln in der Küche ab. Durch einen Garten getrennt ist das »Café Elégante« und auf dem grünen Rastplatz stehen immer mehrere Dutzend Esel, die rhythmisch mit dem Schweif wedeln und die ich ungemein liebe – Du kannst Dir nicht vorstellen, wie farbig und gleichzeitig beschwichtigend das Leben hier ist. Nichts hat Eile, auch nicht die Post, aber die Menschen sind rührend; trotz ihrer Blutarmut (keiner hat eine ganze Hose), wird hier nichts gestohlen, es ist eine Art Urzustand und Großvaterzeit. Wie wohl fühlt man sich aber in jeder, die nicht an die heutige erinnert.

Hier korrigiere ich viel an der Autobiographie, habe eine kleine Schachnovelle entworfen, angeregt davon, daß ich mir für die Abgeschiedenheit ein Schachbuch gekauft habe und täglich die Partien der großen Meister nachspiele. – Die englische Ausgabe des Brasilbuches habe ich noch nicht gesehen. Einigen Leuten hier ist es nicht zustimmend genug, da ihnen wichtiger, was an Maschinen und Neubauten geleistet wird, und ihres Pittoresken schämen sie sich eher – das wird erst die nächste Generation entdecken, so wie man bei uns das alte

Burgtheater und Beethovens Sterbehaus umlegte, um nachher zu trauern. Aber Du würdest hier stündlich bezaubert sein, die Straße ist ein Schauspiel und die kleinen Farbigen wie süße Tiere, die man in den Arm nehmen möchte. Es ist eine Wohltat für mich zu wissen, daß ich jetzt Monate irgendwo »Bleibe« habe und man nichts mit Behörden, Öffentlichkeiten zu tun hat; ein alter Goethe, ein Homer, ein Shakespeare, die ich mir hier zulegte, genügen als erste Lektüre, anderes kann ich mir ausborgen – freilich, die New Yorker Bibliotheken bleiben unersetzbar. So das scheint mir alles, und nun noch beste Wünsche für die Übersiedlung. Herzlichst *Stefan*

Wegen Lucka rufe doch einmal Hermann Broch an oder Kesten.

*Petropolis, 14. Oktober 1941,*
*nach New York, One Sheridan Square.*

Liebe F.,
ich nehme an, daß Du in Deiner Wohnung bist und Dich dort so wohl fühlst, wie ich hier. Obwohl das Wetter regnerisch war, liebe ich das kleine Bungalow sehr und am meisten, weil es nicht im fashionablen Teil liegt, sondern an der Peripherie, neben kleinen negerischen Geschäften und Eseln und bezaubernden Kindern. Man lebt hier wie im Paradies. Heute im gegenüberliegenden Bistro wie ein König empfangen: ein Rostbraten mit Reis, Bananen und Café, 2 Milreis pro Person, 10 cents! Nach Rio komme ich fast nie, ich genieße es, Montaigne, Goethe, Shakespeare zu lesen und zu arbeiten – das heißt, mein normales Leben zu führen, das mir seit Jahren, seit dem Krieg entwendet wurde. Auch die Sorgen, die mich in New York quälten, haben an Kraft verloren – es ist alles so fern hier und der Krieg so grauenhaft langwierig, daß man seine Folgen gar nicht übersehen kann. Es wird dann alles einerlei sein, was man sich gemüht hat, und wenn man noch die Kraft hat, wird man ein ganz neues Leben beginnen müssen. -- Wir haben Deinen Neffen eingeladen, in unser primitives Gastzimmer zu kommen, sobald der brave Junge Ferien hat. Sonst ist nichts zu erzählen, die Autobiographie stark umgearbeitet und bald zu Ende. Herzlichste Grüße *Stefan*

Ich habe seit längerem keinen Brief von Dir, wahrscheinlich kreuzen sich unsere Schreiben.

*Petropolis, 27. Oktober 1941*

L. F.,

Dank für Deine beiden Briefe, die mich prompt erreichten. Es ist jetzt schön sonnig hier und noch ganz still; ich könnte mir nicht denken, wie Du mit Deinem Tätigkeitstrieb ein so absolut abgesondertes und ereignisloses Leben ertragen könntest. Mir tut es zunächst sehr gut. Ich fühle mich körperlich viel besser, die persönlichen Sorgen beschäftigen mich nicht mehr wie dort, aber andererseits wächst das Grauen über die Zeit ins Ungemessene. Wir stehen doch erst am Anfang oder in der Mitte des Krieges, der wahrhaft erst mit dem Eingreifen der letzten neutralen Mächte beginnt, und dann kommen noch die chaotischen Jahre des Nachkriegs. Ich fühle mich gehemmt in meinem Wirken in jedem Sinne – in dem Original werden die Bücher vermutlich kaum mehr erscheinen und mein ganzes Denken und Betrachten ist an europäische, ja sogar lateinische Mentalität gebunden; außerdem fehlt mir überall Material. Das Manuskript meines Balzac ist noch immer nicht gekommen und auch dann hätte ich es schwer. Ich träume von einer Art österreichischem Roman, aber dazu müßte ich zehn Jahrgänge Zeitungen durchlesen, um die Einzelheiten zu bekommen – das ginge nur in New York und dahin will ich auf absehbare Zeit nicht zurück. Dazu noch der Gedanke, daß man nie mehr Haus, Heimat, Verlag haben wird und seinen Freunden nicht mehr mit dem Kleinsten helfen kann, da alles gebunden ist. Hier ist das Gute, daß man zum Leben so wenig braucht und deshalb Zeitungsschreiberei zurückstellen kann. Aber ich fühle immer Sorge um die Produktion, die ohne Zufuhr auslöschen muß, wie ein Licht ohne Sauerstoff. – Wegen Masereel habe ich wieder geschrieben, ich glaube, es liegt nur an ihm, sich zu entschließen, nach Columbien zu gehen, denn alles war für ihn geordnet. Wegen Lucka kann ich hier nichts tun, es werden keine Visa mehr ausgegeben. Freilich, was aus ihnen allen, den Ehrensteins etc. werden soll, die unübersetzbar sind und ohne produktive Kraft, mag ich mir gar nicht vorstellen. Ich bin froh, daß ich jetzt die Autobiographie abschließe, sie ist teils belebter, teils konziser geworden – wie und wo sie erscheint ist freilich noch die Frage. Hoffentlich sind Deine Sachen bald erledigt und ich freue mich, daß Du in Deinem eigenen Zimmer wohnst – niemand weiß besser, wie das Provisorische auf einem lastet. Was kann das Alter noch Gutes bringen, früher Sammlung, Rast, Rückblick und Ehre, heute Hetzjagd, Wegblick, Gehässigkeit. Ich bin schon recht verzagt, und es ist wirklich nur die wunderbare Stille und Abgeschiedenheit, die mich noch in Schwebe hält. Könnte ich eine neue große

Arbeit beginnen, so wäre vieles besser, aber für jede steht das Hemmnis mangelnder Dokumentierung entgegen. Mich lockte sehr, über Montaigne zu schreiben, den ich jetzt viel und mit großem Genuß lese, ein anderer (besserer) Erasmus, ganz ein tröstlicher Geist. Aber hier gibt es so gut wie nichts über ihn und ich weiß nicht einmal, ob ich in Amerika die Bücher würde anschaffen können – man braucht doch die ganze Sphäre einer Zeit, um den Menschen darin zu verstehen. Ich sagte mir zuerst immer: den Krieg überdauern und dann neu beginnen. Aber ehe es zu Ende ist und ich wieder irgendwo seßhaft werden kann, werden zwei, drei, vier Jahre mindestens hingehen, unersetzliche, und andererseits sind die materiellen Sicherungen dahin; dieser Krieg vernichtet, glaube ich, bis ins letzte alles, was die vorige Generation aufgebaut. Das Einzige ist das einfache, abseitige Leben hier, ohne Zeitungsnotizen und Besuche. Ich lese viel, zum erstenmal eigentlich genau Wilhelm Meister und ähnliches. Aber wird diese kontemplative Pause noch lange möglich sein? Ich bin froh, daß das Radio nur die brasilianischen Nachrichten gibt. Journale lese ich in drei Minuten – es ist zu grauenhaft, an all das Elend zu denken; Montaigne spricht von der Klasse Menschen, die das Mitleiden in der Phantasie besitzen, mit innigem Bedauern und rät ihnen Rückzug und Abseitigkeit. Ein paar Prozent Egoismus und Phantasielosigkeit hätten mir im Leben viel geholfen; jetzt ändert man sich nicht mehr. Nebenbei, ich *flehe Dich an*, sage niemandem von meinem Geburtstag, ich liebe jeden, der mich nicht daran erinnert, als aufrichtigen Freund. Alles Gute *Stefan*

Wegen Soma Morgenstern wurde an Hübsch geschrieben und ihm schon früher der Roman empfohlen.

*Petropolis, 20. November 1941*

L. F.,
vielen Dank für Deinen Brief vom 13. Nov. – Ich bin etwas bestürzt, daß Ihr ein Festbuch gemacht habt, denn zu Festen ist nicht die Zeit, und die Freunde, wo sind sie – unerreichbar wie Rolland, Masereel, unter der Erde wie Roth und Rieger, und man sich selbst eigentlich kaum gut gesinnt. Aber die Absicht ist rührend und ich danke Euch allen sehr! Denk auch an die Auskunft an Chambrun. Wegen Da Ponte würde ich besser wenig annehmen als nichts – ich habe andere Pläne, sogar einen Roman, und wenn eine Biographie, dann wo ich mit dem Herzen bin, Balzac und Montaigne. Montaigne sagt, in seinen späteren

Jahren solle man nichts tun, als was einem Freude macht (als junger Mensch lernen, als Mann in einem Beruf tätig sein), und seine Worte sind immer wahr. Von hier nichts neues zu berichten, das Leben vollkommen mönchisch und ohne Abwechslung, aber ich arbeite und frage nicht mehr wozu. Die Autobiographie ist jetzt schon unterwegs zu Bermann-Fischer und Hübsch, dieser Stein also abgewälzt. Mir ist es schrecklich leid, daß Deine Angelegenheit wegen Einwanderung ins Stocken geriet – mir ging es genau so vor zwei Jahren und sie kam zu spät oder hätte nicht mehr kommen sollen. Aber es wird sich schon ordnen, wir sind eben in einen Mahlstrom der Geschichte geraten und müssen froh sein, wenn er uns die Seele nicht zerschwemmt. – Briefe kommen selten, aus England ganz wenige, aus dem übrigen Europa überhaupt keine mehr. Wenn ich denke, was wir vor zehn Jahren wegzuschaufeln hatten und was wir *in* diesen zehn Jahren erlebt, erlitten haben, so kommt uns das alles schon unwahrscheinlich vor und doch sind wir erst am Anfang des Ärgsten.

Also alles Gute und tausend Dank! Hoffentlich gelingt Deinen Kindern alles und sie können Dir eine Stütze sein und die Arbeit finden, an der sie Freude haben – man braucht heute Arbeit wie nie. Vielen Dank auch für Montaigne-Bibliographie. Hier ist eine Lokalbibliothek mit paar französischen Büchern, immerhin etwas Futter für den alten Leser. *Stefan*

*Petropolis, Brasil, 24. XI. 41*

L. F.,

nun ist es an mir, als Gratulant zu kommen, denn die Zeit geht schnell und auch Du hast dann nur ein Jahr vor dem Sechzigsten! Verbring den Tag gut, Du hast ja Deine Kinder um Dich und solche Selbstverständlichkeiten bedeuten in dieser Zeit schon etwas besonderes. Vielen Dank für die Montaigne-Angaben – zufälligerweise lebt Fortunat Strowski in Rio und vielleicht kann er mir sein Buch borgen. Ich habe mir inzwischen aus St. Beuve Notizen gemacht. – Über den ominösen Tag will ich nach Friburgo, eine alte Schweizer Kolonie, mit dem Auto meines Verlegers, um allfälligen Besuchen zu entgehen, falls sich jemand hier erinnern sollte – auf das Buch freue ich mich und will Romains dann gleich danken. Ich sehe leider die Zeit trübe, es sind noch nie auf Erden so viele Menschen gemordet oder unglücklich gemacht worden; der Gedanke, daß das noch Jahre fortdauern soll, ist kaum tragbar. Ein Glück, daß Du die Kinder bei Dir hast – alles andere ist ja im Vergleich dazu nebensächlich. Hier ist unerhörte Konjunktur, das Land wird reich – zu rasch für mein Gefühl! – und selbstbewußt, aber es ist für ruhige Menschen jetzt ein Paradies (hätte es nur noch Bücher!). Alles Herzliche *Stefan*

*Petropolis, 29. XI. 1941*

L. F.,
der düstere Tag ist glücklich überstanden; wir wollten nach Friburgo, aber die Autostraße war in einem solchen Zustand, daß wir nach Petropolis zurückkehrten, nachdem wir in Teresopolis den Tag verbracht. Es war mir gelungen, hier jede Mitteilung zu unterdrücken, so daß Telegramme nur von England und Amerika kamen. An Geschenken bekam ich außer dem Romainsbuch in herrlichem Leder – von Hübsch eine komplette Balzacausgabe, die mir sehr hilfreich sein wird, von meinem Verleger, um die Einsamkeit etwas aufzuheitern, einen bezaubernden netten und lieben Hund, ein Stachelhaarfoxel, sehr lieb, sehr gut erzogen, freilich ohne die Intelligenz und gewalttätige Zudringlichkeit Kaspars – er hat sich an einem Tag schon eingewöhnt und es gibt dem Häuschen erst das richtige Gefühl von Heim. Auch eine Aufnahme mit einem Kinoapparat von Haus und Aussicht machte der Verleger, die hoffentlich gelungen ist. Der Hund stammt aus der großen Diplomatenfamilie Rio Branco, hatte den zweiten Schönheitspreis und einen ellenlangen Stammbaum, der uns, die wir von Abraham abstammen, nicht so imponiert wie seine Wohlerzogenheit – ein Tier ist immerhin ein guter Ersatz in Zeiten, da die Menschheit widerwärtig wird. Dienstag fahre ich nach Rio hinunter, Fortunat Strowski hat mir die besten Montaignebücher (seine eigenen) hergerichtet. Es ist doch ein guter Zufall, die erste Autorität so nahe zu haben. – So, das ist alles, aus den Details Hund und Balzac ersiehst Du, daß ich in steigendem Skeptizismus mehr und mehr daran denke, auf längere Zeit mich einzustellen: man muß seine Zeit so einteilen, daß sie die Zeit möglichst negiert. Erschütternd ist hier der Überfluß – das bißchen Reis, das jetzt der Hund bekommt, wäre drüben ein Fest für eine Familie und zum Geburtstag bekam ich ungarische Gansleber, die so echt war, als käme sie aus dem zweiten Bezirk von Wien. Alix und Suse noch vielen Dank für ihre Wünsche und alles Gute. Herzlichst *Stefan*

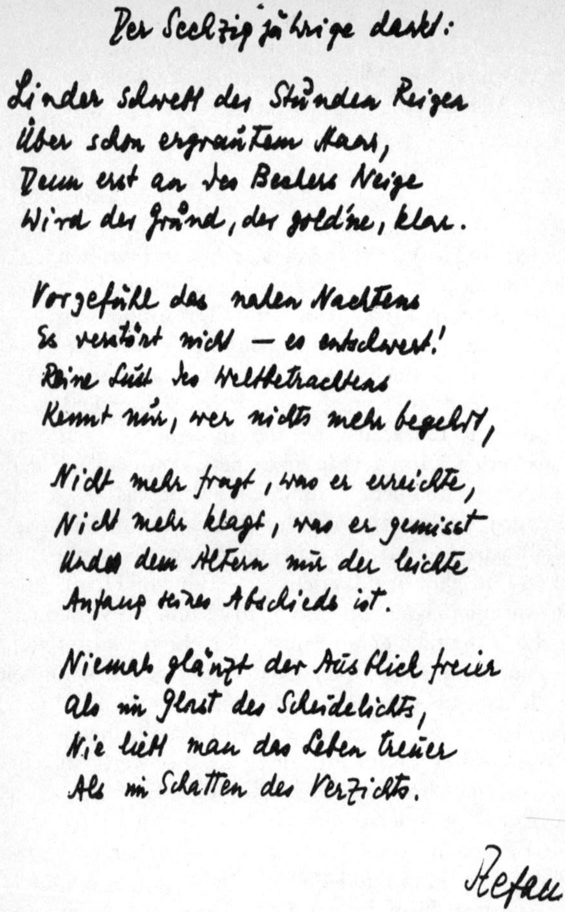

Der Sechzigjährige dankt:

Linder schwebt der Stunden Reigen
Über schon ergrautem Haar,
Denn erst an des Bechers Neige
Wird der Grund, der goldne, klar.

Vorgefühl des nahen Nachtens
Es verstört nicht – es entschwert!
Reine Lust des Weltbetrachtens
Kennt nur, wer nichts mehr begehrt,

Nicht mehr fragt, was er erreichte,
Nicht mehr klagt, was er gemisst
Und dem Altern nur der leichte
Anfang seines Abschieds ist.

Niemals glänzt der Ausblick freier
Als im Glanz des Scheidelichts,
Nie liebt man das Leben treuer
Als im Schatten des Verzichts.

Stefan

Die letzten Verse des Dichters

*Petropolis, 15. Dezember 1941*

Liebe Friderike,
besten Dank für Deinen Brief. Ich fürchte, daß infolge des Krieges Briefe manchmal verspätet eintreffen werden, namentlich per Schiff, doch hoffe ich, Du wirst wenigstens diesen hier bis Weihnachten haben. Für uns, die wir den Frieden lieben, wird es eine traurige Weih-

nacht sein, und ich hoffe, Du wirst wenigstens die Befriedigung haben, Deine Kinder an Deinem Tisch zu sehen. Wir wollen nicht zu sehr an die kommenden Jahre denken, sie werden viele der Dinge vernichten, nach denen wir uns sehnen – ein ruhiges Leben und eine gewisse Sicherheit – und auch nach der schließlichen Vernichtung Hitlers wird die Welt ihre Probleme haben und einen neuen Weg finden müssen, und jeder einzelne von uns auch. Das Leben wird schrecklich hart sein für jeden von uns, und für meine literarische Arbeit sehe ich keine großen Aussichten, namentlich weil ich mit meinen alten Plänen wie Balzac nicht fortfahren kann: vielleicht wird der Montaigne in einigen Monaten Gestalt annehmen. Der arme Scheyer, was muß er durchmachen – ich kann nicht verstehen, warum all diese Leute darauf beharren, ein solches Leben fortzusetzen; selbst wenn er noch in die Staaten hinübergehen könnte, müßte er alles zurücklassen, und Du weißt, wie stolz er ist. Hier ist alles noch ruhig, nicht die geringste Erregung, aber auch dieses Land wird eines Tages hineingezogen werden; mein Traum wäre es, irgendwo stillzusitzen, aber die Häuserpreise sind phantastisch gestiegen, und man müßte ins Innere gehen, wo man von Büchern und Freunden völlig abgeschnitten ist. Auf jeden Fall habe ich einen Mietvertrag bis Ende April, aber ach, die Zeit vergeht schrecklich schnell. Wie weit scheint es mir zurückzuliegen, daß ich ein Haus hatte, meine Bücher, und ich weiß schon, daß all dies für immer dahin ist. – Im Januar werden Dein Bruder und Clarissa für ein paar Tage kommen, um der Hitze in Rio zu entrinnen: er hat gute Nachrichten von seinem Sohn, der wichtige wissenschaftliche Entdeckungen gemacht hat.

Ich denke, Du siehst jetzt weniger Leute, da jedermann mit seinen eigenen Sorgen beschäftigt ist, so daß Du an Deinem Buch weiterarbeiten kannst. Es wird nun lange dauern, bis wir uns wieder sehen (wenn überhaupt), und ich bin froh, daß Du Deine Kinder und Verwandten bei Dir hast. In den nächsten zwei Monaten wird Petropolis seine Einsamkeit verlieren, und der Gedanke, wieder mit Leuten zusammenzutreffen, erschreckt mich etwas – ich mag jetzt nicht sprechen, weil niemand unsere Lage verstehen kann. Man muß diese Dinge am eigenen Leib erfahren haben. Sie werden jetzt besser verstehen, was wir seit Jahren gelitten haben, und daß man mit seinem Heim mehr verliert als man sich vorstellen kann. Herzliche Grüße an alle und ruhige Weihnachten. (Ich wage nicht zu sagen: glückliche Weihnachten.)
Herzlichst *Stefan*

*Petropolis, 28. Dezember 1941*

L. F.,

Ich hoffe, daß Briefe mit der Maschine manchmal schneller ankommen. So danke ich Dir nur rasch für Deine Postkarte und hoffe, daß Du inzwischen meinen Brief erhalten hast, in dem ich ausdrücklich den Erhalt der beiden Montaigne-Bücher dankbar bestätigte. Ich bin jetzt ein bißchen nervös mit Briefen geworden, weil seit dem infamen japanischen Überfall und andererseits durch den Weihnachtsverkehr Briefe hier jetzt die ärgerlichsten Verzögerungen erleiden.

Über die Ereignisse brauche ich Dir nichts zu sagen. Für uns alle ist der Gedanke, daß ein Krieg zum erstenmal in der Geschichte der Menschheit die ganze Welt mitreißt und überdies noch Jahre dauern wird, menschlich tief erschütternd. Es ist grauenhaft zu denken, daß das Verbrechen dieses einen Menschen Hitler das Leben von Hunderttausenden und Millionen seit Jahren nun schon verstört, und man müßte an allem verzweifeln ohne die Gewißheit, daß die Mehrheit, die unermeßliche, die offen oder geheim gegen ihn steht, ihn und die seinen ein für allemal zunichte machen wird.

Ich hoffe, daß Deine Angelegenheiten sich jetzt bald ordnen werden und jeder von Euch seine Tätigkeit nutzvoll entfalten kann. Hier in der Einsamkeit ändert sich nichts. Eine Woche oder zwei habe ich den Schreck in meiner Arbeit gespürt durch eine unheilbare Zerstreutheit und Abgelenktheit, aber ich hoffe mich allmählich wieder zurechtzufinden. Brasilien wird in den nächsten Wochen der Mittelpunkt der großen Beratungen sein und ich davon sehr wenig sehen, denn ich komme fast nie hinunter in die Stadt. Dagegen hoffe ich Deinen Bruder bald bei mir erwarten zu können. Mit besten Grüßen *Stefan*

*Petropolis, 20. Januar 1942*

Liebe Friderike,

ich habe all diese Tage nicht geschrieben, weil es nichts zu berichten gab, das Leben nimmt seinen ruhigen, fast monotonen Fortgang; ich lese, schreibe und gehe spazieren, ohne Ablenkung durch Konzerte, Theater oder Gesellschaft. Neuigkeiten sind keine zu melden außer den Zeitungsnachrichten, die keineswegs beruhigend sind, was die Hoffnung auf einen raschen Sieg betrifft; im Gegenteil müssen wir uns darauf einstellen, daß dieser Krieg lang und erschöpfend sein wird. Immer mehr wächst in mir die Gewißheit, daß ich mein Heim nie mehr sehen werde und ich überall nur ein vorüberziehender Gast bleibe; glücklich jene, die irgendwo ein neues Leben beginnen können. Ich habe einen sehr schönen Brief von Roger Martin du Gard erhalten, den besten Brief, den ich seit Jahren gelesen, der ausdrückt, was auch ich fühle, nämlich daß wir in unserem Alter nur Zuschauer sind beim großen Schauspiel (oder besser Tragödie), während die andern, die Jüngern, ihre Rolle spielen müssen. Uns bleibt nur noch, still und würdig abzutreten. Endlich habe ich auch das dritte Montaigne-Buch erhalten (von Gide) und danke Dir herzlich dafür. (Es ist nicht sehr bedeutend, und ich hoffe, daß ich mehr über ihn zu sagen habe.) Ich habe Deinen Bruder Siegfried gesehen, und er wird später für ein paar Tage kommen – Brasilien gefällt ihm, aber wir sind alle zu alt, um uns noch ganz an fremde Sprachen und Länder zu gewöhnen. Es ist ein Alpdruck, daran zu denken, was in Europa vorgeht: Lucka und all die anderen in Frankreich. Und hier besteht keine Möglichkeit mehr; alles hermetisch abgeschlossen, und Gott weiß wie lang. Wenigstens haben wir prächtiges Wetter, und mein einziges Vergnügen, die langen Spaziergänge, bieten immer neue Abwechslung. Mit herzlichen Grüßen *Stefan*

*Petropolis, 4. Februar 1942*

Liebe Friderike,

es ist nun schon recht lange her seit ich nichts mehr von Dir hörte, aber alle Post nach Brasilien ist offenbar durch die Konferenz aufgehalten worden, die alle Clippers mit Post und Passagieren mit Beschlag belegte. Viel zu erzählen habe ich nicht. Ich bin bedrückt von der Perspektive, daß die wirkliche Entscheidung und der Endsieg in diesem Jahr nicht mehr kommen werden und daß unsere Generation den größten Teil ihrer besten Jahre in diesen zwei großen Welt-Erschütterungen zubringen mußte. Alles wird anders sein nach diesem Krieg, der in einem Monat mehr verschlingt als was früher die Nationen in Jahren verdienten, und ich fürchte, unsern alten Tagen werden Sorgen und Schwierigkeiten nicht erspart bleiben – es gibt in unserer Epoche nicht mehr Sicherheit als in der Reformation oder zur Zeit von Roms Untergang. Der Gedanke beunruhigt mich, daß Dein Schwiegersohn und Suse in ihrem Beruf behindert sind und nach anderen Möglichkeiten Ausschau halten müssen; auch hier erschweren einschränkende Bestimmungen und gewisse nationalistische Maßnahmen die Arbeitssuche. Ich genieße jetzt den schönen Sommer, und während die Hitze Rio zu einem Glutofen macht, erfreuen wir uns kühler Nächte und prächtiger Tage; physisch gesehen könnte es nicht besser sein. Die Saison hat jetzt begonnen in unserem Ischl, aber ich lebe nicht weniger zurückgezogen als vorher, lese, arbeite und spaziere mit dem kleinen Hund, der sehr süß ist, nicht so intelligent wie Kaspar war, aber sehr anhänglich, wie wenn ich ihn schon seit Jahren hätte. Briefe werden immer spärlicher, jedermann hat seine eigenen Sorgen, und man schreibt nicht gern, wenn man nichts Wichtiges zu sagen hat – und was in unserem kleinen und beschnittenen Leben ist noch wichtig, verglichen mit den Weltereignissen. Meine Autobiographie ging per Flugpost nach Schweden, und ich hoffe, das Manuskript ist gut angekommen. Hübsch wird bald meinen kleinen Essay über die Vespucci-Frage publizieren, und ich schrieb auch am Montaigne, aber all dies ohne die richtige Intensität – wenn man nicht wie einst die Verantwortung inmitten des Kanonendonners verspürt, fehlt einem die Leidenschaft. Lesen ist mein bester Trost, und zwar nur gute alte, wenn ich so sagen darf, *erprobte* Bücher, Balzac, Goethe, Tolstoi; aber was wir vermissen, ist die Aussprache mit Leuten von unserem Niveau. Die meisten Leute, denen wir begegnen, verstehen nicht was vorgeht und kommen wird, sie glauben, der künftige Friede werde einfach eine Fortsetzung der Friedenszeit sein; man muß gewisse Dinge erlebt haben, um sie zu verstehen, und Europa steht ihnen geistig so fern wie uns China in diesen letzten schrecklichen Zeiten. Ich hoffe, Deine Arbeit schreitet fort, ich möchte Dir nicht raten, sie mir zu schicken, denn Bücher usw. brauchen viele Wochen bis sie ankommen, und unsicher ist es auch. Das Land selber ist noch unberührt vom Krieg, nur für die Achse bestehen einige Einschränkungen, Ausländern ist es verboten, in der Öffentlichkeit Italienisch oder Deutsch zu sprechen und Drucksachen in diesen Sprachen mit sich zu tragen. Lebensmittel und Dinge des materiellen Gebrauchs sind hier in diesem unerschöpflichen Land in Hülle und Fülle vorhanden. Ich weiß noch nicht, ob ich das Bungalow noch länger als bis zum April mieten kann; wenn ich umziehe, werde ich es Dich rechtzeitig wissen lassen. Mit den herzlichsten Grüßen *Stefan*

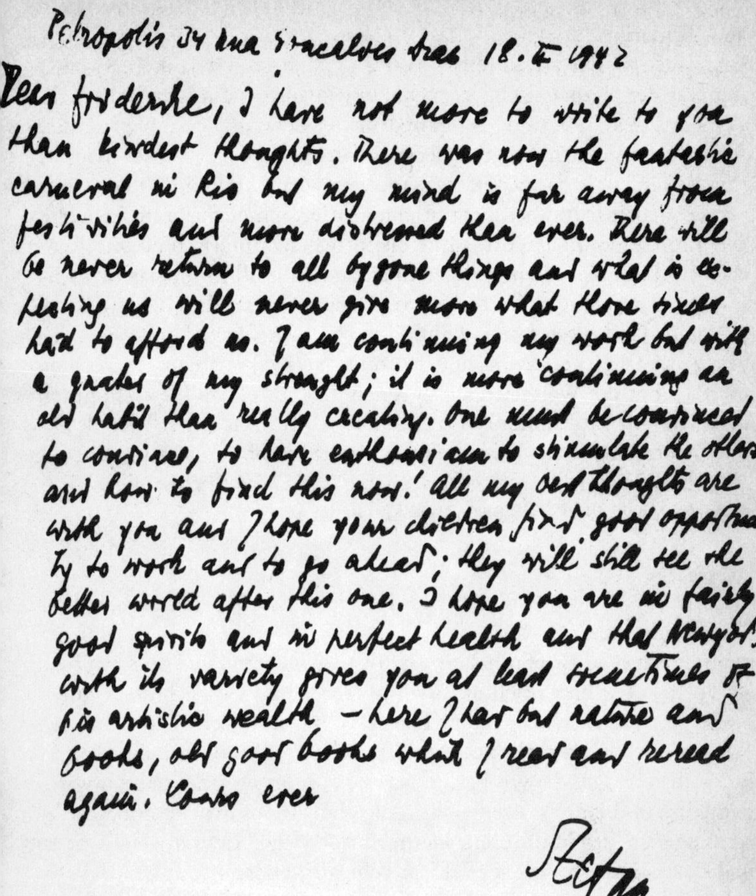

Petropolis 34 rua Gonçalves Dias 18. II 1942

Dear Friderike, I have not more to write to you than kindest thoughts. There was now the fantastic carneval in Rio but my mind is far away from festivities and more distressed than ever. There will be never return to all bygone things and what is expecting us will never give more what those times had to afford us. I am continuing my work but with a quarter of my strength; it is more continuing an old habit than really creating. One must be convinced to continue, to have enthousiasm to stimulate the others and how to find this now! All my best thoughts are with you and I hope your children find good opportunity to work and to go ahead; they will still see the better world after this one. I hope you are in fairly good spirits and in perfect health and that Newyork with its variety gives you at least sometimes of its artistic wealth – here I have but nature and books, old good books which I read and reread again. Yours ever

Stefan

Der vorletzte Brief, den Stefan Zweig an Friderike Zweig schrieb, datiert vom 18. 2. 1942, vier Tage vor seinem Tod.

*Petropolis, 18. Februar 1942*

Liebe Friderike,
alles, was ich Dir zu schreiben habe, sind liebste Gedanken. Gerade jetzt war der phantastische Karneval in Rio, aber mein Sinn steht nicht nach Festlichkeiten, und ich bin bedrückter denn je. Nie mehr werden all die versunkenen Dinge wiederkommen, und was unser wartet, kann uns niemals das geben, was uns jene Zeiten boten. Ich fahre mit meiner Arbeit fort, aber nur mit einem Viertel meiner Kraft; ich setze eine alte Gewohnheit fort, ohne eigentlich schöpferisch zu schaffen. Man muß überzeugt sein, um zu überzeugen, muß Enthusiasmus verspüren, um andere mitzureißen, und wie soll man dies heute finden! All meine Gedanken sind bei Dir, und ich hoffe, Deine Kinder werden gute Arbeitsgelegenheiten finden und vorwärtskommen; sie werden noch die bessere Welt nach dieser sehen. Ich hoffe, daß Du recht guten Mutes und ganz gesund bist und daß New York mit seiner Vielfalt Dir wenigstens gelegentlich von seinem künstlerischen Reichtum schenkt – hier habe ich nur die Natur und Bücher, gute, alte Bücher, die ich lese und wieder lese. Immer Dein *Stefan*

*Petropolis, 22. Februar 1942*

Liebe Friderike,
wenn Du diesen Brief erhalten hast, werde ich mich viel besser fühlen als vorher. Du hast mich in Ossining gesehen, und nach einer guten und ruhigen Zeit wurde meine Depression viel akuter – ich litt so viel, daß ich mich nicht mehr konzentrieren konnte. Und dann die Gewißheit – die einzige, die wir hatten – daß dieser Krieg Jahre dauern wird, daß Jahre und Jahre vergehen würden, ehe wir uns in unserer besonderen Lage wieder in unserem Heim niederlassen könnten – sie war zu bedrückend. Petropolis gefiel mir sehr gut, aber mir fehlten die Bücher, die ich brauchte, und die Einsamkeit, die erst eine so beruhigende Wirkung hatte, begann niederdrückend zu werden – zu denken, daß ich mein zentrales Werk, den Balzac, nie würde beenden können ohne zwei Jahre ruhigen Lebens und alle Bücher, war sehr hart, und dann dieser Krieg, der seinen Höhepunkt noch nicht erreicht hat. Ich war zu müde für all das. Du hast Deine Kinder und damit eine Pflicht zu erfüllen, Du hast weite Interessen und eine ungebrochene Aktivität. Ich bin sicher, Du wirst noch die bessere Zeit sehen und wirst mir recht geben, daß ich mit meiner »schwarzen Leber« nicht mehr länger wartete. Ich schicke Dir diese Zeilen in den letzten Stunden. Du kannst Dir nicht

vorstellen, wie froh ich mich fühle, seit ich den Entschluß gefaßt habe. Liebe Grüße an Deine Kinder, und beklage mich nicht – erinnere Dich an den guten Joseph Roth und Rieger, wie froh ich immer für sie war, daß sie diese Qualen nicht durchmachen mußten.

Alles Gute und Liebe und fasse Mut, weißt Du mich doch ruhig und glücklich. *Stefan*

*Heinrich Eduard Jacob*

# Aus den Polizeiakten von Petropolis

Am 23. Februar 1942 erhielt die Polizei des Städtchens Petropolis die Nachricht, in der Rua Gonçalves Dias 34 habe ein distinguiertes Fremdenpaar Selbstmord begangen. Das Häuschen dort gehörte einer Frau Marguerida Banfield; man wußte, daß sie die kleine Villa an zwei Ausländer vermietet hatte. Ausländer und Selbstmord: das klang verdächtig. Die Beamten fanden einen Mann auf dem Rücken liegend, »völlig angekleidet mit Sportanzug, kastanienbraunem Hemd, schwarzer Krawatte und schwarzbraun getönten Kniehosen«. Die Dame, notierten sie, trug »ein geblümtes Unterkleid; ihr linker Arm umschlang seine Brust«.

Dieser Tote war der Schriftsteller Stefan Zweig, Österreicher von Geburt, vor wenigen Monaten Engländer geworden, fast auf den Tag sechzig Jahre alt; die Tote seine dreiunddreißigjährige Gattin, Elisabeth Charlotte, geborene Altmann. Der Polizeiarzt bescheinigte, daß der Tod zwischen zwölf und vier Uhr nachmittags eingetreten sein müsse. Sie hatten Veronal genommen. Eine Mineralwasserflasche mit dem trügerischen Namen »Salutaris« stand am Kopfende des Bettes.

Zweig hatte in Brasilien keine Angehörigen. Der Generalsekretär des dortigen PEN-Clubs, Claudio de Souza, eilte mit den Schriftstellern Alfred Agache und Leopoldo Stern in das Todeshaus. Als sie ins Wohnzimmer traten, kam ihnen Bluchy, der kleine weiße, langhaarige Hund des Ehepaars Zweig entgegen, »als wolle er sagen, sie werden bald aufwachen, um mit mir zu spielen«. Auf dem Büfett stand ein Topf mit vierblättrigem Klee. Im Schlafzimmer fanden sie Zweig mit friedlichen Zügen, wie schlafend, eine Reisedecke bis zu den Hüften über sich gebreitet, als ob er im Tode nicht habe frieren wollen – nicht unähnlich dem Sokrates, der, als er den Schierlingsbecher geleert hatte, seine Freunde im Gefängnis gebeten hatte, ihm die Füße zu bedecken, und der dann heiter gestorben war.

Waren diese Menschen heiter gestorben? Mit einer Reinlichkeit ohnegleichen hatten sie die Welt verlassen. Die Abschiedsbriefe waren frankiert, die Bleistifte auf Stefan Zweigs Schreibtisch angespitzt; ein Schriftstück für das Stadtoberhaupt von Petropolis, mit »Declaracão«

überschrieben, aber sonst deutsch abgefaßt, lag auf dem Tisch; es sprach den Dank für die Gastfreundschaft aus. In der Nähe befand sich ein Kuvert mit der Aufschrift »Verfügungen, meinen Hund betreffend«. – »Es sah mehr nach einer gründlichen Reisevorbereitung als nach einem Selbstmord aus«, berichtete der Schriftsteller Raoul de Azevedo.

Bevor die Freunde das Zimmer verließen, sah einer rechts über Stefan Zweigs Schreibtisch eine Schrift an der Wand hängen, die früher nicht dort gehangen hatte, eingerahmt, unter Glas: eine Stanze aus Camões *Lusiadas* in portugiesischer Sprache. Darunter stand die Übersetzung von Zweigs Hand:

Weh, wieviel Not und Fährnis auf dem Meere!
Wie nah der Tod in tausendfalt Gestalten!
Auf Erden, wieviel Krieg! Wieviel der Ehre
verhaßt Geschäft! Ach daß nur eine Falte!
des Weltballs für den Menschen sicher wäre,
sein bißchen Dasein friedlich durchzuhalten.
Indes die Himmel wetteifern im Sturm.
Und gegen wen? Den ärmsten Erdenwurm!

War mit diesen Strophen das Mysterium der Flucht ins Dunkel aufgeklärt? Doch wer hatte in diesem Augenblick Zeit, der Bedeutung von Versen nachzusinnen?

Argwöhnisch durchstöberten die Polizeibeamten die Villa in der Rua Gonçalves Dias, hoben jeden Band der sechzigbändigen Balzac-Ausgabe hoch, musterten die goldgepreßte Montaigne-Ausgabe. War dieser Selbstmord ein »richtiger« Selbstmord, hatte er womöglich etwas mit Politik zu tun? Vor achtzehn Tagen hatte Brasilien auf der Gesamtkonferenz der südamerikanischen Republiken in Rio de Janeiro beschlossen, die Beziehungen zu Deutschland und Italien abzubrechen. Die Häfen wurden bereits befestigt, Brasilien war mobilisiert. Auf dem Meere patrouillierten die Kreuzer der befreundeten amerikanischen Flotte. Doch man raunte von verdächtigen Explosionen und wollte Blinkzeichen gesehen haben. Spione waren verhaftet worden, Deutsch und Italienisch zu sprechen, war verboten. Mit der baldigen Kriegserklärung wurde gerechnet.

Und da lagen nun diese Selbstmörder, Refugiés aus Europa. Warum hatten sie sich getötet? Fühlten sie sich verfolgt – und von wem? An der

Wand hing die Stanze, die Camões vor vierhundert Jahren geschrieben hatte. Sie erklärte alles.

Stefan Zweig war immer ein Mann der »Sicherheiten« gewesen. So tief ihn das Hitlerregiment und die Vertreibung aus dem deutschen Sprachraum trafen – seine innerste Sicherheit hatten sie nicht erschüttert. Er war ein Schriftsteller, der in fünfzig Sprachen übersetzt war; er war auf seinen vielfältigen Reisen, und besonders in letzter Zeit, unter Ehrungen empfangen worden; er, der Bescheidene, glaubte, daß sie ihm gar nicht zukämen. Er war ein »Narr des Friedens«. Er hatte mit Chamberlain geglaubt, daß Hitler sich mit dem Besitz Mitteleuropas begnügen werde. Und nun mußte er die Jahre 1940 und 1941 erleben, Hitlers Ausgreifen nach dem Westen und Norden, die japanisch-deutsche Koalition gegen Amerika. Land um Land sah er in die Sintflut stürzen. Er, der im Ersten Weltkrieg zum Pazifisten geworden war, der von der kleinen neutralen Schweiz aus gemeinsam mit Romain Rolland, Henri Guilbaux, Frans Masereel und René Arcos an die Möglichkeit eines Ewigen Friedens geglaubt hatte; er, der tief berührt war von Tolstois Lehre, daß man das Böse nur überwinde, »wenn man ihm nicht widerstehe«: er sah all seine Hoffnungen zerschlagen. Man *mußte* kämpfen. Er wußte es – aber er vermochte es nicht. Er, der Wortkundige, war jetzt des Wortes nicht mehr mächtig – denn es hätte ein Wort des Hasses sein müssen. Schweigend, zum Schrecken seiner Freunde, hatte er ein paar Jahre zuvor auf dem PEN-Club-Kongreß in Buenos Aires gesessen, während Emil Ludwig seine Anklagerede gegen die Erdrosselung des deutschen Geisteslebens hielt. Stefan Zweig tat den Mund nicht auf. Als man ihn später fragte, wie er hatte schweigen können, antwortete er unsicher: Er habe »in den Tageskampf nicht eingreifen wollen«.

Es war kein Tageskampf, sondern eine Weltwende. Wer sich dem aktiven Kampf gegen das Böse entzog, der mußte sich bald einsam fühlen. Und in tiefster innerer Einsamkeit ist der Pazifist Stefan Zweig gestorben.

Äußerlich allerdings haftete diesem Selbstmord nichts Einsames an. Wer damals Zeitungen las, der weiß, daß der Tod Stefan Zweigs in seiner Wirkung fast dem Fall von Singapur gleichkam. Sein Zweifeln am Sieg – genauer gesagt: seine Gleichgültigkeit dem zu erhoffenden Sieg gegenüber – wurde als etwas Furchtbares empfunden. Der vertriebene Großkaufmann, der mit dem Musterköfferchen durch die Straßenschluchten Chikagos ging, der Rechtsanwalt, der Arzt in New York, die vor dem Examen in einer fremden Sprache zitterten, die wohlhabende Berliner Hausfrau, die in den New Yorker Restaurants plötzlich als Serviermädchen diente: Sie alle faßten sich an den Kopf. Weiter und tiefer blickte Franz Werfel. In der schönen Gedenkrede, die er Zweig in Los Angeles hielt, sagte er: »Wir sind keine Pazifisten. Und der Kampf, den der Mensch gegen das Übel führt, ist groß und heilig. Aber selbst dieser heilige Kampf darf den Menschen nur bis *an* die Schwelle seines Sterbezimmers begleiten, nicht *über* sie. Die Geschäfte der Welt – und hinge von ihnen das Heil des Jahrhunderts ab – dürfen sich nicht in die letzte Entscheidung, die letzte Einsamkeit zwischen Individuum und Gott eindrängen ...«

Kehren wir zurück in die Rua Gonçalves Dias. Der Generalsekretär des brasilianischen PEN-Clubs telephonierte mit dem Präsidenten der Republik in Rio de Janeiro. Das Staatsoberhaupt war zunächst unerreichbar. So sprach er mit dem Chef des Militärkabinetts, General Francisco Pinto. Der wußte genau, wer Stefan Zweig war. Vor fünf Jahren war der Schriftsteller von der Regierung eingeladen worden, Brasilien zu besuchen. Er wurde wie ein Gott gefeiert. Auf Banketts und in Akademiereden hatte man ihn mit Goethe und Humboldt verglichen – aber sogar in diesem Unsinn war ein geheimer Sinn: Da Goethe und Humboldt Weltbürger waren und für die Südamerikaner das eigentliche, das klassische Deutschland mit Weltbürgertum identisch ist, hatte jeder Schriftsteller, der aus dem nationalistischen Deutschland geflohen war, die Aura des Klassisch-Humanitären um sich.

Und dieser große Stefan Zweig sollte sich getötet haben? Eine peinliche Nachricht für das offizielle Brasilien. Noch vor wenigen Wochen hatte der Minister für Presse und Propaganda, Lourivel Fontes, Zweigs letztes Buch, *Brasil, Pais de Futuro (Brasilien, das Land der Zukunft)* als einen »Dienst an der Nation« bezeichnet. Wieder hatte Zweig Glück gehabt. Es war ein unpolitisches Buch, das von den Hauptproblemen, den ökonomisch-industriellen des riesenhaften Landes, schwieg und nur seine Landschaft feierte. Noch vor vier Wochen hatte Lotte Zweig den Besuchern die Schreibmaschine gezeigt, auf der sie nach dem Diktat ihres Gatten das Manuskript geschrieben hatte. Und nun, über Nacht, zwei Selbstmörder! Erst als man dem Präsidenten der Republik versichert hatte, daß Stefan und Charlotte Zweig dem katholischen Glauben nicht angehört hatten, konnte er das Staatsbegräbnis anordnen.

Es wurde ein Begräbnis, wie es niemals ein »Estrangeiro«, ein Fremder, in Brasilien gehabt hatte, auch wohl kein einheimischer Schriftsteller – von Ruy Barbosa abgesehen, der zugleich ein berühmter Staatsmann war. Die Freunde Stefan Zweigs, die von seiner Schwermut gewußt und ihr doch nicht geglaubt hatten, kamen von nah und fern herbei; da war sein Verleger, der ihn vor drei Tagen noch zum Karneval nach Rio mitgenommen hatte; Stefan Zweig hatte ihm die Freude gemacht, sein kleines Töchterchen zu einem Kinderball zu führen; da war jener Freund, mit dem Zweig vor wenigen Tagen einen Spaziergang gemacht hatte, um die Ausschachtungsarbeiten für eine Wasserleitung in Petropolis zu besichtigen (der Geruch frischer Erde: er hatte ihn nicht ertragen können und sich jählings umgedreht); da war Ernesto Feder, der Freund, mit dem Stefan am Abend vor seinem Tod noch zwei Partien Schach gespielt hatte, den unwiderruflichen Entschluß vor dem anderen verbergend.

Wenn Goethe von seinem Werther sagt, »Handwerker trugen ihn, kein Geistlicher hat ihn begleitet«, so trifft das für Stefan Zweig nicht zu. Schriftsteller trugen ihn, acht an der Zahl, und hinter seinem Sarge schritt die israelitische Geistlichkeit der Stadt Rio de Janeiro. Alle Geschäfte waren geschlossen; auf den Straßen drängten sich die weißen, schwarzen und roten Menschen. Der Leichenzug wogte von Blumen, und über allem schwangen nun doch die Kirchenglocken von Petropolis. Vorbei an dem Präsidenten der Republik, an den Ministern und Generälen, an den Schulen, die Spalier bildeten, an den Universitätsprofessoren, den Dichtern, Malern und Komponisten, wurden die Särge zum Friedhof geführt und in einer Ehrengruft neben Kaiser Pedro dem Zweiten bestattet.

»Wenn er nur ein wenig eitler gewesen wäre«, klagte an seinem offenen Grabe Carneiro, der Präsident der Akademie der Wissenschaften, »es hätte ihn gewiß retten können – und er hätte uns diesen Schmerz erspart!« Aber er war eben nicht eitel gewesen. Aus einer Welt, die ihm gegenüber weder mit Geld noch mit Ehren geizte, die aber doch nicht die »Friedenswelt« war, auf der er eigensinnig bestand: aus dieser Welt hatte er sich in seinen eigenen Tod geflüchtet.

*Friderike M. Zweig*

# Antworten

Immer paarte sich mit der Trauer um den selbstgewählten Hingang Stefan Zweigs die Verwunderung, er habe freiwillig ein Leben aufgegeben, das selbst in böser Zeit so vielen begünstigt schien. Obwohl ich nicht nur aus religiösen Gründen Selbstmord mißbillige, verletzte mich das Nörgeln gegenüber untragbarer Verzweiflung. Es schien mir, als hätte keiner der Kopfschüttelnden die wahre Natur, das Wesentlichste dieses Menschen, den sie doch anderseits hochschätzten, richtig erkannt. Trotz ihrer Bewunderung, aller Bereicherung durch ihn, hatten sie, wie aus ihrer Einstellung hervorgeht, nicht wahrgenommen, daß tiefes Verständnis für innere Not, das viele bei ihm nicht vergeblich gesucht hatten, auf einem pausenlosen Mitvibrieren, einem völligen Sicheinbeziehen und demzufolge auf der größten Selbstverletzbarkeit beruht. Es war, als hätte man ihm nur gestatten wollen mitzuleiden, selbst jedoch nicht verwundbar zu sein. Forderten sie denn nicht, er hätte doch vergleichen sollen, wie in diesen tragischen Jahren es anderen so viel schlechter erginge, während es ihm gegeben war, diesen ein Beispiel an Mut und Zuversicht zu sein? Der eine und andere dieser Kritiker hatte angedeutet, es sei Frevel, das zu vergessen und nicht selbst durch das schwere Los der anderen sich ermutigt zu fühlen, das eigene leichter zu nehmen. Manchmal war mir, man möge es mir verzeihen, als klänge in diesem Vorwurf, selbst nach dieser supremen Stunde, etwas von dem allzumenschlichen Beneiden nach, das zuweilen sogar ihm Ebenbürtige nicht hatten verbergen können, wenn sie etwa sich beruflichen Zugeständnissen hatten unterwerfen müssen oder in anderer Weise im Schaffen beeinträchtigter gewesen waren als er. Zugegeben, seine Bücher waren in jener mittelalterlichen Weise verbrannt worden, aber, so folgerten sie, diese waren doch in großer Zahl in anderen Idiomen vorhanden. Konnte er denn nicht außerdem, da er, wie sie meinten, sich frei seiner Arbeit hingeben durfte, neue Bücher schreiben? Es ist einigermaßen verständlich, daß so mancher annahm, daß der Internationalist, der er war, den Lebensraum der eigenen Sprache nicht als das Alleinseligmachende betrachten mochte. Doch darin irrten sie: Er hing an seinem sprachlichen Urinstrument, wie etwa ein Meistergeiger, der sich ohne seine Guarneri oder Stradivarius verloren glaubt. Hermann Hesse sagte in seinem schönen Essay über Jean Pauls *Siebenkäs*, daß überall, wo in diesen schicksalsschweren Jahren ein Deutscher – es mag ein Deutschschreibender eingeschaltet sein – den Taten, Gedanken, Gebilden und deutschen Dichtungen früherer Zeit nachgehe, ihm die Möglichkeit eines Trostes, einer Erneuerung gegeben sei. Dieser Trost war Stefan Zweig nicht zugänglich, sei es, daß er in so weiter Ferne diesen Weg nicht offen fand oder der Vergangenheit Deutschlands, das er geliebt und das ihn in der Gegenwart so tief verwundet hatte, freiwillig abgewandt war. Doch auch von seiner begonnenen weltliterarischen Arbeit war er abgetrennt: Mit Ungeduld erwartete er in Brasilien das Manuskript seiner weitgediehenen Studien an Balzac, das sich nachkommen zu lassen, ich ihn schließlich beredet hatte. Der unvollendete Band über die Werke war ihm darin das Wichtigste, war eigentlich Zweck und Ziel des jahrelangen Bemühens, und die Herausgabe später eine fragmentarische, der er ungern zugestimmt hätte. Das Paket aus England, das er anfangs nicht als versendbar betrachtet hatte, kam ungefähr eine Woche nach der unseligen Tat eines Ungeduldigen, wie er sich selbst in seinem öffentlichen Abschiedsbrief genannt hatte. Die Weiterarbeit, die er gewiß sogleich in Angriff genommen hätte, würde Kontinuität einer ihn stets beruhigenden Gepflogenheit bedeutet haben, einer wieder aufflackernden Lebensfreude, eines durch die Arbeit Zuhauseseins in der Fremde. Trotz seines Gefallens an Brasilien, der herzlichen Aufnahme seiner freundlichen Menschen, empfand er Fremde schon der Sprache wegen. Doch auch darüber verwunderten sich die Menschen. Ein Weltreisender, sagten sie, wie konnte sich ein solcher als Heimatloser, als ein Entwurzelter empfinden? Er hatte sich in einem Haus in Bath, in England, eine Ähnlichkeit mit jenem in Salzburg vortäuschen wollen, in dem er, wie er es in der *Welt von Gestern* beschrieb, seine beste und fruchtbarste Zeit verbracht hatte. Nun war Krieg, und es versperrten sich ihm, was wenige wußten, zur Durchfuhr von Brasilien aus die Grenzen selbst zu dieser Replik eines Heimes. In Gedanken übersprang er nun diese ihm verwehrte Zwischenstation, und seine Erinnerung kehrte nach Österreich zurück, wo er sich immer so wohl gefühlt hatte, die Heimat, die er aber nun für immer für sich verloren gab. Immerhin, so hieß es später, habe er doch materielle Bewegungsfreiheit gehabt, war überall in freien Ländern ein Willkommener. Zu seinen Vorträgen hatten enthusiastische Leser, von fernen Ranchen die Nacht durchfahrend, ihn mit Freudentränen begrüßt. Jene, die ihn immer noch im Besitz besonderer Freiheit glaubten, mögen wissen, daß er schließlich vor die Wahl gestellt war, ob er sich fernerhin zu England oder Brasilien zählen werde. Hier entschied man darüber, ob er weiter über seine Mittel verfügen konnte, eine Entscheidung, die nach einer bestimmten Zeit fällt. Konnte er planen, das kleine Haus in Petropolis, das er sehr liebte, zu behalten, sich das Bedürfnis erfüllen, gerade jetzt doppelt notleidende Kameraden zu unterstützen? Wäre er nur einer gewesen, der sich immer besonderer Freiheit hatte erfreuen können, hätte er sich bereits nun beschränkter gefühlt als solche, die gewohnt gewesen waren, oft auf sie Verzicht zu leisten. Aber er war nicht nur immer Freiheitsgenießer aus vollen Zügen gewesen, er war einer, der sie auf sein Schild gehoben, für alle. Wie aus dem Großteil seiner Werke hervorgeht, war er heiß für sie eingetreten: Freiheit war ihm identisch mit der Würde des Menschen. Alle seine humanitären, seine humanistischen Strebungen, sein Vorläufertum für eine unbegrenzte brüderliche Welt, beruhten auf diesem ihm höchsten Gute, dem Selbstbestimmungsrecht des Menschen. In seinen frühen Novellen will sich das ahnende Kind von der Bevormundung der ihm unverständlichen Erwachsenen befreien, in einem frühen Drama legt er das Verbrechen des aufgezwungenen Handgeldes an Söldner bloß, in *Phantastischer Nacht* sucht ein in gesellschaftliche Konvention Verstrickter Zuflucht in der Unterwelt. In einer seiner ergreifendsten Erzählungen, *Die Augen des Ewigen Bruders*, trachtet ein hochgestellter Richter, indem er von Rang zu Rang hinuntersteigt, sich von der Verantwortung zu befreien, Urteile gegen Menschen zu fällen, deren Ebenbild er in der Person des eigenen Bruders im Kriege vernichtet hat. *Jeremias* und *Erasmus* sind die Hohelieder seines Freiheitsbekenntnisses und *Castellio gegen Calvin* folgt ihnen nach. Nun aber war die Freiheit gefoltert wie noch nie, ins Gesicht geschlagen, verblutend.

In seinem Erinnerungsbuch *Die Welt von Gestern* spricht er vom Zusammenbruch einer Welt des Sich-Geborgenfühlens, von der Selbstverständlichkeit, vorausbestimmen zu können, von der bürgerlichen Freiheit der Begüterten. Sozialistische Freunde mochten die Achsel gezuckt haben, daß er einer Welt nachtrauerte, die nicht selten auf Kosten Unbemittelter kulturelle Früchte hatte gedeihen lassen. Doch auch mir, die er halb scherzend, halb tadelnd bezichtigte, ich lebe wie die Lilien im Felde, war das Betonen seines Bedauerns um die verlorene Sicherheit befremdend. Wußte ich doch, daß er für sich selbst genügsam war, daß er es besonders vermied, durch Wohlstand aufzufallen, daß er durch Abstand an Lebensführung Freunde nicht verletzen wollte. Wie oft hatte er sie eingeladen, an Reisen teilzunehmen, oder hatte sie selbst mit Mitteln ausgestattet, solche zu unternehmen. In einem Fall war er besonders freigebig gewesen, wenig bedankt dafür, denn als der Beschenkte in der beginnenden Krisenzeit ihn tief kränkte, hörte ich zum zweiten Mal den unseligen Wunsch, seinem Leben ein Ende machen zu wollen. Doch so ungern er sich seit je durch Finanzielles die Zeit für Arbeit und Kunstgenuß kürzen ließ, es war nun durch die Weltlage in ihm ein atavistisches Unbehagen, in bezug auf das Materielle, aufgewacht. Die alten Sicherheiten waren ihm offenbar – unterbewußtlich – allzu selbstverständlich gewesen. Gegensätze, die von Ererbtem und im ethischen Sinne Selbsterworbenen genährt wurden, waren bei ihm latent immer vorhanden gewesen, nun wurden sie kategorisch und quälend, denn seine Verantwortungsgefühle spalteten sich, während er sie früher kaum zensuriert hatte. Diese Gegensätze in seinem Verhalten sind für nicht wenig Unbegreifliches verantwortlich, das sich besonders im Familienleben oft schwierig und schmerzlich fühlbar machte, da man die Motive oft erst viel später zu erkennen vermochte. Ein von früher Jugend ihm innewohnender Geist von Verschlossenheit behinderte erklärende Eröffnungen, die ihn selbst erleichtert und ihm Beihilfe geschaffen hätten, während es sein Schweigen oder Verschweigen sogar peinvoll möglich machte, ihn, den Guten, für grausam zu halten. Es obwaltete Trotz und Stolz in ihm, an dem er gewiß und oft – wenn es zu spät war auszugleichen – ebenso litt, als jene, die nichtbegreifend in Mitleidenschaft gezogen worden waren. Solange er noch zu seelischem Gleichgewicht zurückfinden konnte, waren »Gute Werke« in anderen Bereichen auf der positiven Seite. Doch immer hatte das Ausgleichende sich vor allem durch sein Werk vollzogen, dessen strengster Richter er selbst war. Der Ausgleich war nicht mehr da wie zuvor. Nicht nur durch die Krisenhaftigkeit wurde sein seelisches Gleichgewicht untergraben. Wie er mir gestand, war er Intrigen unterworfen gewesen, was aus der Gutgläubigkeit seines reinen, doch nun vertrübten Wesens herzuleiten war. Auch darüber kam das Erkennen zu spät, was unsere Beziehung im äußeren Sinne betraf. Bei verminderten Kräften, vielleicht auch durch schlecht durchgeführte Dosierung von Kräftigungsmitteln experimenteller Natur, durch zielgerichtete Beeinflussung bei gesteigerter Hoffnungslosigkeit angesichts der Weltgeschehnisse – wie konnte ein edler Mensch sich da in diesem Hexensabbat von Widersprüchen zurechtfinden?

Es ist für mich einigermaßen verwunderlich, daß ein So-Gearteter auf viele – früher und auch noch bis zuletzt – nicht selten den Eindruck eines harmonischen Menschen gemacht hat, der es wohl schon sehr früh gelernt hatte, den »Kampf mit dem Dämon« abzureagieren. Die fast unbegrenzten Quellen seines Innenlebens überströmten da wie läuterndes Bergwasser den dunklen inneren Aufruhr. Der Glaube an den Reichtum des Daseins, die Ehrfurcht vor dem Lebewesen bewirkten es, daß er ein Religiöser war. Albert Schweitzer sagte: »Die Weltanschauung der Ehrfurcht vor dem Leben hat religiösen Charakter. Der Mensch, der sich zu ihr bekennt und sie bestätigt, ist in elementarer Weise fromm.« Nie habe ich in den Anfängen unserer Verbundenheit das Bedürfnis empfunden, an diesen faustischen Menschen die Frage zu stellen, wie er es mit der Religion halte. Doch wie oft sprach er – und er tat es noch in seinen letzten Tagen – von seiner »schwarzen Leber« und daß es gefährlich sei, ihm nahe zu sein. Immer wieder hatte er mir das gleichsam als Trost, angesichts der Entbehrung des Beisammenseins entgegengehalten. Das »zweite Gesicht«, das ihm so oft den Horizont verhängte, der anderen noch sonnig glänzte, machte ihn sich selbst unheimlich. Er wußte immer, wie wenig die anderen wußten, wenn er schon im Bilde dessen war, was kommen würde. Der Historiker, der Psychologe, der Menschenfreund und der nicht allzu Mutige, der *Erasmus* taten das in ihm. Fröhliche Menschen, ahnungslose Kinder im Spiel ließen ihn oft erschauern. Ich beschrieb es, wie er Weihnachtsfesten entfloh, er, der so gerne schenkte. Tragisch und charakteristisch war in seinen letzten Tagen das plötzliche Abbrechen beim bacchanalischen Karneval in Rio. Kameradschaft von gerne scherzenden Freunden, wie es etwa Erwin Rieger gewesen und Joseph Roth, dessen Infernalien vom Gold der Herzensgüte überstrahlt waren. Und lange nahm er willig – ja er erwartete sie wohl – die Aufhellung seiner Schwarzsicht durch meine eigene Zuversichtlichkeit an. Dann aber, als schon von überall der Donner murrte, ging es so weit, daß er gemeinsamen Abstieg in tiefstes Vergessen suchte. Das war noch eine gewisse Zeit vor dem Ausbruch der Katastrophen, von denen er die ärgsten nicht mehr erlebt hat. Von nun an suchte er wie Heinrich von Kleist Gefährtenschaft in den Tod. Er hatte schon zweimal zuvor den düsteren Wunsch geäußert, doch wer kann so weit den Ernst einer solchen Aufforderung ermessen, der sich nicht selbst über den Abgrund beugte. Daß eine Kranke, eine Asthmaleidende, die vergebens Heilung gesucht hatte, eine Willfährige sein würde, wer konnte das zusammenreimen! Überdies hatten die gemeinsamen Briefe heiter geklungen. Man blättere das in unserem *Briefwechsel* nach. Doch als ich später wieder sein Kleist-

Essay las, wurde mir furchtbar klar, nur ein Gefährte solcher Todessehnsucht konnte dieses bejahende Verständnis aufbringen. Doch in der Welt der Schriftsteller, in der man die Fäden etwa selbst hält, lernt man das Durcheinanderspiel von Wirklichkeit und Einfühlungskunst kennen, ohne an den bitteren Ernst zu glauben und den heilenden Lebenskräften zu mißtrauen.

Man glaube nicht, daß dieser makabre Zug sein ganzes Leben lang fühlbar oder gar sichtbar war, wenn er auch, wenn ich zurückdenke, ihm immer unter der Haut lag. Schnitzler, Hofmannsthal, der frühe Thomas Mann und Vorläufer in anderen Literaturen hatten sich mit dem Tode verbrüdert. Doch wie unendlich viel Beglückendes hatte es in Stefan Zweigs Leben gegeben! Nie kann ich den strahlenden Glanz in seinen Augen vergessen, wenn sein Herz von Begeisterung voll war und oft von ganz kindlicher Freude. In einem Aufsatz von Albrecht Goes habe ich eben von dem »wunden Waldvogelblick« eines Menschen gelesen, eines »Seelenzauberers von neulich«, heißt es da. Diesen wunden Waldvogelblick sah ich wohl in seinen geliebten Augen, als ich ein letztes Mal – ich ahnte nicht, daß es ein letztes war – von ihm Abschied nahm. Doch dieses war ja nicht sein letzter Blick, weder für mich, noch für jene, die ihn gleichfalls lieben und ehren. Alle, die mir so oft von weit und nahe schreiben, in herzlicher Dankbarkeit für das, was er ihnen gab und gibt, sie fühlen das belebende Feuer seines wahren Blickes, der auf sie gerichtet ist als von einem, der die Menschen zutiefst liebte.

# Zeittafel

1881 28. November: Stefan Zweig in Wien geboren.

1887–91 Besuch der öffentlichen Volksschule.

1891 Eintritt in das Wasa-Gymnasium in Wien IX.

1897–98 Erste Erzählungen, Gedichte und Übersetzungen aus verschiedenen Sprachen. Erste Veröffentlichungen in der Berliner Zeitschrift »Die Gesellschaft«.

1899 Abitur am Wasa-Gymnasium. Reise in die Bretagne und kurzer Aufenthalt in Paris · Beginn einer 35jährigen Mitarbeit an der »Neuen Freien Presse« in Wien, nachdem Theodor Herzl eine Erzählung veröffentlichte · Studium an der Wiener Universität mit den Hauptfächern Germanistik und Romanistik. Ein literarisch-interessierter Kreis sammelt sich im »Café Beethoven«.

1900 Ein Semester an der Berliner Universität. Anschluß an den literarischen Club »Die Kommenden«. Erste Begegnung mit den Werken Dostojewskis. Veröffentlichungen in Maximilian Hardens »Die Zukunft«. Besuch bei Walter Rathenau.

1901 Erster Gedichtband *Silberne Saiten* (Verlag Schuster & Loeffler, Berlin).

1902 Reise nach Belgien. Beginn einer entscheidenden Freundschaft mit dem belgischen Dichter Emile Verhaeren, mit dessen Werk er sich in den folgenden zwei Jahren fast ausschließlich beschäftigt · Übersetzung: Charles Baudelaire »Gedichte in Vers und Prosa« (zusammen mit Camill Hoffmann, Verlag Hermann Seemann, Leipzig).

1903 Arbeit an der Dissertation über Hippolyte Taine · Übersiedlung in eine Studentenbude in der Tulpengasse.

1904 Promotion zum Doktor der Philosophie an der Wiener Universität · Novellen: *Die Liebe der Erika Ewald* (Verlag Egon Fleischel & Co., Berlin). Nachdichtungen: Emile Verhaeren »Ausgewählte Gedichte« (Verlag Schuster & Loeffler, Berlin, Leipzig).

1904–05 Längerer Aufenthalt in Paris. Studien an der Bibliothèque Nationale, wo er mit Generaldirektor Julien Cain und dessen Frau Lucienne Freundschaft schließt. Reise in die Bretagne. Erste Begegnung mit Auguste Rodin. Häufige Besuche bei Verhaeren in St. Cloud und Caillou-qui Bique. Von Paris aus: Erste

Reise nach England, wo er die oft erwähnte Zeichnung »King John« erwirbt. Übersetzung: »Die visionäre Kunstphilosophie des William Blake«, englisch von Archibald B. H. Russel (Verlag Julius Zelter, Leipzig). Monographie: Verlaine (Verlag Schuster & Loeffler, Berlin, Leipzig). Gedichte: *Die frühen Kränze* (Insel-Verlag, Leipzig) · Max Reger vertont Gedichte von Stefan Zweig · Arbeiten an dem Versdrama *Tersites*.

1906 Reisen nach Italien, Spanien und Holland.

1907 Übersiedlung in die erste eigene Wohnung, Wien VIII., Kochgasse 8 · Drama: *Tersites* (Insel-Verlag, Leipzig). Die Proben im königlichen Schauspielhaus Berlin werden nach dem plötzlichen Tod des Schauspielers Adalbert Matkowsky abgebrochen · Einleitung zu einer 15bändigen Balzac-Ausgabe (Insel-Verlag) · Kurze Reise nach Berlin.

1908/09 Reise nach Paris und Algier · Aufenthalte in Baden bei Wien, Marienbad und nach einer Operation in Schloß Labers bei Meran · Reise nach Italien, wo er einige Zeit in Bagni die Lucca verbringt · Essay: *Balzac – sein Weltbild* (Verlag Robert Lutz, Stuttgart) · Uraufführung: *Tersites* gleichzeitig in Dresden und Kassel.

1910 Reise nach Indien. Begegnung mit dem deutschen Militärattaché und späteren Geopolitiker Karl Haushofer auf einem Flußdampfer während der Fahrt nach Indochina · Drei Bände »Emile Verhaeren«, ein biographisches Essay und Nachdichtungen seiner Gedichte und Dramen (Insel-Verlag) · Dramen: *Der verwandelte Komödiant*, ein Spiel aus dem deutschen Rokoko. Die Uraufführung am Wiener Burgtheater wird durch den Tod Josef Kainz', der die Hauptrolle spielen sollte, verhindert.

1911 Novellen: *Erstes Erlebnis* (Insel-Verlag, später auch in der von Stefan Zweig mitbegründeten Insel-Bücherei), *Brennendes Geheimnis*; die Titelnovelle und die anderen Novellen z. T. verfilmt und später für das Fernsehen bearbeitet, mehrfach ausgelegt und übersetzt · Arbeiten an *Dostojewski* und dem Schauspiel *Das Haus am Meer*.

1912 Reise nach Nordamerika, Kuba und Panama. Bericht über den Bau des Panama-Kanals: *Die Stunden zwischen zwei Ozeanen* · 5. Mai: Uraufführung *Der verwandelte Komödiant* im Lobe-Theater in Breslau; 180 Bühnen des In- und Auslandes spielen das Stück in den folgenden Jahren nach · Vortragsreise Emile Verhaerens durch Deutschland und Österreich in Begleitung von Stefan Zweig, der diese Tournee arrangiert hat · Beginn der nahen Freundschaft mit Friderike M. von Winternitz · Offener Brief an Romain Rolland: Er nennt Rollands Roman »Jean-Christophe« das erste bewußt europäische Werk (Berliner Tageblatt) · Herbst: Uraufführung *Das Haus am Meer* (Insel-Verlag) im Wiener Burgtheater; 59 Bühnen spielen das Stück nach · Reise zu der Hamburger Premiere und mit Friderike von Winternitz anschließend nach Lübeck · Nachdichtungen: Paul Verhaeren »Hymnen an das Leben« (Insel-Bücherei). Beginn des Briefwechsels mit Friderike von Winternitz 1912–1942.

1913 Reise nach Paris · Arbeiten an *Dostojewski* und der Novelle *Die Mondscheingasse* · Oktober: Reise nach Sizilien, Fahrtunterbrechung in Schloß Labers bei Meran; auf der Rückreise in Rom · Vortrag über Dostojewski vor Wiener Studenten · Friderikes Ehe wird geschieden, doch ist nach dem damaligen österreichischen Gesetz eine Wiederverheiratung nicht möglich · Novelle: *Scharlach* (Österreichische Rundschau).

1914 Vorträge in Mannheim und Berlin · Reise nach Belgien zu Emile Verhaeren. Rückkehr nach Wien bei Ausbruch des Ersten Weltkriegs · Für den Kriegsdienst untauglich, wird er in das Kriegsarchiv des Kriegsministeriums einberufen, wo er zusammen mit anderen Schriftstellern und Dichtern an der Herausgabe der Zeitschrift »Donauland« mitarbeitet · 19. September: Offener Brief *An die Freunde im Fremdland.* Briefwechsel mit Romain Rolland, der in der Zentrale des Internationalen Roten Kreuzes in Genf tätig ist.

1915 Dienstreise nach Galizien: Eintritt Italiens in den Krieg.

1916 Sommerquartier in Kalksburg bei Rodaun, wo sich der alte Freundeskreis um ihn sammelt · 17. November: Tod Emile Verhaerens · *Erinnerungen an Verhaeren* (Privatdruck) · Arbeit an dem pazifistischen Drama *Jeremias* · Kauf des Trompeter-Schlößchens am Kapuzinerberg in Salzburg.

1917 Sommerquartier in Kalksburg bei Rodaun · *Jeremias* (Insel-Verlag). Vorbereitungen für die Uraufführung im Züricher Stadttheater. Urlaub vom Kriegsarchiv, um den Proben beizuwohnen. 14. November: Ankunft in der Schweiz · 20. November: Besuch bei Romain Rolland in Villeneuve am Genfer See. Neue Freundschaften mit Frans Masereel und Pierre J. Jouve · 18. November: Zweig übergibt Romain Rolland sein *Geistiges Testament* · Gemeinsamer Vortragsabend mit dem Franzosen J. Pierre Jouve in Anwesenheit des österreichischen Generalkonsuls.

1918 Enthebung vom Kriegsdienst, um in der Schweiz für die »Neue Freie Presse« zu arbeiten. Erstes Feuilleton *Bei den Sorglosen* · 27. Februar: Uraufführung des Schauspiels *Jeremias* am Züricher Stadttheater · Vortrag über Bertha von Suttner anläßlich eines Internationalen Frauentages in Bern · Besuch bei Romain Rolland in der Zentrale des Internationalen Roten Kreuzes in Bern. *Das Herz Europas, ein Besuch im Genfer Roten Kreuz* (Max Rascher Verlag AG., Zürich) · Übersiedlung in das Hotel Belvoir in Rüschlikon am Züricher See · *Dostojewski* in ungekürzter Fassung vollendet. Arbeit an einer Romain-Rolland-Biographie · Kammerspiele *Legende eines Lebens.*

1919 März: Rückkehr nach Österreich und Übersiedlung in das Haus am Kapuzinerberg · 9. Oktober: Premiere des Schauspiels *Jeremias* im Deutschen Volkstheater in Wien. Vortrag über Romain Rolland in der Grillparzer-Gesellschaft · Ende Oktober: Besuch bei Professor Anton Kippenberg in Leipzig wegen einer Neuauflage seiner Werke · Vorträge in Berlin, Hamburg und Kiel · *Fahrten, Landschaften und Städte* (Verlag E. P. Tal & Co.).

1920 Eheschließung mit Friderike M. von Winternitz im Wiener Rathaus · Oktober: Reise nach Deutschland; Vorträge u. a. in Wiesbaden, Stuttgart und Mannheim · Salzburg: Arbeit an der Übersetzung von Romain Rollands Roman »Clérambault« (Neuausgabe 1960, Kindler Verlag, München) · Novellen: *Zwang* mit zehn Holzschnitten von Frans Masereel (Insel-Verlag), *Angst* (Der kleine Roman, illustrierte Wochenzeitschrift, später in der Reclam-Universal-Bibliothek, später verfilmt). Essays: *Drei Meister*, der erste Band der Serie *Baumeister der Welt*, Versuch einer Typologie des Geistes, mit Biographien von *Balzac*, *Dickens* und *Dostojewski*. *Marceline Desbordes-Valmore*, das Lebensbild einer Dichterin (Insel-Verlag).

1921 Reise nach Italien mit Friderike. Faschistische Unruhen · Juli: Besuch bei seiner Mutter in Marienbad und in der Weberei seines Vaters in Reichenberg · Salzburg: Sommerschule der Internationalen Frauenliga, zu deren Gründerinnen Friderike Zweig zählt. Internationale Besucher auf dem Kapuzinerberg · Reise in die Schweiz und nach Deutschland · Biographie: *Romain Rolland, der Mann und das Werk* (Rütten und Loening, Frankfurt a. M.).

1922 März: Erste Frankreichreise nach dem Krieg. Teilnahme an der Festveranstaltung des Internationalen Literarischen Zirkels (Später PEN-Club) zu Ehren Galsworthys · Legende: *Die Augen des ewigen Bruders* (Insel-Verlag, Auflage über 200000); *Amok* (Titelnovelle in 30 Sprachen übersetzt); *Brief einer Unbekannten* (mehrmals verfilmt und später für das Fernsehen bearbeitet).

1923 Fahrt nach Westerland auf Sylt · 30. Juni: Besuch Romain Rollands in Salzburg · 7. Oktober: Vortrag in der Nationalbibliothek, Wien, über die dortige Handschriftensammlung · *Masereel* von Arthur Hollitscher und Stefan Zweig (Axel Junker Verlag).

1924 Reise nach Paris. Besprechung mit seinen französischen Verlegern. Begegnung mit Salvador Dali. Vortrag im Pariser Rundfunk. Masereel porträtiert Stefan Zweig · Sommerreise nach Boulogne-sur-Mer. Besuch der Kathedrale von Amiens · *Gesammelte Gedichte* (Insel-Verlag); Einleitung zu Chateaubriands »Romantische Erzählungen« Und Hermann Bahrs »Die schöne Frau«.

1925 März: Vortragsreise nach Frankfurt, Freiburg, Baden-Baden, Wiesbaden, Nürnberg · Juni: Besuch bei Hermann Bahr und Leonhard Adelt in München. Von Leipzig aus zusammen mit Romain Rolland Besuch in Weimar bei Nietzsches Schwester Förster-Nietzsche und in deren Handschriftenarchiv · Arbeit an einem unvollendeten Roman in Zell am See · November: Nachdichtung des *Volpone*, einer lieblosen Komödie in 3 Akten von Ben Jonson, innerhalb von acht Tagen in Marseille · Über Avignon nach Dijon zu Frans Masereel und nach Villeneuve zu Romain Rolland · Einleitung zu Ernst Renans »Jugenderinnerungen« (Frankfurter Verlagsanstalt); Essay: *Kampf mit dem Dämon*, zweiter Band der Serie *Baumeister der Welt* mit Biographien von *Hölderlin, Kleist* und *Nietzsche* (Insel-Verlag).

1926 2. März: Tod des Vaters · Zum 60. Geburtstag Romain Rollands gibt er mit Georges Duhamel und Maxim Gorki das »Liber Amicorum Romain Rolland« heraus. Zahlreiche Vorträge über Romain Rolland · 6. November: Uraufführung der Komödie *Volpone* im Wiener Burgtheater, 500 Theater in aller Welt spielen das Stück nach · Dezember: Vorträge in Mainz, Wiesbaden, Essen, Köln, Düsseldorf · *Volpone*-Premiere in Piscators Volksbühne, Berlin.

1927 20. Februar: Gedächtnisrede zum Tod Rilkes im Münchner Staatstheater · Novellen: *Amok* (französische Ausgabe, eingeleitet von Romain Rolland), dritter Ring des Novellenkreises *Die Kette*; Epilog zu Tolstois »Das Licht leuchtet in der Finsternis« (Felix Bloch Verlag); *Die Flucht zu Gott*; Essay: *Casanova*; Historische Miniaturen: *Sternstunden der Menschheit* (Insel-Verlag).

1928 Reise nach Paris und Belgien · Reise zur 100-Jahr-Feier für Leo Tolstoi nach Rußland. 11. September: Tolstoi-Vortrag im großen Opernhaus in Moskau vor 4000 Personen. Eröffnung des Tolstoi-Hauses, Besuch in Jasnaja Poljana. Besuch bei Maxim Gorki · Dezember: Fahrt in die Schweiz.

1929 *Kleine Chronik*, vier Erzählungen (Insel-Bücherei) · *Lamm des Armen* (Insel-Verlag) · März: Vortragsreisen nach Belgien und Deutschland · Juni: Gedenkrede für Hugo von Hofmannsthal, gehalten bei der Trauerfeier im Wiener Burgtheater · Biographie: *Joseph Fouché*.

1930 Berlin: Einladung von Albert Einstein · Mit Friderike Besuch in Capo di Sorrento bei Maxim Gorki · Juli: Aufenthalt in Hamburg · Besuch in Günsbach bei Albert Schweitzer · Biblische Legende *Rachel rechtet mit Gott* (bibliophile Ausgabe).

1931 Februar: Erste Besprechung mit Richard Strauss wegen einer Zusammenarbeit in München · November: 50. Geburtstag – Glückwünsche aus aller Welt · Dezember: Reise über Paris und Barcelona zu den Balearen, Weiterfahrt nach Cap d'Antibes · *Ausgewählte Gedichte* (Insel-Bücherei); *Die Heilung durch den Geist* (Insel-Verlag); Einleitung zu Gorkis Erzählungen. Beginn der Arbeit an *Marie Antoinette*.

1932 Aufenthalt in Paris. Rundfunkvortrag. Er trifft viele französische Freunde wieder · Vorträge in Florenz und Mailand · Beginn der Arbeit an *Die schweigsame Frau*. Besuch von Richard Strauss in Salzburg · Kur in Bad Gastein · *Marie Antoinette* (Insel-Verlag und in vielen Übersetzungen).

1933 Der »Book of the Month-Club« in New York erwirbt die Rechte an *Marie Antoinette* für eine Massenauflage · Februar: Besuch bei Richard Strauss in Garmisch mit dem vollendeten Libretto *Die schweigsame Frau* · Vortragsreise in die Schweiz · Mai: Bücherverbrennung verfemter Autoren in Deutschland · Aufenthalt in Cadenabbia am Comer-See · Erster längerer Aufenthalt in London. Anregung zu einer *Maria-Stuart*-Biographie · Aufenthalt in Nizza · Juli: Studium zu *Erasmus von Rotterdam* in Basel · Italienreise.

1934 Wien: Kämpfe zwischen Heimwehr und Sozialisten · Hausdurchsuchungen in Salzburg, auch im Haus des weltbekannten Pazifisten Zweig, nach geschmuggelten Waffen. Entschluß nach London zu übersiedeln. Bis Juli: Aufenthalt in Portland Place, London · August: Mit Friderike in der Schweiz · September: Kur in Baden bei Zürich, danach Rückkehr nach London · November: Salzburg · Dezember: Nizza · *Triumph und Tragik des Erasmus von Rotterdam* (Reichner-Verlag).

1935 Erste Vortragsreise nach Südamerika · März bis Mai: Wien, Hotel Regina · Vorarbeiten zu *Castellio gegen Calvin* in Zürich · Uraufführung *Die schweigsame Frau* in Dresden. Die Oper verschwindet nach zwei Aufführungen wieder vom Spielplan · Besuch des New Yorker Verlegers Ben Huebsch · 29. Juli: Besuch der Salzburger Festspielaufführung Falstaff. Anschließend mit Friderike nach Marienbad · September: Wien · Vorarbeiten zu *Castellio gegen Calvin* in der Genfer Bibliothek · Reise nach Paris und London · Ständige Wohnung in London: Hallam Street, unweit von Portland Place · November: Auflösung seiner Salzburger Wohnung · Aufenthalt in Nizza, danach Rückkehr nach London · *Maria Stuart* (Insel-Verlag), *Toscanini*, ein Bildnis, *Die schweigsame Frau* (Buchausgabe).

1936 Friderike richtet die Londoner Wohnung ein und kehrt im Mai nach Salzburg zurück · Premiere *Die schweigsame Frau* in Zürich · Paris: Nach der Novelle *Angst* wird mit Gaby Morley ein Film gedreht · In Baden: Zusammenstellung der Novellenbände *Die Kette* und *Sternstunden der Menschheit*. *Castellio gegen Calvin* erscheint, muß aber wegen unterlaufener Irrtümer neu gedruckt werden · Juli: Mit seiner Sekretärin Lotte Altmann in Ostende · August: zweite Südamerika-Reise. Großartiger Empfang in Rio de Janeiro. Literarische Veranstaltungen und Zusammenkünfte. Ausflug nach Petropolis. Besuch beim brasilianischen Präsidenten. In Begleitung des brasilianischen Außenministers nach São Paulo. Vorträge zugunsten der deutschen Flüchtlinge. Besichtigung von Fabriken, Plantagen und einem Mustergefängnis. Kongreß des PEN-Clubs in Buenos Aires · Oktober: Rückkehr nach Europa, Friderike erwartet ihn in Southampton.

1937 Februar: Arbeit mit Lotte Altmann an *Magellan* in Neapel. Empfang bei der italienischen Kronprinzessin. Arbeit in der Ambrosianischen Bibliothek in Mailand · Rückkehr nach London · April: Salzburg und Wien · Mai: Verkauf des Hauses am Kapuzinerberg · Kur in Marienbad · Letzter gemeinsamer Aufenthalt mit Friderike in Luzern · *Der begrabene Leuchter*, Legende (verschiedene Ausgaben). *Sternstunden der Menschheit; Georg Friedrichs Auferstehung; Begegnung mit Menschen, Büchern, Städten* (Reichner-Verlag).

1938 Nachforschungen für die *Magellan*-Biographie in Portugal. Rückreise nach London über Paris. Der Plan, mit Friderike im April nach Salzburg zurückzukehren, scheitert, nachdem Hitlers Truppen im März in Österreich einmarschierten · Vortragsreise durch etwa 30 nordamerikanische Städte · Dezember: Seine Ehe mit Friderike wird geschieden.

1939 Zweite Eheschließung mit seiner Sekretärin Lotte Altmann · Übersiedlung in ein eigenes Haus im englischen Kurort Bath auf Lyncombe Hill · Beginn der Arbeit an der *Balzac*-Biographie · Seine Mutter stirbt in Wien · Begegnungen mit seinen nach England emigrierten Freunden u. a. auch mit Sigmund Freud · Zweig beantragt die englische Staatsbürgerschaft.

1940 Letzter Aufenthalt auf dem Kontinent: Er spricht im Rahmen der »Conférence des Ambassadeurs« in einem großen Pariser Theater über »Das Wien von gestern« und hält im Rundfunk einen Vortrag an die, »Die nicht sprechen dürfen«. Mit Friderike: Plan für ein Erinnerungsbuch, das später unter dem Titel *Die Welt von gestern* erscheint · Amerikareise: über New York nach Uruguay, Chile, Argentinien und Venezuela. Vorträge in verschiedenen Sprachen und im Rundfunk · November: Rio de Janeiro. Arbeit an *Brasilien, Land der Zukunft*. Reisen nach Baia und Belem am Amazonas · PEN-Kongreß in Buenos Aires.

1941 Mit Lotte Zweig in New York. Besuch bei Friderike, die mit einer Reihe von emigrierten Schriftstellern nach New York gekommen ist · Übersiedlung nach New Haven, um dort an der Bibliothek der Yale-Universität zu arbeiten. Arbeit an *Die Welt von gestern* und an einer *Amerigo-Vespucci*-Biographie · Übersiedlung nach Ossining am Hudson · Übersiedlung nach Petropolis, einem brasilianischen Gebirgsort · *Die Schachnovelle* · Beschäftigung mit dem Philosophen Montaigne.

1942 Durch die allgemeine Weltlage beunruhigt: Karneval in Rio – Fall von Singapur, eine erschreckende Gegenüberstellung · Abschiedsbriefe an verschiedene Behörden und an den Präsidenten des brasilianischen PEN-Clubs · Tiefe Depressionen · Letzte Verfügungen. 22. Februar: Freitod, gemeinsam mit Lotte Zweig, durch Gift · Staatsbegräbnis.

# Anmerkungen

*Zur Edition:* Die in diesem Buch enthaltenen Briefe sind mit wenigen Ausnahmen vollständig wiedergegeben. Auslassungen sind durch ... gekennzeichnet. Die Orthographie und Interpunktion entspricht den Originalen, lediglich offensichtliche Schreibfehler sind berichtigt. Erschlossene Daten undatierter Briefe stehen in eckigen Klammern. Die in den Briefen kursiv gesetzten Worte und Sätze sind im Original unterstrichen bzw. in Anführungszeichen gesetzt.

*Zu den Anmerkungen:* Die Ziffern am Rand verweisen auf die Textseiten. Zur Ergänzung und Verdeutlichung der in den Briefen erwähnten Personen, Werke und Zusammenhänge sollte immer wieder die ausführliche Zeittafel (S. 265–271) hinzugezogen werden. Persönlichkeiten des literarischen, künstlerischen und öffentlichen Lebens, deren Bekanntheit beim Leser vorausgesetzt werden kann – wie z. B. Sigmund Freud, Rainer Maria Rilke und Joseph Goebbels –, werden in die Anmerkungen nicht eigens aufgenommen.

8 *Friderike Zweig:* Friderike Maria von Winternitz, geb. Burger (1882–1971), Schriftstellerin und Übersetzerin. Ihre Ehe mit Felix von Winternitz, aus der ihre beiden Töchter Susanne und Alice stammen, wird 1913 geschieden. Mit diesem ersten Brief Friderikes aus Gars am Kamp (Niederösterreich) beginnt ein Dialog, der dreißig Jahre lang nicht mehr abreißen sollte.

9 *Stelzer:* Heurigengarten in Rodaun bei Wien.

*Girardi:* Alexander Girardi (1850–1918), bekannter und beliebter Schauspieler und Volkssänger.

10 *Wiewohl ich kaum glaube, daß ein Zusammenhang besteht:* Die Antwort Stefan Zweigs enthielt die Mitteilung, daß er am nämlichen Wochenende eingeladen worden war, einen Ausflug ins Kamptal zu machen, jedoch verhindert gewesen sei. Tatsächlich war es dasselbe Auto, von dem im obigen Brief die Rede ist, das Auto seines Vetters, in dem er eingeladen worden war, an der Fahrt teilzunehmen.

*Dank bringen für all das Viele:* Stefan Zweig hatte vor seiner Abreise nach Belgien Friderike einen besonders herzlichen Brief und ein Bücherpaket gesandt. Auch aus Belgien schrieb er des öfteren.

11 *Karl Borromäus Heinrich:* 1884–1938. Deutscher Schriftsteller (Romane, Erzählungen, Essays), der viel in der Schweiz lebte und seit 1933 nichts mehr in Deutschland veröffentlicht hat.

*Erich Störk:* Dr. Erich Stoerk, Arzt und langjähriger Freund zunächst Friderikes, dann des Ehepaares Zweig.

*Proben:* Die Proben zu Stefan Zweigs Stück *Das Haus am Meer* hatten am Wiener Burgtheater begonnen.

12 *Noch nicht wohnliche Räume:* Friderike war im Begriff, von Mannigfallmühle (Gars) nach Döbling (Wien) umzuziehen. Der geplante Besuch unterblieb dann doch, da Tochter Susanne plötzlich erkrankte.
*Eulenberg:* Herbert Eulenberg (1876–1949). Deutscher Schriftsteller (Drama, Roman, Lyrik) von bewußt demokratischer und pazifistischer Haltung.
*Nächste Erstaufführung des Burgtheaters:* Premiere von Stefan Zweigs *Das Haus am Meer.*

13 *Dank für den Vers:* Geschrieben nach Stefan Zweigs erstem Besuch in Friderikes Wohnung in Döbling bei Wien. Er brachte ihr seinen Novellenband *Erstes Erlebnis.*
*Kleinen Roman:* Friderikes Roman *Traum-Menschen*, der in der in Budapest erscheinenden politischen Zeitung *Pester Lloyd* (Organ der liberalen Regierungspartei) erschien.
*Eine dumme kleine Sache als Geschenk:* Friderikes Novelle »Die Liebe ist die Gefahr des Einsamsten« (Titel nach Nietzsche).

14 *Dieses Liegenmüssen:* Friderike kränkelte in der ersten Zeit der Bekanntschaft häufig, was vor allem auch eine Folge der aufopfernden Pflege ihrer an einer schweren Dysenterie erkrankten Tochter Susanne war, deren Leiden erst nach drei Jahren geheilt werden konnte.

16 *München:* In München fand ebenfalls eine Aufführung von *Das Haus am Meer* statt. Aus München kam auch der erwähnte Kartengruß.
*Ich fühle nichts Unfreundliches:* Der schwierige Zustand des »Noch-nicht-Geschiedenseins« von Friderikes Ehe mit Felix von Winternitz hatte zu Spannungen zwischen Stefan und ihr geführt, so daß beide beschlossen, eine Weile zu verreisen, zumal auch der Gesundheitszustand der Tochter das wünschenswert erscheinen ließ.

17 *Lenau:* Nikolaus Lenau, eigentl. Nikolaus Franz Niembsch, Edler von Strehlenau (1802–1850). Österreichischer Dichter. Die Zweigs gaben später den Briefwechsel zwischen Lenau und Sofie von Löwenthal heraus.

18 *Bietet der meine Anlaß:* Gemeint ist ihr Roman *Traum-Menschen.*

19 *Hans von Hoffensthal:* 1877–1914, österreichischer Schriftsteller.
*Karte, die ich beilege:* Die Visitenkarte eines gewissen José M., der das »Geehrte Fräulein« bat, es in einer halben Stunde wiedersehen zu dürfen.

20 *Von Romain Rolland habe ich bisher vier Bände gelesen:* Gemeint ist der Roman *Jean-Christophe* (dt. 1914–17: *Johann Christof*) des französischen Schriftstellers (1866–1944) und engen Freundes von Stefan Zweig.

21 *6. 2. 1913:* Postkarte mit Ansicht der Ritterbergbahn gegen die Dolomiten.
*»Lamm«:* Stefan nannte Friderike sein »Lamm«. Er hatte fast 30 Jahre lang ein kleines Holzlamm, das sie ihm geschenkt hatte, auf seinem Schreibtisch stehen.

22 *Deinem großen Freunde:* Gemeint ist der belgische Dichter Emile Verhaeren (1855–1916), mit dem Stefan Zweig bis zu dessen Tod eng befreundet war.
*Rembrandt:* Stefan Zweigs Übersetzung von Verhaerens Buch über den Maler.

23 *Es ist zu überwinden:* Gemeint ist Zweigs Scheu, mit anderen über Friderike zu reden.
*So ein guter Tag war:* Friderike hatte einen besonders schönen Brief von Stefan erhalten.

24 *Helenas Heimkehr:* Drama von Emile Verhaeren.
*Dans la maison:* Ein Band von R. Rollands Roman *Jean Christoph.*
Wotans Abschied; Das Kloster: Von Stefan Zweig übersetzte Dramen Emile Verhaerens.
*O Du Sanfter ...:* Aus einem der Dramen Verhaerens.

25 *Meran, 7. März 1913:* Adressiert nach Paris, Hôtel Beaujolais.

27 *Wie die Schwalbe ...:* Dieses Gedicht schickte Stefan in jenen Tagen aus Paris an Friderike. Es wurde in die Auswahl *Die Gesammelten Gedichte* (Insel-Verlag 1924) von Stefan Zweig aufgenommen.

28 *Ein Paar Verse ...:* Dieses Gedicht kam als Antwort Stefans; aufgenommen in *Die Gesammelten Gedichte*, 1924.

29 *Palmsonntag [1913]:* Antwort auf freudige Berichte aus Paris.
*Das angekündigte Buch:* Gedichte der französischen Dichterin Marceline Desbordes-Valmore (1786–1859). Stefan Zweig schrieb später einen Essay über sie und gab ihn zusammen mit einer Auswahl ihrer Gedichte und Briefe heraus. Friderike übersetzte einige dieser Gedichte und besorgte Auswahl und Übersetzung der Briefe (Insel-Verlag 1927).

30 *Ich weiß Dich nicht mehr recht in Paris:* Tatsächlich hatte Stefan Zweig einige Tage, ehe er nach Österreich zurückfuhr, Paris verlassen.
*Marc. Valmore:* Marceline Desbordes-Valmore hatte im Palais Royal gewohnt, auf dessen Gartenanlage die Fenster des Hôtel Beaujolais, in dem Stefan Zweig wohnte, hinausgingen.

31 *Die Erniedrigten und Beleidigten:* Von Fjodor Michailowitsch Dostojewski (1821–1881).

33 *Petzold:* Alfons Petzold (1882–1923), österreichischer Arbeiterdichter.

35 *Deiner Novelle:* Jugendnovelle *Scharlach*, die nie in Buchform veröffentlicht wurde, sondern nur in der *Österreichischen Rundschau* (1913) erschien.
*Baden:* Friderike bereitete ihre Übersiedlung von Wien (Döbling) nach Baden (bei Wien) vor.
*Hochschneeberg:* Den Hochschneeberg, auf den eine Zahnradbahn führte, suchte Stefan Zweig gern zu ungestörten Arbeiten auf. Allerdings lud er hin und wieder auch Freunde dorthin ein. Die Novelle *Die Mondscheingasse* hat er oben auf dem Berg vollendet und dann gleich Friderike geschickt.

38 *Karte aus Franzensfeste:* Auf der Fahrt geschrieben.

39 *Verlainebuch:* Die letzten Tage Verlaines von dem französischen Schriftsteller Henri Cazals (1840–1909); Friderike übersetzte das Buch für die von Stefan Zweig veranstaltete Ausgabe.
*Emmi W.:* Baronin Dr. Emmi Weber, später Frau des langjährigen Freundes Dr. Erich Stoerk.
*Ich bin dir dankbar für die Arbeit:* Die erste von den vier Übersetzungen der *Letzten Tage Verlaines* von Cazals.

40 *Vortrag des alten Herrn:* Hofrat J. von Winternitz, Schwiegervater Friderikes, der auch nach ihrer Scheidung von Felix v. W. eng mit den Zweigs befreundet blieb. Er war im Pressebüro des Auswärtigen Amtes tätig, auch als Journalist hatte er einen Namen und bekleidete literarische und soziale Ämter. In der

Familie hieß er meist nur »der alte Herr«; seine Wohnung lag in derselben Straße wie die Stefan Zweigs.

41 *Einen Menschen:* Stefan hatte ihr seinen Diener mit Geschenken und zur Hilfe im Hause nach Baden geschickt.

*Deines Zimmers:* Stefan pflegte in Baden stets ein bestimmtes Zimmer zu bewohnen.

42 *[März 1914]:* Nach Paris, Hôtel Beaujolais.

43 *Victor Fleischer:* 1882–1940, deutscher Schriftsteller und Verleger, der im Dritten Reich nach England emigrierte.

44 *Novelle vom Schneeberg:* Gemeint ist die Novelle *Die Mondscheingasse.*

45 *Beim Notar in St. Pölten:* Die Scheidung Friderikes von Felix v. Winternitz wurde, um größere Diskretion zu sichern, nicht in Wien ausgesprochen.

*Schuster & Löffler ... sandten mir so viele Deckel:* Friderikes Verlag schickte mehrere Schutzumschlagentwürfe zu ihrem Roman *Der Ruf der Heimat* zur Auswahl.

46 *Kirchengesang:* In Chartres.

*Schmetterling ..., der Dir gefiel:* Ein brasilianischer Schmetterling unter Glas, den Stefan Zweig jahrelang als Aschenbecher verwendete.

47 *Lieben Menschen nahe zu sein:* Das Ehepaar Stoerk stand der Kuranstalt Tobelbad als Ärzte vor, wo Friderikes Kinder während der von F. und S. geplanten Reise bleiben sollten. Das Ehepaar hatte zu der Zeit einige Konflikte zu überwinden.

*Strunz:* Dr. Franz Strunz, Professor für Geschichte der Naturwissenschaften.

*»Bedrückungen«:* Stefan hatte in einem warnenden Brief auf seine »Depressionen« angespielt, die oft bedenkliche Formen annahmen.

*Felix:* Friderikes geschiedener Mann, der als Hauptmann einrückte.

50 *Bin heute ... fast sicher in Wien:* Die eilige Fahrt erfolgte aufgrund eines alarmierenden Briefes, in dem Stefan Friderike mitteilte, daß er damit rechne, als einfacher Soldat nach Galizien einrücken zu müssen. In Wien sehen sich die beidem zum ersten Mal seit Kriegsbeginn.

*Unterbringung des Gedichtes:* Ein Aufruf an die Mütter, der in der *Neuen Freien Presse* erschienen war.

*Rastelbindergesicht:* Gleichsam als Zeichen seiner Verstörung über die bevorstehende Einberufung hatte Stefan Zweig sich einen Bart wachsen lassen.

*Verschütteten Tage:* Gemeint ist die geplante, infolge der politischen Entwicklung aber unterbliebene gemeinsame Reise.

51 *Fräulein Eugenie:* Die Pädagogin und Sozialreformerin Eugenie Hirschfeld, Schwester des Journalisten Leo Feld und des Theaterschriftstellers und Operettenlibrettisten Viktor Leon. In ihrem Haus in Plötzleinsdorf bei Wien trafen sich viele junge Dichter, und besonders Stefan Zweig war sie freundschaftlich verbunden.

52 *Traiskirchen:* Es handelte sich um einen Lehrauftrag Stefan Zweigs an der dortigen Kadettenschule.

53 *Josef:* Stefan Zweigs langjähriger Diener, der, obwohl schon älterer Familienvater, später zum Militärdienst eingezogen wurde.

55 *Glück dieser Tage:* Stefan Zweig, obwohl nicht im aktiven Kriegsdienst, litt

unsagbar unter der Tatsache des Kriegszustandes an sich sowie allem, was er zur Folge hatte. Die ganze Situation machte ihn über lange Strecken arbeitsunfähig, allen Anstrengungen Friderikes zum Trotz. Doch endlich war es ihr gelungen, Stefan wieder Arbeitsruhe zu verschaffen, und die beiden verbrachten einige Tage im Gebirge.

*Erich:* Dr. Erich Stoerk.

*Gstettenhof:* Bei Mariazell, wo sie einige Tage verbrachten.

*Ernst Lissauer:* 1882–1937; deutscher Schriftsteller (Gedichte und Dramen), den, wie so viele deutsche Juden, bei Kriegsausbruch 1914 ein starkes Gefühl der Zugehörigkeit zur Nation erfüllte. Er dichtete einen *Haßgesang gegen England*, was er später zutiefst bereute.

58 *Hofrat Lammasch:* Heinrich Lammasch (1853–1920); österreichischer Politiker (Mitglied des Haager Schiedshofes) und Professor für Straf- und Völkerrecht in Innsbruck und Wien. Der überzeugte Pazifist war im Okt. 1918 der letzte Ministerpräsident der österreichischen Monarchie.

59 *Dein Essay:* Artikel über die verwüsteten Kriegsgebiete Galiziens und deren langsame Erholung.

*Wilson:* Woodrow Wilson (1856–1924), Präsident der USA (1913–21).

60 *Briefauswahl:* Eine für den Insel-Verlag zu veranstaltende Auswahl von Briefen Nikolaus Lenaus.

61 *Suse:* Friderikes Tochter Susanne.

*Frau Albert:* Die Malerin Lou Albert-Lazard (1891–1969), Freundin Rilkes, mit der er die Zweigs in Kalksburg mehrmals besucht hatte.

62 *Pilatus-Kulm:* Diese kurze Nachricht steht auf einer Ansichtskarte der Pilatus-Kulm.

*Virginia Brissago:* Stefan Zweigs unvermeidliche schwere Zigarre.

*[Wengernalp]:* Ansichtskarte der Wengernalp.

*Hofrätin:* Berta Zuckerkandl-Szeps (1863–1945), Witwe des Anatomen Hofrat Emil Zuckerkandl, Journalistin und Übersetzerin, die im Freundeskreis allgemein »die Hofrätin« genannt wurde. Die international bekannte Kunstkritikerin hatte in Wien einen literarischen Salon.

63 *Cassirers:* Bruno Cassirer (1872–1941), deutscher Verleger, dessen von ihm gegründeter Verlag sich vor allem der bildenden Kunst, der Dichtung und der Philosophie widmete; und seine Frau, die Schauspielerin Tilla Durieux, eigtl. Ottilie Godefroy (1880–1971).

*Ehrenstein:* Albert Ehrenstein (1886–1950), deutscher Schriftsteller und Literaturkritiker.

*Fräulein Bergner:* Elisabeth Bergner (*1897), deutsche Schauspielerin, mit der Ehrenstein eine unglücklich endende Liebesbeziehung verband.

64 *Der mangelnde Hauptmann:* Anspielung auf einen im Krieg verwundeten Soldaten, um dessen Rehabilitierung Friderike sich bemühte.

*Paul Stefan:* Eigtl. P. S. Grünfeldt (1879–1943), Musikologe und Mitarbeiter der Zeitschrift *Donauland*.

*Das Stück:* Stefan Zweig arbeitete gerade an der *Legende eines Lebens*.

*Herrn d'Obry:* Nachbar der Zweigs im Hotel Belvoir; ein dänischer Adeliger, der lange in Belgisch-Kongo auf den Spuren Livingstones und Stanleys

forschte. Der kinderlose Mann hatte vor allem Friderikes Tochter Suse ins Herz geschlossen und erbot sich zwanzig Jahre später, sie zu adoptieren, um ihr durch die dänische Staatsbürgerschaft Erleichterungen zu verschaffen.
*Faesi:* Professor Dr. Robert Faesi (1883–1972), Schweizer Literarhistoriker, Essayist und Erzähler. Er wohnte am gegenüberliegenden Ufer des Sees, und Stefan Zweig schätzte ihn sehr.
*Donauland:* Die Zeitschrift *Donauland* gab das österreichische Kriegsarchiv in Wien, dem auch Zweig von 1914 bis 1917 zugeteilt war, heraus unter Mitwirkung einheimischer Schriftsteller wie Rainer Maria Rilke, Franz Theodor Csokor, Alfred Polgar und dem Musikologen Paul Stefan.
*Dr. Bach:* David Josef Bach (1874–1947), Redakteur der Wiener *Arbeiter Zeitung* und Leiter der österreichischen Propagandastelle in Zürich.
*Affaire Guilbeaux:* Der französische Dichter Henri Guilbeaux (1885–1938), der auch Zweigs Gedichte ins Französische übertragen hatte, wurde als Freund Rußlands von den Franzosen *in contumatiam* zum Tode verurteilt, später jedoch begnadigt.
66 *Reinhart:* Hans Reinhart (1880–1963), Schweizer Dichter.
*Keine Virginia:* Anspielung auf Friderikes Warnungen, daß das Rauchen der schweren Tessiner Zigarren ihm schaden könnte.
67 *Gefasel, das ich mit halbem Willen gebe:* Die Feuilletons für Zeitschriften, die jedoch oft kleine Meisterwerke waren.
*Wiener Reichspost:* Tageszeitung mit antisemitischer Tendenz.
68 *Felix Braun:* 1885–1973; österreichischer Lyriker, Dramatiker und Erzähler. 1939–1951 in der Emigration in England. Er war ein Jugendfreund Zweigs und blieb ihm stets freundschaftlich verbunden.
69 *Es ist nicht ungefährlich:* Die spanische Grippe grassierte.
*Rousseau:* Deutsche Übersetzung des *Emile*.
*Kippenberg:* Prof. Anton Kippenberg (1874–1950), Leiter des Insel-Verlages seit 1905, war seinem Autor Stefan Zweig freundschaftlich verbunden. Die Trennung vom Insel-Verlag, die 1933 erzwungen wurde, ist Zweig, wie er wiederholt betonte, fast so nahegegangen wie das Verlassen seiner österreichischen Heimat.
70 *Dr. Rieger:* Erwin Rieger (1889–1940), österreichischer Dichter, Kritiker und Übersetzer, nachmaliger Biograph Zweigs (*Stefan Zweig. Der Mann und das Werk*, Berlin 1928). Obwohl nicht »rassisch« verfolgt, ging er nach Tunis in die Emigration und ließ auch gegenüber guten Freunden nichts mehr von sich hören.
*Debrit:* Herausgeber einer pazifistischen Zeitung in Genf.
71 *G.:* Henri Guilbeaux.
*Leonhard:* Leonhard Adelt (1881–1945), Journalist, Münchner Korrespondent des *Berliner Tageblatts*, der dem Pressequartier in Österreich zugeteilt war und als Kriegsberichterstatter arbeitete.
72 *Ehescheidungsreform:* Betrifft Dispensehen für geschiedene Katholiken, von der die Möglichkeit für Friderike abhing, sich in Österreich wiederverheiraten zu können.
*Dostojewskis Schicksal:* Verzögerung der Beendigung der Arbeit.

*Salzburger Pille:* Die von Stefan und Friderike geplante Verlegung des Wohnsitzes nach Salzburg. Stefan hatte bereits zwei Jahre zuvor das Haus am Kapuzinerberg gekauft, das aber erst unter größten Schwierigkeiten umgebaut werden mußte (Heizung etc.), mit denen sich vor allem Friderike herumzuschlagen hatte.

73 *Geldwahn:* Anspielung auf Friderikes Standpunkt, finanziell für sich selbst aufzukommen.

74 *Alfred:* Alfred Zweig (1879–1977), Stefan Zweigs jüngerer Bruder.

75 *N.:* Nyon, Schweizer Stadt am Genfer See, wo sich Friderike z. Z. aufhielt.

76 *L.:* Loni, die junge Schweizerin, die geradezu »gekidnapped« worden war.

77 *Nur Ordnung muß es sein:* Die Salzburger Landesregierung bewilligte erst später eine vorläufige Niederlassung.

*Lisi:* Elise Exner, bei Zweigs »Mädchen für alles«, die nun nach Salzburg kam und mit den Kindern das teilweise bereits bewohnbare Haus am Kapuzinerberg bezog.

*Keinen Strich für Rolland:* Die schon in der Schweiz von Stefan Zweig begonnene Arbeit an der Biographie Rollands.

*Bücher ... verkauft:* Bücher aus seiner Bibliothek, die schon damals mehrere tausend Bände umfaßte.

*Frau Mandl:* Stefan Zweigs Wiener Sekretärin.

78 *20 bis 30:* 20–30000 Kronen.

*Brief vom 2. Mai 1919:* Brief von Stefans Vater an Friderike.

79 *[Salzburg] 6/VI. 19:* Stefan hielt sich z. Z. bei seinen Eltern in Wien (Garnisonsgasse 10) auf.

*Für eine Frau absolut unmöglich:* Friderike wollte in Wien der Premiere des *Jeremias* beiwohnen.

*Ministerium:* Um eine Beschleunigung des Ehedispens zu erreichen.

*Trentini:* Albert von Trentini (1878–1940), österreichischer Schriftsteller, der zugleich höherer Beamter war (zuletzt Sektionschef im Innenministerium in Wien).

80 *Buschbeck:* Erhard Buschbeck (1889–1960), österreichischer (gebürtiger Salzburger) Schriftsteller und Dramaturg, später Direktor des Wiener Burgtheaters.

81 *Die Sache:* Verschleppung der Ehedispens-Angelegenheiten.

*Welt der Packeleien:* Die Sozialdemokratische Partei förderte die Ehedispense nach katholischen Eheschließungen, während die Christlich-soziale Partei sie sabotierte. War der Referent oder Landeshauptmann ein Christlich-sozialer, wie in Salzburg, und der Vize-Landeshauptmann ein Sozialdemokrat, gab es »Packeleien« zwischen ihnen pro und contra.

82 *[München, Okt. 1919]:* Ansichtskarte mit Münchner Standesamt. Es war Zweigs erste Deutschlandreise nach dem Krieg.

*Hauptgeschäft:* Anton Kippenberg, der Leiter des Insel-Verlages, der hervorragende Goethekenner und Goethe-Autographensammler, pflegte mit Stefan eine Art Geheimsprache aus Goetheschen Regionen. »Hauptgeschäft« ist den Gesprächen mit Eckermann entliehen und bezieht sich auf das Projekt, das Stefan ausgearbeitet hatte und das ihm am Herzen lag. Es wurde unter dem Namen

»Bibliotheca Mundi« verwirklicht, eine Sammlung weltberühmter Werke und Anthologien aller Zeiten in den Originalsprachen in schöner Ausstattung.

83 *[Leipzig, 20. Okt. 1919]:* Postkarte vom selben Tag wie der vorhergehende Brief.

84 *S. F.:* S. Fischer Verlag, wo Friderikes Roman erschien.

86 *Leonhard:* Leonhard Adelt, der in München das *Berliner Tageblatt* vertrat.

88 *Bazalgette:* Léon Bazalgette (1873–1929), Autor einer Biographie des amerikanischen Dichters Walt Whitman und bekannt geworden vor allem durch seine Übersetzungen Whitmans. Er war seit 1904 mit Stefan Zweig befreundet.

*Kurt Wolff:* 1887–1963, Verleger und mit seinem gleichnamigen Verlag vor allem Förderer der expressionistischen Literatur.

*Cressida:* Übersetzung des gleichnamigen Dramas von André Suarès (1868 bis 1948) aus dem Französischen.

*Felix Braun:* 1885–1973, österreichischer Lyriker, Dramatiker und Erzähler. 1939–1951 in der Emigration in England. Er war ein Jugendfreund Zweigs und stand ständig in freundschaftlicher Verbindung mit ihm.

*B. T.: Berliner Tageblatt.*

*Max Reinhardt:* Eigtl. M. Goldmann (1873–1943); Theaterregisseur, Gründer der Salzburger Festspiele.

*Theodor Wolff:* Chefredakteur des *Berliner Tageblattes.*

*Rathenau:* Walther Rathenau (1867–1922); deutscher Politiker und Industrieller; 1922 Außenminister.

89 *Frau Dehmel:* Frau des Lyrikers und Dramatikers Richard Dehmel (1863 bis 1920).

*Das Interessante:* Über Begegnungen Stefans mit Frauen wollte Friderike nichts hören.

91 *Artikel im Berliner Tageblatt:* Anläßlich des Todes von Heinrich Lammasch.

*Eliasberg:* Entweder Alexander oder David E. Die beiden Brüder gaben im Insel-Verlag die russische Anthologie *Russki Parnass* (1920) heraus.

*Frau M.:* Frau Mandl, Stefans langjährige Sekretärin.

92 *[Okt. 1920]:* Zweite Deutschlandreise Zweigs im Oktober 1920; zuerst ist er in Frankfurt / M. bei Victor Fleischer.

93 *Salzburg, Okt. 20:* Friderike hat diesen Brief, in dem sie auf Freuds Brief vom 19. 10. Bezug nimmt, *vor* den Stefans vom 17. 10. gesetzt – ein Beispiel für die in der Forschung mehrfach beklagten Falschdatierungen bei diesem Briefwechsel. Nur selten läßt sich eine Fehleinordnung so eindeutig feststellen wie im vorliegenden Fall.

94 *Jouve:* Pierre-Jean Jouve (geb. 1887); der französische Schriftsteller gehörte zu den Schweizer Exilbekanntschaften Zweigs.

*Frans:* Frans Masereel.

95 *Das schöne Buch:* Stefan Zweig, *Drei Meister. Balzac, Dickens, Dostojewski,* Insel-Verlag, Leipzig 1920.

96 *Helmholtz:* Hermann von Helmholtz (1821–1894), deutscher Arzt, Physiologe und Physiker.

*Lombroso:* Cesare Lombroso (1836–1909), italienischer Psychiater, Autor von *Genie und Irrsinn.*

97 *Beiden Gesellen:* Stefans Freund Victor Fleischer und ein anderer Bekannter hatten das Hotel für ihn ausgesucht.

*Rütten und Loening:* Das bekannte, damals in Frankfurt / M. ansässige Verlagshaus, das auch die deutschen Übersetzungen der Werke Rollands verlegte.

98 *Sohn Rolf:* Der Schäferhund der Zweigs.

99 *Wilhelm von Scholz:* 1874–1969; deutscher Dramatiker, Erzähler, Lyriker.

*Clérambault:* Die Übersetzung dieses Romans von Rolland.

101 *28. Juli 1921, Marienbad:* Stefan Zweig besuchte seine Mutter in Marienbad und seinen Bruder Alfred in der elterlichen Fabrik in Reichenberg in der Tschechoslowakei (Böhmen).

*Die Frauen:* In Salzburg hatte die von Friderike vorbereitete, von der englischen Sektion der Internationalen Frauen-Liga für Frieden und Freiheit geleitete Sommerschule begonnen, die die erste derartige internationale Zusammenkunft nach dem Kriege darstellte. Eine Reihe von Stefans französischen Freunden nahmen daran teil. Chinesinnen, Inderinnen, Japanerinnen, meistens Studentinnen, tauchten zwischen den heimischen Mädchen auf und besuchten mit anderen jungen Menschen vieler Nationen die Festspiele und Sehenswürdigkeiten. Der französische Schriftsteller Pierre-Jean Jouve, einer der Vortragenden, wohnte im Haus der Zweigs.

*Preußler:* Der Vizegouverneur des Kronlandes Salzburg, der mit anderen »Obrigkeiten« im großen Saal des Mozarteums die Gäste der internationalen Sommerschule begrüßte.

102 *16. 11. 21, Leipzig:* Dritte Vortragsreise nach Deutschland im November 1921.

*Leonhard:* L. Adelt.

103 *Camil:* Dr. Camill Hoffmann (1878–1944); österreichischer Lyriker, ein Jugendfreund Zweigs; damals Pressechef der tschechoslowakischen Gesandtschaft und zeitweise Vertreter des Gesandten in Berlin. Während des Zweiten Weltkrieges wurde er von den Nazis aus Prag deportiert und getötet.

*Hermann Ungar:* (1893–1929), Dr. jur., österreichischer Romancier und Dramatiker, Rechtsanwalt und Schauspieler.

*Harden:* Maximilian Harden, eigtl. Maximilian Felix Ernst Witkowski (1861 bis 1927), Berliner Essayist und Publizist, Hrsg. der politisch-literarischen Wochenschrift *Die Zukunft*.

*Fischer:* Der Verleger Samuel Fischer (1859–1934).

*Kahane:* Arthur Kahane (1874–1931), deutscher Schriftsteller, Dramaturg bei Max Reinhardt.

*Handl:* Willi Handl (1872–1921), Kritiker.

*Kämmerer:* Dr. Ami Kaemmerer (1861–1926), Hamburger Exportkaufmann, langjähriger Freund Zweigs.

104 *Ernst Weiß:* 1884–1940, Arzt und Schriftsteller; emigrierte 1938 nach Frankreich.

105 *Heymann:* Moritz Heimann (1868–1925), deutscher Erzähler, Essayist und Dramatiker; Lektor im S. Fischer Verlag.

*Jeßner:* Leopold Jessner (1878–1945), Regisseur, damals Intendant des Berliner Staatstheaters.

*Wassermann:* Jakob Wassermann (1873–1934), österreichischer Schriftsteller.

*Kerr:* Alfred Kerr (1867–1948), Theaterkritiker; schrieb damals fürs *Berliner Tageblatt.*

*Busoni:* Ferruccio Busoni (1866–1924), italienischer Komponist.

*Liszt:* Franz von Liszt (1811–1886), ungarisch-deutscher Komponist und Pianist.

*24. November 1921:* Da Stefans Brief vom 26. 11. direkt auf diesen Brief Bezug nimmt, wurde er nach dem vom 25. 11. eingeordnet.

106 *Smuts:* Jan Christiaan Smuts (1870–1950), südafrikanischer General und Staatsmann; wirkte bei der Gründung der UN mit.

108 *20/3 22:* Erste Reise nach Frankreich nach dem Krieg, März 1922.

109 *Crucy:* Nicht ermittelt.

*Jean R. Bloch:* Jean-Richard Bloch (1884–1947), französischer Schriftsteller und Kritiker; gründete mit Romain Rolland die Zeitschrift *Europe.*

111 *Zifferer:* Dr. Paul Zifferer (1879–1929), österreichischer Journalist und Schriftsteller, zur Zeit Legationsrat der österreichischen Botschaft; ein langjähriger guter Freund der Zweigs.

*Crommelynck:* Fernand Crommelynck (1888–1970), belgischer Schauspieler und Dramatiker.

*Bazal:* Léon Bazalgette.

*Arcos:* René Arcos (1880–1959), französischer Schriftsteller, gehörte zu den Schweizer Exilbekanntschaften Zweigs.

*Amoke:* Zweigs Novellensammlung *Amok. Novellen einer Leidenschaft,* Insel-Verlag 1922.

*Vögelchen:* So heißt ein früher Roman Friderikes.

*Victor:* V. Fleischer.

112 *Vater Bahr:* Hermann Bahr.

*Die Metzgerin und den Metzger:* Victor Fleischer und seine Frau.

*Duhamel:* Georges Duhamel (1884–1966), französischer Schriftsteller.

*Vildrac:* Charles Vildrac, eigtl. Ch. Messager (1882–1971), französischer Schriftsteller.

*Metz:* Vermutlich Friedrich Metz (1890–1969), Geograph.

*Heidelberg:* War die erste Station von Friderikes Deutschlandreise, Oktober 1922.

*Medi:* Victor Fleischers Frau Leontine, Regisseurin und Schauspielerin, berühmt geworden durch den Film *Mädchen in Uniform.*

*Bahr:* Hermann Bahr (1863–1934), österreichischer Schriftsteller und Kritiker.

*Signac:* Paul Signac (1863–1935), französischer Maler und Graphiker.

113 *Fauconnier:* Henri Victor Gabriel Le Fauconnier (1881–1946), französischer Maler.

*Valerie:* Hausmädchen der Zweigs.

*d'Albert:* Eugen Franz Karl d'Albert (1864–1932), deutscher Komponist und Pianist französisch-englischer Herkunft.

114 *Friedmann:* Prof. Wilhelm Friedmann, Ordinarius für Romanistik in Leipzig, ein Freund Zweigs, der später in Frankreich von den Nazis in den Tod getrieben wurde.

*Legende:* Das Kammerspiel *Legende eines Lebens.*

115 *Dujardin:* Edouard Dujardin (1861–1949), französischer Schriftsteller, Freund Mallarmés.

116 *Hotel Habsburgerhof [Berlin, Juni 1923]:* Brief auf der Durchreise von München über Berlin nach Westerland.

*Camil:* Camill Hoffmann.

117 *In Gedanken folgen zu können:* Im Jahr zuvor waren sie beide gemeinsam nach Sylt gereist.

*Timmersdorfer Strand:* Timmendorfer Strand.

*Bahrs:* Der Schriftsteller Hermann Bahr und seine Frau.

118 *Bei Rolland:* Romain Rolland hatte sich für einen Aufenthalt im Salzburger Haus der Zweigs angesagt.

*Gestern war ich bei Lix:* Alix, Friderikes Tochter, war zu jener Zeit im Pensionat der Englischen Fräulein in St. Zeno bei Reichenhall.

119 *13000 Mark per Person:* Es war die Zeit der Inflation, als die Preise gigantische Höhen erreichten. Diese ständigen Kursschwankungen, die jede Berechnung unmöglich machten, spielen in den Briefen aus dieser Zeit immer wieder eine Rolle.

120 *Faistauer:* Anton Faistauer (1887–1930), österreichischer Maler, der u. a. die Fresken des Salzburger Festspielhauses schuf; zur Zeit malte er gerade die Fresken der Dorfkirche in Morzg bei Salzburg.

121 *Gestern war ich bei Deiner Mutter:* Friderikes Mutter starb, fast achtzigjährig, Weihnachten 1923.

*[Paris] Hôtel Beaujolais ...:* Das Jahr 1924 begann mit einer Reise Stefan Zweigs nach Paris.

122 *Martinet:* Marcel Martinet (1887–1944), französischer Dichter. Sein Gedichtband *Les temps maudits* (1917) erschien 1919 unter dem Titel *Die Tage des Fluches. Gedichte 1914–1916.*

*Frans:* Frans Masereel.

*Im Gehämmer:* Im Haus am Kapuzinerberg wurde gerade unter vielen Schwierigkeiten die Zentralheizung installiert.

123 *Kra:* Der Pariser Verleger und Autographenhändler Simon Kra, ein alter Freund Zweigs.

*Scheyer:* Moriz (gen. Monju) Scheyer (1887–1949), österr. Journalist.

*Unruh:* Fritz von Unruh (1885–1970), deutscher Dramatiker und Erzähler.

*Charavay:* Autographenhändler in Paris.

*Crucy:* Nicht ermittelt.

*Madeleine Marx:* Nicht ermittelt.

*Andrée Jouve:* Nicht ermittelt. Vielleicht eine Verwandte von Pierre-Jean Jouve.

124 *Deine Regenbriefe:* Friderike weilte in Abbazia, einem Seebad in Jugoslawien.

125 *Den Franc conterminiert:* Bezieht sich auf die skandalösen Franc-Spekulationen, die damals die Öffentlichkeit beschäftigten.

*Ich strauße kräftig:* In *Richard Strauss et Romain Rolland Correspondance, Fragment de Journal*, liest man (S. 175) Mai 13, 24: »Stefan Zweig nous offre un déjeuner avec quelques amis viennois dans un Grand Hôtel sur la Graben« (Das Hotel Meissl und Schadn, am Neuen Markt). »Déjeuner simple très cordial, j'ai comme voisin Arthur Schnitzler.«

*Kaspar-Wuzi:* Der damals noch ganz junge Springerspaniel Kaspar und der alte Schäferhund Rolf, genannt Wuzi.

127 *Freiburg, Breisgau, 18/2 [1925]:* Vortragsreise durch deutsche Städte.

*Korrekturen-Affaire:* Er fürchtete, daß Fehldrucke entstanden sein könnten, worüber er sich durch einen Anruf beim Verlag in Leipzig beruhigt hatte.

*Vater Olden:* Der Vater der beiden Schriftsteller Balder (1882–1949) und Rudolf (1885–1940) Olden.

*Ebert:* Friedrich Ebert (1871–1925), deutscher Regierungspräsident seit 1919.

128 *Korrekturen:* Gemeint sind die Korrekturen zu dem Buch *Der Kampf mit dem Dämon* (Hölderlin, Kleist, Nietzsche).

*Mit R. R.:* Romain Rolland, mit dem Stefan Zweig eine Deutschlandreise macht.

*Deine Freundin Andro:* Die Schriftstellerin und Musikkritikerin Risa Rie.

*Belsazar:* Oratorium (1744) von Georg Friedrich Händel (1685–1759).

129 *Roniger:* Emil Roniger, in dessen Rotapfel-Verlag in Zürich das *Liber Amicorum Romain Rolland* (Festschrift zum 60. Geburtstag von R. R. am 29. 1. 1926) erschien. Auch Sigmund Freud (1856–1939) hatte einen Beitrag dazu geliefert.

*Der junge Friedenthal:* Dr. Richard Friedenthal (1896–1980), deutscher Schriftsteller, dessen Beziehung zu Stefan Zweig sich zu einer engen Freundschaft entwickelte und zu einer fruchtbaren Zusammenarbeit bis zu Zweigs Tod.

*Illustrierten Jean Christophe:* Von Frans Masereel illustriert.

*Seiner Schwester:* Madeleine Rolland.

*[Weimar] 10/6,25:* Karte mit Goethes Gartenhaus.

*Frau Förster-Nietzsche:* Elisabeth Förster-Nietzsche (1846–1935), Schwester von Friedrich Nietzsche (1844–1900).

130 *Nach V.:* Nach Villes-sur-Mer (Calvados) in Frankreich.

*Ihr Mann:* Der Graphiker und Bibelillustrator Ephraim Mose Lilien (1874 bis 1925).

132 *Leonhard:* L. Adelt.

133 *Marseille 4/11 [1925]:* Fahrt nach Marseille, wo Stefan Zweigs Stück *Volpone* entstand.

*Balearentraum:* Als Stefan und Friderike drei Jahre später wirklich die Balearen besuchten, mißfiel ihm der laute Baulärm dort so sehr, daß sie schon nach drei Tagen Mallorca wieder verließen.

*Dieses seltsame Briefpapier:* Die Speisekarte des Restaurants.

134 *Villeneuve:* Dort lebte Romain Rolland mit seinem alten Vater und seiner Schwester.

*Stark linzerischen Zug:* Anspielung auf die österreichische Provinzstadt Linz.

136 *Lübeck 1/2, 26:* Vortragsreise; zur Feier von Romain Rollands 60. Geburtstag hielt Zweig in verschiedenen Städten Vorträge über den Freund.

Kämmerer nicht zu schlecht gefunden: Er war krank.

137 *[August 1926]:* Die folgenden Karten und Briefe stammen von Stefan Zweigs Schweizer Reise vom 8.–13. August 1926.

138 *Hotel Byron:* In Villeneuve am Genfer See.

140 *Leonhard:* L. Adelt.

*Schmidtbonn:* Wilhelm Schmidtbonn, eigtl. W. Schmidt (1876–1952), Dramatiker, Erzähler und Lyriker.
*Felix:* F. Braun.
*Vom M. Attentat:* Attentat auf Benito Mussolini (1883–1945), den faschistischen Diktator Italiens.

141 *Herr L. Brieger:* Lothar Brieger-Wasservogel, der das Werk *Aus der Gedankenwelt großer Geister* (Stuttgart 1908) herausgegeben hat, in dem auch (in Bd. II) Stefan Zweigs Aufsatz »Balzac. Sein Weltbild aus den Werken« erschienen war.

142 *Kreisler-Konzert:* Fritz Kreisler (1875–1962), österreichisch-amerikanischer Geiger und Komponist.

143 *Carossa:* Hans Carossa (1878–1956), deutscher Dichter. Seine Haltung in der Zeit des Nationalsozialismus enttäuschte Stefan Zweig, obwohl er Carossa weiterhin als Dichter achtete.
*Premiere:* Von *Volpone* an der Volksbühne Berlin unter Erwin Piscator (1893 bis 1966).
*Fest bei Donath:* 50. Geburtstag des Journalisten Adolf Donath (1876–1937).
*Camill:* C. Hoffmann.
*Lernet-Holenia:* Alexander Lernet-Holenia (1897–1977), österreichischer Lyriker, Erzähler und Dramatiker.
*Polgar:* Alfred Polgar (1873–1955), Wiener Theaterkritiker, Essayist und Dramatiker.
*Bruno Frank:* 1887–1945, deutscher Schriftsteller.
*Felix Bloch:* Berliner Theaterverlag und Bühnenvertrieb, der die Rechte an *Volpone* verwaltete.
*Bei Fischers:* Im Hause des Verlegers Samuel Fischer.

144 *Ähnlichen trüben Stätten:* Erinnerung an die Aufenthalte an der Landesgrenze in den Kriegsjahren.
*Ebermayer:* Erich Ebermayer (1900–1970), Romancier und Dramatiker.
*Calondrische Zeiten:* Ansichtskarte zeigte das Hotel Calonder, wo Stefan und Friderike 1918 wohnten.

145 *Aber alles vorbereitet:* Für das Essay über Casanova.

146 *Moissi:* Alexander Moissi (1880–1935), österreichischer Schauspieler italienischer Herkunft, der gerade in Salzburg bei den Festspielen den Jedermann spielte.

148 *Warburg:* Sigmund Warburg, aus der Hamburger Bankiersfamilie; vor allem Paul W. (1868–1932) wurde bekannt als Mitbegründer des Federal Reserve System und Max Warburg (1867–1946); Sigmund ist ein Neffe von Max W.

149 *Jaloux:* Edmond Jaloux (1878–1949), französischer Schriftsteller und Kritiker, Mitglied der Académie française; Friderike hatte zwei Romane von ihm ins Deutsche übersetzt.

150 *Geigy-Hagenbach:* Schweizer Industriellenehepaar.
*Reisinger:* Hans Reisinger (1884–1968), deutscher Schriftsteller und Übersetzer, besonders bekannt als Biograph und Übersetzer Walt Whitmans.
*Aus Paris:* Von der bevorstehenden Aufführung *Volpones.*
*Erwin:* E. Rieger.

151 *Paule:* Frans Masereels Stieftochter.

*Charles Baudouin:* 1893–1963, Professor am Institut Rousseau, Psychoanalytiker, Dichter und Übersetzer des *Jeremias* ins Französische.

152 *Susi:* Friderikes Tochter Susanne.

*Jules:* Jules Romains, eigtl. Louis Farigoule (1885–1972), französischer Romancier; Übersetzer von *Volpone.*

*V.: Volpone.*

*Frans:* F. Masereel.

153 *Jouvet:* Louis Jouvet (1887–1951), französischer Schauspieler, seit 1927 Direktor der Comédie des Champs-Élysées.

154 *M.:* Moskau.

*N.:* Norogovolje.

155 *Boris Pilniak:* Boris Andrejewitsch Pilnjak, eigtl. B. A. Wogau (1844–1938?), russischer Schriftsteller, Ende der dreißiger Jahre wahrscheinlich hingerichtet.

*In Caux gewesen:* Dieser und die folgenden Briefe stammen von einer kurzen Reise Stefan Zweigs in die Schweiz.

156 *Bazal:* Léon Bazalgette, dem es gesundheitlich nicht gut ging.

*Die ganze Weihnachterei:* Friderike erkannte erst spät, daß Stefans Bitterkeit zur Weihnachtszeit und seine häufige Flucht während dieser Tage auf entbehrte Weihnachtsfreuden in seiner Jugend zurückzuführen waren.

*Hotel Byron:* In Villeneuve.

157 *Die Sache:* Friderikes Tochter Alix probierte ein Diktaphon für ihn aus.

*Den entscheidenden Fehler:* Die Veränderung, die er spürte, bestand darin, daß seine periodisch wiederkehrende Unruhe, durch mehrere Umstände genährt, häufiger auftrat und schwerer zu bekämpfen war. Die Kehrseite des Ruhms waren sich steigernde Störungen, geringerer Ansporn sich anzuspannen, da Höhe erreicht war, mit zugleich vermehrtem künstlerischen Verantwortungsgefühl, so daß das Spontane litt. Das Bedürfnis nach Veränderungen nahm zu.

*Den Blake:* Eine der Hiobzeichnungen des englischen Dichters und Malers William Blake (1757–1827).

*Wildgans:* Anton Wildgans (1881–1932), österreichischer Lyriker und Dramatiker, 1921–23 und 1930–31 Direktor des Wiener Burgtheaters.

158 *Brüssel, 15. März [1929]:* Vortragsreise nach Belgien, März 1929.

159 *Johann:* Seit sieben Jahren Diener im Hause Zweig.

160 *Alberto:* Alberto Stringa (1880–1931), Maler, der auf dem Monte Baldo bei den Hirten lebte und nur anläßlich Zweigs Besuch »runter« kam.

*Borghese:* Giuseppe Antonio Borgese (1882–1952), italienischer Literaturwissenschaftler, Schriftsteller und Kritiker; Schwiegersohn Thomas Manns.

*Breslau 12/3 1930:* Reise nach Deutschland zur Aufführung des *Lamms des Armen*, Theaterverhandlungen usw.

*Bellilotte:* Weibliche Hauptrolle im *Lamm des Armen.*

*Francés:* Raoul Heinrich Francé (1874–1943), österreichischer Biologe, und seine Frau.

*Baronin Budberg:* Sekretärin Maxim Gorkis (1868–1936), die die Zweigs in Sorrent kennengelernt hatten; später wurde sie die Sekretärin von H. G. Wells (1866–1946).

*Herterich:* Franz Herterich (1877–1966), Direktor des Wiener Burgtheaters, wo ebenfalls *Das Lamm des Armen* in Vorbereitung war.
*Hilpert:* Heinz Hilpert (1890–1967), deutscher Schauspieler und Regisseur, 1934–45 Intendant des Deutschen Theaters in Berlin.
161 *Joachim Maass:* 1901–1972, deutscher Schriftsteller.
*Waldhaus Flims, 7. Juli [1930]:* Die folgenden Briefe gehen von und nach der Schweiz, wo Friderike ihre Tochter Susanne besuchte, die in Genf einen mehrmonatigen Säuglingspflege-Kurs absolvierte.
*»Freud«-Arbeit:* Das Buch *Heilung durch den Geist.*
*Aslan:* Raoul Aslan (1886–1958), österreichischer Schauspieler und Regisseur, seit 1920 Burgschauspieler, 1945–48 Direktor des Burgtheaters; er hatte den Mosca in *Volpone* gespielt.
162 *Neuen Fr. Presse Ankündigung:* Zu *Heilung durch den Geist.*
163 *Deine Postfräulein-Geschichte:* Ein begonnener, nie vollendeter Roman.
164 *Der Mesmer macht sich sehr gut:* Artikel über Franz Anton Mesmer (1734–1815), den deutschen Arzt und Begründer der Lehre von der Heilkraft des »animalischen Magnetismus«, für *Heilung durch den Geist.*
*Joseph Roth:* 1894–1939, österreichischer Schriftsteller und Journalist. Sein wohl bekanntester Roman, *Radetzkymarsch*, erschien 1932.
*Seine Frau:* Friderike (Friedl) Roth, geb. Reichler (1901–1941), J. Roths nervenkranke Frau.
165 *Louis Lambert:* Vermutlich Louis Aloisius Lambert (1835–1910), französischer Schriftsteller.
166 *Kracauer:* Siegfried Kracauer (1889–1966), deutscher Soziologe, der 1933 nach Frankreich, 1941 nach New York emigrierte.
*Hübsch:* B. W. (»Ben«) Huebsch (1873–1965), Gründer und Leiter des New Yorker Verlages B. W. Huebsch, Inc., aus dem 1925 der große Verlag Viking Press hervorging. Er war mit Zweig befreundet und brachte mehrere seiner Werke auf Englisch heraus.
*Nicht nur Geiz:* In einer kurzen Nachricht vom 20. 7. hatte er geschrieben: »Deinen Geiz, nicht einmal anzurufen, kann ich schwer entschuldigen, aber ich bin milden Herzens.«
167 *Roths Hiob:* Joseph Roths Roman *Hiob* (1930).
*Die große Kur:* Eine begonnene Abmagerungskur.
*Hans von Bülow:* Hans Guido Frhr. v. Bülow (1830–1894), deutscher Pianist und Dirigent, verheiratet mit Cosima, der Tochter Liszts und späteren Frau Richard Wagners.
*Julien Green:* (geb. 1900), französischer Schriftsteller kanadischer Herkunft. 1930 erschien sein Roman *Leviathan* auf Deutsch.
*Vildrac:* Charles Vildrac.
168 *Radiotin:* Friderike hatte sich während Stefans Abwesenheit ein Radio geliehen, dessen Anschaffung er viele Jahre lang ablehnend gegenüberstand.
*Me Guilbeaux:* Frau von Henri Guilbeaux.
169 *Barbara:* Barbara Ring, Übersetzerin Stefans, die unbedingt wollte, daß die Zweigs zur Premiere des *Volpone* nach Oslo kommen.

*Wladimir Lidin:* Eigtl. W. Germanowitsch Gomberg (geb. 1894), russischer Schriftsteller.

170 *Friedenthal:* Richard Friedenthal.

173 *Silbergleit:* Arthur Silbergleit (1881–1944), Lyriker, um dessen Gesundheit Zweig sich oft sorgte.

*(Triest und Crkvenitza):* Friderike verbrachte in Jugoslawien (in C. bei Fiume) zwei Wochen mit ihren Töchtern.

*Ginzkey:* Franz Karl Ginzkey (1871–1963), österreichischer Schriftsteller.

174 *In Gesellschaft der Dauphine:* Er hatte die Arbeit an *Marie Antoinette* begonnen.

*Richard Strauß:* R. Strauss.

*Carossa:* Hans Carossa.

*Adelt:* Leonhard Adelt.

*Bahr:* Hermann Bahr.

175 *Zuckmayer:* Carl Zuckmayer (1896–1977), deutsch-schweizerischer Dramatiker; *Der Hauptmann von Köpenick* (1931) und *Des Teufels General* (1946) sind zwei seiner bekanntesten Dramen.

*Lernet:* Alexander Lernet-Holenia.

*Gertrud und Egon Wertheimer:* Dr. Egon Ferdinand Ranshofen-Wertheimer (geb. 1894), Mitglied des Völkerbundes.

*Mazzuchetti:* Lavinia Mazzuchetti, Übersetzerin der Werke Zweigs ins Italienische und eine langjährige Freundin von ihm.

*Genfer Fahrt:* Friderikes Tochter Susanne, die die letzten zwei Jahre Säuglingspflege gelernt hatte, wollte nun in Genf arbeiten, und Friderike begleitete sie und besuchte dabei ihre »Friedensfreundinnen« in der Maison Internationale.

*Dr. Burnet:* Sir Frank MacFarlane Burnet (geb. 1899), australischer Mediziner, Schüler Louis Pasteurs, Leiter der Hygiene-Kommission des Völkerbundes, später Direktor des Institut Pasteur in Tunis, 1960 Nobelpreis für Medizin zusammen mit P. B. Medawar.

176 *Friedmann:* Wilhelm Friedmann.

177 *Baudouins:* Charles Baudouin.

*»Das Herz Europas«:* Bezieht sich auf die Broschüre von Zweig gleichen Titels über das Internationale Rote Kreuz (1917).

178 *Julien Cain:* 1887–1974, Direktor der Bibliothèque Nationale.

179 *Eben hier angelangt:* Vortragsreise nach Florenz im Mai 1932.

*Enrico Rocca:* Der Journalist Enrico Rocca, der angeblich durch Selbstmord endete.

*Firenze, 4. Mai:* Postkarte mit Palazzo Vecchio.

180 *5. Mai [1932]:* Postkarte aus der Antica Trattoria già Paoli.

*Es war erstaunlich:* Der Vortrag »Der Europäische Gedanke in seiner Historischen Entwicklung« war einer von Stefan Zweigs besten Vorträgen.

*Kaspar:* Der Spaniel der Zweigs.

181 *Jane Addams:* 1860–1935, amerikanische Sozialreformerin, Präsidentin der Internationalen Frauenliga für Frieden und Freiheit und Friedensnobelpreisträgerin 1931, die zur Sommerschule der Organisation nach Salzburg gekommen war und auch Friderike besuchte, die jetzt als Delegierte Österreichs dem Kongreß der Frauenliga in der Schweiz beiwohnte. Gleichzeitig besuchte sie ihre

Tochter Susanne in Genf, die dort in Champel als Säuglingsschwester arbeitete.
*R. R.:* Romain Rolland.
*Barbusse:* Henri Barbusse (1873–1935), französischer Schriftsteller, gründete mit R. Rolland die Antikriegsbewegung »Clarté« (1919).
*Friedenthal:* Richard Friedenthal.

182 *Emil Ludwig:* Eigtl. Emil Cohn (1881–1948), deutscher Schriftsteller.

183 *Josefine:* Josefine Junger, eine Freundin Friderikes, in deren Haus die Freunde der Zweigs oft wohnten.
*Paule:* Frans Masereels Stieftochter.
*Lord Ponsoby:* Lord Arthur Ponsoby (1871–1946), englischer Politiker und Schriftsteller.
*[Bozen, Okt. 1932]:* Kurze Reise Stefans an den Gardasee.

184 *An der Oper:* Nach dem Tod von Hugo von Hofmannsthal (1874–1929) hatte Richard Strauss Stefan Zweig gebeten, sein Librettist zu sein. Zweig arbeitete jetzt an der *Schweigsamen Frau*, nach einem Entwurf von Ben Jonson (1572 od. 1573–1637, englischer Dichter).
*Frau Meingast:* Zweigs Sekretärin.

185 *Hübsch:* Ben Huebsch, der amerikanische Verleger.
*Der amerikanische Buchklub:* Der Book of the Month Club, dessen Auflagen noch weit höher waren, als Zweig hier annimmt.
*Herrn Ihering:* Herbert Ihering (1888–1977), deutscher Theaterhistoriker und Kritiker.
*Auf Johanns Radio:* Radiogegner Stefan Zweig hatte noch immer keinen eigenen Apparat, daher mußte in »dringenden Fällen« der des Dieners benutzt werden.
*Ernest Bloch:* 1880–1959, schweizerischer Komponist, seit 1916 in den USA.

186 *Von Triest:* Es handelte sich um eine Intervention Zweigs für einen von Mussolini Verbannten, die erfolgreich war.
*Nach Garmisch:* Zu Richard Strauss.
*Bahr:* Hermann Bahr.
*Zsolnay:* Paul Zsolnay (1895–1961), österreichischer Verleger.
*Via Johann:* Über das Radio des Dieners Johann.

187 *Bern 7/III [1933]:* Vortragsreise in die Schweiz im März 1933.
*Döblin:* Alfred Döblin (1878–1957), Arzt und Schriftsteller in Berlin; sein berühmtester Roman: *Berlin Alexanderplatz* (1929).
*Max Herrmann-Neiße:* Eigtl. Max Herrmann (Neisse 1886–1941), deutscher Schriftsteller, emigrierte 1933.
*Toller:* Ernst Toller (1893–1939), deutscher Dramatiker und Erzähler; nach dem Sturz der Räterepublik 5 Jahre Festungshaft; 1933 ging er ins Exil; 1939 beging er Selbstmord.
*Benno:* Benno Geiger (1882–1965), Dichter, Kunsthistoriker und Kunsthändler; Jugendfreund Stefan Zweigs.
*Wilhelm von Scholz:* 1874–1969, Dramatiker, Erzähler, Lyriker.
*Payot:* Schweizer Verlagshaus.

188 *In Schweden noch ausspringen:* Geplanter, dann unterbliebener Vortrag.

189 *Geigy:* Der Schweizer Industrielle.

*An Kongreß:* Des Penclubs in Ragusa.
*Felix Salten:* Eigtl. Siegmund Salzmann (1869–1947), österreichischer Schriftsteller und Journalist.
*Die Unverbrannten:* Es ging um einen Protest gegen die Bücherverbrennungen der Nazis.
*Mr. Bryan:* Vermutlich William Jennings Bryan (1860–1925), amerikanischer Politiker und Pazifist.
*Dein Erasmus:* Zweigs 1934 erscheinende Arbeit *Triumph und Tragik des Erasmus von Rotterdam.*

190 *Katharina Kippenberg:* 1876–1947; sie war die engste Mitarbeiterin ihres Mannes bei der Leitung des Insel-Verlags.
*Baronesse Budberg:* Frühere Sekretärin Maxim Gorkis, der ihr zur Zeit der Adelsverfolgungen in Rußland das Leben gerettet hatte. Jetzt Sekretärin von H. G. Wells.
*Rieger:* Erwin Rieger.
*Bruno Walter:* Eigtl. Bruno Schlesinger (1876–1962), Dirigent.

191 *Seelig:* Carl Seelig (1894–1962), Züricher Journalist und Schriftsteller, der sich vor allem um das Werk des Schweizer Schriftstellers Robert Walser (1878–1956) verdient gemacht hat.

192 *Cebotari:* Maria Cebotari (1910–1949), österreichische Sopranistin rumänischer Herkunft.

193 *Frau Meingast:* Stefan Zweigs Sekretärin.
*In der Sache Strauß:* Stefan hatte vergeblich versucht, Richard Strauss zu bewegen, es nicht zu der Dresdner Aufführung kommen zu lassen. Die Korrespondenz, die sich auf die Zusammenarbeit bezieht, befindet sich jetzt im Archiv der Wiener Philharmoniker.
*Robert Neumann:* 1897–1975, österreichischer Schriftsteller und Parodist.
*Faesi:* Robert Faesi.
*Baron Frankenstein:* Der österreichische Gesandte in London, der Friderike gerade besucht hatte.
*Reichner:* Zweigs Wiener Verlag.

195 *Zu jener Sache fahre:* Es gäbe Pläne, einige weltweit bekannte Persönlichkeiten aus Kunst und Literatur zu einer gemeinsamen Manifestation zusammenzubringen.
*Schalom Asch:* Auch Scholem Asch (1880–1951), jiddischer Schriftsteller; lebte seit 1923 in England.
*Zu meiner Arbeit: Castellio gegen Calvin.*

196 *Die Gesamtheit Rollands ...:* Zweig wollte unter allen Umständen verhindern, daß die geplante Manifestation, bei der Rolland im Vordergrund stehen sollte, eine politische Tendenz erhalten würde, was jene Besprechung befürchten ließ.
*Wertheimers:* Dr. Egon Wertheimer und seine Frau.
*Corbusier:* Le Corbusier, eigtl. Charles Edouard Jeanneret (1887–1965), französischer Architekt schweizerischer Herkunft.
*Ernst Weiß:* 1884–1940, deutscher Schriftsteller und Arzt; emigrierte 1938 nach Frankreich.
*Vallentin:* Der Schauspieler Hermann Vallentin.

197 *Grasset:* Bernard Grasset (1881–1955), französischer Verleger.
*La Peur:* Zweigs Novelle *Angst.*
*Seit Italien:* Anspielung auf den »Abessinien-Konflikt«, die Annektion Äthiopiens durch Italien 1936 (bis 1941).

198 *Mit dem Verlag ständig Ärger:* Mit Reichner in Wien.

199 *Die Filmsache:* Geplante Verfilmung von *Angst.*
*Lakin:* Leitender Redakteur der *London Sunday Times.*
*Franckenstein:* Der österreichische Gesandte in London, der in den Briefen mal mit ck, mal nur mit k geschrieben wird.
*Rose Walter:* Die Frau von Bruno Walter.

200 *Frischauer:* Paul Frischauer (geb. 1898), Journalist, Dramatiker und Erzähler. Emigrierte 1940 von England aus nach Brasilien.
*Kortner:* Fritz Kortner (1892–1970), österreichischer Schauspieler und Regisseur, emigrierte 1933 in die USA.
*Toller:* Ernst Toller.

201 *Felix Weiß:* geb. 1908, österreichischer Bildhauer.
*Warburg:* Sigmund Warburg.
*Affaire Mrs. Simpson:* Eduard VIII., König von England, dankte im Dez. 1936 ab, um die geschiedene Amerikanerin Wallis W. Simpson heiraten zu können.

202 *Wie Zürich ausfiel:* Die Aufführung der *Schweigsamen Frau.*

203 *Die schöne Adresse:* Die Gratulationsschrift zum 80. Geburtstag, unterzeichnet von bedeutenden Persönlichkeiten aus aller Welt.
*Manns Vortrag:* »Freud und die Zukunft«, Festvortrag zum 80. Geburtstag, gehalten am 9. Mai 1936 im Wiener Akademischen Verein für medizinische Psychologie.

204 *Nancy Price:* 1880–1970, englische Schriftstellerin und Theaterregisseurin.
*Professor Bonn:* Moritz Julius Bonn (1873–1965), deutscher Volkswirtschaftler, der 1933 emigrierte.

205 *Ich war ganz konsterniert: Castellio gegen Calvin* war die erste Arbeit, die Zweig fern der langgewohnten Werkstatt geschrieben und fertiggestellt hatte. Die heftigeren Kontroversen wegen unterlaufener Irrtümer, die in der Hauptausgabe noch korrigiert werden konnten, kamen erst, nachdem viele Jahre später das Buch in französischer Sprache zu einer Zeit erschien, wo die Gegnerschaft angesichts Fanatismus und Diktatur nicht mehr so brennend war wie bei Entstehung des Buches, so daß es nicht mehr in derselben Stimmung und Zustimmung gelesen wurde.

206 *Die Freud-Sache:* Freud war zu dieser Zeit bereits nach London emigriert und dort gefeiert worden.
*Axel Munthe:* 1857–1949, schwedischer Arzt und Schriftsteller, berühmt durch seine Autobiographie *Das Buch von San Michele* (dt. 1931).

207 *Raoul Lange:* Schauspieler.
*Klaus Mann:* 1906–1949, Schriftsteller; Sohn von Thomas Mann.
*Paul Valéry:* 1871–1945, französischer Dichter, bedeutendster Vertreter der symbolistisch-hermetischen Lyrik des 20. Jahrhunderts.

208 *Penargentinien:* Gemeint ist der Penclub-Kongreß, an dem er als »Senator« teilnehmen würde.

*Magelhaes:* Fernão de Magalhães, auch Magellan (um 1480–1521), portugiesischer Seefahrer, der die erste Erdumseglung in Angriff nahm. Nachdem er auf den Philippinen im Kampf mit den Eingeborenen gefallen war, vollendete Juan Sebatián de Elcano die Fahrt. Die Reise nach Südamerika hat Zweig zur Biographie M.'s angeregt.

209 *Alfred:* Zweigs Bruder.

210 *Duhamel:* Georges Duhamel.

*Romains:* Jules Romains.

*Pierard:* Louis Piérard (1886–1951), französischer Schriftsteller.

*Für den jüdischen Hilfsverein:* Der Ertrag der Lesung betrug etwa 1000 Schweizer Franken.

211 *Rochefoucauld:* Vermutlich Gabriel Comte de La Rochefoucauld (geb. 1875), französischer Schriftsteller.

*Die Bücher wären Körbe:* Bald darauf trafen in London große Kisten mit Büchern und Geschenken ein.

212 *Ludwig:* Emil Ludwig.

*Aus jener Legende: Der begrabene Leuchter* von Stefan Zweig.

213 *Kalidas Nag:* Literaturprofessor an der Universität Kalkutta.

215 *In der Sache des Hauses:* Verkauf des Zweig-Hauses in Salzburg.

216 *Du ziehst nicht in das ausgefrorene Salzburger Haus:* Friderike wohnte zur Zeit in Wien bei einer Freundin.

*R.:* Verlag Reichner, Wien.

*Das Buch:* Die Magellan-Biographie.

217 *Frau G.:* Die Frau des damaligen Reichs-Luftfahrtministers Hermann Göring (1893–1946), der zur Zeit im Hotel Excelsior in Neapel wohnte.

*Albertini:* Luigi Albertini (1871–1941), italienischer Journalist und Politiker; in Opposition zu Mussolini.

*Jannings:* Emil Jannings (1884–1950), deutscher Schauspieler (seine wohl berühmteste Rolle: der Professor Unrat als Partner von Marlene Dietrich im Film *Der blaue Engel*). Jannings, dessen Stern in Hollywood verblaßt war, hatte die Ehrungen und die Möglichkeiten weiterzuarbeiten seitens des Dritten Reiches angenommen, was Zweig, der ihm freundschaftlich verbunden war, sehr enttäuschte.

*Ruth:* Jannings' Frau.

218 *Wohne in der Traube:* Stefan Zweig wollte in Salzburg nur mehr als Hotelgast absteigen. Der Salzburger gemeinsame Haushalt sollte nun vollständig aufgelöst werden.

*Dr. M.:* Ein Freund Stefan Zweigs (Friderike nennt in ihrer eigenen Kommentierung des Briefes in der Ausgabe von 1951 den Namen nicht), den Friderike als »Mittelsmann« für diese Besprechungen gewählt hatte, damit alles möglichst sachlich verlaufen möge.

221 *Victor:* V. Fleischer.

*T.:* Arturo Toscanini.

222 *Walters:* Bruno Walter.

*Wallmann:* Wahrscheinlich die Tänzerin und Regisseurin Margherita Wallmann (geb. 1904).

*Burghauser:* Hugo Burghauser (geb. 1896), Fagottist und Orchestervorstand der Wiener Philharmoniker.
*Hübsch:* Ben Huebsch.
*Leonhard:* L. Adelt, der beim Absturz des Eckener-Luftschiffes in New York schwer verunglückt war, hatte Friderike aus Amerika einen ausführlichen Bericht gesandt und um Nachricht gebeten.

223 *Drinkwaters:* John Drinkwater (1882–1937), englischer Lyriker und Dramatiker.
*Das Buch:* Joseph Roths Erzählung *Das falsche Gewicht.*
*Fuchs:* Lektor Zweigs beim Reichner-Verlag, der schon bevor er diese Stelle antrat in Salzburg eng mit Zweig zusammenarbeitete.

224 *Max Brod:* 1884–1968, Prager Schriftsteller, Philosoph, Theater- und Musikkritiker; Freund und Biograph Franz Kafkas, emigrierte 1939 nach Palästina.

226 *Landshoff:* Fritz Helmut Landshoff (geb. 1901) leitete seit 1933 die deutsche Abteilung des Amsterdamer Verlages Querido.
*Landauer:* Walter Landauer (1902–1944) baute seit 1933 eine deutsche Abteilung im Verlag Allert de Lange in Amsterdam auf. Vorher war er zusammen mit Landshoff Leiter des Kiepenheuer Verlags in Berlin. Querido und Allert de Lange gelten als die ersten deutschen Exilverlage.
*Kesten:* Hermann Kesten (geb. 1900), deutscher Schriftsteller.

227 *Gabriel(l)a Mistral:* 1889–1957, chilenische Dichterin, u. a. Konsul in Spanien, Portugal, Brasilien, USA, Mexiko.
*Alfredo Cahn:* Übersetzer der Werke Zweigs ins Spanische.
*An Deinem Pfundverlust:* Am Stichtag zum Wechseln der Pfunde befand sich Friderike bereits auf der Flucht und verlor so einen beträchtlichen Teil ihres Vermögens.

228 *Hernández Catá:* Alfonso Hernández Catá (1885–1940), kubanischer Schriftsteller.

230 *Wegen Balzac:* Friderike drängte ihn, sich das Balzac-Manuskript nachschicken zu lassen, da sie glaubte, die Arbeit daran würde ihn ablenken und aktivieren. Es kam schließlich in Brasilien an – 8 Tage nach Zweigs tragischem Ende.
*Cassel(l)s:* Englisches Verlagshaus, begründet um 1850 von John Cassel.
*Tide of Fortune:* Englische Übersetzung der *Sternstunden der Menschheit.*

231 *Victor:* V. Fleischer.
*Warburg:* Sigmund Warburg.
*Felix:* F. Braun.

232 *Deinen Bruder:* Friderikes ältester Bruder, Siegfried Burger, lebte seit einiger Zeit in Rio.

233 *Thornton Wilder:* (1897–1975), amerikanischer Schriftsteller.

234 *Ganz abseitige, kleine Arbeit:* Er arbeitete an einer Amerigo-Vespucci-Biographie.
*Roth ... die Klügeren waren:* Zweig war der Ansicht, Joseph Roths Trunksucht habe, mehr oder weniger unbewußt, eine selbstmörderische Tendenz innegewohnt.
*Scheyer:* Der österreichische Journalist Moriz (Monju) Scheyer (1887–1949).
*Friedmann:* Prof. Wilhelm Friedmann. Durch eine Namensverwechslung verzögerte sich die schon genehmigte Emigration, und er wurde in Frankreich ein Opfer der Nazis.

235 *Oscar Loerke:* Oskar L. (1884–1941), deutscher Lyriker, Erzähler und Essayist.
*Wegen der Konfiskation:* Es handelte sich um Friderikes gesamte Sachen, die in Salzburg zurückgeblieben waren und dort von der Gestapo versteigert wurden.
236 *Wegen des Dinners:* Friderike erschien es taktvoller fernzubleiben, um die Anwesenden nicht mit zwei »Frau Zweigs« zu konfrontieren.
*Lucka:* Emil Lucka (1877–1941), österreichischer Schriftsteller und Philosoph; langjähriger Freund Zweigs.
*Victor:* V. Fleischer.
237 *Hermann Broch:* 1886–1951, österreichischer Schriftsteller, emigrierte 1938 über London nach New York.
*Morgenthaus:* Henry Morgenthau (1856–1946), amerikanischer Diplomat, 1923 Präsident der Völkerbundskommission für die Umsiedlung kleinasiatischer Griechen.
*Deine Angelegenheiten:* Die Einwanderung.
*Etwas Neues beginnen:* Er beginnt dann mit der *Schachnovelle.*
239 *Masereel:* Er kam nicht nach Brasilien. Friderike vermutete, daß seine Anwesenheit das »Unheil« (Zweigs Selbstmord) verhütet hätte.
*Abseitige Novelle: Die Schachnovelle.*
240 *Fülöps:* René Fülöp-Miller (1891–1963), Schriftsteller, und seine Frau Erika.
*Hübsch hat Dir das Buch geschickt:* Wahrscheinlich *Brazil, Land of the Future,* New York 1941; engl. Übersetzung von Zweigs Buch *Brasilien. Land der Zukunft.*
243 *Soma Morgenstern:* (1886–1976), österreichischer Schriftsteller.
*Da Ponte:* Friderike hatte begonnen, Material zu sammeln für eine Biographie des Theaterdichters Lorenzo Da Ponte (1749–1838) und es Stefan zur Benützung angeboten.
244 *Bermann-Fischer:* Gottfried B(ermann) Fischer (geb. 1897), deutscher Verleger, in der Emigration 1935 Gründung des Verlages in Wien, Stockholm, New York und Amsterdam.
*Was wir vor zehn Jahren wegzuschaufeln hatten:* Zu seinem 50. Geburtstag waren viele hundert Briefe gekommen – jetzt kam nur noch selten eine Nachricht.
*Fortunat Strowski:* 1866–1952, französischer Schriftsteller und Literarhistoriker.
*Sein Buch:* Eines der Bücher über Montaigne, die Friderike Stefan genannt hatte und wodurch er auf die Spur des in Rio lebenden französischen Biographen Montaignes kam.
*St. Beuve:* Charles Augustin Sainte-Beuve (1804–1869), französischer Literaturkritiker und Schriftsteller.
*Ominösen Tag:* Sein Geburtstag.
246 In der Meinung, der nun eingetretene Kriegszustand erfordere es, schrieb Stefan nun fast immer in Englisch.

Petropolis, 15. XII. 1941

Dear Friderike,
thanks for your letter. I am afraid that owing to the war letters will sometimes be delayed especially by boat, so I hope you will at least have this one for Christmas. It will be a sad Christmas for us all who love peace and I hope you will have at least this satisfaction to have your children around your table. Let

us not think too much of the coming years, they will bring destruction of so many things we are longing for – quiet life and a certain security – and also after the final destruction of Hitler the world will still have her problems to find a new way and every one of us. – Life will be terribly hard for every of us and with my literary work I see not much chance especially because I canot continue my old plans like Balzac: perhaps the Montaigne will take form in a few months. Poor Scheyer, what must he suffer – I do not understand how all these people insist to continue such a life; even if he could still come over to the U. S. he would come without nothing and you know how proud he is. Here all is still quiet and no excitement at all, but also this country will be involved one day; my dream would be to sit quiet somewhere but houses have gone up fantastically in prices and one had to go in the interior where one is entirely cut-off from books and friends. In any case I have a lease till to the end of April, but alas, time runs with frightening rapidity. How far it seems to me, that I had a house, my books and I know already that all this is gone for ever. – In January your brother and Clarissa will come for a few days to escape the heat of Rio: he has good news from his son, who had made some important scientific discoveries.

I suppose that you see less people as everybody will be occupied now with his own worries and that you can continue your book. Now it will take a long time if we shall see each other (if ever) and I am glad that you have your children and relatives with you. Petropolis will loose in the next two months its solitude and I am rather frightened by the thought of meeting people again – I do not like to talk now, because nobody can understand our position. One must have gone through things by own experience. Now they will better understand what we have suffered since years and that one looses with his home more than one can imagine. Kindest regards to all and a quiet Christmas. (I have not the courage to say: a happy one.) Love

Stefan

247 *Clarissa:* Die Frau von Friderikes Bruder Siegfried; zu dem Besuch kam es nicht mehr.

248

Petropolis, 20. I. 1942

Dear Friderike,

I did not write all these days because there was nothing to tell, life continues in a quiet and rather monotonous way, reading, writing, walking, without interruptions by concerts, theatres and society – there are no news except those in the newspapers which have nothing reassuring in the sense that the victory will be a rapid one; on the contrary we have to be prepared that this war will be a very long and exhausting one. For me it becomes more and more sure that I will never see my house again and to remain everywhere but a travelling guest; happy those who could begin a new life where ever. I had a beautiful letter from Roger Martin du Gard, the best letter I have read since years, expressing the same what I feel, that we in our age have only the charge of spectators in the great play (or better tragedy) that the others the younger ones have to play her part. Ours is only to disappear quietly and in a dignified way. I have finally got also the third Montaigne book (by Gide) and thank you very much for it (– it is not very important and I hope I have more to say about him). I have seen your brother Siegfried and he will later come for a few days – he likes Brazil but we are all too old to get quite accustomed to foreign languages and countries ... It is a nightmare to think what happens in Europe: Lucka and all the others in France. And here is no more opportunity; hermetically closed and God knows for how long. We have at least beautiful weather and my only pleasure, the long walks, afford always new variety. Love and kindest regards. Stefan

249 *Roger Martin du Gard:* 1881–1958, französischer Romancier; erhielt für seinen Romanzyklus *Les Thibault* 1937 den Nobelpreis.
*Gide:* André Gide (1869–1951), franz. Schriftsteller; *Essai sur Montaigne* (1929).

Petropolis, 4. II. 1942

Dear Friderike,
It is now a good long time I did not hear from you but all mail to Brazil seems to have been delayed by the conference which occupied the clippers with mail and members. There is not much to tell. I am rather depressed by the perspective that the real decision and ultimate victory will not come any more in this year and that the greater part of our best years has been passed for our generation in these two great word-convulsions. All will be changed after this war, which spends in one month more than nations earned before in years and I am afraid our old days will not be without anxiousness and difficulties – there is no more security in our time than in those of the Reformation or the fall of Rome. I was worried by the idea that your son in law and Suse will be hampered in their occupation and will have to look for ther possibilities; also here are many restrictions in employment and certain nationalistic measures. I enjoy now the beautiful summer and have while the heat makes Rio to a furnace, cool nights and splendid days; from the physical point of view it could not have been better. There is season now in our Ischl but I live not less retired than before, reading, working and walking with the little dog which is very sweet, not so intelligent as Kaspar was but very affectionate as if I would have him already for years. Letters become more and more scarce, everbody has his own worries and one does not like to write if one has nothing important to tell – and what in our little and reduced life is still important in comparison with the world-events. My autobiography was sent by air mail to Sveden und I hope the manuscript has safely arrived. Hübsch will publish soon my little study on the Vespucci question and I wrote on the Montaigne but all this with the lack of real intensitiy – when one does not feel like once the response inmidst the thunder of the guns one has not the right passion. Reading is my best help and only reading good old, if I may say, *proved* books, Balzac, Goethe, Tolstoi; but what we miss is good talk with people of our level. Most of the people we meet do not understand what is going on and coming, they believe that the coming peace will be but a continuation of the peace-time; one must have gone through certain things to understand them and Europe is mentally as far to them as China has been to us in the last terrific times. I hope your work goes ahead, I would not advise to send it to me now as books etc. take many weeks to arrive and there is no security. The country itself is still untouched by the war, there are only some restrictions for the Axis, aliens forbidding to speak Italian or German on public places and to carry printed matters in those languages. Food

and all material things are here in this unexhaustible country in aboundance. I am not yet sure if I can rent the bungalow longer than April, in the case of a changement I shall let you know it in time. Love and friendship Stefan

*Die Konferenz:* Pan-Amerikanische Konferenz zur Verteidigung der westlichen Hemisphäre in Rio de Janeiro Anfang 1942.

250 *Deine Arbeit: Wunder und Zeichen.* Große Gestalten des Hochmittelalters (Eßlingen 1942), woran Friderike bereits in Paris begonnen hatte zu arbeiten.

252 Petropolis, 18. II. 1942

Dear Friderike,

I have not more to write to you than kindest thoughts. There was now the fantastic carneval in Rio but my mind is far away from festivities and more distressed than ever. There will be never return to all bygone things and what is expecting us will never give more what those times had to offer us. I am continuing my work but with a quarter of my strength; it is more continuing an old habit than really creating. One must be convinced to convince, to have enthusiasm to stimulate the others and how to find this now! All my best thoughts are with you and I hope your children find good opportunity to work and to go ahead; they will still see the better world after this one. I hope you are in fairly good spirits and in perfect health and that New York with its variety gives you at least sometimes of his artistic wealth – here I have but nature and books, old good books which I read and reread again. Yours ever Stefan

*Hier habe:* Das »have« des Originals ist so undeutlich geschrieben, daß es auch »had« heißen könnte, was bereits auf einen endgültigen Schlußstrich hindeuten würde.

Petropolis, 22. II. 1942

Dear Friderike,

when you get this letter I shall feel much better than before. You have seen me in Ossining and after a good and quiet time my depression became much more acute – I suffered so much that I could not concentrate any more. And then the security – the only one we had – that this war will take years, that it would take ages before we in our special position could settle again in our home was too depressing. I liked Petropolis very much, but I had not the books I wanted and the solitude which first had such a soothing effect began to become oppressive – the idea that my central work, the Balzac, could never get finished without two years of quiet life and all books was very hard and then this war, which is not yet at his hight. I was too tired for all that. You have your children and with them a duty to keep up, you have large interests and an unbroken activity. I am sure you will see still the better time and will give me right, that I with my »black liver« did not wait any longer. I send you these lines in the last hours, you cannot imagine how glad I feel since I have taken the decision. Give my love to your children and do not complain me – remember the good Josef Roth and Rieger, how glad I always was for them, that they had not to go through these ordeals.

Love and friendship and cheer up, knowing me quiet and happy Stefan

# Dank

Folgenden Personen und Verlagen danken wir für die Erlaubnis, Auszüge aus den angegebenen Werken übernehmen zu dürfen:

S. Fischer Verlag, Frankf. / M., für zwei Briefe Sigmund Freuds an Stefan Zweig, aus: Sigmund Freud, *Briefe 1873–1939*, Frankf. / M. 1960.

Kindler Verlag, München, für die »Zeittafel«, aus: Friderike Zweig, *Stefan Zweig. Eine Bildbiographie*, München 1961.

Heinrich Eduard Jacob, »Aus den Polizeiakten von Petropolis«, in: *Stefan Zweig. Spiegelungen einer schöpferischen Persönlichkeit*, hrsg. von Erich Fitzbauer, Wien 1959.

# Personenregister